GLORIOSOS RIVALES

JENNIFER LYNN BARNES

GLORIOSOS RIVALES

EL AMOR ES UN JUEGO PELIGROSO

Traducción de
Ángela Esteller García

MOLINO

Papel certificado por el Forest Stewardship Council®

Título original: *Glorious Rivals*
Publicado por acuerdo con International Editors
& Yáñez' Co. y Curtis Brown, Ltd.

Primera edición: octubre de 2025

Printed in Spain — Impreso en España

ISBN: 978-84-272-4947-9
Depósito legal: B-14.487-2025

Compuesto en Grafime, S. L.
Impreso en Rodesa
Villatuerta (Navarra)

MO 4 9 4 7 9

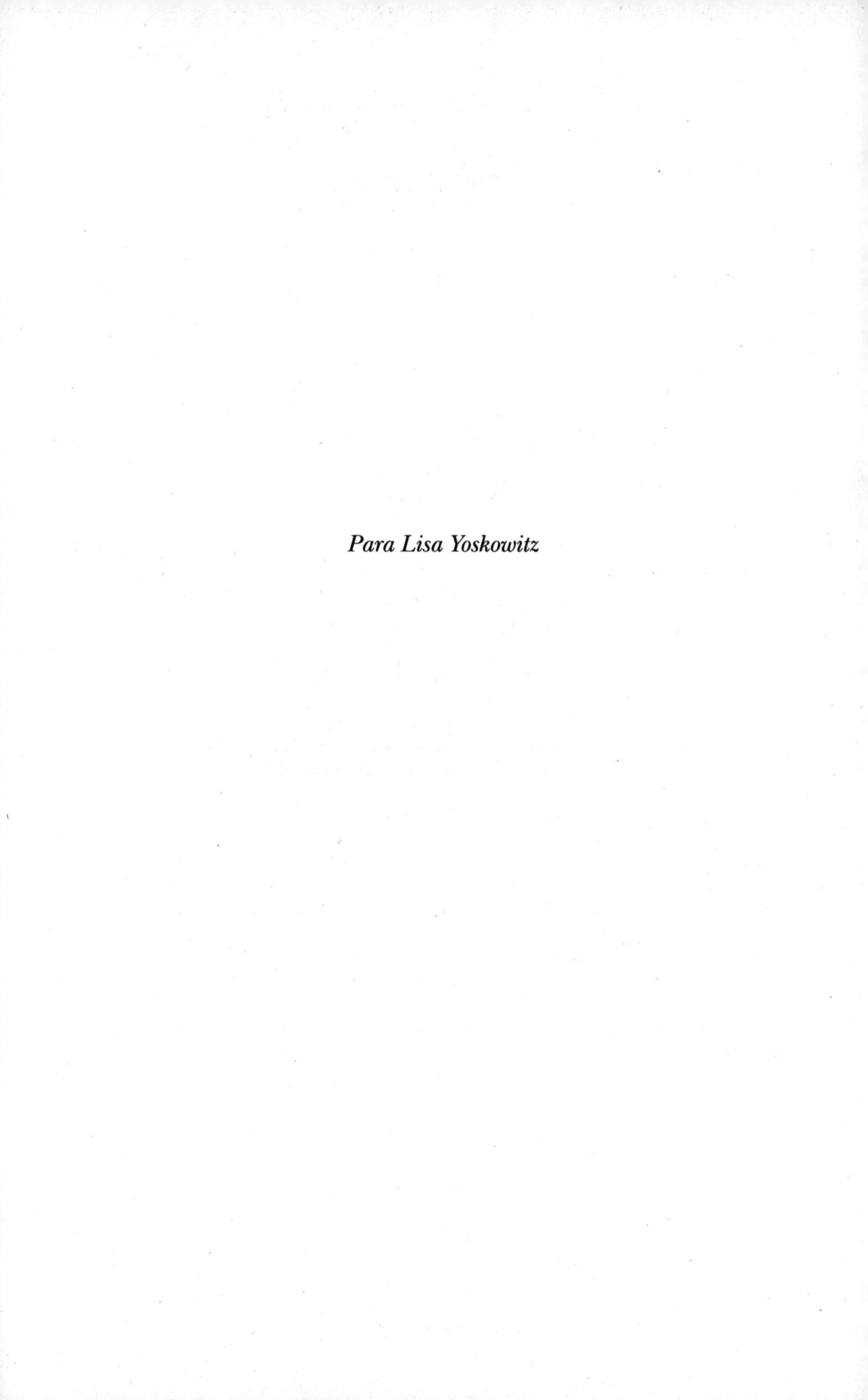

Para Lisa Yoskowitz

PRÓLOGO

El Gran Juego debía llegar a su fin; de eso estaba segura. Unos planes meticulosamente trazados dependían de ello. Evidentemente, el resultado era de suma importancia.

Dirigir el curso de las cosas sin revelar su mano conllevaba un delicado equilibrio. Sin embargo, la delicadeza era su especialidad.

Alice se había asegurado de que así fuera.

CAPÍTULO 1
LYRA

Lyra sintió como si el tiempo se esfumara al besar a Grayson Hawthorne. No existía nada más: ni el suelo bajo sus pies ni las ruinas ni los acantilados. Solo eso. Las partes de sus cuerpos que estaban en contacto. Sus labios y los de Grayson. Una respiración entrecortada… Eso.

«Un desastre inminente —susurró la voz de Odette en la mente de Lyra—. Un Hawthorne y una chica con suficientes motivos para mantenerse alejada de los Hawthorne».

Como si oyera sus pensamientos, Grayson alejó sus labios despacio.

—Por lo general, suelo controlarme —aseguró, en voz terriblemente baja.

—Y yo soy más sensata —respondió Lyra, con plena consciencia de lo cerca que aún estaban sus bocas, y lo cerca que estaban de repetir lo que acababa de suceder. Ese beso, su primer beso, su único beso, había sido espectacular.

Y, sin duda, también había sido un error.

A espaldas de Lyra, una ráfaga de brisa marina le agitó la coleta, haciendo que golpeara contra su rostro y contra el de

Grayson. Atrapando sus largos cabellos, Grayson los devolvió a su sitio. Mientras lo hacía, el viento amainó, de forma tan súbita que Lyra no logró rehuir la absurda impresión de que había sido él quien lo había calmado tan solo con su fuerza de voluntad.

Una alarma saltó en lo más recóndito de su mente. Ante sí tenía a Grayson Hawthorne.

Y aunque no fuera el frío, petulante y capullo niño rico que había creído que era veinticuatro horas atrás, seguía siendo un Hawthorne. Su sangre no solo era azul, sino casi cerúlea. Pronto el Gran Juego terminaría y, con o sin promesas, Lyra y Grayson Hawthorne volverían a lo que siempre habían sido: poco más que desconocidos... con «suficientes motivos» para mantenerse alejados.

«Ninguno de los dos sabe lo que creéis saber». Otra de las advertencias de Odette emergió de sus recuerdos, pero ni siquiera eso logró distraerla del hecho de que aún se encontraba muy cerca de Grayson, tanto que podía sentir su aliento en la piel.

—Deberíamos dormir un poco antes de la segunda fase —sugirió Lyra con una voz ronca y gutural.

Se había propuesto ser práctica. Les habían dado doce horas para recuperarse de la primera fase del juego. Sin embargo, hasta el momento, Lyra no había descansado ni por asomo.

—Deberíamos —dijo Grayson, pero, en lugar de separarse unos pocos centímetros, acarició ligeramente la mejilla de Lyra con los nudillos de su mano derecha, arrebatándole el aliento como si fuera un auténtico ladrón—. Lo he dicho en serio, Lyra. Lo resolveremos... El juego y todo lo demás.

«Todo lo demás». Eso era quedarse muy corto, mucho. En

cuanto Lyra oyó dichas palabras, otras acudieron a su mente. «Esto lo ha hecho un Hawthorne. *A Hawthorne did this*».

«A Hawthorne».

«Omega».

«Siempre hay tres».

Lyra dio un paso atrás. Quizá algo de distancia la ayudara a recuperar el aliento, a pensar, a concentrarse en los siguientes pasos. Ambos se encontraban en lo que antiguamente había sido la terraza que daba al acantilado de una magnífica mansión ahora convertida en ruinas, en una clara advertencia carbonizada de que torres más altas habían caído y habían quedado reducidas a cenizas.

—Alguien me ha enviado. —Lyra se concentró en eso—. Alguien me ha hecho entrar en este juego, y quienquiera que sea esa persona sabe lo de mi padre. No soy más que un peón. —Lyra apartó la mirada de los penetrantes ojos claros de Grayson—. O un arma. O una bomba.

Esa era la conclusión lógica, ¿no? La persona que le había proporcionado la carta dorada había introducido a Lyra en el Gran Juego por su historia con la familia Hawthorne. Por la muerte de su padre.

Por el papel que había jugado A Hawthorne en ella.

—No eres el arma de nadie, Lyra, ni una bomba ni nada de eso. Y menos un peón —aseguró Grayson, dando a entender que no era habitual que saliera perdiendo en las discusiones, fueras cuales fuesen.

—Entonces ¿qué soy? —replicó Lyra, clavando de nuevo la mirada en Grayson como si fuera un misil teledirigido.

—Eres letal —susurró Grayson—, en el mejor de los sentidos.

¿Dónde había aprendido a decir esas cosas y hacer que sonaran como si estuviera hablando en serio? Lyra trató de retroceder un paso más, pero Grayson la sujetó del hombro y, en cuanto se quiso dar cuenta, habían cambiado de posición. Ahora Grayson estaba de espaldas al borde del acantilado, mientras que Lyra disfrutaba de las magníficas vistas al mar.

Se acababa de interponer entre ella y el salto al vacío.

—No necesito que me protejas, Hawthorne.

Grayson enarcó una ceja.

—Convengo en discrepar.

La brisa marina se levantó de nuevo. Se aproximaba un frente. Lyra sintió un leve estremecimiento. Al advertirlo, Grayson se desabrochó el botón superior de la chaqueta de aquel traje que le iba como un guante. Estaba a punto de pasar al segundo.

—¿Qué estás haciendo? —preguntó Lyra.

No solo se refería a la chaqueta, y él era lo suficientemente intuitivo como para captarlo. «¿Qué estamos haciendo?».

—Pensaba que la respuesta era evidente.

Grayson se desabrochó el último botón y entonces…

Se quitó la chaqueta y el recuerdo invadió el cuerpo de Lyra: «Mis labios y los tuyos. Una respiración entrecortada».

—No estarás pensando en ofrecérmela —dijo Lyra con voz de acero.

—Tú tienes frío. —Grayson esbozó una sonrisa—. Y yo ya te he dicho que tengo la costumbre de que, cuando me topo con un problema, lo resuelvo.

No se trataba solo de la maldita chaqueta. Se trataba de la familia de Grayson y la suya, y de una amenaza velada. Se trataba del hecho de que Odette Morales, la única persona que tal vez estuviera al tanto de una mínima parte de lo que estaba sucediendo, había cedido su lugar en el Gran Juego (y la oportunidad de convertirse en millonaria) por el peligro que, de algún modo, representaban Lyra y Grayson.

«Un desastre inminente».

—No necesito tu chaqueta —le dijo Lyra.

—Quizá sea yo el que necesite dártela —indicó Grayson—. Por caballerosidad. Es un mecanismo de defensa.

—Te lo advierto, Hawthorne: si tratas de ponerme esa chaqueta en los hombros, me quitaré la mía y te la daré.

Para demostrar que hablaba en serio, Lyra agarró la cremallera de la chaqueta deportiva, la cual, en realidad, era más bien una camisa.

Grayson se tomó unos segundos para juzgar si era un farol.

No lo era.

—Me doy por avisado —replicó Grayson con picardía.

Se volvió a poner la chaqueta del traje.

Lyra entornó los ojos.

—¿Por qué tengo la sensación de que te has salido con la tuya?

—Porque sigo interponiéndome entre tú y el borde del acantilado —respondió Grayson.

CAPÍTULO 2
LYRA

Érase una vez una joven llamada Lyra que tal vez hubiese permitido que otra persona la protegiera, pero eso era antes. Antes de que empezaran los sueños. Antes de que se diera cuenta de que toda su vida había sido una mentira.

Durante años, sus padres le habían dejado pensar que era normal. La habían dejado vivir como si el trauma que había marcado su vida jamás hubiese ocurrido, como si su padre biológico no la hubiera recogido del jardín de infancia el día de su cuarto cumpleaños, como si no hubiera presenciado su suicidio.

Y, cuando lo recordó, fue como si todo lo que Lyra había vivido ya no encajara, como si la persona que había sido ya no fuera ni siquiera real. No había querido que nadie supiera por qué había cambiado, así que fingió no haberlo hecho. Fingió todo lo que pudo.

Pero no se podía fingir con Grayson Hawthorne. Y en ese momento, en que la posibilidad de salir herida resultaba más que evidente, Lyra se vio obligada a encararlo de frente. Tenía que protegerse, y Grayson no facilitaba las cosas. Era la mano sobre su nuca que la arrancaba de la oscuridad, diciéndole que no tenía por qué estar bien.

Sin embargo, tenía que estarlo.

Así que, en lugar de permitir que Grayson la acompañara hasta la mansión llena de enigmas más al norte para descansar un rato, Lyra le prohibió seguirla y salió corriendo hacia el lado contrario.

Pese a que ya había llevado a su cuerpo al límite.

Pese a que necesitaba que su mente estuviera completamente despierta para lo que se avecinaba.

Lyra corrió porque estaba hecha un lío. Corrió para evitar que su cuerpo recordara el de Grayson. Corrió porque podía.

Grayson debió de comprender que no era en absoluto razonable seguirla porque no lo hizo, y, al cabo de un rato, cuando Lyra se hubo alejado lo suficiente tanto en el plano físico como en el emocional, el recuerdo de su caricia la abandonó y lo único que hubo, además del ardor en sus músculos y pulmones, fue la isla.

La sintió como si fuera una extensión de sí misma: libre y salvaje, llena de ruinas y cicatrices, hermosa, fuerte. La Isla Hawthorne era litoral rocoso y saltos pronunciados, matorrales autóctonos y altos árboles, acantilados sin fin, estrechas franjas de playa ocasionales, todo ello rodeado por el océano.

El día anterior, algo había empujado a Lyra una y otra vez hacia el bosque quemado. Hoy se mantendría en la costa meridional y occidental, sin duda la parte más hostil de toda la isla. Un terreno irregular. Matorrales espinosos. Y poco más. Desde un punto de vista objetivo, no se parecía en absoluto al lugar en el que había crecido, pero, por algún motivo, Lyra *sentía* que Mile's End y las partes más vírgenes de la Isla

Hawthorne se parecían; inalterables y auténticas, más que nada en el mundo.

Mientras corría, Lyra se dejó invadir por dicha sensación, y su voluntad se cristalizó. Participaba en el Gran Juego por Mile's End. Que esperara todo lo demás. Y todos.

Cuando, finalmente, alcanzó el punto en que podía arriesgarse a dejar de correr, en que podía permitirse parar, alzó la mirada hacia la imponente y solitaria estructura en la orilla sureste. En medio del mar, unos arcos de piedra maciza que parecían sacados de la mismísima antigua Roma proyectaban unas enormes sombras en las aguas turquesas. Debajo de ellos había un embarcadero.

Jadeando, Lyra se encaminó hacia una rampa, situada en perpendicular a dos más pequeñas, separadas por una plataforma. Apenas sin energía, alcanzó el otro extremo, y, mientras miraba fijamente el agua, tuvo una sensación extraña, como si unos dedos callosos le rozaran la espalda. Se volvió y escudriñó la isla.

«Nada». Estaba sola.

Suspirando, Lyra se concentró de nuevo en el océano. Aunque trató de vislumbrar tierra en la distancia, no lo consiguió. El mundo real estaba ahí fuera, en alguna parte, y ella no podía verlo. Lo único que tenía ante sí era agua, oscuridad y una ligera niebla sobre el océano.

Y pese a ello…

«Otra vez». En pie ante el Pacífico, Lyra sintió de nuevo que la estaban observando.

CAPÍTULO 3
GRAYSON

Grayson miró el reloj inteligente que llevaba en la muñeca. Teniendo en cuenta que todos los jugadores que seguían participando en el Gran Juego habían recibido uno, era evidente que no solo servía para indicar la hora. Sin embargo, tras una verificación a fondo, Grayson comprobó que lo único que el reloj permitía en aquel momento era pasar de la hora a un símbolo.

Una pica.

En la primera fase del juego, los habían dividido por equipos: Corazones, Diamantes y Tréboles. Grayson reflexionó y pronto llegó a una conclusión. El cuarto símbolo, las picas, correspondía a los que estaban entre bambalinas. Desde el principio, había percibido la mano de sus hermanos y Avery en los detalles del Gran Juego, incluido el hecho de haberlo convertido en uno de los jugadores. Grayson había tratado por todos los medios de hablar con ellos sobre dicha cuestión, pero ahora había asuntos más importantes que tratar.

Pulsó la pica y aparecieron una caja de texto y un teclado: una manera de enviar un mensaje a los creadores del juego.

Grayson eligió las palabras con cuidado: un sencillo anagrama que Avery y sus hermanos reconocerían como una petición Hawthorne, lo que significaba que no era una petición en absoluto.

INCAUTA.

Grayson esperó respuesta, la cual llegó al cabo de unos instantes.

COSTA NORTE.

Por experiencia, Grayson sabía que, tratándose de sus hermanos, una cita podía adoptar una gran variedad de formas. Algunas involucraban explosiones. Otras, helicópteros. Combates de esgrima, lucha en el barro, karaoke y puñetazos también estaban sobre la mesa. Pero el hermano que se reunió con Grayson en la costa norte de la Isla Hawthorne no era propenso a la mayoría de ellas.

—Nash.

Con la mirada puesta en el océano, Grayson saludó a su hermano mayor unos instantes antes de que Nash apareciera en su visión periférica.

—¿Estás pensando en darte un bañito? —dijo el mayor de los cuatro hermanos Hawthorne alzando el mentón hacia el mar.

—Demasiado fría —respondió Grayson.

—No es que eso te haya frenado en el pasado.

—Deberes de mi terapeuta —dijo Grayson sin alterarse—. Se ve que nado para castigarme por ser tan perfeccionista, para agotarme hasta el punto de no sentir nada. Por lo visto, es más sano dejar que los pensamientos y los sentimientos me embarguen.

Pensamientos como: «Vale la pena cometer algunos errores».

Pensamientos como: «¿Por qué no yo? Con ella, ahora, ¿por qué no yo?».

Sin embargo, Grayson no había pedido una cita para hablar de sus sentimientos.

—Hay una amenaza —le dijo a Nash—. O, al menos, una potencial. Lyra Kane recibió su invitación para el Gran Juego de un tercero. Alguien la envía.

Nash reflexionó sobre lo que acababa de decir.

—¿Y por qué iban a hacer eso?

«Exacto, ¿por qué?».

—Al parecer, nuestra familia estuvo implicada en la muerte del padre de Lyra. —Su voz le sonó mucho más comedida de lo que realmente sentía en su interior—. Suicidio. Cuando ella tenía cuatro años. Lo presenció.

Solo con pensar en cómo le afectaba el recuerdo de aquella noche, Grayson deseó librar una guerra en nombre de la niña que había sido, por no decir en nombre de la mujer en la que se había convertido.

En todos esos años, Grayson había besado a cuatro personas contando a Lyra. Y en ese último beso con ella, por primera vez en su vida, se había dejado llevar, había permitido que los sentimientos lo embargaran. Por completo.

Lyra Kane besaba igual que se movía: con una elevada conciencia corporal, con gracia, como si besar implicara una total coordinación de su cuerpo.

—¿Qué grado de amenaza supone? —preguntó Nash en un tono despreocupado que no engañó a Grayson.

Sabía que una amenaza a uno de ellos suponía una amenaza para todos, y Nash era un hombre que defendía aquello que amaba.

—Lyra no es la amenaza.

No pretendía que esa frase sonara a advertencia, pero así fue.

—Exactamente, ¿hasta qué punto estás pillado, hermanito? —dijo Nash, ladeando la cabeza.

—Solo ha pasado un día —respondió Grayson, en modo automático.

Nash se balanceó sobre los talones de las botas.

—Yo con Lib lo supe casi al instante.

Libby Grambs, ahora Libby Hawthorne, era la esposa de Nash.

Los labios de Grayson se curvaron hacia arriba al pensar en su cuñada y en los bebés que llevaba en el vientre.

—¿Cómo se encuentra?

—Con muchos antojos. Un poco irritable. Con las emociones a flor de piel. —Giró la cabeza y le lanzó a Grayson una mirada cómplice—. Te lo preguntaré de nuevo, Gray. ¿Hasta qué punto te tiene pillado esa chica que no es una amenaza?

Grayson clavó de nuevo la mirada en el horizonte. Se dejaría llevar. Permitiría que los sentimientos lo embargaran.

—Lo suficiente.

Nash soltó un silbido.

—Jamie tenía razón. Esto va a ser divertido.

—Pues será un placer entreteneros —espetó Grayson en tono cortante—. Aunque no te he hecho venir para que te diviertas. ¿Qué sabemos del apagón de anoche?

Durante la primera fase del juego, se había cortado la luz, tanto la del generador principal como la del de emergencia.

—Xander afirma que los culpables son las ardillas —respondió Nash—. E insiste en que el sustantivo colectivo también es «ardilla».

—¿Una ardilla de ardillas?

Por la manera en que lo dijo, resultaba evidente que su escepticismo no se limitaba a la aseveración lingüística de Xander.

—La isla es impenetrable.

—Pues, o bien no es tan impenetrable como crees, o el patrocinador de Lyra cuenta con otro jugador.

Con su característica eficiencia, Grayson procedió a relatarle a Nash que alguien había dejado unas notas para Lyra con los nombres, los alias, de su padre fallecido en el bosque quemado.

—También deberías hacer que alguien vigilara a Odette Morales ahora que ya no está en el juego. Sabe algo.

—¿Qué clase de algo?

Grayson no encontró motivo para seguir escondiéndolo.

—La clase de algo que implica que nuestra abuela no está tan muerta como creíamos.

Nash respondió a esa bomba con su calma peculiar, quitándose el desgastado sombrero de vaquero y pasando el dedo por el borde del ala. Exactamente lo mismo que había hecho la única vez que Grayson le había dado un puñetazo.

—Deberías pasar a modo compartir información enseguida, hermanito.

Grayson entornó los ojos, pero, finalmente, dejó que Nash se saliera con la suya e impusiera su autoridad como hermano mayor.

—Por lo visto, más o menos hace quince años, un par o tres después de que nuestra abuela supuestamente falleciera,

Alice Hawthorne apareció vivita y coleando. Revelando su existencia, vino a ver al viejo y le pidió un favor. —Grayson hizo una pausa, recapacitando sobre qué sabría su abuelo, Tobias Hawthorne, ese hombre que había salido indemne de todos los desafíos, de todas las confrontaciones. El que los había entrenado para hacer lo mismo—. Además, hace quince años —continuó Grayson—, una de las últimas cosas que el padre de Lyra le dijo antes de dispararse una bala en la cabeza fue: «Esto lo ha hecho un Hawthorne». Pero el padre de Lyra hablaba inglés, y si traduces la frase…

—*«A Hawthorne did this»*. A Hawthorne. Alice.

—Se lo dirás al resto. —Grayson no lo preguntaba, lo afirmaba—. Puede que haya más de un juego en marcha en esta isla.

—¿Lo suspendemos? —sugirió Nash, con toda la calma del mundo—. ¿Suspendemos el Gran Juego de este año?

—No —respondió Grayson sin un atisbo de duda—. O bien no existe una amenaza real y suspender el juego sería prematuro, o bien sí la hay… y debemos aprovechar cualquier oportunidad para identificarla.

El primer paso para neutralizar a un oponente era obligarle a mostrar su mano.

—Entonces, participarás en la segunda fase —dijo Nash.

—Participaré —confirmó Grayson.

«No para ganar, sino por ella».

Nash se atusó la incipiente barba que le oscurecía la mandíbula y esbozó una leve sonrisa.

—¿Para qué necesita el dinero del premio?

Los hermanos de Grayson, por su propio bien, siempre habían sido muy perspicaces.

—Quiere conservar la casa familiar. —Grayson pensó en Lyra, en cómo había rechazado su chaqueta y lo había amenazado con darle la suya—. No hace falta decir que la dama no aceptará que le preste ni un centavo.

Lyra necesitaba ganar el dinero. Grayson necesitaba ayudarla a toda costa.

—¿Te ha puesto ya un apodo? —preguntó Nash, enarcando una ceja.

Grayson hizo una mueca.

—Estoy casi seguro de que es «capullo».

—Me gusta esa chica —soltó Nash, esbozando una amplia sonrisa y poniéndose de nuevo el sombrero—. Y, ya que hablamos de la familia, tengo que comunicarte algo, y no va a gustarte en absoluto. Cuando trasladamos a los jugadores eliminados a tierra firme, Gigi no se presentó. Nuestra hermanita está desaparecida en combate, y la lancha de Xander, también. Se ve que Gigi se la llevó y dejó una nota. Un pastelito de disculpa.

Grayson frunció el ceño.

—Estamos en una isla. ¿De dónde ha sacado Gigi el pastelito?

—Por lo que entendí de Xan, fue más bien una especie de pagaré.

Grayson se masajeó la frente. Era exactamente lo que haría su hermana; no hacía falta que Nash le dijera que Gigi no se había tomado bien su eliminación del Gran Juego.

—Debería haber ido a ver cómo estaba.

—Alisa ya está tratando de localizar la lancha. Encontraremos a la hermanita. Mientras tanto, tienes un juego entre manos... y otra hermanita que cuidar.

«Savannah». La advertencia de Nash le recordó el pelo trasquilado de su hermana, como si se lo hubieran cortado a cuchillo. A la mente de Grayson acudió entonces el jugador con el que Savannah parecía haberse aliado.

El mismo que, con toda probabilidad, había empuñado dicho cuchillo.

—Savannah no quiere que cuide de ella —indicó Grayson con toda la calma que pudo reunir.

—Las que más lo necesitan nunca lo quieren. —Nash le dio una palmada en la espalda—. Y, a propósito, tienes un dormitorio a tu disposición en la casa. —Sacó una gran llave de bronce—. Encuéntralo y descansa un rato, hermanito. La segunda fase no es apta para cardiacos.

CAPÍTULO 4
ROHAN

Rohan nunca dormía profundamente. No lo había hecho desde que era niño. Los recuerdos vivían en lo más recóndito de los sueños, como si fueran sombras insaciables dispuestas a todo, así que el sueño de Rohan era ligero: siempre alerta, siempre con el oído aguzado, siempre en guardia.

Y pese a ello…

Se despertó en la cama de Savannah Grayson y reparó en que estaba solo. «Has bajado la guardia, ¿verdad, muchacho?», dijo la voz del Propietario en algún lugar de su mente. A la formidable señorita Grayson no se la veía por ninguna parte, como tampoco se veía la llave de la habitación de Rohan.

Intuyó inmediatamente las intenciones de Savannah. «La espada».

El arma en cuestión era un espada en cuyo filo plateado había unas palabras grabadas: «Libérate de las trampas sin atadura. Una llave para cada cerradura». Todos los equipos de la primera fase habían recibido una, solo una. Anoche, Rohan había insistido en quedarse con la que les habían dado a ellos.

Tal vez él y Savannah fueran aliados, pero la suya era una alianza con fecha de caducidad.

Al fin y al cabo, en el Gran Juego solo podía haber un ganador y, para Rohan, todo pendía de un hilo. Él sería el que lo lograra. Savannah aún no se había dado cuenta. Sin duda, había robado la llave con el fin de registrar su dormitorio en busca de la espada y adueñarse de ella.

Se apoyó en los codos y esbozó una sonrisa afilada como la de un lobo. «Buena suerte, cariño». Decidió pagarle con la misma moneda y, en su ausencia, inspeccionó la habitación de Savannah. Con manos expertas, comprobó todos los tablones del suelo de madera, presionó las molduras con dedos tan diestros como fuertes, quitó las fundas de las almohadas, las sábanas de la cama. Dio la vuelta al colchón y lo examinó en busca de algún corte. Al no obtener resultado, se dirigió hacia el baño contiguo.

Sobre la encimera de mármol había una máscara hecha de un metal azul plata que hacía aguas. Tres diamantes de lágrima colgaban de las comisuras de los ojos. Había podido apreciar lo bien que le quedaba a Savannah en el baile de máscaras de la noche anterior. Rohan acarició la delicada hilera de diamantes con la yema del dedo índice. «Unas gemas preciosas, como lágrimas congeladas».

Sin embargo, Rohan ya lo sabía: Savannah Grayson no era de las que lloraran.

Rohan se dirigió a la ducha preguntándose cuánto tardaría Savannah en admitir la derrota de su empresa. Mientras se calentaba el agua, recogió algunas prendas de ropa del suelo del dormitorio y sacó del bolsillo un par de dados de cristal.

La indomable señorita Grayson todavía tenía muchas cosas

que aprender. Si hubiese disputado durante años tantas partidas largas como él, primero le habría robado los dados y después habría ido en busca de la espada.

Depositó los dados rojos sobre la encimera de mármol y entró en la ducha. Dejó que el chorro de agua hirviendo cayera sobre él. Nunca le había importado el calor. El frío era otra cosa, sobre todo, el agua fría.

«El pasado te arrastrará a las profundidades si se lo permites, muchacho. —La voz del Propietario resonó por los sinuosos pasillos de la mente de Rohan—. Como si fuera una enorme piedra atada a tus tobillos».

Rohan dejó que el agua hirviendo siguiera calándolo, lo que resultaba especialmente placentero. Su atención era máxima en momentos como ese. «Voy a ganar el Gran Juego».

El poder siempre tenía un precio, siempre. El dolor era solo un mero recordatorio de ese hecho. Y el calor hacía que Rohan lo recordara: «No estoy hecho para tener miedo ni para hundirme». Fuera lo que fuese lo que tuviera que hacer para ganar, estaba preparado.

«Unos pasos». Rohan prestó atención al sonido y a la distancia de la zancada: Savannah había regresado. Pronto, la vio justo al otro lado de la cortina de la ducha.

—En ningún momento te he dado permiso para usar mi ducha.

La voz de Savannah Grayson era la de una mujer de la alta sociedad, con la nitidez y agudeza no del cristal, sino del diamante.

—Y yo en ningún momento te he dado permiso para robarme la espada —respondió Rohan lentamente.

Qué lástima que la ducha tuviera cortina y no una mampara

de cristal. Le hubiese encantado ver la expresión en su magnífico rostro anguloso.

—No es tuya.

«No la has encontrado, ¿verdad, cariño?». Rohan esbozó una sonrisa aún más ancha.

—Lamento discrepar.

—Sal de mi ducha —ordenó Savannah.

Rohan, con toda su desfachatez, obedeció encantado.

Cerró el agua y, con la mano izquierda cogió rápidamente los dados de cristal de la encimera mientras se agarraba con la derecha a la cortina.

—Cuidado con lo que deseas, cariño.

Savannah le lanzó una toalla por encima de la barra. «Con rabia». Rohan se la envolvió alrededor de la cintura y, a continuación, salió.

—Espero que hayas dejado el dormitorio tal como estaba pese a no haber encontrado la espada.

Los ojos de Savannah le recorrieron el cuerpo: el torso, los abdominales, hasta el lugar en que la toalla se abrazaba a sus caderas.

—Supongo que no esperas que lo de anoche signifique algo —respondió.

«Despiadada». A Rohan le encantaban las mujeres así. Era un rasgo que, de hecho, apreciaba en cualquier persona.

—Lo único que espero es que mantengas tu parte del trato en esta fase del juego, Savvy.

Según habían acordado, seguirían participando en el Gran Juego como equipo hasta —y solo hasta— que hubiesen eliminado a todos los rivales.

—No tienes de qué preocuparte. —Savannah arqueó una

de sus rubias cejas—. Ten por seguro que, si he prometido colaborar contigo y luego destruirte, lo haré.

Se volvió hacia el espejo y examinó su propia imagen en un intento —Rohan estaba seguro— de apartar la mirada de su cuerpo.

Rohan apoyó una mano en la toalla, justo en la zona de las caderas, y le dedicó una sonrisa de satisfacción.

—Grayson nos dará problemas —señaló Savannah con frialdad.

«Directa al grano».

—Pues tenemos suerte, porque soy bastante bueno ocupándome de los problemas —comentó Rohan.

«Y también tenemos suerte de que el hermano Hawthorne en cuestión ahora tenga un punto débil».

Savannah alzó el mentón, y aquel pelo recién trasquilado hizo que sus ojos se vieran aún más claros y que se marcaran aún más sus pómulos.

—¿Qué sabes de la chica? —preguntó.

«Lyra Kane». Savannah se había percatado del punto débil de Grayson con una eficiencia admirable.

—¿Y tú? ¿Qué sabes de que el nombre del padre de Lyra Kane acabara empapelando todo el bosque quemado? —contraatacó Rohan.

—¿Qué estás sugiriendo?

Savannah interpretaba el papel de reina del hielo a la perfección.

—Que tienes un patrocinador, cariño. —Rohan no se anduvo con rodeos—. Seguramente no eres la única, y supongo que no se descarta el juego sucio. —La miró con intención—. Dime que me equivoco.

—Si me dedicara a decirte todas las veces que te equivocas, apenas nos quedaría tiempo para elaborar una estrategia. —Savannah dio la estocada final encogiéndose de hombros con elegancia—. Sin embargo, me gustaría señalar que eres el jugador mejor posicionado para conocer nuestros secretos. Eso, evidentemente, asumiendo que el Piedad sea tan poderoso como dices.

Una joven americana de dieciocho años no podía imaginar el poder, la riqueza y el alcance del Piedad del Diablo, la organización en cuyo seno había crecido Rohan, la que estaba decidido a gobernar tarde o temprano. Le habían dado un año para reunir el dinero de la entrada, un año para conseguir diez millones de libras y poder reivindicar su legítimo puesto como siguiente Propietario.

A menos y hasta que lo hiciera, con respecto al Piedad, Rohan no era nadie.

—Afirmas estar más dispuesto a ganar que yo. —Savannah volvió a mirarlo—. Pero nunca me has dicho la razón.

—Adivínala —respondió Rohan.

Savannah entornó los ojos.

—Tú sabes por qué estoy aquí.

Rohan dio un paso adelante y sus cuerpos se rozaron.

—«No reposar jamás —citó—. No mantenerme en paz hasta que la muerte haya cerrado mis ojos o la fortuna me haya dado venganza en colmada medida».

Los movimientos del pecho de Savannah permitieron que Rohan intuyera su reacción, sobre todo, en la última parte de la cita.

—*Enrique VI*, tercera parte —puntualizó.

—Ya lo sé —respondió Savannah.

No había mordido el anzuelo. No había dicho ni una palabra sobre su motivación para participar en el Gran Juego ni sobre sus planes de venganza.

—Quizá deberías irte. —Recogió la ropa de Rohan y se la lanzó al vuelo—. Aún tenemos unas horas antes de la segunda fase y no veo ninguna razón para que las pases aquí.

«Así que no ves ninguna razón, ¿eh, cariño?».

—Antes has mencionado la estrategia. —Rohan bajó la voz a propósito para obligarla a acercarse—. Permíteme un consejo, Savvy: divide y vencerás. —Ahora era su turno de inclinarse hacia ella—. Y permíteme otro: cuantos menos jugadores queden, más importante será controlar el tablero.

—El tablero —repitió Savannah con vehemencia—. La isla.

—La isla. La casa. Los objetos. —Rohan le sostuvo la mirada unos segundos más y, a continuación, pasó ante ella y se dirigió hacia el dormitorio—. No te duermas, cariño.

Le lanzó algo por encima del hombro.

Oyó que atrapaba los dados de cristal: los blancos, los suyos, que le había robado de su propio bolsillo, junto con la llave de la habitación, cuando había pasado ante ella.

—Ahí tienes la razón por la que yo me ocupo de custodiar nuestra espada —dijo Rohan abandonando tranquilamente el dormitorio.

CAPÍTULO 5
GIGI

—Bien, ya te estás despertando. Llevas horas inconsciente.

Esa voz fue lo primero que Gigi oyó: masculina, baja, un poco ronca.

Lo segundo fue sentir una especie de pelaje bajo su cuerpo, suave y cálido.

Y lo tercero fue TODO LO DEMÁS, incluido, y en particular, el hecho de que existía la clara posibilidad de que la hubieran secuestrado.

Gigi parpadeó varias veces. «¡No hay necesidad de entrar en pánico! —se dijo seriamente—. Estoy convencida de que es un secuestro completamente amistoso». Una de las evidentes fortalezas de Gigi era un optimismo que rayaba en lo obsesivo cuando se enfrentaba a algún peligro, y la otra era interiorizar los detalles de la situación en la que se encontraba.

La estancia era grande, circular y estaba tenuemente iluminada. La luz entraba por unas rendijas en los muros de piedra, unos rayos diminutos y concentrados que brillaban como si fueran estrellas en el cielo nocturno. En algún lugar más arriba

—la altura del edificio era, al menos, de doce metros—, debía de haber ventanas, pero Gigi no podía divisarlas, solo veía la débil luz que se filtraba a través de ellas y que proyectaba unas sombras en una sinuosa escalera de piedra.

«No hay de qué preocuparse», dijo para sus adentros. Por lo que Gigi veía, allí no había nada más, a excepción de ella misma, esa manta de un suave tacto criminal, la escalera, una puerta…

Y la persona que bloqueaba dicha puerta.

—No voy a hacerte daño.

El hombre pronunció dichas palabras más bien afirmándolas que con el fin de tranquilizarla.

—Esa es mi frase —respondió Gigi, tratando de ganar algo de tiempo para examinar a su captor.

Unos mechones rubios le caían sobre el rostro, ocultando parcialmente unos ojos de un castaño tan oscuro que casi parecían negros. Por su último encuentro, sabía que una cicatriz le partía una ceja, pero ahora no podía verla, no con el pelo tapándole el rostro, no desde esa distancia ni con esa luz. En lugar de eso, la mirada de Gigi se fijó en los tatuajes que le recorrían el brazo, unas líneas irregulares, anchas y de color negro, que se asemejaban a unos profundos arañazos.

—¿«No voy a hacerte daño» es tu frase?

Quizá le había hecho gracia. O quizá no. Su expresión impertérrita y su voz, que no transmitía sentimiento alguno, no ofrecían ninguna pista.

—Me alegro de que mi integridad física no esté en peligro —añadió el hombre.

«Ah, no estés tan seguro». Gigi consideró las opciones de un súbito placaje al vuelo, pero se había lastimado la cabeza durante el Gran Juego y la herida seguía martilleándole, aunque solo un poquito. Algo así podría desbaratar los planes de placaje de cualquiera.

—De hecho, mi frase es «No voy a hacerte daño», pero dicho con una sonrisa —señaló Gigi, sentándose y cruzando las piernas.

—Siempre dices las cosas con una sonrisa.

—No siempre. Mira. —Gigi apuntó enfáticamente con el dedo a su captor—. ¡Me has noqueado! ¡Y me has secuestrado, trasgo musculoso con aire melancólico!

En realidad, no pretendía mencionar nada de sus músculos.

«No diré que no me avisaron», suspiró Gigi para sus adentros. Apenas año y medio atrás, su hermano la había advertido de que este misterioso desconocido, nombre en clave Mimosa, era sinónimo de «Muchos Problemas».

Grayson le había recomendado huir a toda prisa si se cruzaba con él. ¿Y qué había hecho Gigi cuando se había dado cuenta de que Mimosa estaba en la Isla Hawthorne interfiriendo en el Gran Juego?

Había ido a su encuentro.

—Eso de «haberte secuestrado» me parece un poco exagerado, preciosa. Solo estoy evitando daños mayores. Tan pronto como termine el juego, te liberaré.

—¿Qué te propones, Mimosa? —Gigi entornó los ojos—. ¿Qué se propone Eve?

Gigi no sabía mucho sobre la persona para la que trabajaba ese tipo, pero era completamente consciente de que Grayson la consideraba peligrosa. Sabía que Eve tenía recursos y una conexión personal con la familia Hawthorne.

—¿«Mimosa»? —repitió su captor.

Gigi ni se dignó a contestar. En cambio, empezó a tramar algo. El señor Muchos Problemas había cometido un gran error al llevársela. Además de ser una optimista de nivel olímpico, Gigi también era muy hábil en el arte de los interrogatorios.

«Primero, desvelar las maquinaciones malvadas, después el placaje», pensó.

—¿Qué quiere Eve de mí? —Gigi esbozó su sonrisa más entrañable—. Y, en una escala del uno al diez, ¿cómo son de perversas sus intenciones y/o las tuyas con respecto al juego?

Sin respuesta.

—Bien —dijo Gigi, con toda la amabilidad del mundo—. En una escala del uno al doce y medio, ¿cómo...?

—Eve no sabe que estás aquí conmigo. —Unos ojos muy oscuros se clavaron en ella desde detrás de los mechones rubios que los ocultaban—. No lo he hecho por ella.

De repente, Gigi regresó al momento en que la había noqueado, a ese susurro en su oído: «Tranquila, preciosa». Tragó saliva.

—¿Me has secuestrado para protegerme de Eve?

Quizá eso fuera demasiado optimista. Quizá no.

Mimosa guardó silencio durante un buen rato. Finalmente, se agachó, puso los ojos al mismo nivel que los de ella y apoyó ligeramente los antebrazos en los muslos.

—¿Y qué te hace estar tan segura de que Eve sea la única amenaza de la que podría estar protegiéndote? —dijo.

CAPÍTULO 6
LYRA

El sueño empezó como siempre, con la flor. «Una cala». Después vino el collar. «Solo con tres caramelos». Desde algún lugar de la conciencia de Lyra, Odette Morales dijo: «Siempre hay tres». Pero, en el sueño, Lyra no era más que una niña. En el sueño, no había ninguna Odette. Solo había la sombra de una pistola y la voz de un hombre que decía: «*A Hawthorne did this.* Esto lo ha hecho un Hawthorne».

Por primera vez, Lyra vio el rostro del hombre. Vio sus ojos, los ojos ambarinos de su padre, iguales que los suyos.

Y, entonces, todo se volvió oscuro.

Y, entonces, sus pies estaban pegajosos y llenos de sangre.

Y, entonces, se vio descalza, corriendo por la calle en mitad de la noche.

Lyra se despertó de repente. Se obligó a soltar el aliento que retenía en el pecho y a relajar todos los músculos del cuerpo, uno por uno. Trató de recuperar la claridad que había sentido al correr por la isla y se incorporó en la cama. Hizo unos estiramientos, llevando la rodilla al pecho. Después de unos segundos, se inclinó hacia delante y extendió la pierna hacia atrás y hacia arriba, y más y más arriba, hasta que pudo sentir un dolor sordo y familiar en las caderas y la espalda. Cambió de pierna, pero se detuvo cuando el reloj que llevaba en la muñeca izquierda comenzó a sonar.

En la pantalla apareció un mensaje: PONTE LA ARMADURA.

La noche anterior habían sido vestidos y máscaras. Ahora era una armadura. Lyra no pudo evitar preguntarse qué revelaba eso sobre la segunda fase. Pulsó el círculo rojo que había aparecido debajo de las palabras y, al instante, la pared al otro extremo del dormitorio empezó a dividirse.

En cuestión de segundos, Lyra estaba ante un armario oculto que había dejado de serlo.

Había una sola barra con dos atuendos idénticos, excepto por el color. Uno era blanco; el otro, negro. A primera vista, Lyra pensó que se trataba de trajes de cuerpo entero, pero, al inspeccionarlos, reparó en que ambos atuendos estaban conformados por tres piezas: una camiseta de tirantes, una chaqueta y unos pantalones. Parecían estar confeccionados en cuero, pero, al tocar la tela, Lyra descartó dicha posibilidad. Fuera cual fuese el tejido, era transpirable. Y elástico.

Su instinto le dijo que con esa tela puesta se podía bailar... Y también correr, trepar o pelear.

Se puso la armadura, la negra. Era lo más cómodo que había llevado en su vida. La tela se amoldaba a su cuerpo. Había bolsillos en la chaqueta y también en los pantalones. Lyra los utilizó.

«La llave de la habitación. Los dados de cristal». Grayson tenía su espada, pero Lyra había conservado los gemelos que Odette le había dado como regalo de despedida. Los sujetó a la trabilla del cinturón de los pantalones por el mango incrustado de diamantes, asegurándose de que no cayeran, directamente sobre su cadera. Acto seguido, recuperó la insignia con forma de llave que le habían dado en la primera etapa del juego y se la colocó en la manga izquierda, justo encima del lugar donde su muñeca se unía con la palma de la mano. Una vez hecho esto, giró la mano y volvió a comprobar el reloj.

El mensaje con la orden de ponerse la armadura había sido reemplazado por una cuenta atrás: «2:17:08».

Lyra observó durante un momento cómo transcurrían los segundos. Antes de empezar la primera fase había habido un baile de máscaras… y un desafío. Ahora faltaban más de dos horas para el inicio de la segunda fase, y Lyra asumió que la noche seguiría un patrón similar.

«Y bien, ¿cuál es el desafío?».

Con el dedo índice, Lyra pulsó varias veces el reloj, aunque enseguida se dio cuenta de que solo había dos pantallas: la del temporizador y otra con un único símbolo. Una pica. Lyra la activó y apareció un teclado.

—Esto parece una prueba —murmuró.

Recordó la única instrucción que le habían dado hasta ahora: PONTE LA ARMADURA. Y después recordó a Grayson Hawthorne diciéndole que ella no era el arma de nadie.

Que era letal en el mejor de los sentidos.

Sin embargo, ante todo, era una concursante, una rival. Y como tal, respondió a los creadores del juego.

LISTA PARA EL COMBATE.

Lyra pulsó «Enviar». Al instante, recibió un mensaje: un mapa.

CAPÍTULO 7
LYRA

El mapa condujo a Lyra hacia el norte, pasando por la costa más occidental. De haber habido marea alta, hubiese tenido que adentrarse en el océano, deslizarse sobre la base de otro acantilado y bordearlo hasta llegar a una estrecha franja de playa arenosa. Desde el oeste, unas olas enormes procedentes del mar abierto, desde más allá de donde llegaba la vista, rompían contra los peñascos.

En la ensenada, que permanecía oculta a los ojos, solo había una persona. «Avery Grambs». La heredera Hawthorne estaba en pie, con los brazos a los costados y la mirada perdida en el horizonte, contemplando el atardecer sobre el Pacífico. No se parecía en nada a esa muchacha que copaba portadas de revistas: la billonaria, la filántropa, el ángel de las inversiones, la beldad. Esta Avery iba ataviada con unos tejanos descoloridos, desgarrados a la altura de las rodillas, y una sudadera masculina que casi cubría los agujeros. Llevaba el pelo atado en una trenza suelta y despeinada que combinaba perfectamente con su rostro limpio, carente de maquillaje.

Al acercarse a ella, Lyra no pudo evitar pensar que esta versión de la heredera Hawthorne parecía real, al igual que lo era esa parte de la isla.

—Parece que soy la primera —dijo Lyra a modo de saludo.

—Has sido la primera en contestar. —Avery esbozó una leve sonrisa sin apartar los ojos del horizonte—. Es bonito, ¿verdad?

—¿El océano o el atardecer? —respondió Lyra. A continuación, volvió a fijar la mirada en los enormes peñascos, que le recordaron a un círculo de piedras verticales, como un Stonehenge acuático—. ¿O te refieres a las rocas?

—Todo. Mira allí. —Avery señaló un punto, y Lyra siguió el índice de la heredera hacia dos de las piedras que sobresalían entre las olas, separadas por unos treinta centímetros—. ¿Ves ese agujero? Se llama el Hueco del Atardecer. En esta época del año, el sol se pone justo por allí. Y cuando llega el ocaso, cuando el sol acaricia el agua, como lo hará en cualquier momento, si miras justo entre esas rocas, no verás nada igual.

Una parte de Lyra solo deseaba esperar que ese momento mágico ocurriera, pero una más grande estaba ansiosa… por la segunda fase y por los desafíos que la aguardaban, así como por el misterioso benefactor que la había traído hasta allí.

Y por Alice y omega.

Algunas personas no estaban hechas para quedarse esperando a que ocurriera algo maravilloso. Lyra apartó la mirada del Hueco del Atardecer y se concentró en lo que la rodeaba. Bajo el acantilado, en un recoveco, alguien había dispuesto una pila de ramas.

—¿Vamos a encender una hoguera? —preguntó Lyra.

«Un fuego. En la Isla Hawthorne». Menuda idea.

Avery desvió la mirada hacia Lyra.

—¿Te han dicho alguna vez que tienes una voz muy expresiva?

Lyra no era de las que se sonrojaban.

—Después de lo que ocurrió, ¿por qué organizar un juego en esta isla?

La pregunta no pareció ofender a la heredera. Más bien al contrario, la expresión de Avery se suavizó.

—Mi tía murió aquí. En el incendio.

Lyra no lo sabía.

—Evidentemente, no llegué a conocerla —continuó Avery—. Pero mi madre lo sintió mucho. Muchísimo. —Avery se abrazó la cintura—. Lo peor es que ni siquiera me di cuenta de que estaba triste, porque tenía ese increíble y ridículo don de ver la parte buena incluso en las circunstancias más desfavorables. Convertía cualquier cosa en un juego. Siempre había una razón para reír. Y cuando amaba a alguien, lo amaba con todas sus fuerzas. Sin reservas. Sin arrepentirse.

«Y ahora ya no está». Lyra sintió que se le cerraba la garganta, que sus músculos se tensaban. Reconocía el dolor, siempre, que habitaba en ella en lugares muy profundos que ignoraba, incluso cuando su vida había sido normal.

—Veía la parte buena incluso en las circunstancias más desfavorables —repitió Lyra en voz baja—. Convertía cualquier cosa en un juego.

Había leído mucho sobre los Hawthorne y su heredera a lo largo de los años, pero nada aclaraba el enigma que era Avery Kylie Grambs tan bien como lo que le acababa de confesar.

Junto a ella, Avery llevó de nuevo la mirada hacia el Hueco del Atardecer. Por inercia, Lyra hizo lo mismo. El sol estaba a punto de tocar el agua y ya era todo un espectáculo.

—¿Has pensado en lo que te dije sobre el juego? —preguntó Avery.

Lyra ni se atrevía a pestañear por miedo a perderse el instante en que el sol poniente llenara por completo el hueco.

—A veces, en los juegos que más importan, la única manera de jugar de verdad es viviendo —dijo repitiendo lo que Avery le había dicho la noche anterior.

El sol se puso aún más y, de repente, miles de matices de color naranja, amarillo y rosa tiñeron el cielo, reflejándose en la superficie del océano y llenando por completo el Hueco del Atardecer. «No verás nada igual».

Al cabo de un minuto, Avery habló de nuevo.

—Hazme un favor: no le hagas daño.

«Grayson». Antes de que Lyra pudiera responder, antes de que pudiera decir que no sería capaz de hacerlo ni aunque quisiera, Avery alzó la mirada por encima de su hombro...

—Ahí están —advirtió la heredera.

Lyra se volvió y distinguió a tres figuras que bajaban por la cara del acantilado sin ningún equipo de protección. Al igual que Avery, el trío Hawthorne vestía vaqueros y sudaderas, pero nunca antes en la historia del mundo se habían visto vaqueros y sudaderas de aquel tipo.

—Te diría que fueras acostumbrándote, pero será mejor que no lo hagas —dijo Avery junto a ella, mirándola por última vez—. Buena suerte, Lyra.

Con eso, la heredera se dirigió hacia la base del acantilado. Jameson Hawthorne se apresuró a descender los casi dos metros que lo separaban del suelo y aterrizó junto a ella. Nash y Xander hicieron lo mismo, y Lyra no pudo evitar pensar que los cuatro tenían algo especial.

«Todos lo tenían».

Lo mismo que antes la había obligado a apartar los ojos del Hueco del Atardecer, la impulsó a hacer lo mismo en aquel momento. Desvió la mirada hacia su espalda, hacia el lugar por el que había venido y, de repente, como si lo hubiera conjurado, allí estaba Grayson. Se adentraba en la ensenada oculta vestido de negro, con una armadura a conjunto con la suya que se ajustaba a su cuerpo mejor que cualquier traje que le hubiera visto antes, resaltando su ancha espalda, su talle, incluso los músculos de sus muslos.

Lyra vio el momento exacto en que Grayson percibió su atuendo. Con seis largas zancadas, recorrió la distancia que los separaba.

—Has dormido —afirmó, como ya era habitual en Grayson Hawthorne, en lugar de preguntar.

—He soñado —respondió Lyra.

La mueca de Grayson evidenció que entendía a qué se refería.

—Encontraremos respuestas —prometió—. Después del juego.

Lyra no podía permitirse creer en el después.

—Ese beso. —La palabra se le quedó atragantada en la garganta—. No puede volver a repetirse.

—Y yo que te tenía por realista... —bromeó Grayson, mirándola—. En cualquier caso, si estás preocupada por nuestra capacidad de concentración, lo más lógico será esperar a ganar el juego... Mejor dicho, a que tú ganes el juego.

Por cómo lo había dicho, parecía inevitable que los dos se besaran de nuevo, tan inevitable como que ella ganaría. Su arrogancia ni siquiera le molestaba: era incapaz de desprenderse de la sensación completamente exasperante de que Grayson Hawthorne siempre se basaba en hechos irrefutables.

La sensación de que algunas cosas eran inevitables. La sensación de que también algunas personas lo eran.

—En realidad, no es justo. —Lyra le devolvió la mirada—. Eres un Hawthorne. Y juegas con ventaja.

No estaba hablando solo del Gran Juego.

—A mis hermanos y a mí no nos educaron para jugar de manera justa —admitió Grayson—. Y, cambiando de tema, me parece que nuestros rivales acaban de llegar.

Lyra no pudo constatarlo hasta que, uno o dos segundos después, los tres jugadores restantes llegaron a la ensenada oculta, uno tras otro. Savannah era la única de los tres que vestía de blanco. Brady empuñaba la larga espada con la mano derecha. Y Rohan… Rohan se movía por la arena como si la gravedad fuera un problema de simples mortales.

—Ahora que ya está toda la pandilla reunida… —Xander Hawthorne se insertó alegremente entre Lyra y Grayson—. ¿Te importaría venir conmigo, Lyra?

Lyra era lo suficientemente lista como para inquietarse.

—Ir contigo ¿para qué?

El hermano menor de Grayson, y también más alto, esbozó una sonrisa.

—*Equus ferus caballus en garde.*

Lyra miró a Grayson.

—¿De verdad quiero saber qué significa eso?

—EFCEG —aclaró Xander con amabilidad—. Es una tradición ancestral de los Hawthorne que en absoluto me permitirá conocerte mejor mientras Gray está ocupado.

Grayson fulminó a Xander con la mirada. No estaba «ocupado», no estaba haciendo nada en aquel momento, así que Lyra no lo culpó.

—*Equus ferus caballus* es el nombre científico del caballo —informó Grayson.

—Caballo... —repitió Lyra—. Caballo en guardia. —Se volvió y miró con incredulidad a Xander—. ¿Una lucha a caballito?

—Supongo que no te importará, ¿verdad?

Xander se apresuró a aupar a Lyra sobre los hombros y, mientras lo hacía, ella enseguida comprendió que resistirse no le serviría de nada. Cuando Xander se enderezó, Grayson salió despedido.

Desde su posición sobre los hombros de Xander, Lyra tardó unos instantes en entender qué acababa de suceder, o, mejor dicho, quién. «Jameson». Acababa de abalanzarse sobre Grayson.

«Ahora Grayson ya está ocupado», pensó Lyra con ironía.

—En vuestra familia ¿os soléis saludar con placajes sorpresa? —preguntó a Xander.

—Yo a eso no lo llamaría un placaje —se burló Xander. Acto seguido, soltó lo que solo podría describirse como un potente grito de guerra—. ¿Quién es el valiente que osa enfrentarse al poderoso equipo XanLyra? ¿Nash? ¿Avery? ¡Tú! —Xander señaló a Rohan—. ¿Puedes cargarlo a hombros?

Lyra soltó un bufido. Por lo visto, Xander se lo preguntaba a Brady Daniels. Parecía dar por sentado que Savannah no lucharía a caballo con nadie, pero la joven dio un paso hacia ellos y luego otro.

—¿Sabéis qué? —gritó Savannah, alzando el mentón—. Si Avery pelea, yo también.

CAPÍTULO 8
LYRA

Tras una prolongada lucha a caballito junto al océano, durante la cual, por increíble que parezca, nadie resultó herido ni acabó empapado, llegó el momento de encender la hoguera. Para entonces, no se veía a Grayson ni a Jameson por ningún lado y Lyra empezaba a intuir que aquella noche no incluiría ni desafíos ni pistas.

Era solo una parte de la experiencia, un recuerdo futuro.

Con las primeras chispas, Savannah tomó posición junto a Lyra. El parecido entre Grayson y su hermanastra era verdaderamente notable.

—No te elegirá —espetó, con la misma monotonía y rotundidad que su hermano cuando las llamas comenzaron a prender.

—¿Disculpa? —dijo Lyra.

—Grayson —respondió alto y claro una convencida Savannah—. Una parte de ti ya ha caído en la trampa Hawthorne y te la has creído, imaginando cómo sería formar parte de todo esto, ser uno de ellos. —Savannah hizo una pausa, dándole a Lyra la oportunidad de negarlo, aunque no por mucho tiempo—. Sin embargo, debes saber que, a fin de cuentas, cuando llegue el momento, Grayson no te elegirá.

—No le he pedido que lo haga —replicó Lyra.

—Aún no. Aún no se lo has pedido. —A través de las llamas, Savannah contempló a Avery, que hablaba y reía con Xander y Nash—. Te ahorrarás el sufrimiento si comprendes que él siempre los elegirá a ellos. Que siempre la elegirá a ella.

«Avery». Lyra recordó lo que la heredera le había pedido: que no le hiciera daño a Grayson.

—No es quien crees —advirtió Savannah, y sin esperar respuesta, sin tan siquiera darle la oportunidad de contestar, dio media vuelta y se alejó.

Lyra se quedó allí, confusa y aturdida. «¿Qué demonios ha sido eso?».

—Yo que tú tendría cuidado con Savannah.

Lyra se volvió hacia el dueño de esa voz: Brady. Llevaba las rastas sujetas en una coleta y esas gafas de montura gruesa podrían haberle conferido un aspecto sencillo y modesto si la armadura no hubiese acentuado una constitución fuerte y musculosa.

—Estamos compitiendo —respondió Lyra—. Creo que eso significa que debería tener cuidado con todos.

Dejando de lado la diversión y los juegos, las hogueras, las luchas a caballito y las puestas de sol, todos estaban aquí para ganar, así que fue directa al grano.

—Me llamo Lyra. Y tú debes de ser Brady. Técnicamente, no nos hemos conocido.

—Lyra.

«Lai-ra». Brady había pronunciado su nombre de forma incorrecta, al igual que había hecho el desconocido que tenía por padre la única vez que lo había visto.

—Sabes que es una constelación, ¿verdad? —Brady la examinó como si estuviera leyendo una especie de libro esotérico—. La constelación de Lyra alberga una de las estrellas más brillantes visibles desde la Tierra... en el caso de que te encuentres en el hemisferio sur y mires al cielo septentrional.

«En el hemisferio sur». Lyra no sabía casi nada sobre su padre biológico, pero sí que había reclamado unas cuantas herencias, muchas de ellas en el continente sudamericano.

—Mi nombre es Lyra —afirmó con rotundidad—. Li-ra.

—Quizá sé demasiado sobre constelaciones —admitió Brady. Después, alzó la mirada hacia el cielo y Lyra, inconscientemente, hizo lo mismo—. Sé muchas cosas. Podría resultar un buen aliado en la segunda fase.

—Cuidado, señorita Kane. —Rohan apareció de la nada—. Abandonó a Gigi Grayson en las rocas, malherida. Cualquier cosa por ganar, ¿no es así, señor Daniels?

—Divide y vencerás —dijo Brady, sosteniéndole la mirada—. Una estrategia previsible.

Echando un último vistazo a Lyra, se encaminó hacia el lado contrario de la hoguera.

Lyra se anticipó a las posibles intenciones de Rohan de manipularla.

—Ni se te ocurra.

—No estaba pensando hacerlo —aseguró Rohan, esbozando una de aquellas sonrisas tan encantadoras—. Sin embargo, quizá te preguntes dónde está tu señor Hawthorne.

CAPÍTULO 9
GRAYSON

El juego de seguir al líder, tal como Grayson y sus hermanos lo jugaban de pequeños, había conducido a numerosas contusiones y dos brazos y medio rotos. Pero, cuando Jameson pronunció el desafío —bajo la forma de un placaje al vuelo seguido de la señal requerida—, la única alternativa que había tenido Grayson fue aceptarlo.

Había seguido a Jameson hasta la cara del acantilado, fuera del campo de visión del resto, completamente consciente de que su hermano estaba tramando algo. Grayson conocía a Jameson, quizá mejor que nadie. Habían nacido con trescientos sesenta y cuatro días de diferencia, un año menos un día. Durante toda su niñez, habían crecido como oponentes, como rivales.

Jameson era un maestro del paso bomba, un devoto de las emociones fuertes, un amante de los riesgos. Mientras él ponía todo su empeño en convertirse en lo que su abuelo deseaba que fuera —es decir, perfecto—, Jameson se obstinaba en correr riesgos. Y cuanto mayores eran los desafíos de Jameson, más perfecto se había visto obligado a ser Grayson.

Pese a ello, su rivalidad, de algún modo, no era ni la mitad de intensa que su vínculo. Fue esa conexión la que advirtió a Grayson, mucho antes de que llegaran a la cima y de que Jameson se situara al borde mismo del acantilado que acababan de escalar, de que algo no iba bien.

Y, en lo referente a su familia, Grayson no corría riesgos.

—Habla.

—Me encanta que me des órdenes, Gray. Me siento tan apreciado, tan querido. Después de un buen arrumaco, no hay nada como una orden.

Grayson era completa y absolutamente inmune al sarcasmo de Jameson.

—¿Jamie? Habla. Dime qué pasa.

—Sugiero algo mejor: el incienso.

Jameson lo soltó como si fuera el as que se guardaba en la manga, y así era. Había un conjunto de reglas que Grayson y sus hermanos habían acordado desde niños, tradiciones que ninguno de ellos podía romper sin una penalización significativa. El incienso, un anagrama de «en silencio», era una de ellas. En cuanto Jameson apeló a él, Grayson ya no pudo pronunciar palabra, no hasta que Jameson le cediera el turno, momento en el que ya sería elección de Grayson llegar o no a los puños.

La pregunta era por qué Jameson consideraba que lo que estaba a punto de decir acabaría en pelea, por qué había visto necesario apelar al incienso para empezar.

—Tanto si te das cuenta como si no, Lyra Kane es una amenaza —soltó Jameson.

Esa afirmación no se sostenía por ningún lado. Solo una existencia basada en el control más férreo impidió que Grayson lo dijera en voz alta. En cambio, confió en que su expresión transmitiera lo que estaba pensando: «Ve con cuidado, hermano».

—Te diría que te mantengas alejado de ella —continuó Jameson—, pero tengo ojos y, por extraño que te parezca, no me apetece morir ahora mismo, así que te diré otra cosa: asegúrate de que valga la pena, Gray. —Jameson lo miró fijamente—. Asegúrate de que no sea otra Eve.

En cuanto Jameson pronunció aquel nombre, Grayson se desabrochó la chaqueta y se la quitó.

—Si crees que estoy buscando pelea, estás equivocado —aseguró Jameson.

«Muchas cosas se encuentran sin buscarlas, Jamie».

Jameson respondió como si hubiera hablado en voz alta.

—No he terminado, Gray. Le comentaste a Nash que nuestra abuela está viva. No lo está. ¿Lo entiendes, Grayson? No lo está.

Grayson, de hecho, no lo entendía, pero acabaría haciéndolo, seguro.

—Lo digo en serio, Gray. Ni siquiera menciones su nombre.

Grayson cayó en la cuenta de que su hermano no lo había hecho; Jameson no había pronunciado ni una vez el nombre de Alice Hawthorne.

—Ni se te ocurra decir una palabra de lo que sea que crees saber —insistió—. Y nada de preguntas.

«No me preguntes por qué». El mensaje de Jameson era alto y claro. «Nada de malditas preguntas sobre Alice Hawthorne». Transcurrieron unos segundos.

—Ya he terminado —anunció Jameson, sosteniéndole la mirada—. Tu turno.

Según las reglas del incienso, ahora Grayson podía hablar. Y también, según esas mismas reglas, dependía de él decidir si prefería hablar o pelear.

—Sabes algo.

Grayson constató lo que ya era evidente.

—Suelo ser una fuente de conocimiento, pero, con respecto a esto, no sé nada. Ni siquiera tengo curiosidad. Y, al igual que vas a hacer tú, no voy a formular preguntas. No voy a tirar de un solo hilo.

Grayson observó a su hermano. Jameson había nacido tirando de hilos, buscando pasajes secretos y comportándose imprudentemente. Algo no iba nada bien.

—¿Es peligroso? —preguntó Grayson.

—No sé de qué me estás hablando —respondió Jameson con aire aburrido y las manos colgando a los costados—. Y te he cedido el turno, Gray. Tú decides.

La opción de obligar a Jameson a hablar era muy atractiva, aunque ilusoria. Grayson sospechaba que no obtendría ningún resultado.

Si había pelea, Grayson saldría victorioso, pero no por mucho, y tampoco serviría de nada.

—No quiero pelear contigo.

—Nunca lo haces, pero… —dijo Jameson.

Según las reglas del incienso, Grayson tenía que elegir lo uno o lo otro.

—Ella no supone una amenaza. —Grayson ni siquiera pronunció el nombre de Lyra—. Y no es Eve. —«Es diferente». Grayson dejó que la sensación lo embargara, que Jameson viera cómo se adueñaba de él—. Si Lyra está en peligro, necesito saberlo.

—Te he pasado el turno. —El tono de Jameson lo dejaba claro: no pensaba desdecirse—. Conoces las reglas, Grayson. Si vamos a pelear, el primer golpe es tuyo.

—No vamos a pelear —declaró Grayson, remarcando las palabras para hacer hincapié en su intención—. Pero te diré algo, Jamie —Grayson dio un paso adelante, invadiendo con firmeza el espacio personal de su hermano—. Tienes hasta que el Gran Juego termine para ocuparte de esto, sea lo que sea. Encuentra la amenaza y contenla o prepárate para revelar todo lo que sabes.

«Para revelar cualquier secreto que estés guardando. Cualquier cosa sobre Alice».

—Vaya, Grayson Hawthorne, ¿nunca te han dicho que te brillan los ojos cuando sueltas un ultimátum?

Grayson soltó un bufido.

—Vas a tener que vértelas con Nash y explicarle lo que está pasando. Lo sabes, ¿verdad?

Su hermano mayor no tenía mal genio, pero sí una vena protectora de un kilómetro de largo.

—Yo me encargo de Nash —dijo Jameson, lo que equivalía a no decir nada—. Tú céntrate en el juego. La segunda fase será fabulosa.

CAPÍTULO 10
ROHAN

Hacía un rato que había atardecido cuando Rohan se concedió tres segundos para contemplar a Savannah vestida de blanco. Llevaba la gruesa cadena de metal, ganada al principio del juego, enrollada alrededor del cuerpo, justo por encima de las caderas. Rohan se dijo que esa cadena era casi lo único que le interesaba, pero, como ya era habitual en él, «casi» nunca era suficiente.

La voz del Propietario resonó en los pasillos de su mente. «¿Qué son las distracciones, Rohan?».

Incluso a la luz del fuego, Rohan podía distinguir cada curva del cuerpo de Savannah bajo aquello que habían denominado armadura. «Una debilidad», murmuró Rohan para sus adentros. Las distracciones eran una debilidad, y puede que Rohan pecara de muchas cosas, pero no era débil.

En lugar de concederse unos instantes más para admirar a su única aliada en el juego, centró su atención en los competidores. Lyra Kane estaba sentada cerca de la hoguera. Brady Daniels se encontraba en pie a orillas del oscuro océano, con la larga espada a su lado.

Y, después, estaba el más Hawthorne de todos.

Solo una existencia en las sombras permitió a Rohan identificar la ubicación exacta de Grayson. Rastreó a la presa hasta el acantilado y trató de distinguir al hermano de Grayson, al Hawthorne que Rohan conocía mejor.

Ni rastro de Jameson.

—¿Te has dado cuenta de que uno de los creadores del juego se ha llevado a Grayson? —Savannah y su armadura blanca se acercaron sigilosamente a Rohan—. Y Grayson y Lyra han sido los dos primeros en llegar. Si fuera desconfiada, diría que este juego está amañado.

—Todos los juegos están amañados, cariño. —Rohan continuó escrutando a Grayson—. Al final, la casa siempre gana. Si has llegado hasta aquí sin advertir que, en la vida, las cosas no son justas, entonces puede que tú seas de la casa. —La voz de Rohan sonó sedosa en el aire nocturno—. Puede que siempre lo hayas sido.

Savannah disponía de un fondo fiduciario. Su madre era una buena madre, según lo que Rohan había podido averiguar antes de entrar en el juego, por no mencionar al alma cándida que tenía por hermana.

La mandíbula de Savannah se puso rígida.

—Piensas que me regalaron la carta dorada para acceder al juego.

Rohan reparó en que no había mencionado el nombre de la persona que se la había dado. De hecho, por lo que había oído, Savannah no había pronunciado el nombre de la heredera Hawthorne ni una sola vez desde la noche anterior, desde su prometedora confesión: «Avery Grambs mató a mi padre».

Rohan dudaba de que eso fuera cierto, pero no tenía intención de corregir creencias falsas que pudieran resultarle útiles.

—Para serte honesto, cariño, más que cómo recibiste la carta dorada, lo que me interesa es quién te contactó justo después. —Rohan sabía exactamente cómo proyectar la voz para asegurarse de que lo escucharan—. Tu patrocinador.

—Lo que te interesa no me importa lo más mínimo —soltó Savannah.

A lo lejos, Grayson alcanzó la base del acantilado, y Rohan se permitió contemplar a Savannah una vez más, dirigiendo su mirada lentamente hacia la gruesa cadena metálica que llevaba justo por encima de las caderas.

—Eso te hará ir más lenta.

—¿Esa es la razón de que no trajeras nuestra espada?

La espada de ambos o, más exactamente, la de Rohan, estaba bien escondida, y permanecería así hasta que se justificara su utilidad en el juego.

Tener lastre era una responsabilidad, un riesgo. «Una debilidad».

—Hay gente que ve un arma donde no la hay —señaló Rohan.

Con una floritura de mago, extrajo aparentemente de la nada una fotografía, una que se había agenciado al pasar por delante de Brady Daniels. Los bolsillos con cremallera apenas constituían un impedimento para un ladrón consumado.

—¿Qué es? —exigió Savannah.

En la fotografía, una adolescente con heterocromía —un ojo azul, otro marrón— sostenía un gran arco y apuntaba una flecha.

—El señor erudito la llevaba en el bolsillo de la chaqueta —declaró Rohan, permitiendo que Savannah observara la imagen durante unos instantes más antes de hacerla desaparecer con la misma facilidad con que la había robado—. «Una llave para cada cerradura» —citó frunciendo los labios en una sonrisa no tan sutil—. La debilidad y la motivación suelen ir de la mano. Brady aúna ambas en la chica de esa fotografía.

«Su debilidad. Su motivación». Savannah tardó un segundo en responder, solo uno.

—Sabías que esa chica formaría parte del juego.

Rohan se había esforzado en recopilar el máximo de información posible sobre el resto de los jugadores, con lo que aquello que ignoraba le parecía mucho más sugerente.

—Amor adolescente, trágico final, etcétera, etcétera —le dijo a Savannah—. La muchacha ha desaparecido, presuntamente ha muerto. Lleva años desaparecida.

Rohan no le reveló a Savannah que el nombre de la joven era Calla Thorp ni que el padre de Calla había patrocinado a uno de los jugadores eliminados, Knox Landry. Pero, pese a no disponer de esos detalles, la encantadora y despiadada señorita Grayson formuló la pregunta apropiada con admirable eficiencia.

—¿Brady tiene un patrocinador?

—No que yo sepa —respondió Rohan.

Se le olvidó indicar que dicha falta de conocimiento era ya de por sí muy significativa: sugería que Brady Daniels no suponía una amenaza en ningún caso… o que su patrocinador era un pez gordo.

Rohan había podido aprender a lo largo de su existencia que la discreción no solo acompañaba al coraje y al valor. La discreción —el hecho de pasar desapercibido siempre que lo desearas— era igual de letal que el filo de una espada.

CAPÍTULO 11
ROHAN

Faltaban cinco minutos. Rohan ubicó a los creadores del juego. Pronto, los cuatro, Avery Grambs y sus Hawthorne se reunieron ante la fogata, codo con codo, iluminados por su resplandor.

—Escuchad todos —dijo Nash. El fuego chisporroteó en medio del silencio de los jugadores—. Hay unas pocas cosas que querréis saber antes de que las cuentas atrás de vuestros relojes lleguen a cero.

Nash miró a Avery, que tomó la palabra.

—Si la primera fase del juego de este año era el Gran Juego de Escape, la segunda fase podría considerarse la Gran Carrera: una pista tras otra tras otra —anunció la heredera Hawthorne.

—No habrá atajos —señaló Jameson, tomando con su mano izquierda la mano derecha de Avery—. Cada enigma que resolváis os conducirá a una nueva pista. Para conseguirla, tendréis que firmar. Encontraréis un registro electrónico en cada etapa. Poned el reloj ante él y aparecerá vuestro nombre.

—Debéis firmarlos, todos, en el orden en que se presenten

en el juego —indicó Avery—. El primero que se registre en todos ellos, llegue al final y resuelva el rompecabezas gana.

Lo que Rohan oyó en labios de Avery fue: «Qué mala suerte si uno de los participantes extraviara su reloj».

—Para los seguidores de Maquiavelo... —Xander Hawthorne levantó una ceja a una altura increíble—. Dejadme que os diga que no se va a permitir ningún robo, manipulación o travesura no especificada de los relojes.

«Seguidores de Maquiavelo». A Rohan le habían llamado cosas peores.

—Si se produce alguna emergencia... —Jameson retomó la palabra—, podéis contactarnos por medio de vuestros relojes. Pulsad la pica en cualquier momento y los cuatro recibiremos vuestro mensaje.

—Avanzad todo lo que podáis antes de que llegue la medianoche —aconsejó Nash.

Rohan recordó las palabras que le había dicho el vaquero: «No serás tú».

«Nuestros juegos tienen corazón —había afirmado—. No serás tú, chaval».

—¿Por qué medianoche? ¿Qué sucede a medianoche? —preguntó Savannah.

—¿Qué no sucede a medianoche? —respondió Xander—. En cualquier caso, si por casualidad recibierais un mensaje nuestro a esa hora, os interesa seguirlo al pie de la letra.

Estaban a punto de dar las siete. Faltaban unas cinco horas para la medianoche. Y menos de un minuto en la cuenta atrás.

—Mirad a vuestro alrededor —ordenó Avery a los jugadores—. Solo uno de vosotros puede ganar el Gran Juego de este año, pero, en un sentido muy real, no estáis solos. —La heredera alzó su mano y la de Jameson por encima de sus cabezas con los dedos entrelazados y Rohan distinguió un anillo en el anular derecho con un símbolo que conocía a la perfección: una lemniscata. «El infinito».

—Encontraréis la primera pista en el Gran Salón —anunció Jameson—. En tres…

—Dos… —dijo Avery.

«Uno». Cuando la cuenta atrás llegó a cero, Rohan salió disparado como una bala en medio de la noche, confiando completamente en su habilidad para ganar la carrera. Lyra Kane era una corredora de fondo y no estaba hecha para esprintar, sino para resistir; la constitución corpulenta de Brady lo frenaría; Grayson esperaría a Lyra. Y Savannah…

Al bordear la base del acantilado, Rohan vio a Savannah, que atajaba por el agua a toda prisa. En un suspiro, ambos corrían por la orilla. Rohan sabía que, en teoría, no importaba cuál de ellos ganara aquella carrera hasta el Gran Salón, siempre y cuando lo hicieran antes que sus rivales. Y pese a ello…

Casi no pudo resistir la tentación de adelantarla.

—Te llevo diez centímetros de ventaja, cariño. Disfruta de las vistas.

Subieron por el acantilado. Pasaron por delante de la casa. Entraron. Rohan pisó el Gran Salón apenas cinco segundos antes que Savannah. Planeaba cerrar la puerta después de que ella entrara, pero la habían quitado.

En el umbral, Rohan se detuvo y observó lo que tenía delante.

—Fichas de dominó —dijo Savannah al verlas: miles de fichas de dominó doradas colocadas en fila y formando bucles, de tal modo que cubrían todo el suelo del Gran Salón, excepto por un angosto camino que iba desde la puerta hasta una mesa redonda en medio de la estancia. El resto de los muebles había desaparecido.

Savannah se adentró en el camino en el preciso momento en que Brady apareció en el vestíbulo.

—Cuidado dónde pisas, cariño —dijo Rohan, mirando las fichas.

Savannah ni se molestó en mirarlo o detenerse.

—No me llames «cariño».

Rohan también se adentró en el caminito, con Brady pisándole los talones. En menos de un minuto, los cinco jugadores se dispusieron alrededor de la mesa redonda. La superficie estaba hecha de anillos metálicos —cobre en el exterior, seguido de plata y después oro—. Sobre ella, había cinco copas de cristal con un líquido espeso y rojo.

Rohan levantó una a contraluz y la examinó. Una H estaba grabada en el cristal. Se concentró mientras daba un sorbo con gesto dramático.

—Sabe a granada. Mitológicamente hablando, estoy estancado.

«Un cóctel de granada. Una mesa redonda. Una H grabada en el cristal». Rohan desvió la mirada hacia las complicadas y sinuosas hileras de fichas de dominó esparcidas por el suelo mientras el resto de los jugadores tomaba sus respectivas copas.

Al levantar la última, la primera ficha de dominó cayó. El sonido de las fichas entrechocando se convirtió en estruendo cuando la hilera inicial impulsó las dos siguientes, y así sucesivamente, hasta que toda la estancia, bucles, giros y líneas se activaron a la vez.

Como si fueran fuegos artificiales.

Los anillos de metal en la superficie de la mesa empezaron a moverse y se separaron justo en el medio, revelando un compartimento oculto. En el interior había cinco objetos dorados. «Dardos».

Savannah quiso agarrar uno, pero Rohan se lo impidió con un ligero roce que le inmovilizó la mano mientras él evaluaba la situación. Los cinco dardos estaban colocados de tal manera que formaban una flor o una estrella, con las afiladas puntas mirando hacia el centro y la pluma hacia fuera. Alrededor de aquella flor, grabadas en la madera de la mesa, se leían unas palabras en inglés.

—Every story has its beginning. Take only one —Rohan leyó la frase en voz alta y después la tradujo—: «Toda historia tiene un principio. Tomad solo uno».

CAPÍTULO 12
GIGI

La verdad es que las pesquisas de Gigi podrían ir mejor. Su objetivo era del tipo melancólico y silencioso. Era como estar interrogando a una mandarina.

Una mandarina con una cicatriz en la ceja, unas marcas irregulares por tatuajes y unos pectorales de acero. Puede que esto último fuera una extrapolación, pero Gigi tenía mucha fe en su capacidad para extrapolar en lo referente a músculos del torso. De hecho, en lo referente a cualquier tipo de músculo. Por suerte, también tenía mucha fe en el poder de la perseverancia.

Al final, Nombre en clave: Mimosa acabaría cediendo. Tarde o temprano, todos lo hacían.

—Juguemos a algo —sugirió Gigi como si su captor no llevara horas ignorándola—. El juego se llama verdadero o falso.

Basándose en que la luz había dejado de filtrarse por las grietas de las paredes de piedra, Gigi dedujo que en el exterior era de noche… desde hacía un buen rato. La única razón por la que seguía viendo a Mimosa era que, cuando el último rayo de luz del exterior se había desvanecido, él había encendido una vela, la cual, en aquel momento, estaba en el suelo en un pesado candelabro de plata que parecía sacado del mismísimo siglo XVIII.

—No me gustan los juegos.

«¡Ha contestado!». Ahora que el objetivo de Gigi había empezado metafóricamente a cantar, solo le quedaba tirarle de la lengua, al estilo de un golpe a la inversa.

—De acuerdo —gorjeó Gigi—. Entonces juguemos a negativo o afirmativo.

—Es el mismo juego.

Gigi esbozó una sonrisa victoriosa.

—Para ser justos, le he cambiado el orden. Pero de acuerdo, si lo prefieres, podemos jugar a sí o no.

Esta vez, el secuestrador se recostó contra la puerta y no pronunció palabra.

«Desafío aceptado».

—Mira, mandarina, puedo pasarme el día entero así. Juguemos a otro juego. Se llama «ordenador». Tú eres el ordenador. El juego está en lenguaje binario. Un cero es un no. Un uno equivale a un sí.

—Basta.

¡Vaya, eso sí había sonado amenazante! ¿Quizá amenazante en la mejor de las acepciones?

En serio, Mimosa iba a arrepentirse —eso si ya no lo hacía— de haberle prometido que no iba a hacerle daño, porque Gigi confiaba de corazón en sus palabras. Suponía que, como mucho, disponía de un par de horas antes de que uno de los caballeros Hawthorne llegara al galope para rescatarla y pensaba que era su solemne deber aprovechar el tiempo.

—Juguemos a un juego. Se llama «va o basta». ¡La idea es

tuya! Yo digo algo, si es verdad, tú dices «va». Y si no lo es, pues dices…

—Basta.

—¡Muy bien! —Una amplia sonrisa se dibujó en el rostro de Gigi—. ¿Cómo te llamas?

—Esa no es una pregunta de sí o no.

Gigi se encogió de hombros.

—Soy una tramposa. Aún no he conocido banco del *Monopoly* que no haya atracado. Verdadero o falso: te llamas… ¿Sebastian? ¿Aaron? ¿Damon? —Hizo una pausa—. Tu silencio me dice que quieres que te llame Mimosa, con eme mayúscula, y/o mandarina, con eme minúscula, por siempre jamás.

—Slate.

¡Vaya, estaba progresando!

—¿Te llamas Slate?

—Verdadero. Y falso. Y eso es lo máximo que jugaré a este jueguecito tuyo.

Gigi respondió como si su captor le acabara de preguntar algo.

—Falso.

Slate, que parecía ser igual de duro de mollera que sus abdominales, no lo encontraba divertido.

—¿Nunca te han dicho que es mala idea llevarle la contraria al tipo de la navaja?

Gigi desvió la mirada hacia la mano de Slate. Por lo que veía al resplandor de la vela, era cierto que sostenía una navaja…, pero estaba segura al noventa y cuatro por ciento de que la tenía envainada. Slate estaba muy equivocado si creía que iba a asustarla con eso. Gigi Grayson estaba hecha de un material más rígido y menos sensible.

—¿No será esa la navaja que llevé adherida al muslo casi toda la noche de ayer? —preguntó—. Porque, si es así, esa navaja y yo somos viejas amigas. Y, francamente, Slate, suelen decirme muchas veces que es mala idea. Es difícil llevar la cuenta.

Ahora que Gigi había conseguido una respuesta, una buena técnica de interrogatorio dictaba llevar la conversación hacia aquello que deseaba saber en realidad, en este caso: 1) ¿Qué tramaban él y Eve?, 2) ¿Qué papel desempeñaba el Gran Juego en sus infames planes?, y 3) ¿A qué se refería Slate cuando había insinuado, sin lugar a dudas, que Eve no era la única amenaza?

—Verdadero o falso —dijo Gigi—. Eve tiene un participante en el juego.

No era más que una suposición, pero tenía lógica. Le habían dicho que había un grupo de ricachones que se había tomado el Gran Juego como algo personal. Quizá Eve era una de ellos. Quizá participaba para demostrar que era más formidable de lo que todos creían.

Por mucho que le costara admitirlo, la comprendía.

—Verdadero o falso: Eve tiene una necesidad psicológica profundamente arraigada de ganarse la admiración, el respeto y el afecto de los demás.

Slate no respondió.

—Verdadero o falso —continuó Gigi alegremente y sin piedad—. Aún no han eliminado al jugador de Eve. Si lo hubieran hecho, no te habría importado que encontrara el micro. —Gigi se dejó llevar y lanzó otra conjetura—. Descartando a mis hermanos, quedan Brady, Lyra y Rohan…, y tu melancolía se ha vuelto aún más melancólica cuando he mencionado el nombre de Brady.

En realidad, Gigi no sabía qué hacer con esa información.

—Además... —Sherlock Gigi estaba sobre la pista—. Mis aguzados instintos me dicen que Rohan tiene poco estómago para ser el lacayo de nadie... Vamos, que su cintura es sobrenaturalmente pequeña comparada con el resto de su cuerpo.

—¿Nadie te ha dicho que eres muy mala juzgando a la gente?

—¡Todo el tiempo! —respondió Gigi, esbozando una sonrisa ante su comentario mordaz.

Solo con pronunciar el nombre de Brady había recordado lo mal que había interpretado aquella situación. Gigi había confiado en Brady Daniels... y no debería haberlo hecho.

—¿Es Lyra? —preguntó Gigi—. Porque espero que, por el bien de Grayson, Lyra no sea la jugadora de Eve.

Más silencio.

«Ha llegado el momento de cambiar de tema para hacerle bajar la guardia».

—Las muescas en la funda de la navaja... ¿qué significan?

Gigi las había contado durante el juego y sabía que eran trece.

—Quizá sean las personas que he secuestrado. O los actos horribles que he cometido.

Gigi daba más crédito a esa segunda opción, aunque tampoco es que fuera muy buena en distinguir cuando alguien mentía.

—Juguemos a un juego. Se llama «sí, no o quizá».

Gigi oyó que Slate daba un paso hacia ella.

—De acuerdo, preciosa. Juguemos.

Su pelo ya no le cubría la cara, pero la luz era tan tenue que Gigi seguía sin poder distinguir la cicatriz que le cruzaba la ceja.

Era hora de formular una pregunta que valiera la pena.

—¿Hay alguien más en la Isla Hawthorne?

—Define «alguien más».

—Alguien que no sea un jugador ni los creadores del juego. Que no seas tú. Que no sea Eve.

—Quizá.

Ahora Slate la miraba directamente.

—Anoche, cuando la luz se cortó… ¿fuisteis tú y/o Eve?

Slate bajó la mirada hacia la navaja que sostenía en la mano.

—No.

Por fin lograba sonsacarle algo: una pieza del rompecabezas. Cuando había sugerido que existía otra amenaza ahí fuera, se había referido al lugar, a la Isla Hawthorne, a una que interfería con el juego. «¿Otro patrocinador?».

El sexto sentido que Gigi tenía para los chicos ensimismados y melancólicos le dijo que ya le había sonsacado todo lo que se le podía sonsacar a Slate… de momento.

Como si tuviera voluntad propia, su mirada se posó en la navaja. «Enfundada, sin duda».

—¿Cuántos actos horribles has cometido? —se vio obligada a preguntar.

—¿Contando este? —Slate desenvainó la navaja—. ¿Contándote a ti? —Llevó el filo de la navaja al cuero y añadió una muesca—. Catorce.

CAPÍTULO 13
LYRA

Lyra cogió un dardo dorado. «Cinco dardos. Cinco jugadores». Durante un buen rato, todos permanecieron allí, en pie, con un dardo en la mano y midiéndose entre ellos.

El juego había comenzado.

Lyra leyó las palabras grabadas en la mesa. TODA HISTORIA TIENE UN PRINCIPIO.... Los creadores del juego ya lo habían dicho en el pasado. Estaba incluso grabado en las llaves de sus dormitorios. «Tiene que significar algo».

En el extremo opuesto de la mesa, Brady llevó el dardo a la altura de sus ojos. A la derecha de Lyra, Savannah empezó a desmontar el suyo. Rohan tomó un sorbo de champán de su copa y, acto seguido, apuntó el dardo hacia Grayson.

—Tienes toda la pinta de saber algo —manifestó Rohan.

—No sé nada. —Grayson hizo girar el dardo entre las yemas de los dedos, examinando cada centímetro—. Aún no.

Lyra siguió observando a los competidores mientras hacía lo propio con su dardo. Unas marcas, unos anillos cerrados, rodeaban la caña. A intervalos, se apreciaban otras marcas, unas líneas diagonales, diseminadas en dichos anillos.

De repente, Brady apretó el puño bruscamente sobre el dardo y salió de la estancia.

—Y, entonces, solo quedaron cuatro.

Rohan se llevó de nuevo la copa a los labios con dramatismo, al parecer indiferente a su dardo… o al de los demás.

«Quizá los dardos no son la pista». Lyra reflexionó durante unos instantes. Las copas de champán, las fichas de dominó o las palabras grabadas en la mesa podían albergar esa primera pista prometida por los creadores del Gran Juego.

Rohan bajó la copa y desvió su atención completa y perceptiblemente hacia Savannah. La contempló como si una mirada pudiera hacer algo más que matar, como si pudiera acariciar.

—Rohan —dijo Grayson, entornando los ojos—. Me gustaría hablar contigo.

Rohan le sostuvo la mirada y, dejando la copa sobre la mesa, esbozó una sonrisa impávida y pícara. Alzó la mano derecha hacia el rostro de Savannah.

Pese a que, por lo que Lyra había podido saber de Savannah Grayson, aquel gesto era la mejor manera de perder dicha extremidad, ella se lo permitió.

Lentamente, Rohan acarició la mandíbula de Savannah con la yema de los dedos y siguió hasta el cuello.

—Celestial —dijo Rohan—. Sibarita. Voluptuosa. Ya está todo dicho, señor Hawthorne.

Al presentir el peligro, Lyra se sintió obligada a devolverle a Grayson el favor de la noche anterior. Llevó la mano a su nuca, tratando de animarlo para que no cometiera un asesinato.

—Yo también tengo algo que decirte —soltó Grayson con calma, en un tono espeluznante—. Dejaré que tú mismo lo imagines.

—Ah, mi imaginación no tiene parangón. —Rohan hizo girar el dardo dorado en sus cálidos dedos de piel oscura y, a continuación, volvió a levantar la copa de cristal con la misma mano que sostenía el dardo, brindando en silencio hacia Grayson—. Igual que la de tu hermana.

Aunque Lyra notó como los músculos del cuello de Grayson se tensaban, este apeló a su férreo control.

Tentando la suerte, Rohan le guiñó un ojo a Grayson y abandonó la estancia, con la mirada puesta en las fichas de dominó caídas. Savannah fue tras él, pero Grayson le cortó el paso.

—Savannah, ten cuidado.

—Yo podría decir lo mismo —respondió—, pero eres un hombre, y, por lo que tengo entendido, los hombres nunca deben tener cuidado. Qué fascinante es la anatomía, ¿verdad?

Lyra rio entre dientes. En otras circunstancias, la hermana de Grayson le habría caído bien.

Con la cabeza bien alta, Savannah pasó ante Grayson y abandonó el Gran Salón. Grayson se volvió hacia Lyra.

—Si hubiese sido uno de mis hermanos pequeños, te aseguro que le habría dicho lo mismo.

—¿Siempre has sido tan sobreprotector? —preguntó Lyra.

—Siempre he sido tan protector como sea necesario.

Lyra pensó en cuando Grayson se había interpuesto entre ella y el borde del acantilado, pero se obligó a ahuyentar el recuerdo.

—Quizá la pista no sea el dardo.

Grayson examinó las fichas doradas de dominó que cubrían el suelo del Gran Salón y, a continuación, se dirigió hacia una sección en particular y se arrodilló ante ella.

—Es una espiral de Fibonacci. Obra de Xander, sin duda.

—Grayson la observó durante unos instantes y, después, alzó el dardo—. Sin embargo, esto lleva el nombre de Jameson escrito por todas partes.

Jameson era el hermano con quien Grayson había desaparecido en la hoguera.

—Y eso ¿por qué? —preguntó Lyra, colocándose junto a él ante el patrón en espiral sobre el suelo.

—Jameson es... competitivo. Intensa y frecuentemente imprudente. Intrépido en extremo. Nuestra madre siempre decía que era insaciable. —Grayson lo soltó con un matiz en la voz que Lyra no logró identificar.

—La especialidad de Jamie siempre ha sido desear con una intensidad capaz de eclipsar al sol, ya sea una victoria, una respuesta, una ráfaga de emoción.

«Por el contrario, tú no te permites desear nada en absoluto». Lyra se agachó junto a Grayson, agarró una ficha dorada y le dio la vuelta, revelando el anverso: cinco puntos por encima de la línea del centro y tres por debajo. Lyra cogió otra ficha y encontró la misma combinación. Cinco y tres.

Rebuscó en el bolsillo de su chaqueta y sacó los dados de cristal. Los lanzó y miró a Grayson de manera significativa.

—Cinco y tres.

Grayson hizo lo propio con su par de dados, los cuales, a diferencia de los blancos de Lyra, eran rojos.

—Seis y dos.

Al dar la vuelta a una de las fichas, esta reveló la misma combinación de números.

«Cinco y tres. Seis y dos».

—¿Qué significado tiene? —preguntó Lyra en voz alta—. ¿Qué representa que los números sean los mismos?

Grayson se puso en pie.

—En los juegos de mi abuelo, los llamábamos «ecos». Eran detalles o motivos que se repetían de un juego a otro, o incluso dentro del mismo juego. Algunos ecos no significaban nada. Otros eran el eje de todo, la parte fundamental de una secuencia de enigmas. No sabes con qué tipo de eco estás lidiando… hasta que lo sabes.

Grayson miró hacia la puerta del Gran Salón.

—¿Nos retiramos a algún lugar con más privacidad?

«Solo para trabajar en el enigma», dijo Lyra para sus adentros.

Sosteniendo todavía la copa de champán que no había probado, recogió los dados con la mano que le quedaba libre.

—¿Adónde?

—A mi dormitorio —indicó Grayson, guardándose los suyos.

Tomó la copa de champán que había sobre la mesa y se encaminó hacia una pared lateral del Gran Salón, deteniéndose ante el punto donde, el día anterior, habían descubierto una puerta oculta. Del mismo bolsillo en el que acababan de desaparecer los dados, sacó una llave de bronce de idéntica apariencia a la de Lyra. Pegó la llave plana a la pared y la puerta oculta se abrió, revelando una sombría escalera.

—¿No podrían haberte dado una de las habitaciones de los jugadores eliminados y ya está? —preguntó Lyra con ironía.

—Es lógica Hawthorne —respondió Grayson—. Encontrarla era parte de la gracia.

Señalando con el mentón hacia el hueco de la escalera, hizo una reverencia y, clavando sus ojos en los de Lyra, añadió:

—Tú primero.

CAPÍTULO 14
GRAYSON

Mientras Grayson bajaba por la escalera sin luz detrás de Lyra, atento al sonido de sus pasos, recordó la advertencia de Jameson. «Tanto si te das cuenta como si no, Lyra Kane es una amenaza». Al llegar al pie de la escalera, se adelantó, tratando de devolver su atención al presente: la cámara metálica, el teatro, una puerta y otra más, la sensación de estar allí con Lyra.

«Asegúrate de que valga la pena, Gray. Asegúrate de que no sea otra Eve».

Grayson se detuvo en el umbral del salón de baile revestido de mosaico. Ahora lo presidía un único mueble: una cama de tamaño *king-size.* «Estructura negra. Almohadas negras. Sábanas negras». El antifaz y el esmoquin que Grayson había llevado en el baile de máscaras descansaban sobre las sábanas.

—¿Este es tu dormitorio? —preguntó Lyra.

—Durante el Gran Juego, sí —confirmó Grayson, atravesando la oscura y brillante pista y arrodillándose a los pies de la cama de ónix.

Primero depositó la llave en el suelo; después, la copa de

champán y el dardo dorado. Acto seguido, sacó la espada de debajo de la cama, colocándola junto al resto de los objetos.

—Al inicio de un juego, resulta de ayuda ver todas las piezas del rompecabezas que te han proporcionado —comentó.

Grayson sacó los dados de cristal que había encontrado en su atuendo para la segunda fase, tras la cremallera del bolsillo de la chaqueta. Los puso junto a los otros objetos y observó el conjunto.

—Tu turno —le dijo a Lyra.

Con una gracia natural, Lyra se dejó caer y se sentó en el suelo. Una vez que hubo sacado sus objetos, giró el brazo. Grayson vio la insignia que llevaba sujeta a la manga.

Iba a quitársela, pero él la detuvo.

—No forma parte del juego. El año pasado también las dimos a los diez mejores jugadores.

«Un jugador siempre será un jugador», habían dicho los creadores entonces. Desde el momento en que concibió el Gran Juego, Avery había deseado que se sintieran parte de algo, que pensaran que jugar había tenido sentido pese a no haber ganado. En el pasado, Grayson y sus hermanos también le habían dado una insignia a Avery.

—Te creo.

Lyra tomó la llave de la habitación de Grayson y la suya, y las comparó, haciéndolas girar entre sus dedos. Grayson vio lo mismo que ella: tenían las mismas palabras grabadas, tanto en el anverso como en el reverso.

EVERY STORY HAS ITS BEGINNING... TAKE ONLY YOUR OWN KEY.

—Toda historia tiene un principio. Coged solo vuestra llave —tradujo Grayson—. Un eco. Es casi igual al de la mesa… y los dos están en inglés.

Lyra ladeó un poco la cabeza y, a continuación, sacó los gemelos que colgaban de su cadera. Se los puso y examinó de nuevo las palabras en las llaves.

—¿Ves algo? —preguntó Grayson.

—No.

Lyra bajó los gemelos y los guardó otra vez, insertándolos en la trabilla de los pantalones. La mente de Grayson voló a la dueña anterior. «Odette Morales». La anciana sabía algo, mucho más de lo que les había revelado, y Grayson se había pasado gran parte de la infancia aprendiendo cómo y dónde presionar para obtener resultados. Pero de momento...

—Hiciste bien en seguir tu instinto —declaró señalando con el mentón hacia los gemelos—. Nos serán de utilidad en algún momento de todo esto.

—Todo esto. —Los ojos color ámbar de Lyra brillaron con algo parecido a la anticipación, la determinación, o ambas cosas—. Una pista tras otra tras otra.

—Un juego Hawthorne auténtico y genuino —respondió Grayson—. Casi todas las secuencias de enigmas que diseñó mi abuelo comenzaban con una colección de objetos como esta. —Grayson hizo una pausa, paseando la mirada por cada uno de ellos—. Las llaves eran uno de sus favoritos.

«Llaves... y cuchillos. Anillos. Cristal». Por primera vez en años, Grayson recordó un objeto concreto de un juego concreto: una bailarina de cristal.

—¿Tu abuela también jugaba a esta clase de juegos? —preguntó Lyra.

«Alice».

—¿Cómo iba a saberlo? —respondió.

Era la verdad, pero también era una manera de rehuir el

tema. Por precaución. Jameson había dejado muy claro que mencionar a Alice traería consecuencias.

—Mis sueños empiezan a parecerse a uno de los juegos de tu abuelo —comentó Lyra junto a él—. Como si, antes de morir, mi padre me hubiese presentado una serie de objetos y acertijos. Omega. «A Hawthorne». Una cala. Un collar con tres caramelos. —Los ojos de Lyra se clavaron en él como si fueran un fogonazo en mitad de la noche—. Tres, Grayson.

«Siempre hay tres», pensó Grayson inconscientemente.

—En un juego Hawthorne, ¿cómo sabes qué significado darle? —lo presionó.

Grayson sintió la tentación de ayudarla a desvelar el misterio, pero había dado su palabra a Jameson hasta el final del juego, y era un hombre de honor.

—La única forma de saber realmente qué significa cualquier objeto de un juego Hawthorne es tocándolo —dijo Grayson, agarrando la copa de champán y devolviendo la atención de Lyra a lo que tenían entre manos. —Se llevó la copa a los labios y degustó su contenido—. Granada, y un toque de licor de flor de saúco.

Lyra hizo lo mismo y tomó un sorbo de su copa.

Grayson se esforzó por desviar la mirada de sus labios.

—La bebida. La copa. El dardo. —Hizo una pausa, solo una fracción de segundo en la que le sostuvo la mirada—. Los números del dominó y los dados. La espada. La llave.

Grayson captó el instante exacto en que la recuperaba, en que volvía a estar allí, en ese momento, concentrada en el juego, a salvo. Y, pese a ello, sabía que era una victoria temporal.

Lyra Catalina Kane no era de las que daban su brazo a torcer, ante nada, por mucho tiempo.

CAPÍTULO 15
ROHAN

Rohan echó un vistazo a la estancia. La biblioteca del quinto piso era circular, con estantes curvados repletos de lo que debían ser, como mínimo, un millar de libros. Acarició los lomos, uno tras otro, grabando los títulos en su mente mientras esperaba a que Savannah lo soltara.

—Utilízame otra vez para fastidiar a mi hermano y te aseguro que verás las estrellas desde el suelo.

La señorita no defraudaba. Rohan admiraba su moderación: había esperado hasta encontrarse los dos solos para pronunciar esas palabras con su voz de cristal tallado.

—Suena prometedor —respondió Rohan con picardía, la suficiente como para trasladarle que la perspectiva de estar en el suelo no le parecía del todo desagradable. Al fin y al cabo, había más de una forma de ver las estrellas. Comenzó a pasearse por la habitación, pero Savannah le cortó el paso.

—¿Qué estamos haciendo aquí arriba? —preguntó posando una mano en el pecho de Rohan para enfatizar la pregunta.

Él desvió la mirada de los libros a la copa que Savannah sostenía en la otra mano.

—Deberías probarlo —sugirió señalando con el mentón su contenido.

—Puede que lo haga cuando tenga sed. Aún no has contestado mi pregunta.

Quería saber qué estaban haciendo allí, así que Rohan la complació.

—Vidrieras en el techo. Estantes. Libros. —Sostuvo la mirada plateada de Savannah durante unos segundos y, después, continuó con su recorrido por la estancia—. ¿Alguna vez has tratado de salir de un laberinto, cariño? Si empiezas por el principio, no dejas de dar giros equivocados y de tomar docenas de callejones sin salida. Sin embargo, si lo haces por el final, no encuentras tantos. En un juego en el que las pistas se conectan, la solución de un enigma apunta a la ubicación de la siguiente pista.

—Puntos de referencia.

Los glaciales ojos azul grisáceo de Savannah se entornaron muy levemente, acentuando el igual de leve agrandamiento de sus pupilas.

—Puntos de referencia... u objetos relevantes. —Rohan terminó de inspeccionar la estancia—. Por muy deslumbrantes y complicados que sean los acertijos, tienen un número finito de soluciones. Quizá haya un libro en estos estantes cuyo título esté relacionado de una manera u otra con los dardos... o las dianas. Quizá no. Pero el hecho de haber estado aquí arriba, de recordar el contenido de esta estancia, abrirá nuestra mente a posibles respuestas... para esta pista y para la siguiente, y para la que vendrá después.

Tras esas palabras, Rohan se dirigió a la escalera de caracol. Debían reconocer aún más terreno.

—Y para que conste —dijo comenzando a bajar por los peldaños—, ahí abajo no te he utilizado para fastidiar a Grayson, sino que más bien me he puesto a tu disposición para que me utilizaras tú a mí.

Rohan había oído la advertencia que Savannah le había hecho a Lyra en la hoguera y había intuido que no solo hablaba por Lyra en lo de caer en la trampa Hawthorne.

Al asegurarle que Grayson no la elegiría, ella lo decía por experiencia propia.

—Tu hermano te lastimó. —Rohan arriesgaba su vida al atreverse a decir eso en voz alta—. Y mal.

—Hermanastro, y ya te lo he dicho antes: yo no hago nada mal. —El control de Savannah era absoluto—. Peldaños —añadió deliberadamente—. Una barandilla.

Eran posibles puntos en los que desembocaban las pistas. Llegaron al rellano del cuarto piso y Savannah continuó:

—Siete dormitorios. Un reloj.

—No un reloj cualquiera.

Rohan comprobó las manecillas que marcaban las horas, los segundos y los minutos, los números romanos que indicaban qué hora era.

—Va treinta segundos adelantado respecto a nuestros relojes.

—¿Y eso significa que…? —Savannah siempre hacía que cualquier pregunta sonara como un desafío.

—De momento, nada —respondió Rohan—. Quizá no signifique nunca nada.

Se subió a la barandilla y bajó deslizándose por ella hasta el vestíbulo. Cuando aterrizó, se agachó de inmediato al suelo y acarició el mármol con la palma de la mano.

—El comedor, el estudio y el Gran Salón desempeñaron un papel importante en la primera fase, lo que los convierte en objetivos de menor valor para nuestros propósitos, obviando las nuevas adquisiciones del Gran Salón —señaló.

—Las fichas de dominó. La mesa. Los dardos y las copas. —Savannah se agachó junto a Rohan, al parecer con el único propósito de mirarlo fijamente—. Sin embargo, me apostaría algo a que nuestro primer acertijo no conduce a otra pista en la misma estancia, lo que significa que el Gran Salón queda descartado. De hecho, apostaría a que nuestra próxima pista no está ni siquiera en esta casa. Vamos vestidos para enfrentarnos a los elementos.

«Sobre todo tú, cariño».

—¿Qué encontraríamos si bajáramos otro piso? —la desafió Rohan.

—Dos puertas.

Nadie adoptaba aquella actitud de indiferencia total como lo hacía Savannah Grayson.

—Una repleta de engranajes, y la otra, de mármol blanco con vetas doradas.

—Tienen una afición terrible por las cosas doradas en este juego, ¿no crees? —señaló Rohan, sacando el dardo.

—Dardo dorado, puerta dorada. —Savannah se puso en pie—. Es demasiado evidente. Además, la puerta en cuestión tiene un disco de tres niveles. Cuando una pista nos lleve allí, lo sabremos porque la respuesta al enigma anterior serán tres números.

—En ese caso, cariño… —Rohan se irguió también—. ¿Vemos cómo es el exterior de la casa? Te echo una carrera hasta el lugar en que nos conocimos.

CAPÍTULO 16
ROHAN

—¿Qué ves? —preguntó Rohan desde la cima del mástil.

—Una noche estrellada y poco más.

Savannah se concedió unos instantes para admirar las vistas desde una altura de quince metros.

Rohan soltó una mano y la llevó a la sien de Savannah, acariciándola ligeramente con la yema de los dedos.

—¿Qué ves? —repitió. Pese a la oscuridad de la noche, ya había trazado mentalmente un plano detallado de la isla—. Las ruinas, el bosque quemado, los árboles que resistieron. Unos arcos de piedra con un embarcadero. Matorrales espinosos. El helipuerto. La casa. Y, debajo de uno de los muchos acantilados que hay en esta isla, una hoguera que juraría que ya no está encendida. ¿Qué más?

Aunque Rohan había sido entrenado para no ignorar nada, el hecho de contar con un aliado suponía disfrutar de una perspectiva adicional.

—Una escalera de piedra —dijo Savannah en la oscuridad—. Otro embarcadero. Pruebas.

—¿De qué? —soltó Rohan.

Como siempre, Savannah Grayson no vaciló.

—De que los Hawthorne se salen con la suya por ser Hawthorne.

Se refería al fuego que había devastado la isla décadas atrás... y a su padre. «¿A quién culpas, a los Hawthorne o a Avery Grambs?». La furia de Savannah era un monstruo con muchas cabezas. En opinión de Rohan, constituía tanto una fortaleza como una debilidad. «Utiliza la fortaleza ahora. Explota la debilidad después».

—Canalízalo, cariño.

—Me parece que te confundes, inglés. —Incluso en medio de aquella oscuridad, en el tono de voz de Savannah se percibía que levantaba una ceja—. Tú no eres el profesor, y yo no soy tu alumna. He venido por un motivo, y no eres tú.

Rohan esbozó una sonrisa.

—Soy un excelente bastardo, cariño, no el motivo de nadie.

Sus piernas, enrolladas al mástil, se rozaban. Rohan acercó el rostro al de Savannah.

—Imagina un dardo dorado. No pienses. No dudes. No respires siquiera. ¿Qué estamos buscando, Savvy?

Una serie de respuestas acudieron a su propia mente.

—Una diana —dijo ella—. O un objeti...

Los aguzados sentidos de Rohan lo alertaron.

—Nos... vigilan —la interrumpió.

Tenían compañía. A pesar de a la oscuridad que los rodeaba, no tardó ni un segundo en ubicar la compañía en cuestión. «Hola, señor Daniels».

—En un juego como el que nos ocupa —le dijo a Savannah—, algunos competidores juegan, mientras que otros juegan con los otros jugadores. La opción más lógica para resolver un enigma es seguir a tus rivales mientras ellos tratan de resolverlo.

Rohan debería haber sabido que aquello no iba a gustarle a Savannah Grayson. En menos de un segundo, ya se había deslizado por el mástil y estaba en el suelo. Rohan la siguió, pero a cierta distancia, interesado en su reacción.

—La chica por la que juegas —le dijo Savannah a Brady con esa voz de alta sociedad, cristalina y férrea—. La que perdiste. ¿Cómo se llamaba?

Brady ni siquiera pestañeó.

—Se llama Calla.

«Se llama, en presente», pensó Rohan.

—Así que juegas y tratas de ganar el juego por Calla —afirmó Savannah—. El dinero puede mover montañas. ¿O quizá pueda hacerlo tu patrocinador?

«Directa a la yugular».

Brady clavó la mirada en ella durante unos instantes.

—No te pareces en nada a tu hermana.

Savannah había conseguido sacarlo de quicio. Brady trataba de hacer lo mismo con ella. Gigi era su debilidad, una de las pocas que tenía.

Sin embargo, ante las palabras de Brady, Savannah no se amilanó.

—Yo nací primero. Sería más apropiado decir que ella no se parece en nada a mí.

CAPÍTULO 17
GIGI

—No volveré a repetirlo: deja de hacer preguntas y duérmete.

El casi gruñido de Slate implicaba que probablemente estaba a punto de explotar. Gigi lo percibía.

—Mira, creo que la falta de sueño es mucho más divertida —respondió recostándose sobre aquella manta peluda que le había proporcionado de forma tan atenta.

En un secuestro, los pequeños detalles marcaban la diferencia. Entrelazó las manos y las colocó detrás de la nuca, observando la oscuridad de la misteriosa morada en la que se encontraban como si contemplara las estrellas.

—Una vez, bebí tanto café que estuve despierta toda la noche y se me apareció un ratón vestido con un peto sentado en los hombros de un policía que era real. —Gigi esbozó una sonrisa santurrona—. Pero, si a ti te apetece dormir, adelante.

—Buen intento, preciosa. Hoy no voy a pegar ojo.

En la oscuridad, percibió un diminuto destello. «Su móvil».

—¿Estás esperando una llamada? —preguntó Gigi—. ¿Quizá de alguna Ev-illana?

—No pienso hablarte de Eve.

«¡Sin duda un gruñido! ¡Progreso adecuadamente!».

—Sé quién es su padre. —Gigi se incorporó y se apoyó sobre los codos. A veces, la manera de hacer que alguien hablara era no dejar de hablar hasta que lo hicieran ellos—. Se le escapó a Grayson. Eve es la hija biológica de Toby Hawthorne, y Toby, claro, es el tío misterioso de Grayson, que ya no está para nada muerto.

—Y que ha dejado de ser un Hawthorne —puntualizó Slate.

Grayson le había dicho a Gigi que la situación era complicada.

—El que ha sido Hawthorne lo es siempre —objetó ella.

—Sí, ya, eso díselo a Eve.

«Así que se trata de eso», comprendió de repente, tan segura como que se llamaba Gigi. Eve no estaba interfiriendo en el Gran Juego por competir con otros ricos patrocinadores. Era un asunto personal.

—¿Problemas con la figura paterna? —sugirió Gigi—. Sé muy bien lo que son.

Slate se sumió de nuevo en ese silencio ensimismado y melancólico, y Gigi decidió cambiar de táctica.

—Dime, mi rubio y perverso amigo, ¿nunca te has sentido impulsado a hacer lo correcto, lo que te convertiría en un héroe? —Y, en voz baja y dramática, añadió—: Parpadea una vez para decir que sí y dos veces para decir que no.

—Aquí apenas hay luz. No puedes verme los ojos. Y no somos amigos.

—Sí lo somos, y da la casualidad de que, de vez en cuando, ejerzo de vidente. Mis poderes intuitivos me dicen que no estás parpadeando en absoluto.

Si llegara a encontrar un ápice de bondad en él, si él la encontrara, quizá podría convencerlo de que la soltara.

Casi no contaba como secuestro si duraba menos de ocho horas.

—¿Quieres saber qué pienso sobre hacer lo correcto, preciosa? ¿Sobre tratar de ser un héroe? —Slate ahora no gruñía. En su voz no había nada, ni una pizca de emoción o énfasis—. Creo que soy más peligroso cuando mis intenciones son buenas.

«¿Como ahora?». Gigi acarició lentamente la suave tela debajo de ella.

—Podrías soltarme —sugirió en voz baja.

—Podrías dormir.

«Pues va a ser que no, amigo».

—Volviendo al tema de Eve y su conflicto con la figura paterna... —dijo Gigi con solemnidad.

Sin embargo, se detuvo porque, de repente, media docena de detalles acudieron en tromba a su mente.

Detalles como que el collar que había llevado durante el juego, que había resultado ser un dispositivo de comunicación bidireccional, casi con certeza estaba destinado a otra persona. A una mujer.

Detalles como el hecho de que, cuando Gigi había considerado los potenciales candidatos al patrocinio de Eve, solo había considerado a tres de las cinco jugadoras.

Detalles como EL SECRETO que Gigi había estado guardando durante el último año y medio.

«Era un asunto personal».

«Conflictos con la figura paterna».

—¿Estás bien? —preguntó Slate.

Por lo visto, no se fiaba de su silencio, pero Gigi apenas lo oyó.

Estaba sumida en sus pensamientos, en el hecho de que, más de un año atrás, cuando Slate la abordó por primera vez, Gigi buscaba a su padre y Grayson procuraba que no descubriera la verdad.

EL SECRETO.

¿Y si Slate lo sabía? ¿O Eve? Gigi sintió que su corazón latía con fuerza y que se le cerraba la garganta. «Conflictos con la figura paterna».

Aunque no se atrevía a formular la pregunta, no le quedaba otra opción.

—La jugadora de Eve en el juego… ¿es mi hermana?

CAPÍTULO 18
LYRA

«Una H tallada en el cristal. Cinco y tres, seis y dos. Un dardo dorado». Lyra apuró el líquido que contenía la copa. Grayson tenía razón, sabía a algo floral... un poco agridulce. Como miel y rosas.

—Descártalo todo, excepto el dardo —dijo Grayson junto a ella sobre el suelo de mosaico.

—¿Es eso una sugerencia o una orden? —respondió Lyra.

—¿Ahora cumples órdenes? —repuso Grayson con picardía.

—No muy bien.

—¿Y crees que no me he dado cuenta?

—Probablemente sí lo hayas hecho —respondió Lyra, encogiéndose ligeramente de hombros.

—Entonces supongo que, lógicamente, era una sugerencia —dijo Grayson.

Lyra cogió el dardo dorado.

—El dibujo... —dijo pasando la yema del pulgar por la caña y deteniéndose al percibir la primera muesca que había advertido ya en el Gran Salón—. Unas marcas diagonales cortan los círculos.

Grayson inspeccionó rápidamente su dardo.

—Hay diez líneas diagonales, de idéntico tamaño, que recorren toda la circunferencia del dardo. ¿Cuál es el patrón?

«Siempre hay un patrón, ¿verdad?». Lyra cerró los ojos e hizo girar el dardo entre los dedos, sintiendo las muescas: diez, tal como había dicho Grayson.

—Siempre lo haces. Lo de cerrar los ojos —comentó él.

—No soy una persona visual. —En el caso de Lyra, eso era quedarse cortos—. Necesito sentir las cosas.

Lyra ni siquiera conseguía conjurar la imagen de Grayson con los ojos cerrados, pero el roce de su cuerpo contra el suyo, su leve aroma a cedro y a hojas caídas...

—Hay una marca cada cuatro círculos. Ese es el patrón —soltó Lyra abriendo los ojos.

—Cuatro círculos. Una línea diagonal. —La voz de Grayson cambió—. Como si se llevara una cuenta.

Lyra giró el dardo entre los dedos y comprobó que tenía razón. Desde cualquier perspectiva, podía ver lo que parecían unos símbolos de almohadilla: cuatro líneas con una quinta cortando la diagonal.

—Cinco, diez... —Dejó de contar y fue directamente a la respuesta—. Cincuenta.

—Diana, el centro de una diana —exclamó Grayson a su lado—. En los dardos, la única forma de conseguir cincuenta puntos de un solo lanzamiento es el centro de la diana.

La adrenalina inundó las venas de Lyra.

—Así que estamos buscando un blanco, un círculo, una diana.

—Exacto, una diana.

Lyra tuvo un pálpito.

—¿Qué sabes, Hawthorne?

—¿En qué lugar de esta isla hemos visto una diana? —respondió Grayson.

Lyra ahuyentó el deseo de agarrarlo por el cuello de la camisa y pedirle que continuara hablando.

—Ya te he dicho que no soy una persona visual.

Grayson dejó el dardo a un lado y tomó la copa.

—Tenemos la respuesta ante nuestras narices, y es una pista muy Hawthorne.

Tomó la mano de Lyra, que le permitió que la guiara hacia la copa y trazara lentamente con el pulgar un círculo alrededor de la H tallada en el cristal.

Le había dicho que necesitaba sentir las cosas. Él lo había registrado, y en ese momento, con los ojos bien abiertos, Lyra estaba sintiendo demasiado.

—La típica señal para un helipuerto es una letra H en el interior de un círculo —indicó Grayson.

Lyra evocó su llegada a la Isla Hawthorne. Aunque no llegaba a ver el helipuerto, recordaba haber pensado que Jameson Hawthorne había aterrizado justo en el centro.

Justo en el centro de la diana.

CAPÍTULO 19
GRAYSON

Grayson se preguntaba si Jameson y Avery habían sentido lo mismo mientras se enfrentaban a los enigmas del viejo. El aire del helipuerto estaba cargado, como si se hubiera desatado una tormenta eléctrica. Unas franjas de luz se iluminaron en los bordes de cemento. Allí, en medio de la plataforma, estaba el punto de aterrizaje.

—La diana —anunció Grayson.

Avanzaron en perfecta sincronía hasta el centro, donde encontraron un círculo de aproximadamente la misma longitud que el brazo de Grayson, desde el hombro hasta la punta de los dedos.

«El *bull's eye*, o centro de la diana». Grayson se puso en cuclillas y acarició la superficie, palpando el cemento con las palmas de las manos, presionándolo con los dedos, buscando…

—Un pestillo —dijo cuando lo encontró.

Al accionarlo, se oyó un clic. Tiró de él, y la diana se levantó lo suficiente como para permitir que deslizara los dedos por debajo. Apoyando los brazos en las piernas, Grayson tiró aún más.

Lyra apareció junto a él, dispuesta a ayudarlo.

—¿A la de tres? —dijo.

Su voz podía con él. Ella podía con él. Por primera vez en la vida, Grayson entendió lo que era ser insaciable, querer respuestas, quererlo todo.

—Tres —dijo.

Con gran esfuerzo, lograron que el disco de cemento se moviera. Lo desplazaron a un lado y una placa metálica y circular se reveló ante ellos.

—El centro de la diana —murmuró Grayson.

El metal era completamente regular, sin nada grabado ni tallado en la superficie, excepto en el centro, donde se veía una rendija.

«Menos de cinco centímetros de ancho, pero no por mucho —advirtió Grayson—. Y no más de medio centímetro de profundidad».

Grayson se apoyó en el metal y empezó a tantear la rendija y la placa. Lo más parecido que tenía a una linterna era su reloj, así que lo enfocó hacia el metal y luego se inclinó, mirando por el agujero para tratar de descubrir qué habían escondido Avery y sus hermanos allí abajo.

—No hay bisagras —informó Lyra, una vez que hubo examinado la superficie a conciencia.

—No se puede levantar ni mover. Está bloqueada. Cerrada.

«Cerrada». Grayson había participado en muchos juegos Hawthorne como para saber exactamente qué significaba eso.

—Necesitamos una llave.

—Una llave —repitió Lyra.

Y, a continuación, un destello eléctrico iluminó los ojos de

Lyra, tan intenso y vibrante que Grayson lo sintió en lo más profundo de su ser.

—Grayson..., una llave para cada cerradura.

Volvió a mirar aquella hendidura en la placa metálica. Tenía el tamaño de la hoja de una espada.

CAPÍTULO 20
ROHAN

En la oscuridad, Rohan esbozó una sonrisa. Puede que Grayson y Lyra hubiesen llegado primero a la diana del helipuerto, pero eso no significaba nada.

«Necesitan la espada y no la llevan con ellos».

—Haz que se demoren, Savvy —dijo en voz baja.

Él y Savannah se encontraban lo suficientemente cerca como para haber oído todo lo que Lyra y Grayson acababan de decir… y lo bastante lejos de la luz como para que estos últimos no se percataran de su presencia.

—Tengo una espada que recuperar.

«Y una que robar, si puedo».

—Si hubieses traído la espada, ahora no tendríamos este problema —replicó Savannah en voz baja con la vista clavada en sus adversarios.

Rohan dejó que sus ojos bajaran, más y más, hasta el lugar donde sabía que la cadena abrazaba sus caderas. Con tan poca luz, apenas distinguía su silueta, pero tenía una memoria excelente.

—A cada uno lo suyo, cariño. No me gusta llevar lastre.

Rohan no se molestó en decirle cómo detener al otro equipo. Era Savannah Grayson. Lo resolvería por sí misma.

Rohan no había escondido la espada en su habitación. En un tiempo récord regresó al quinto piso de la mansión, a la biblioteca de los estantes circulares. Siempre había tenido debilidad por las bibliotecas.

Sus sentidos también eran infalibles a la hora de saber que tenía compañía.

—En este momento estoy un poco ocupado, señor Hawthorne.

Rohan ni siquiera se dignó a mirar por encima de su hombro. Una actitud omnisciente requería cierto dramatismo.

—Y yo que te tenía por uno de esos que sabía tomarse un respiro y disfrutar de las cosas buenas de la vida.

Rohan acarició la estantería de caoba ante él y comenzó a trepar.

—Pregúntame si alguna vez he incapacitado a un hombre adulto con solo una rosa.

—Te lo preguntaría, pero probablemente mentirías —respondió el Hawthorne que mejor conocía.

—Puede que lo hiciera —confirmó Rohan.

En cuanto alcanzó unos tres metros de altura, soltó una mano del estante al que se agarraba y, con un movimiento, desplazó una fila entera de libros unos centímetros hacia el vacío. Rohan metió la mano tras ellos y aferró el mango de la espada.

—Si te dijera que alguien en este juego supone una amenaza... —Jameson ni siquiera se molestó en enmascarar el sonido de sus pasos mientras se acercaba a Rohan—. ¿Qué dirías?

Rohan se dejó caer al suelo, con la espada en la mano. Acto seguido, se enderezó y clavó los ojos en Jameson, encarándolo.

—¿Siendo honestos? Diría que existen muchas probabilidades de que sea yo.

—Estás jugando por el Piedad —afirmó Jameson.

—Pareces muy seguro de eso —replicó Rohan.

—Tengo mucha confianza en mí mismo... Y soy mejor en matemáticas de lo que parezco. Dos posibles herederos. Un anciano moribundo. ¿Cómo está la duquesa?

Jameson Hawthorne y Avery Grambs habían pisado los sagrados salones del Piedad del Diablo no como miembros, sino como invitados. Una admisión que les había permitido conocer a la rival de Rohan por el trono.

La duquesa era una mujer de las que no se olvidan.

Sin embargo, eso no venía al caso en ese preciso momento.

—Señor Hawthorne, usted necesita algo, y yo tengo prisa. —No había muchas cosas que le resultaran tan evidentes de manera inmediata e innata como la oportunidad que brindaba una necesidad ajena—. ¿Qué es exactamente lo que le gustaría saber?

La información era moneda de cambio, y Jameson claramente no había venido aquí, en mitad del juego, para charlar con Rohan sobre la sucesión del Piedad.

—Lyra Kane. —Fue lo único que dijo Jameson.

Rohan tuvo que admitirlo: no se lo esperaba.

—Esto se pone interesante.

—Consígueme algo que pueda utilizar para descalificarla y mandarla a casa.

Jameson pronunció aquellas palabras en voz tan baja que Rohan pensó que no quería decirlas. Que le dolían.

«Tu hermano no va a estar muy contento contigo». En el laberinto que era su mente, Rohan sintió que los pasillos se reorganizaban.

En una habitación concreta, en realidad más parecida a una bóveda, Rohan guardaba fragmentos de información que, tarde o temprano, serían relevantes, aunque aún no sabía por qué.

La petición, y el tono en que Jameson la había pronunciado, sin duda cumplía con todos los requisitos para formar parte de dicha colección.

—¿Y si la señorita Kane no ha hecho nada malo? —preguntó Rohan, poniendo a prueba a su oponente—. ¿Y si ella no es la amenaza?

Pensó en Savannah, pero no podía permitir que Jameson considerara esa posibilidad, así que le proporcionó un sospechoso.

—Brady Daniels.

—¿Tiene un patrocinador? —preguntó Jameson de inmediato.

—¿Quieres que lo descubra? —respondió Rohan—. Evidentemente, siempre y cuando eso me resulte provechoso.

—Cualquier jugador descalificado es un jugador menos del que preocuparse —señaló Jameson y, a continuación, esbozando una sonrisa, añadió—: Supongo que ahora llega la parte en la que me dices que tú no eres de los que se preocupan.

—Ahora llega la parte en la que te digo que seas específico. Si te preocupa un patrocinador en concreto… —Rohan se inclinó ligeramente hacia Jameson—, no te prives de compartir los detalles.

—Ve a la parte en la que te digo que no me preocupa.

«No estás muy hablador, ¿verdad, Hawthorne?». Rohan alzó lánguidamente la espada y la sostuvo en posición vertical, directamente entre ellos.

—Si no tienes nada más que añadir, me temo que ha llegado el momento de pedirte que te apartes de mi camino, con amabilidad, por supuesto.

—Por supuesto —respondió Jameson, haciéndose a un lado.

Rohan se encaminó hacia la escalera de caracol.

—Si tú pierdes, ¿Zella gana de forma automática el Piedad? —preguntó Jameson.

«Zella. La duquesa». Jameson creía a pies juntillas que había puesto el dedo en la llaga, pero Rohan se negó a pensar en la iniciada aristócrata que reuniría sin problema los diez millones de libras de la entrada si Rohan no ganaba el Gran Juego.

—Un hecho irrelevante —respondió Rohan, proyectando su voz para que los rodeara a ambos—. Como ya deberías saber, Jameson Hawthorne, yo nunca pierdo.

CAPÍTULO 21
ROHAN

Rohan desechó la idea de buscar las otras espadas y se encaminó directamente hacia el helipuerto, aunque consideró que el ligero retraso y el cambio de planes sufrido habían valido la pena. «Existe algún tipo de amenaza, y Jameson Hawthorne cree que se concentra en Lyra Kane».

—Has tardado.

Savannah lo esperaba en el perímetro de la plataforma de aterrizaje, sola.

Rohan se plantó junto a ella.

—¿Cuánto tardó tu hermano en darse cuenta de que fingías estar lesionada?

Suponía que había empleado dicho método.

—Hermanastro —corrigió Savannah—. Y tardó lo suficiente. Veo que traes la espada.

Rohan la giró, agarrándola por la empuñadura.

—¿Hago yo los honores? —preguntó Rohan—. ¿O prefieres hacerlos tú?

Savannah puso la mano justo por encima de la de Rohan para quitarle la espada. «El roce más leve». Rohan se la cedió.

Siempre se obtenía algún beneficio al permitir que tus adversarios ganaran batallas irrelevantes.

Mientras Savannah caminaba hacia el centro del helipuerto, Rohan se unió a ella con calma, llegando a su lado justo cuando ella agarraba la empuñadura con ambas manos y la insertaba en la hendidura de la placa metálica.

Rohan colocó sus manos sobre las suyas e hizo girar la espada.

Casi de inmediato, la superficie sobre la que estaban empezó a moverse, separándose. Las hendiduras fueron visibles solo unos segundos; después, todo el círculo se dobló sobre sí mismo como si fueran unas cartas desparramadas que alguien barría y agrupaba de nuevo en un solo mazo.

Rohan saltó a tierra firme. Savannah hizo lo mismo. El sabor de la anticipación era dulce, casi tan dulce como el momento en que la mirada de Rohan aterrizó en el único objeto que albergaba el compartimento oculto que acababa de revelarse.

«Un libro mayor, encuadernado en piel». Aunque la mente de Rohan viajó por un instante a otro libro, uno muy valioso que pasaría a ser suyo una vez que ganara el Piedad, en el momento en que recogió el libro mayor del Gran Juego, regresó al presente. Al abrirlo, vio una sola página. «Una pantalla, concebida para parecer de papel». Colocó el reloj ante la página.

Como por arte de magia, apareció una caligrafía con su nombre, como si lo hubiese garabateado él mismo... «Un buen truquito digital». Savannah hizo lo propio, y su nombre se escribió directamente debajo del de Rohan. Casi de inmediato, pasó de nuevo a la acción y se puso en movimiento. Rohan enseguida advirtió por qué.

En la plataforma de aterrizaje, se habían revelado dos secciones más. «Dos compartimentos ocultos más». Uno para Rohan, el otro para Savannah.

«Firmad el libro mayor para conseguir otra pista», recordó Rohan.

Savannah se encaminó hacia uno de los compartimentos y se lo adjudicó, así que Rohan se dirigió hacia el otro. Después de quitar la tapa de cemento, observó la cavidad rectangular en su interior. Debía tener unos treinta centímetros de profundidad y estaba llena de agua. A través del líquido, Rohan distinguió dos objetos en el fondo: un delicado brazalete y una pequeña alhaja, una especie de amuleto. Rohan se subió la manga y, agachándose, metió el brazo en el agua para cogerlos. Al hacerlo, se oyó una voz que pronunciaba unas palabras que parecían venir de todos lados.

—Libérate de las trampas sin atadura. Una llave para cada cerradura. —Era la voz de Jameson.

La frase se repitió con la voz de Avery cuando Savannah recuperó los objetos del fondo de su compartimento. Una leve inclinación del mentón delató sus sentimientos al respecto.

Rohan decidió no molestarla y se centró en el amuleto. «Una espada en miniatura».

—Una pulsera y un amuleto —resumió Savannah escuetamente.

Sin dejar de darle vueltas, Rohan se puso en pie. Unas gotas le resbalaban por la mano y caían sobre el helipuerto. Una gota. Otra. Otra. El sonido, o posiblemente la sensación, lo invadió, como si un puño se fuera cerrando sobre él. Por un instante, Rohan sintió que estaba calado hasta los huesos, sintió que el aire de aquella noche de noviembre era mucho más frío y que le laceraba la piel como si fueran mil carámbanos.

Rohan levantó de nuevo sus muros mentales y forzó una sonrisa despreocupada.

—Libérate de las trampas sin atadura. Una llave para cada cerradura.

Le resultaba placentero citar aquellas palabras, porque cuando se deleitaba con algo, ya fuera a través del placer o del dolor, solo existía el presente.

—Una repetición.

—Ahora sabemos que la inscripción en la espada significaba que era una llave.

Savannah fue de nuevo hacia el compartimento oculto.

Lanzó el libro mayor al interior y, a continuación, agarró la espada por la empuñadura con las dos manos y la hizo girar en el sentido contrario a las agujas del reloj.

Como una baraja de cartas que se abre en abanico una vez más, la placa metálica se desplegó sobre el compartimento, ocultando el libro mayor. Savannah quitó la llave.

«Llaves y cerraduras. Amuletos y espadas».

—Una cadenita —dijo Rohan en voz alta, observando la pulsera y la cadena en la cintura de Savannah—. Y una cadena.

Quizá aquello tuviera importancia. Quizá no.

Su mente sabía moverse por múltiples líneas de pensamiento a la vez, como si fueran media docena de máquinas de vapor que avanzaban a toda velocidad por vías paralelas.

—Y no es la primera vez que el juego repite una frase clave.

—«Libérate de las trampas sin atadura. Una llave para cada cerradura» y… —Savannah se acercó a él—. «Toda historia tiene un principio».

Sus movimientos dejaban claro que podría haber hecho daño de verdad con esa espada si lo hubiera deseado.

—Toda historia tiene un principio —repitió Rohan y, de repente, su cerebro llegó al final de una de esas líneas de pensamiento—. Una frase que ya hemos visto en otro sitio.

Rohan sacó la llave de su habitación del bolsillo interior de su chaqueta. Savannah buscó la suya. Los diseños en las cabezas de las llaves eran idénticos, una combinación de cuatro formas: un diamante, un corazón, un trébol y el símbolo del infinito, o, si se miraba de lado, el número ocho. Las palabras habían sido grabadas en inglés a ambos lados del tallo.

EVERY STORY HAS ITS BEGINNING... TAKE ONLY YOUR OWN KEY.

«Toda historia tiene un principio —tradujo Rohan mentalmente, reflexionando—. Coged solo vuestra llave».

Al registrarse en el libro mayor, habían obtenido una pulsera y un amuleto. Pero ¿y si eso no fuera la siguiente pista?

—El agua. —Rohan se agachó junto al compartimento del que había sacado la pulsera y el amuleto—. Está aquí por alguna razón.

Cerró los ojos y tomó aliento. El olor era débil, pero ahí estaba.

—Esto no es agua.

Volvió a abrirlos a tiempo para ver a Savannah agachada a su lado.

—Soy increíble, ¿verdad? —dijo Rohan.

—Creo que no quieres oír mi respuesta —espetó Savannah y, esbozando una sonrisa, dejó caer la llave en el compartimento.

De inmediato, el líquido del interior empezó a burbujear y cambió de color.

—Una reacción química —señaló Rohan.

Tras un minuto completo, Rohan metió la mano en el líquido, pellizcó la llave de Savannah con los dedos y la sacó. En la frase que había sido grabada en el anverso de la llave resaltaban ahora unas letras, casi luminiscentes.

EVERY STORY HAS ITS BEGINNING.

Rohan giró la llave y vio otra letra luminiscente.

TAKE ONLY YOUR OWN KEY.

Haciendo girar la llave en su mano, Rohan se concentró en las letras.

V

I

I

I

L

Rohan conocía bien a su vieja amiga la adrenalina… casi tan bien como a su vieja amiga la victoria.

—Te aviso, cariño, estoy a punto de volverme insoportable.

—Ya eres insoportable —replicó Savannah.

Rohan podía sentir su presencia junto a él, sentir la luz de la luna brillando sobre ambos como si les calentara la piel.

Savannah agarró bruscamente la mandíbula de Rohan y lo obligó a mirarla.

—Dime, inglés, ¿por qué estás a punto de volverte más insoportable de lo normal?

—Porque sé exactamente qué conforman una V, tres I y una L. —Rohan dejó que sus palabras calaran y, después, continuó—: Un número finito de respuestas. Sé adónde tenemos que ir ahora.

Acercando los labios a un centímetro de los de Savannah, esbozó una sonrisa francamente malvada y añadió:

—¿Y tú?

CAPÍTULO 22
GIGI

Gigi ya podía hostigar a Slate o decirle lo que fuera. Era evidente que este no tenía intención de revelarle si Savannah era la jugadora de Eve en el Gran Juego. Gigi no dejaba de pensar en el modo de sonsacarle una respuesta, porque solo se imaginaba a su hermana melliza, la que nunca tomaba prisioneros y nunca cometía errores, aliada con alguien si lo sabía.

Savannah no obedecía órdenes, ni siquiera las de Grayson, y Gigi estaba segura de que, si Grayson mandaba a una pared de ladrillo que se derrumbara e hiciera florecer margaritas, esta obedecería.

—¿Qué le dijo Eve a Savannah? —preguntó Gigi con la voz ronca de tanto hablar… sin obtener respuestas. Decidió dejarse de rodeos—. ¿Que nuestro padre está muerto? —Adoptó una voz más alegre—. ¿Que era un asesino? ¿Que murió tratando de matar a Avery Grambs?

Jamás había pronunciado dichas palabras en voz alta y, en el momento en que lo hizo, EL SECRETO se convirtió en solo un secreto, en minúscula. «No quería revelarlo». Esa idea acudió a la mente de Gigi, al igual que las lágrimas a sus ojos. «Quería ser la que, por una vez, protegiera a Savannah, y no al revés».

Savannah, la favorita de su padre.

Savannah, la que no creía en el perdón.

Savannah, a la que Gigi quería más que a nada en el mundo.

—Que conste que mostré mi desacuerdo con todo esto.

Slate se ocultó entre las sombras, tanto que Gigi ni siquiera estaba segura de dónde se encontraba o de si seguía allí. Todo lo que sabía era que finalmente había hablado, y sus palabras, de algún modo, lo confirmaban.

«Savannah lo sabe». Gigi se llevó las rodillas al pecho. Desde que tenía uso de razón, su especialidad había sido elegir la felicidad, elegir sonreír incluso cuando todo iba mal. Había sido un bebé feliz, una niña feliz, feliz incluso cuando no lo era.

—¿Eve le mintió? —preguntó en voz baja.

Creía, con toda su alma, que había sido ella la que se había distanciado de Savannah en los últimos meses y que el resto se resumía a todo un mundo que las separaba. Savannah estaba en la universidad. Gigi no, Savannah seguía adelante con su vida.

Gigi no.

La voz de Slate surgió de nuevo de la oscuridad, grave, baja y segura.

—En cualquier caso, no puedes hacer nada.

«¿Qué te apuestas?», pensó Gigi. Su interrogatorio había finalizado. Estaba segura en casi un ochenta por ciento de que había ubicado al hombre, la herida de su cabeza ya no le dolía tanto y, oficialmente, no tendría una oportunidad mejor para abalanzarse sobre su oponente y placarlo. Pero, antes de que

Gigi se lanzara, se oyó un zumbido. Tardó unos instantes en comprender que era el móvil de Slate.

Justo después, oyó otro sonido. «Una puerta, abriéndose». Gigi se abalanzó hacia allí, pero no lo suficientemente rápido. Cuando llegó, Slate ya la había cruzado y se había cerrado. Hubo otro sonido: el de una llave que giraba en una cerradura.

Rechazando cualquier síntoma de devastación emocional que pudiera sentir o no por Savannah, Gigi pegó la oreja a la rendija que había entre el marco y la puerta.

—¿Qué? —Por lo visto, Slate creía que esa era la manera de responder al teléfono. Se hizo una pausa y, a continuación, añadió—: No, ya mencionaste lo de los modales cuando se habla por teléfono, pero ni te escuché. ¿Qué necesitas?

«¿Eve?», se preguntó Gigi.

Al otro lado de la puerta, Slate habló de nuevo.

—No hay novedades. —Otra pausa—. ¿Y qué te hace pensar que no?

«Que no, ¿qué?», se dijo Gigi.

Esta vez, la pausa se prolongó.

—Eso supondrá un problema, Eve.

Slate pronunció dichas palabras como alguien acostumbrado a resolverlos.

«Problemas como yo», pensó Gigi. Pegó aún más la oreja a la puerta, pero parecía que Slate se había alejado de ella, porque solo le llegó su voz amortiguada.

«¿Qué te está pidiendo que hagas? ¿Qué le estás diciendo?». Gigi pensaba que, hasta ahora, se había portado bien. No había dejado que el pánico se adueñara de ella ni una sola vez. Pero solo podía acallar el sentido común y sus instintos de supervivencia durante un tiempo limitado. Se apartó de la puerta y, aprovechando la ausencia de Slate, cogió lo más semejante a un arma que encontró: el viejo candelabro de hierro.

¿Quería quemar algo o a alguien? No. Pero ¿lo haría si se veía en la necesidad?

Posiblemente.

Quizá.

Seguramente.

Quedándose con esta última opción, Gigi tomó la única decisión racional que se le ocurría: alejarse de su captor de ojos oscuros y pelo rubio. Solo había una salida: hacia arriba. Candelabro en mano, Gigi no distinguía mucho más que uno o dos pasos ante ella, pero eso no le impidió subir.

Al cabo de un trecho, la escalera giraba en un ángulo de noventa grados. Gigi continuó. Abajo, oyó que la puerta se abría y aceleró el paso. Miró a sus espaldas justo en el momento en que un pequeño haz de luz atravesaba la oscuridad: la linterna del móvil de Slate. Al verla, soltó una maldición.

«Pillada». Gigi oyó cómo la perseguía y, en lugar de subir las escaleras, empezó a correr pegada a la pared. Otro giro.

Y otro.

Justo cuando Slate estaba a punto de alcanzarla, llegó a la cima. Una pequeña escalera colgaba desde una estancia superior. Sujetando el candelabro aún con más fuerza, Gigi puso el pie en el primer peldaño.

—¿Qué maldito plan tienes, preciosa?

Gigi era una experta ignorando preguntas como aquella. Subió y llegó a una estancia circular. En el centro de dicha estancia había... «¿Una linterna enorme?». Gigi se acercó para examinarla y, al alzar la mirada, advirtió que estaba rodeada de ventanas. En el exterior, el cielo nocturno era de un negro aterciopelado, solo iluminado por unas estrellas diseminadas y una luna parcial, que, por lo que Gigi vio, se reflejaba... en el agua.

De repente, supo qué era ese edificio.

—Un faro.

Sus neuronas empezaron a funcionar a toda velocidad y Gigi pasó la mirada desde el candelabro a la linterna en el faro. «Si voy a quemar algo...».

—Ni se te ocurra.

Slate apareció en la estancia.

—¿Porque alguien podría ver la luz? —replicó Gigi, con el corazón desbocado—. ¿Una baliza literal de tu guarida malvada... y de mi ubicación?

—Porque es evidente que eso de ahí lleva décadas sin funcionar —replicó Slate—. Quizá un siglo. Podrías provocar un incendio.

Apagó la linterna del móvil y lo guardó en el bolsillo, con lo que solo los iluminaba la luz de la vela. «Y ahora tiene las manos libres».

—Eso me suena más a tu estilo —dijo Gigi—. ¿O eres un estricto antipirómanos a la hora de resolver problemas?

En su tono de voz había un claro matiz de optimismo.

—No soy estricto en nada.

Gigi frunció el ceño.

—¿Por qué suenas así?

—Así ¿cómo?

Slate dio un paso hacia ella.

—Triste.

—No sueno triste.

—Eso es lo más triste que he oído en mi vida.

—Ah, ¿sí? —Su tono no cambiaba nunca—. Supongo que recordarás que durante el juego llevabas un micro. Dejaste muy claro a tus compañeros que nunca te quejabas ni hacías pucheros, incluso si tenías razones para ello.

«Pues debería hacerlo —pensó Gigi—. Cuando salgamos de aquí, cuando vea a Savannah, cuando hablemos…».

Slate dio otro paso hacia ella y Gigi retrocedió hasta que se topó de espaldas contra la pared de ventanas. Slate se acercó, bloqueándole el paso. Ante ella, levantó la mano hacia el candelabro y cubrió los dedos de Gigi con los suyos con tal rapidez que lo único que pudo hacer la joven fue tirarlo hacia atrás.

—Bien —dijo Gigi. Su corazón seguía desbocado, más si cabía—. No hacemos pucheros, lo que nos convierte en almas gemelas secuestrada-secuestrador, y lo que te obliga a soltarme.

Slate le quitó el candelabro —y la vela— y la miró fijamente.

—Quiero que sepas que nadie vendrá a por ti. —La llama bailó ante sus ojos—. Nadie te está buscando, nadie va a ver tu señal porque nadie te da por desaparecida. Al parecer, robaste una lancha y dejaste una nota.

—La lancha ¿de quién? ¿Y qué tipo de nota? —preguntó Gigi de inmediato.

—La de Xander Hawthorne. Y dejaste una especie de pagaré en forma de bizcochitos de disculpa.

—Bizcochitos de disculpa. —Gigi ahogó un grito horrorizada. ¡Era muy propio de ella!—. ¡Capullo!

Slate se encogió de hombros.

—Vaya, he mejorado con respecto a trasgo musculoso.

—No —objetó Gigi, entornando los ojos—. No lo has hecho.

—Ahora vas a bajar por esa escalerilla y después harás lo

mismo con la escalera, poco a poco y pegada a la pared. Con mucho cuidado.

—Te lo aseguro: nunca, jamás voy con cuidado —replicó Gigi con la cabeza bien alta.

Slate la observó.

—No creerás que permitiré que te hagas daño conmigo vigilándote, ¿verdad?

Una oleada de alivio la invadió, aunque no duró mucho, porque, acto seguido, Slate la alzó y la cargó sobre su hombro.

—¡Suéltame!

—Se acabaron los juegos —amenazó Slate, bajando la escalerilla como si no llevara una vela en la mano y Gigi no pesara—. Tengo trabajo.

Ese trasgo musculoso de cara triste bajó las escaleras con Gigi a cuestas.

—Y, para que conste, yo siempre voy con cuidado —aseguró Slate, bajándola y depositándola en tierra firme.

—Voy a golpearte —anunció Gigi—. ¡Con los puños! ¡Los puños de la furia!

—Adelante, preciosa.

Se quedó allí, en pie, esperando.

Gigi no lo golpeó.

—No me gustas —dijo en su lugar.

Los labios de Slate se fruncieron ligeramente.

—No debería gustarte. —Señalando con el mentón la manta que había en el suelo, añadió—: Ponte cómoda.

—¿Por qué? —preguntó Gigi.

—Pues porque no voy a dejarte con una vela encendida. No voy a permitir que subas de nuevo por esa escalera a oscuras, te caigas y acabes muerta mientras yo estoy fuera.

—Fuera ¿dónde?

—Tengo algo que hacer.

Gigi pensó enseguida en Eve, en Savannah, en la isla.

—Así que me estás ordenando que... ¿Qué exactamente? ¿Que me tumbe en esa manta tan suave?, ¿que duerma mientras tú estás ayudando a tu jefa a manipular a mi hermana melliza a hacer algo que seguramente todos lamentaremos?

—Lo siento de todo corazón.

Por una vez, puso un leve énfasis en las tres últimas palabras. «De todo corazón». «Lo siento *de todo corazón*».

—¿Qué es lo que sientes exactamente? —preguntó Gigi con la voz un poco ronca.

—Exactamente —respondió Slate—, siento tener que atarte.

CAPÍTULO 23
LYRA

EVERY STORY HAS ITS BEGINNING... TAKE ONLY YOUR OWN KEY.

Una ráfaga de energía atravesó el cuerpo de Lyra mientras contemplaba el grabado de su llave. Resolver un enigma, obtener la siguiente pista... era como estar volando, como caminar sobre ascuas sin quemarse.

«V —pensó Lyra, con la mente y el cuerpo a toda velocidad—. I, I, I, L». Miró a Grayson.

—Estas letras no forman ninguna palabra, ni siquiera en inglés. No hay suficientes consonantes y sí demasiadas íes.

—De hecho, hay tres —señaló Grayson—. En cualquier caso, las letras no siempre son letras.

V, I, I, I, L.

Una luz se encendió en el cerebro de Lyra.

—Números romanos. La V es un cinco. La I es uno. L corresponde al número cincuenta. Podría ser una combinación. —A su mente acudió el segundo piso de la mansión, una puerta de mármol con varios discos—. Las letras pueden agruparse de diferentes maneras y tendríamos cifras distintas, pero, si necesitamos un total de tres, lo más lógico es V, I-I-I y L. Cinco, tres y cincuenta.

—Cinco y tres —dijo Grayson a su lado.

«Como los dados», pensó Lyra.

—Si las agrupamos de otro modo, son seis y dos —respondió recordando las fichas de dominó sobre el suelo del Gran Salón—. Un eco.

Grayson retrocedió hasta la diana. Lyra observó como empuñaba la espada. La hizo girar y el libro mayor en que ambos habían firmado desapareció. Acto seguido, sacó la espada sin tan siquiera pestañear, como si fuera Excalibur clavada en la roca.

—Propongo que nos tomemos un momento —sugirió—. En un juego como este, se pueden perder horas yendo detrás de una posibilidad que parece prometedora, pero, en la mayoría de los casos, cuando encuentras la respuesta correcta…

—Lo sabes.

Lyra terminó la frase por él.

Al llegar, habían visto dos nombres inscritos en el libro mayor. Savannah y Rohan les llevaban ventaja, lo que significaba que Lyra y Grayson no tenían ni un minuto que perder.

Después de haberse dado el momento que había sugerido Grayson, Lyra empezó a caminar por los límites del helipuerto, dando unos pasos deliberadamente largos.

—Piensas mejor cuando te mueves —comentó Grayson, espada en mano.

Tenía razón, y eso hizo que Lyra recordara algo que le había dicho. «Nunca has dejado de bailar. Cada vez que te mueves, bailas». Se detuvo en el área de la plataforma que daba al océano. Con el viento azotándole el rostro y Grayson Hawthorne tras ella, Lyra cerró los ojos y acarició las letras grabadas en la llave de bronce con la yema del pulgar. Se obligó a pensar solo en las de la pista.

V, I, I, I, L.

Su mano derecha, que colgaba a su costado, se movió por voluntad propia, garabateando las letras en el aire y... De repente, a Lyra la invadió una sensación familiar y espeluznante, como si unos dedos fantasmagóricos le hubiesen acariciado el cuello y el rostro.

«Alguien nos está observando».

Lyra abrió los ojos al instante. Aunque el helipuerto estaba iluminado, la luna había desaparecido detrás de una nube, y el mundo tras los límites de dicha superficie estaba oscuro: la isla, el océano, todo. Trató de mirar a Grayson, girando la cabeza por encima del hombro, pero no podía moverse. Su cuerpo y su cabeza permanecieron orientados hacia el océano y la negra extensión ante ella.

La sensación seguía ahí... Más que seguir, persistía.

—¿Adónde vas?

Las palabras de Grayson la hicieron percatarse de que acababa de bajarse de un salto de la plataforma. Grayson fue tras ella y aterrizó a su lado. Sin mirarlo, Lyra recorrió la zona iluminada por el helipuerto y se detuvo antes de llegar a la oscuridad.

—¿Lyra?

Ella mantenía la mirada clavada en el agua. «Hay algo ahí fuera. Alguien».

—Pensarás que es ridículo.

Frustrada consigo misma, Lyra se pasó una mano por el pelo.

—Prueba.

—Acabo de sentir algo.

Lyra buscó a Grayson y reparó en que se había colocado un poco por delante de ella, mitad en la oscuridad, mitad en la luz.

—¿El qué? —preguntó.

Con la espada en la mano y medio rostro en la sombra, Grayson Hawthorne tenía un aspecto sobrehumano.

—Nada —aseguró Lyra.

—¿Qué clase de nada? —insistió Grayson sin cambiar el tono.

Aunque negó con la cabeza, al final, Lyra respondió.

—Como si alguien nos estuviera observando.

«Estuviera —advirtió—. En pasado». La sensación había desaparecido.

Con un leve asentimiento, Grayson clavó la espada en la arena rocosa, soltó la empuñadura y pulsó la esfera de su reloj.

—¿Qué te propones? —exigió Lyra.

—Enviar un mensaje. No estaría de más que Avery y mis hermanos ordenaran al equipo de seguridad que revisara el perímetro de la isla, por si acaso.

—Probablemente no sea nada —insistió Lyra. No quería que la cuidaran, y mucho menos él—. Será otro jugador.

—Puede ser. Pero sentiste algo ahí afuera —dijo Grayson, señalando hacia el agua—. Y a los Hawthorne se nos ha enseñado a tratar los instintos como los mejores aliados. «Confía, pero verifica».

Una vez que hubo enviado el mensaje a los creadores del juego, dejó caer los brazos a los costados.

Sin previo aviso, la luz del helipuerto a sus espaldas se apagó.

«Sensores de movimiento», se dijo Lyra. En una oscuridad casi total, cambió el peso del cuerpo de un pie a otro. Grayson debió de haber hecho lo mismo, porque sus hombros se rozaron. Lyra sintió un estremecimiento, aunque esta vez no era del todo desagradable.

Junto a ella, distinguió el inconfundible sonido de Grayson, que se desabrochaba la chaqueta.

—Ni se te ocurra, Hawthorne —le dijo entornando los ojos.

—Acabarás por permitirme que te la preste —aseguró él.

Por ahora, el cuerpo de Lyra se contentaba con que sus hombros se rozaran.

—Deberíamos retomar el juego —sugirió—. Ya hemos perdido mucho tiempo.

Como si el universo conjurara a su favor, la luz del helipuerto volvió a encenderse. «Sensores de movimiento —se recordó—. Tenemos compañía». Se volvió para ver quién era, pero unas rocas cercanas atrajeron su atención. Había visto algo encima de una de ellas. Algo blanco y verde.

Como si estuviera en un sueño y caminara descalza, Lyra avanzó lentamente. Desde arriba, contempló la flor y después vio cómo su mano, que parecía no ser suya, la recogía.

Una cala.

CAPÍTULO 24
GRAYSON

En cuanto Grayson advirtió lo que Lyra tenía en la mano, recuperó la espada y se dirigió hacia ella sin apartar los ojos de la persona que había provocado que se encendieran los sensores de movimiento del helipuerto: «Brady Daniels. Empuñando su espada. Dirigiéndose hacia el circulo central».

Grayson posó la mano que tenía libre en la nuca de Lyra.

—¿Estás bien?

—Perfectamente.

No era así, y Grayson lo sabía, pero había gente que no podía hacer otra cosa. Primero habían sido las notas con los apodos de su padre. Ahora la flor. Alguien la estaba manipulando psicológicamente, a un nivel extremadamente personal.

En el círculo central, Brady introdujo la espada en la rendija hasta la empuñadura. Pronto tuvo el libro mayor entre las manos.

—Quédate detrás de mí —dijo Grayson a Lyra antes de subir de nuevo a la plataforma.

Lyra no discutió, una señal clara de que luchaba para no dejarse engullir por sus recuerdos.

—¿Crees que era él? —preguntó Lyra casi sin voz—. ¿El que nos estaba vigilando?

«¿Y la cala?». Aunque Grayson aún no se sentía preparado para tomar una determinación en ninguno de esos frentes, no se arrepentía en absoluto de haber avisado a Avery y a sus hermanos sobre una posible violación del perímetro.

Con suerte, actuarían con rapidez e identificarían o descartarían la presencia de un intruso. Mientras tanto...

Grayson rastreó los movimientos de Brady. Aunque la intimidación física no era, por regla general, una de las maniobras de preferencia del manual de estrategias Hawthorne, Grayson estaba dispuesto a hacer una excepción. Atravesó el helipuerto y fue hacia él, deteniéndose a solo un metro de su objetivo sin pronunciar palabra.

—Grayson Hawthorne. —La voz de Brady era profunda, pero su tono era amable—. Tu reputación te precede.

—Algo útil —dijo Grayson con la voz ronca—. Me refiero a la reputación. Lo que hace que me pregunte... ¿cuál es la tuya?

—Yo soy el erudito.

—¿Y a qué estás jugando, erudito?

Con aire despreocupado, Brady colocó el reloj ante el libro mayor.

—Al mismo juego que el resto.

—Permíteme que lo dude. —Grayson siempre había destacado por combatir la calma con calma—. Dime que no tienes un patrocinador, señor Daniels —ordenó Grayson, con voz sedosa—. Dime que el único juego al que estás jugando es a uno de pistas.

Sin pronunciar palabra, Brady se encaminó hacia el compartimento que acababa de revelarse y de él sacó la pulsera y el amuleto. Tras oír la grabación con la pista, le tomó dos segundos dejar caer la llave en el líquido.

Un erudito de verdad… Eso, o los había estado espiando.

Una vez que Brady hubo recuperado la llave y hubo examinado las letras resaltadas, volvió a prestar atención a Grayson, observándolo con la tranquilidad de una balsa de aceite.

—No soy tu enemigo. Ni el suyo. —Brady clavó sus cavilosos ojos castaños en Lyra.

Grayson advirtió el instante preciso en que el erudito reparaba en la cala en la mano de Lyra. Se la quedó mirando, al menos, un segundo y medio más de lo que hubiese debido.

—¿Qué decías? —intervino Lyra.

—¿Forma parte del juego? —preguntó Brady.

—No. Seguro que no —afirmó Grayson. Había participado en suficientes juegos Hawthorne como para saberlo—. Dime que ignoras la procedencia de esa flor.

—Ignoro la procedencia de esa flor.

Brady le sostuvo la mirada a Grayson durante tres segundos, tras los cuales la desvió y se ajustó las gafas.

—Solo sé que, con toda probabilidad, es para mí —añadió.

Lyra pasó ante Grayson, que necesitó toda su fuerza de voluntad para no agarrarla, alejarla y colocarse entre ella y Brady Daniels una vez más.

—Y ¿por qué iba a ser para ti? —le preguntó Lyra a Brady, blandiendo la cala.

El erudito introdujo la mano izquierda en el bolsillo de la chaqueta. Grayson tomó posiciones, preparándose para moverse en caso necesario, pero Brady solo sacó una fotografía.

—Tengo la teoría de que todos participan en este juego por una razón —declaró.

—¿Una que se llama veintiséis millones de dólares? —dijo Lyra secamente.

—Se pueden hacer muchas cosas con veintiséis millones de dólares —convino Brady.

Le tendió la fotografía a Lyra y, al cabo de unos instantes, ella la tomó.

—La chica en la fotografía se llama Calla. Ahora tendría veinte años —dijo Brady en voz baja.

«Calla, como la flor», pensó Grayson. Pero en lo que acababa de decir Brady había mucho más. El lenguaje siempre acababa traicionándote: «se llama», pero «tendría». Uno en tiempo presente, y el otro, en condicional. Quienquiera que fuese la chica de esa foto, Brady no la había visto en años.

Quienquiera que fuese esa tal Calla, Brady Daniels no estaba seguro de que siguiera con vida.

—¿Calla? —Lyra miró la flor que tenía en la mano—. ¿Cuál era su apellido?

—¿Qué importancia tiene eso? —respondió Brady.

El cerebro de Grayson había sido entrenado para buscar conexiones, para buscar capas que las mentes comunes no llegaban a intuir. Aunque una tercera parte interesada había hecho que Lyra participara en el juego, Brady era uno de los jugadores elegidos por Avery. Cualquier conexión entre la muchacha de la fotografía de Brady y la flor que el padre de Lyra le había regalado la noche en que murió era una coincidencia.

Una enorme.

—Si esa flor era para ti... —Grayson dirigió esas palabras a Brady con la misma precisión con la que había aprendido a lanzar cuchillos—, ¿de dónde ha salido?

«¿Quién la ha dejado en esa roca?».

Brady se encogió de hombros con despreocupación.

—Yo apostaría por Rohan. Tengo la impresión de que el inglés comercia con información y utiliza todo tipo de tretas, ¿no crees?

Grayson era muy bueno reconociendo cuando alguien trataba de desviar la atención. Antes, Brady no había mentido, pero ahora sí lo estaba haciendo.

—Tienes un patrocinador —afirmó Grayson.

—No soy tu enemigo. —Brady dirigió estas palabras a Lyra—. No soy el enemigo de nadie. Soy un estudiante de doctorado. Me interesa saber cómo los artefactos con los que interactuamos nos convierten en las personas que somos. Me gustan los libros. Me gustan las estrellas. Me gustan los números. Y estoy jugando a este juego por una buena razón.

Todo eso, a juicio de Grayson, era cierto. Pero no era lo más importante. «Tienes un patrocinador y crees que, sea quien sea, ha podido dejarte una cala».

—No espero que creas en lo que te digo ni que me tomes en serio —continuó diciéndole Brady a Lyra—. Pero quizá una muestra de mi buena fe te ayudará a confiar en mí.

El erudito inclinó la cabeza hacia ella y murmuró algo en voz tan baja que Grayson no pudo oírlo.

«¿Qué le estás diciendo? ¿Qué tipo de movimiento te propones, erudito?».

Mirando a Lyra por última vez, Brady se encaminó hacia el extremo del helipuerto más alejado del agua y, después, desapareció.

Lyra esperó un poco antes de volverse hacia Grayson.

—¿Una muestra de su buena fe? —preguntó este.

—Números romanos —respondió Lyra.

—Eso ya lo hemos resuelto —declaró Grayson.

—Él ha ido más allá. —Grayson advirtió un brillo en los ojos color ámbar de Lyra—. Y cuando encuentras la respuesta correcta… lo sabes.

CAPÍTULO 25
GRAYSON

El reloj de la cuarta planta de la mansión era grande, con unos llamativos números romanos dorados, y Grayson no pudo evitar pensar que sus hermanos y Avery habían diseñado un juego brillante, lleno de destellos.

Junto a él, Lyra aún sostenía la cala. Al ver que Grayson la miraba de soslayo, dijo:

—Alguien me ha enviado aquí, pero ¿por qué no dejan de desviar mi atención hacia otras cuestiones? —Lyra pasó la flor de la mano derecha a la izquierda y, a continuación, apoyó la palma que tenía libre en la esfera del reloj—. Primero las notas con los apodos de mi padre, después la flor, incluso esa fotografía de Brady… de una chica que se supone que se llama Calla.

—Toda una coincidencia.

Grayson alzó la mano y la unió a la de Lyra, examinando los números romanos.

—¿Y si Brady y yo compartimos patrocinador? ¿Y si esa persona trata de que recuerde la noche en que mi padre murió?

Grayson recordó que Lyra se había referido a sí misma

como un arma: una bomba. Dada la intensa reacción de Jameson ante la mera mención de Alice, resultaba bastante evidente que había secretos por detonar.

Secretos peligrosos.

—El Gran Juego. —Grayson se volvió y clavó sus ojos en los de Lyra—. ¿Todavía quieres ganarlo?

Se sintió despreciable por hacerle esa pregunta, por desviar su atención, pero se dijo que no lo consideraría como que la estaba manipulando si permitía que ella decidiera.

Solo le había preguntado si quería ganar.

—¿Te he hablado de mi padre? —Lyra siguió inspeccionando el reloj—. No mi padre biológico, sino mi verdadero padre, el que me crio. —Lyra pronunció aquellas palabras sin un ápice de emoción en la voz—. Es genial. Desde que tengo uso de razón, siempre he sido la niñita de sus ojos. Y jamás vino a buscarme al jardín de infancia para llevarme a una casa extraña, jamás me dijo «feliz cumpleaños» para luego hacerme testigo de hechos que una criatura nunca debería tener que presenciar. —La voz de Lyra había dejado de ser monótona y calmada—. Mi padre siempre ha estado ahí. Como mi madre. Y yo siempre siempre he sabido que me querían.

Grayson nunca había tenido padres, no realmente, no como ella describía, y el amor del viejo había sido harina de otro costal. Aun así, Grayson sabía qué significaba la palabra «familia», qué era y qué implicaba. Gracias a sus hermanos, siempre lo había sabido, y Lyra nunca le había parecido tan hermosa como en ese momento, hablando de la suya.

—Tengo un hermano pequeño..., mucho más pequeño —continuó Lyra, y Grayson advirtió su voz de acero, su mentón alzado—. Por parte de padre, nuestra familia es bastante grande. Siempre me han considerado una Kane. Nos acogieron desde el primer día, desde el instante en que nos conocieron a mamá y a mí. —Hizo una pausa—. Y lo mismo ocurre con Mile's End. Ha pertenecido a la familia Kane durante generaciones. A mi familia.

—Por tanto, la respuesta es sí —resumió Grayson—. Seguimos jugando. Y sigues queriendo ganar.

Lyra dejó caer la cala al suelo.

—Los números romanos parecen fijos. ¿Qué te parece si tratamos de mover las agujas? —Su expresión concentrada se intensificó—. Hasta las ocho y cincuenta.

Grayson comprendió su lógica de inmediato: VIII, L. Levantó la mano y, juntos, desplazaron las manecillas del reloj… en vano.

—Estamos cerca —le dijo Lyra—. Lo noto.

Grayson hizo todo lo posible por concentrarse en el juego y solo en el juego.

—Cerca no es suficiente.

Lyra inclinó el torso hacia un lado, levantando una pierna al mismo tiempo, hasta que esta y su pecho quedaron paralelos al piso.

—¿Un cambio de perspectiva?

Grayson la sostuvo por la cintura, como si estuvieran bailando, como habían hecho bajo la lámpara de araña.

—La posición de las agujas… —dijo Lyra. Si por casualidad Grayson antes había pensado que su voz era intensa, no era nada comparado con la fuerza que desprendía en ese momento—. Desplázalas hasta formar una ele —añadió.

A veces, una letra podía ser un número y, otras veces, una forma.

Lyra se irguió y, con la manecilla de las horas aún en el ocho, desplazó el minutero hasta formar una ele invertida.

VIII, L.

Se oyó un sonido, como si se abriera un cerrojo, y la esfera del enorme reloj se separó, revelando dos filas de cajones metálicos.

A la derecha, encima del cajón superior, había un libro mayor. Grayson lo cogió rápidamente y lo abrió. Dos nombres ya estaban allí: los dos jugadores que habían resuelto primero el enigma.

Los jugadores que habían llegado hasta allí antes que ellos.

—Rohan y Savannah, no Brady —dijo Lyra, clavando sus ojos en los de Grayson.

Brady Daniels sabía adónde tenía que dirigirse después del helipuerto. Así que ¿dónde estaba? Grayson pensó de nuevo en la muchacha de la fotografía, a la que, sin duda, el erudito había, de un modo u otro, perdido. «Calla». De inmediato, a su mente acudió otro nombre, el de una chica que había perdido; su primera cicatriz, aunque ya no le dolía.

Estaba mejorando mucho en eso de exponerse, de aceptar y dejarse llevar.

Junto a él, Lyra colocó el dispositivo en su muñeca ante la página. Un pulcro garabato con su nombre apareció en la tercera línea. A continuación, Grayson hizo lo propio. Dos de los cajones metálicos se abrieron de repente. En su interior había una caja plateada y, encima de cada caja, un amuleto con la forma de un reloj.

«Una pista tras otra tras otra».

Grayson miró a Lyra.

—A por la siguiente.

CAPÍTULO 26
ROHAN

Rohan ni se molestó en perder el tiempo poniéndose cómodo y tumbándose en la cama. Aunque, estrictamente hablando, no era la suya ni la de Savannah.

—Es inútil que diga que podríamos hacer esto en tu habitación, ¿verdad? —dijo secamente Savannah—. O en la mía.

De espaldas a la puerta de Brady, su actitud era una de estar por encima del bien y el mal… O, al menos, eso pretendía que creyera.

Rohan se recostó sobre el cabezal de la cama de Brady.

—¿Y qué tendría eso de divertido?

Si se deseaba controlar el tablero, había que posicionarse para hacerlo… A veces, de forma literal. Aunque tanto Brady Daniels como Lyra Kane escondían secretos, Brady no tenía a un Hawthorne revoloteando a su alrededor, y, en lo que se refería a eliminar a los más débiles, los más sabios siempre empezaban por el objetivo más vulnerable.

De ahí, el lugar en el que se encontraban.

Rohan se concentró de nuevo en la siguiente pista y depositó el objeto (una caja de música plateada) en su regazo, estirando las largas piernas hacia el extremo de la cama. Savannah sostenía una cajita plateada idéntica. Ambos ya habían inspeccionado su contenido en el pasillo, pero, en un juego como el que los ocupaba, todo merecía una segunda ojeada.

Y una tercera.

Y una cuarta.

Rohan siempre pensaba mejor en los lugares donde no debía estar.

—¿Quién ha dicho que tendría que ser divertido?

Savannah no se movió de donde estaba. «Te da miedo acercarte a la cama, ¿verdad, cariño?».

Rohan abrió con cautela su caja de música. Unas notas llenaron la estancia. «Un vals». El interior de la caja plateada estaba forrado con un terciopelo de un intenso color morado. Y, en el lugar donde debería haber girado la bailarina al son de la música, había una flor hecha de mármol blanco y dorado.

La música cambió... El vals se convirtió en un tango.

—Puedes fingir que no te lo estás pasando bien. Pero se te nota. Hay indicios, señales —le dijo Rohan a Savannah.

Conteniéndose para no mirarla, Rohan cogió su pulsera e insertó ambos amuletos en ella, uno después del otro. «La espada. El reloj».

La música que emitía la caja cambió una vez más mientras la flor de mármol giraba sin cesar.

—Debe de resultarte muy placentero eso de ir por delante de Grayson en un juego Hawthorne —comentó Rohan.

Hasta el momento, él y Savannah habían firmado dos libros mayores, y habían sido los primeros en hacerlo en ambas ocasiones.

—En el baloncesto, existen dos tipos de jugadores en la

cancha: el tipo que se emociona con cada canasta que mete y el que solo está interesado en el marcador final —respondió Savannah.

—La señorita acaba de anotar un punto —murmuró Rohan.

Savannah separó sus largas piernas de la puerta un solo paso en dirección a la cama.

—Pues la señorita está a punto de anotar otro. —Señaló con el mentón la caja de música en el regazo de Rohan—. Esta canción ha aparecido antes. En la primera fase.

Rohan aguzó el oído. Savannah tenía razón.

—*Clair de lune* —dijo—. *Claro de luna.*

Después de diez o quince segundos, la música cambió de nuevo y volvió al vals.

Savannah lo interpretó como que había llegado el momento de levantar la tapa de su caja, idéntica a la de Rohan. La misma secuencia se repitió, una canción tras otra.

—La flor —indicó Savannah totalmente concentrada—. La caja. Las canciones. —Observó la pulsera en su muñeca—. Puede que los amuletos solo sirvan para probar nuestras victorias o puede que tengamos que emplearlos más adelante, pero me apostaría lo que fuera a que, ahora mismo, no son nuestra pista.

Rohan no se lo discutió. Cuando la música regresó una vez más al inicio de la secuencia, salió de la cama y se puso de puntillas.

—¿Qué estás haciendo? —preguntó Savannah.

—Estoy escuchando —respondió Rohan.

Siempre escuchaba mejor con las manos ocupadas. Como dudaba que Savannah se prestara a tales propósitos, Rohan se puso a inspeccionar la habitación de Brady.

Sonó el vals. Luego el tango. *Claro de luna.*

Rohan entró en el baño de Brady. Examinó los cajones, la ducha, las baldosas del suelo, y entonces descubrió un detalle, algo casi imperceptible: había un objeto escondido detrás del espejo. Al ver que Rohan se quedaba inmóvil, Savannah fue hacia allí y se situó detrás de él. Su mirada se posó en el espejo. Cuando comprendió lo que había visto, Rohan ya lo había cogido.

«Una fotografía». En realidad, la misma fotografía que Rohan había robado. «Calla Thorp con el arco».

—¿Ha conseguido quitártela? —preguntó Savannah con aire pícaro—. *Touché.*

—No.

Rohan abrió la cremallera de la chaqueta y sacó la foto de Calla Thorp que le había robado en la hoguera. Estaba deteriorada, como si Brady Daniels la hubiera llevado encima durante años.

La que había detrás del espejo parecía mucho más nueva. Solo tenía un pliegue.

Savannah extendió la mano.

—¿Puedo verlas?

Rohan le permitió contemplar ambas fotografías durante unos segundos. Savannah observó las imágenes gemelas de Calla Thorp, y Rohan no pudo evitar advertir que, comparándola con Savannah Grayson, Calla era bastante normal y corriente, excepto por sus ojos.

—Las historias de amor trágicas tienen algo especial, ¿verdad? —dijo Rohan, pidiéndole que le devolviera las fotografías.

Por un momento, le pareció que Savannah estaba dispuesta

a pelear por ellas, pero, para decepción de Rohan, cambió de opinión.

—Todas las historias de amor son trágicas —declaró.

Luego se dio media vuelta y, con la caja de música todavía en la mano, regresó al dormitorio de Brady. Rohan guardó las fotografías y siguió a Savannah, que salió de la estancia hacia el pasillo. No había nadie más y el reloj presentaba su aspecto habitual.

—Grayson y Lyra han encontrado la pista —informó Rohan.

Savannah ni siquiera se molestó en preguntar cómo lo sabía, y Rohan no se lo dijo. Se limitó a contemplarla mientras se dirigía hacia la ventana al otro extremo del pasillo.

Cuando ella la abrió, Rohan cayó en la cuenta.

—*Claro de luna* —dijo acercándose sigilosamente a su lado.

Una luna parcial brillaba en el cielo nocturno. Entonces, Rohan lo vio, allí, en la playa apenas iluminada que antes estaba vacía, ahora había un objeto…

Un piano.

CAPÍTULO 27
GIGI

«Seda». Ese villano secuestrador con cara de sinvergüenza la había maniatado con seda. ¿Eran pañuelos? ¿Retazos de sábanas? Gigi no podía afirmarlo con seguridad. ¿Slate llevaba siempre encima retales de seda? ¡Ve a saber! Todo lo que Gigi sabía era que el tacto de la tela era suave en sus muñecas, unas muñecas que ese monstruo de bíceps sumamente molesto había atado a su espalda.

También le había atado los tobillos.

—¡Cómo malditos diantres y demonios te atreves!

La voz de Gigi rebotó en la oscuridad.

Slate se había marchado hacía ya un buen rato. Todo era negro como boca de lobo sin la luz de la vela y Gigi estaba sola.

«La puerta se cierra desde fuera —le había dicho con rotundidad—. No cometas ninguna estupidez en mi ausencia».

—Ah, ¿no? —A Gigi le encantaba hablar sola—. ¡Pues me parece que va a ser que sí!

Se revolvió y tiró de las ataduras, tratando de zafarse. Sin embargo, por muy suave que fuera la tela, no cedía en absoluto. Pateó con los pies, con brío, pero en vano.

—Para —se dijo Gigi—. Respira.

En su imaginación, había salido de situaciones peores que esta. Necesitaba pensar en algún lugar feliz desde el cual trazar un plan, pero, por alguna razón, mientras trataba de evocar ese lugar, en lugar de conejitos y bolas de helado, lo único que apareció fue Brady.

«Labios carnosos, mandíbula marcada, ojos castaños aterciopelados detrás de unas gafas de montura gruesa». Gigi pensó durante un breve instante en la teoría del caos, en sistemas cerrados, en una voz amable y grave, como el torrente de un río.

—Una voz que mentía —se recordó Gigi.

Al menos, Slate no ocultaba lo que era: catorce muescas en la funda de cuero, catorce actos horribles que había cometido. Gigi podría confiar en alguien que se había esforzado hasta esos extremos por ella..., aunque tampoco era que ninguno de los dos fuera demasiado confiable *per se*. En cualquier caso, Gigi tenía cosas más importantes de las que preocuparse en ese momento que su lamentable historial romántico y su perpetuamente desafortunado gusto por los hombres.

Savannah lo sabía. Ignoraba lo que Eve le había contado en concreto sobre la muerte de su padre, pero Gigi era muy consciente de que su hermana no era de las que veían el mundo con muchos matices de gris. Había excelencia y había fracaso. Había poder e impotencia.

Había verdad y mentira.

Savannah siempre había sido la favorita de su padre, a la que él animaba, la que importaba. Todo lo que se esperaba de Gigi era que provocara sonrisas y lo único que había deseado al entrar en el Gran Juego era demostrarse a sí misma que era capaz de más.

En cambio, un físico arrepentido la había engañado, había dejado que la secuestraran imprudente e innecesariamente, y había fracasado con rotundidad en ver lo que tenía ante sus narices. «Savannah». Savannah había estado distinta durante meses, y ahora Gigi comprendía la razón.

Con la imagen de su hermana en mente, tomó aliento.

—Ya está bien de lamentos. Me largo de aquí —dijo Gigi, infundiéndose coraje—. Paso número uno: liberar las muñecas.

Primero se sentó y, después, se puso en pie. No tenía idea de hacia dónde miraba, pero, en una habitación redonda casi vacía, poco importaba. Dio un salto. Y luego otro. Y otro más. Al final, Gigi se topó de bruces con una pared.

—Podría haber sido más delicada —admitió con una mueca de dolor.

La herida que tenía en la cabeza le palpitó ligeramente, pero Gigi perseveró y se colocó de espaldas al muro, tanteándolo con las manos atadas. Las piedras que conformaban las paredes del faro eran irregulares; en algunos puntos estaban erosionadas, en otros eran abruptas.

Justo lo que Gigi andaba buscando.

Tardó tres minutos en ubicar una que se adecuara a sus propósitos.

—Hola, mi querida amiga afilada —le dijo a la piedra, esbozando una sonrisa.

¿Cuánto tiempo tardaría una persona extremadamente motivada en cortar unas ataduras de seda con una roca extremadamente angulosa?

CAPÍTULO 28
LYRA

Una flor marmórea no dejaba de dar vueltas en el interior de la caja de música. «Otra cala». Lyra la observó y enseguida dejó de oír la música, de ver el salón de baile con suelos de mosaico donde ella y Grayson habían acudido para analizar minuciosamente la pista.

«Feliz cumpleaños, Lyra». El recuerdo de la voz de su padre amenazó con arrastrarla al abismo.

«Lai-ra».

«Lai-ra».

Lyra se esforzó al máximo por anclarse al presente, al igual que lo había hecho antes, en el helipuerto, pero, esta vez, la resaca del recuerdo fue demasiado fuerte y la atrapó, arrastrándola más y más… hasta ese momento en que tenía cuatro años.

Hasta ese momento en que le dieron una flor y un collar de caramelos.

Hasta los disparos.

Hasta la sangre.

«Unos pies desnudos sobre el suelo. Corriendo».

—Respira. —La voz de Grayson la envolvió, evitando que se

sumergiera por completo en el flashback, pero, pese a ello, los sonidos de ese día…

«Feliz cumpleaños, Lyra».

«Lai-ra».

«Lai-ra».

—Respira para mí, Lyra Catalina Kane.

Grayson pronunció su nombre correctamente. En ese estilo Grayson Hawthorne, lo pronunció como si fuera una orden… o quizá una plegaria.

—Ya estoy respirando —respondió Lyra.

Sin embargo, no podía apartar los ojos de la flor que giraba lentamente en el interior de la caja.

—Estás respirando —confirmó Grayson, acompasando su respiración a la suya.

Lyra consiguió cerrar los ojos, solo durante un segundo.

—Una cala, Grayson. —A su mente acudió un sonido como el de un violento vendaval, y apretó la mandíbula—. ¿Sigues pensando que la otra no era parte del juego?

Formuló la pregunta en tono acusatorio. Aunque no era su intención, resultaba difícil abandonar las viejas costumbres.

—Ignoro si la cala y el helipuerto son parte del juego, pero te aseguro que la entrega de dicha flor hubiese sido mucho más sistemática. —Esa seguridad, esa manera de decir las cosas con firmeza eran tanto el mejor como el peor atributo de Grayson—. Los juegos Hawthorne no se basan en coincidencias fortuitas. Siempre tienen una lógica incontestable, y no son crueles.

«Crueles». La mirada de Lyra regresó a la cala en la reluciente caja de música plateada. Llevó un dedo hacia ella.

—Pero esto lo han hecho ellos. Los creadores del juego.

A Lyra ya se le había pasado por la cabeza que quizá alguien estaba tratando de que recordara. Al menos, debía considerar dicha posibilidad: ¿y si era uno de ellos?

Uno de los hermanos de Grayson… O Avery.

—No es más que una caja de música. —Grayson posó suavemente una mano sobre su hombro—. Una flor de mármol. Una pista de un juego que vas a ganar.

—Es una cala —contraatacó Lyra, poniendo una mano en el torso de Grayson y obligándolo a retroceder un poco. No quería que la consolaran. Quería respuestas—. Tus hermanos o Avery saben algo. Al menos, uno de ellos sabe algo.

El brazo de Grayson se desplomó a un costado y miró la mano que Lyra mantenía sobre su pecho.

—¿Qué crees que saben en concreto? —preguntó lentamente—. Nunca les dije nada sobre nuestras llamadas telefónicas, Lyra, ni sobre ti.

Los rasgos angulosos de Grayson estaban hechos para expresar intensidad. Tenía una forma extraña de guardar la calma.

—Informé a Xander sobre el fallecimiento de tu padre, lo esencial, pero no el motivo por el que lo buscaba. Le conté a Jameson lo del acertijo, pero no de dónde lo había sacado. —Grayson hizo una pausa—. Nunca mencioné tu nombre. Durante más de un año, fuiste mi secreto, solo mío.

Algo en la forma en que Grayson Hawthorne pronunció ese «mío» provocó que una parte de Lyra quisiera rendirse a él…, pero no lo hizo.

—Hay una pequeña diferencia entre no mencionar algo y mantenerlo en secreto —le dijo.

—Un secreto no se puede olvidar. —Los labios de Grayson

rara vez esbozaban una verdadera sonrisa; su rostro anguloso solo hablaba el idioma de las curvas más leves—. Por mucho que intentes enterrarlo en lo más profundo, algunos te acompañan, día tras día.

Lyra recordó cómo Grayson había reaccionado al oír su voz el día anterior, cuando se había dado cuenta de que ella estaba allí.

Sentía los músculos de su torso debajo de la mano. Sentía los latidos de su corazón. Habría sido fácil dar crédito a lo que decía, no cuestionarlo.

«Yo era tu secreto, solo tuyo, día tras día». Lyra apartó la mano.

—Algunos secretos se graban en los huesos —respondió.

Lyra sabía de qué hablaba. Había convivido con ese tipo de secreto durante años. Había dividido su existencia en un antes y un después.

Y alguien involucrado en el juego sabía algo.

Lyra desvió la mirada hacia la caja de música, hacia la flor marmórea.

—Anoche Odette dibujó una cala. Nunca le mencioné que mi padre me había dado una, pero, poco después de que recordara el símbolo omega, después de que ella me escuchara decir la frase «Esto lo ha hecho un Hawthorne», dibujó una cala. Una parte anónima me dejó una en el helipuerto. Y ahora aparece otra en la pista. No se trata de una coincidencia, Grayson. Es imposible. —Lo miró con intensidad—. ¿O es que ahora crees en las coincidencias?

Sus ojos azul claro, casi plateados, absorbieron toda aquella fuerza.

—Estoy empezando a creer en muchas cosas en las que no

creía hace dos días. —De nuevo esa maldita firmeza y seguridad—. Y te pido que confíes en mí cuando digo que mis hermanos y Avery nunca jugarían así contigo a propósito.

«Los juegos Hawthorne no son crueles».

Lyra se concentró de nuevo en la cala y, de repente, todo le pareció demasiado, incluyendo a Grayson Hawthorne y lo que fuera que empezaba a creer.

«Día tras día».

«Mío y solo mío».

—Estás a punto de salir a correr en mitad de la noche —señaló Grayson.

No se equivocaba.

—¿Vas a decirme que es una mala idea? —desafió Lyra.

—A veces, llevarte físicamente al extremo es la única forma de llevárselo todo —dijo Grayson—. Pero solo corres porque no te permites bailar. Y, por si no te habías dado cuenta, estamos en un salón de baile.

La mente de Lyra volvió a la noche anterior, a su baile con los rostros cubiertos por las máscaras. Prácticamente podía sentir el calor de su cuerpo, sus manos entrelazadas, pero, en la caja de música plateada, la cala giraba sin cesar.

—No tienes por qué bailar conmigo —le aseguró Grayson—. Te dejo la estancia para ti sola mientras yo sigo trabajando en el enigma. Haz lo que tengas que hacer. —No se apreciaba ningún matiz en especial en sus palabras, no eran sentenciosas—. A veces, algunos de nosotros necesitamos soledad.

«Algunos de nosotros». Lo había dicho como si ellos dos fueran iguales.

Como si no hubiera nada malo en desear la soledad.

Como si no estuviera rota por dentro.

—Estaré en el Gran Salón.

Con estas palabras, Grayson se fue y Lyra hizo todo lo posible por no mirarlo.

«A veces, algunos de nosotros necesitamos soledad». Ahora estaba sola. Estaba sola en un salón de baile, y su cuerpo recordó —como probablemente siempre recordaría— lo que suponía girar, saltar y desafiar por completo la gravedad. Pero bailar —bailar como solía hacer— implicaba dejarse llevar por la música, por los movimientos.

Para Lyra, la danza significaba dejarse llevar, soltar lastre.

En lugar de eso, empezó a pasearse por la estancia como si fuera una fiera enjaulada, con el sonido de las notas procedentes de la caja de música de fondo hasta que lo único que oyó fue un susurro inteligible en su mente: una voz femenina y unas palabras que Lyra no logró descifrar pese a todo su empeño.

La música seguía sonando mientras la cala giraba y giraba.

«No puede ser una coincidencia. Nada de esto lo es». La flor que encontró en el helipuerto, la flor en la caja de música, la flor que dibujó Odette… significaban algo. Todo aquello significaba algo. «Mi presencia aquí. Las calas. Omega. Alice Hawthorne». Lyra no llegaba a desprenderse de la sensación de que, si pudiera comprenderlo, entender qué había conducido a aquella noche, por qué su padre se había suicidado de aquella manera, por qué la había obligado a presenciarlo, tal vez no se vería obligada a buscar la soledad nunca más.

Tal vez podría dejar de alejar a las personas.

Tal vez podría bailar.

Lyra desechó esa idea, se detuvo y se encaminó hacia la cama que presidía la estancia. Se tumbó en ella y observó el oscuro arcoíris de azulejos del techo de mosaico. Al coger una almohada, palpó algo.

«Un pedazo de papel». Lyra comprendió un segundo demasiado tarde lo que era, un segundo después de empezar a desdoblarlo. La noche anterior, para resolver uno de los enigmas, Grayson había tenido que dibujarla. Se había quedado con el dibujo. Y lo había guardado debajo de la almohada.

Lyra terminó de desdoblarlo y tomó aliento.

No era por la manera en que había capturado el maravilloso vestido, las líneas de su cuello, las curvas de su silueta. Sin ocultarlas. Sin minimizarlas. No era por la plenitud de sus labios o por cómo había dibujado su pelo, suelto y un poco revuelto, como si el viento lo azotara. Era por su mirada. Era por los músculos que había esbozado, junto con las curvas. Era por la forma en que la había dibujado, como si estuviera a punto de decir algo, como si fuera una persona con algo que decir.

Grayson no solo la había dibujado hermosa, lo que ya era bastante malo, sino también fuerte.

Y, por alguna razón, Lyra sintió, por primera vez en tres años, que tal vez no tenía por qué serlo.

«No estoy bien». Lyra dejó que eso fuera verdad. Durante un instante, dejó que lo fuera. Dejó de evitar el recuerdo de una cala, disparos y sangre. Pensó en la soledad, tanto la que había sentido de niña en esa casa como la que sentía en ese momento.

Dejó que el dolor la embargara y respiró. Se estremeció y, esta vez, cuando oyó un susurro distante en su mente, ese recuerdo que la rehuía, ya no le pareció tan ininteligible.

Logró distinguir una única palabra, pronunciada por una voz femenina: «Tú…».

CAPÍTULO 29
GRAYSON

Las fichas de dominó se habían esfumado del brillante suelo del Gran Salón y ahora había un violín justo en el centro de la mesa redonda. Grayson examinó la estancia en busca de un arco y lo vio colgado de una moldura de madera, balanceándose. Por experiencia, sabía que aquello no significaba que la clave para resolver el rompecabezas de la caja de música fuera la música.

Quizá sí. O quizá no.

Los juegos Hawthorne, a menudo, contenían trampas: madrigueras de conejos en las que uno se sumergía y desaparecía durante horas. Puede que la pista fuera la caja misma. O la cala en su interior.

«¿Por qué esa flor, Jameson?».

Grayson no había mentido al afirmar con toda seguridad que la que habían encontrado en el helipuerto no formaba parte del juego. Sin embargo, no le parecía una coincidencia que hubiese aparecido otra en la caja de música. Grayson había elegido las palabras que le había dicho a Lyra con cuidado: mis hermanos y Avery nunca jugarían así contigo a propósito.

Habría apostado cada centavo que tenía a que la cala era obra de Jameson y que Jameson ignoraba que las calas tuvieran algún significado para Lyra.

Por tanto, para empezar, la pregunta era por qué esa flor había estado flotando en el subconsciente del hermano de Grayson. «Tiene algo que ver con Alice». Eso resultaba evidente, al igual que el hecho de que Grayson tendría que incumplir su palabra. Le había dado a Jameson hasta el final del juego para contener cualquier amenaza, pero, para él, ese plazo de tiempo ya no se mantenía.

No dormiría tranquilo mientras una amenaza desconocida jugara con Lyra. Mientras le hiciera daño. Jameson no estaba conteniendo nada, así que se encargaría él.

Justo en ese preciso momento, su reloj vibró. Un mensaje en respuesta al que había enviado a los creadores del juego, requiriendo una inspección perimetral.

La costa está limpia (literal). Céntrate en el juego.

Resultaba evidente que la segunda parte del mensaje era de Jameson. «Céntrate en el juego». Grayson había tratado de que Lyra hiciera precisamente eso, y por razones similares. Resistió el deseo de responder a los creadores del juego con otro mensaje. Pero, por prudencia, era mejor ir con cuidado con lo que se ponía por escrito.

«Tienes hasta medianoche, Jamie —pensó Grayson—. Ni un minuto más».

De momento, Grayson se hizo con el violín y el arco. Colocó el instrumento debajo de su mentón. Había memorizado las notas del vals de la caja de música. Una imagen le vino a la cabeza: la de Lyra bailando, dando vueltas sin cesar con unos movimientos y una silueta perfectos. Siguió tocando y el vals se convirtió en un tango. La mente de Grayson imaginó un baile de otro tipo. Uno más agresivo.

Uno solo de dos.

Como si fuera una aparición, Lyra surgió en el umbral del Gran Salón con la melena oscura larga y suelta, sosteniendo la caja de música ante ella como si fuera un ramo de flores.

Grayson dejó de tocar.

—¿Qué ha sucedido?

Por su expresión, intuyó que algo le ocurría.

—He recordado algo —manifestó Lyra—. Un recuerdo muy débil. —Desvió rápidamente aquella mirada ambarina—. ¿Por qué...? —Hizo una pausa y luego añadió—: ¿Por qué me dibujaste así?

Grayson tardó un segundo en comprender a qué se refería Lyra, qué había encontrado.

—Era parte del juego —afirmó.

—No. —Lyra negó con la cabeza—. No te he preguntado por qué me dibujaste. Te he preguntado por qué me dibujaste así.

Su voz se volvió ronca al pronunciar estas últimas palabras.

Grayson no entendía la pregunta. No era de los que se tomaban licencias artísticas.

—Sencillamente, dibujé lo que veo.

De nuevo, Lyra apartó la mirada con un movimiento de cabeza que hizo que su cabello oscuro le ondeara sobre la espalda.

—Eres imposible —soltó—. Y yo... —Adoptó un tono que Grayson ni siquiera se hubiese atrevido a describir—. No estoy bien.

Grayson ignoraba si había bailado, si se lo había permitido, pero resultaba evidente que algo había cambiado en ella.

—En cierto modo, es liberador, ¿verdad? —le dijo en voz baja—. Aceptarlo todo y dejarse llevar.

—Yo no diría todo —respondió Lyra.

Seguía conteniéndose.

«Entonces, la respuesta a lo del baile es no», pensó Grayson.

Fue hacia ella, pero, antes de que pudiera acercarse demasiado, Lyra lo miró de nuevo.

—Deberíamos retomar el juego.

Lyra reparó en que Grayson sostenía un violín y un arco en la mano izquierda y derecha, respectivamente.

—¿Puedes prestarme el arco?

Incapaz de adivinar siquiera lo que pretendía, Grayson bajó el violín y le entregó el arco. Lyra se dejó caer con gracia en el suelo, depositó la caja de música ante ella y la abrió con un gesto brusco. Con una expresión en su rostro difícil de interpretar, clavó el extremo afilado del arco en el forro de terciopelo de la caja.

—¿Fruto de una corazonada? —preguntó Grayson.

El terciopelo empezó a rasgarse.

—Quizá solo tenga ganas de correr riesgos —dijo Lyra—. O de romper algo.

Depositó el arco y pellizcó el borde del forro.

«Correr riesgos». «Romper algo». Grayson no pudo evitar pensar que, para Lyra, no cabía duda de que él también suponía un riesgo. Y los dos, juntos…

«Un desastre inminente».

Oyó que la tela se desgarraba de nuevo.

—Lo tengo —anunció Lyra, arrancando todo el forro de terciopelo de la caja de música.

Grayson cubrió la distancia que los separaba y se cernió sobre la caja plateada, contemplando lo que Lyra había encontrado debajo del forro: la recompensa por correr riesgos; el resultado que había obtenido al romper algo.

Un símbolo grabado en el metal.

—El infinito. —Lyra lo siguió con la punta del dedo y clavó sus ojos en los de Grayson una vez más—. O un ocho.

CAPÍTULO 30
ROHAN

—Ya hemos buscado bastante. En este piano no hay compartimentos secretos. Ni símbolos. Ni pistas.

Savannah enarcó una ceja, como si desafiara a Rohan a contradecirla, lo que él no hizo. No había nada escondido dentro, sobre ni alrededor del piano... Solo estaba el propio instrumento, un banco, la playa y una tira de luces que se había encendido en el instante en que habían subido la tapa.

Rohan se sentó en el banco y acarició las teclas del instrumento.

—Abre la caja de música —ordenó a Savannah—. La mía o la tuya, la que quieras.

Un piano de este tipo, uno grande, por lo que se veía, un Steinway, estaba hecho para que se tocara, justo lo que Rohan se disponía a hacer.

Savannah abrió la caja. Rohan aguzó el oído y empezó a tocar. Mientras lo hacía, fue nombrando las notas:

—Re, mi, re, do...

El chasquido delator de la cremallera de la chaqueta blanca de Savannah lo obligó a hacer una pausa. Al volverse, comprobó que sostenía un rotulador permanente, el cual destapaba mientras se encogía de hombros y dejaba caer la chaqueta. Justo después, empezó a escribir las notas que él acababa de enumerar en el sistema de notación inglés sobre su brazo desnudo, en una caligrafía perfecta y tentadora.

D, E, D, C:

Estaba seguro de que ese rotulador no era parte del juego.

—Cuidado, cariño —advirtió Rohan—. Nunca se sabe quién puede estar vigilando.

Les habían dicho que no trajeran nada a la isla.

—Después de inspeccionar tu dormitorio esta mañana, fui al de Gigi. El rotulador era suyo —replicó Savannah.

Rohan advirtió de forma clara y meridiana que le había costado pronunciar el nombre de su hermana melliza, aunque lo había disimulado con bastante pericia.

—Supongo que mi hermana encontró un resquicio, algo, por otra parte, bastante habitual en ella. Es evidente que los creadores del juego se lo permitieron. —En pie junto al banco en que estaba sentado, Savannah fulminó a Rohan con la mirada—. Vuelve a decirme que vaya con cuidado como si no lo hiciera y te enterarás de que me he enfadado.

—Te aseguro, cariño, que siempre me entero de que te has enfadado.

Rohan se puso en pie, cerró la caja de música y la abrió de nuevo, haciendo que la secuencia de melodías volviera a empezar desde el principio. Poniendo los dedos sobre las teclas, se unió a la música hasta que llegó al momento en que antes se había detenido.

Enumeró más notas, que se añadieron al brazo desnudo de Savannah.

A mitad del tango, Rohan cerró la caja otra vez… para irritarla y también para darle tiempo a que escribiera.

—Una persona más cautelosa que tú no habría venido —le dijo Rohan.

Nadie con un ápice de juicio se enfrentaría a la familia Hawthorne o a su heredera.

—¿Ahora tengo que creerme que no sabes diferenciar entre ir con cuidado y ser cauteloso?

Savannah anotó las últimas notas —más tinta negra en una piel de porcelana— y levantó la tapa de la caja ella misma de nuevo.

Rohan aprovechó el tiempo que la música tardaba en llegar al momento en que lo había dejado para responder a la pregunta retórica de Savannah.

—La cautela implica vacilación, algo de lo que, definitivamente, careces.

«¿Qué son las distracciones, Rohan?».

Se unió de nuevo a la música y se obligó a seguir tocando, hasta que finalmente llegaron a *Claro de luna.* Cerró la caja. No la necesitaba. No para esta canción. Rohan la tocó directamente y algunas cosas le llamaron la atención mientras Savannah garabateaba las letras en el lado interno de su brazo esbelto, bajando hacia la muñeca.

D, A, G, A…

E, E, F…

D, C…

B.

Rohan apartó los dedos del piano.

—Me sorprende que no sepas tocar —le dijo a Savannah, haciendo un gesto con la cabeza hacia el Steinway.

—¿Y qué te hace estar tan seguro de eso?

Rohan se puso en pie, arrebatándole la posibilidad de mirarlo desde una posición más alta.

—Podría revelártelo, pero entonces ya no sería tan divertido… —Se acercó a ella, reprimiendo el deseo de recorrer con las yemas de los dedos esas letras en su brazo—. Y en lo referente a la cautela —dijo, siguiéndolas con la mirada—, Jameson Hawthorne vino a verme.

Savannah no necesitaba conocer todos los detalles, pero, para los propósitos de Rohan, sí debía ir con cuidado.

—Jameson es cauteloso, por extraño que parezca. Por lo visto, los creadores sospechan que unas fuerzas superiores están interviniendo en el juego. Que hay algún tipo de amenaza.

Rohan miró a Savannah y ella desvió su mirada hacia el océano… o hacia la oscuridad, que era lo único que se veía con aquella luz tan tenue.

—¿Te molesta? ¿Estar aquí de noche? —preguntó Savannah—. ¿Tan cerca del agua?

Había cambiado el tema de la conversación… y de forma deliberada.

—¿Y a ti?, ¿te molesta usar un rotulador que perteneció a tu hermanita? —respondió Rohan.

Savannah no dijo una palabra sobre Gigi. Rohan no esperaba que lo hiciera. Pero en los límites de su silencio encontró la respuesta que buscaba.

—La quieres con todo tu ser.

Savannah no apartó la mirada del agua.

—Yo era la favorita de nuestro padre —dijo—. Y Gigi era la mía.

«Era», reflexionó Rohan. «Gigi sabe cómo murió tu padre,

¿verdad, cariño? Y te lo ocultó». Rohan no pudo evitar recordar que algunas personas no sentían dolor.

Algunas personas canalizaban el dolor.

—Nunca aprendí a nadar bien —dijo Rohan. Ojo por ojo, y verdad por verdad—. Bueno, a nadar, en realidad.

Desvió la mirada del rostro de Savannah a su brazo y muñeca. Levantó la mano y posó dos dedos en el punto donde podía sentir su pulso, acariciándola con descaro.

—¿Ha llegado la parte donde sacas las garras? —preguntó Rohan.

—Como bien recuerdas, mis garras siempre están listas —replicó Savannah, arqueando una ceja.

—Tengo una memoria excelente.

Acarició de nuevo su muñeca.

—Quiero las fotografías —dijo ella, levantando el mentón—. La que le robaste a Brady Daniels y la que encontramos en su dormitorio.

—¿Es tu manera de desviar las sospechas en el caso de que los creadores empiecen a pensar que tramas algo? —adivinó Rohan—. Una única foto podría pasar como sensiblería, pero dos fotos idénticas…

Dejó la frase sin terminar, dotándola de sentido.

—Dos es algo muy diferente —convino Savannah—. ¿Me las das o no?

Aún no había apartado la muñeca. Rohan seguía sintiendo su pulso.

Decidió complacerla; por supuesto, por razones estratégicas. Se las tendió.

—Una advertencia, cariño: volveré a robarlas.

—Inténtalo. —Savannah dio media vuelta y comenzó a

alejarse—. Espero que hayas memorizado la secuencia —contraatacó—. Ya va siendo hora de que intentemos resolver este enigma por separado.

—Dalo por hecho. La conozco al milímetro —respondió Rohan. «Te conozco al milímetro»—. El primero en conseguirlo se gana el derecho de humillar al otro.

Las distracciones eran una debilidad, pero ¿la motivación? La motivación lo era todo.

CAPÍTULO 31
GIGI

Como se demostró, hasta la persona más motivada debía emplearse a fondo un buen rato para cortar las ataduras de seda con una roca afilada. Sin embargo, había dos clases de optimistas en el mundo: los que esperaban a que sucediera y los que perseveraban sin parar.

Gigi pertenecía a estos últimos. Por fin, al fin, una pequeña rasgadura dio paso a una más grande, que dio paso a una tira de tela de seda que cayó al suelo.

—¡Hurra!

Pese a su optimismo, Gigi no había ido mucho más allá del primer paso de su plan. El segundo paso, por otra parte evidente, era soltarse los tobillos, lo cual hizo enseguida. En lo que respectaba al paso tres…

Gigi se dirigió hacia la puerta e intentó lanzarse contra ella un par de veces. En vano. Decidió entonces cambiar de táctica. Tras cinco minutos enteros en los que gateó en la oscuridad, encontró el candelabro de hierro sobre el suelo de madera. Incluso sin luz alguna, estaba segura en un noventa y nueve por ciento de que podría subir las escaleras de piedra si se pegaba a la pared y se tomaba su tiempo. Y una vez que llegase arriba…

¿Cuánto podría tardar una persona extremadamente motivada, ayudada de un pesado objeto metálico, en romper algunas ventanas?

CAPÍTULO 32
LYRA

Lyra contempló la isla a sus pies. Grayson había tenido la idea de recurrir a una vista aérea de la Isla Hawthorne para buscar algún tipo de símbolo del infinito. Lo de usar el embarcadero lo había propuesto ella. Ya habían registrado la mansión en busca de algún objeto con ese símbolo, una lemniscata, como lo había llamado Grayson. No habían logrado acceder al tejado.

De ahí, el embarcadero.

De ahí que ambos estuvieran a unos doce metros de altura.

El techado del embarcadero se había iluminado nada más pisarlo, al igual que había ocurrido con el helipuerto.

—Podría ser cualquier cosa —dijo Grayson mientras escrutaban la oscuridad—. Unos árboles plantados de tal manera que forman una lemniscata, unos espejos en el suelo, un dibujo en la hierba.

—Está muy oscuro —señaló Lyra—. Apenas falta una hora para medianoche.

—Sí. —Grayson Hawthorne y sus síes—. Prueba con los gemelos.

La miró de reojo y, acto seguido, alzó ligeramente las comisuras de los labios.

—Era una sugerencia.

—¿Por qué no asumo que todo son sugerencias a partir de ahora?

Lyra sacó los gemelos.

—Cuando sea una orden, lo sabrás —respondió Grayson.

—Lo mismo te digo —replicó Lyra, fulminándolo con la mirada.

Al llevarse los gemelos a los ojos, Lyra sintió que Grayson se movía y se colocaba junto a ella. En lugar de luchar contra las sensaciones que la cercanía de sus cuerpos le provocaba, Lyra dejó que la embargaran.

—Nada —informó a Grayson—. Oscuro como la boca del lobo.

Recordó a la propietaria original de los gemelos engastados en diamantes. Miró a Grayson y supo que su mente había viajado al mismo lugar.

—Estás pensando en Odette.

—Odette no es en la única en que pienso —respondió Grayson, sin dejar de mirar a Lyra.

—Lo sé.

Unas pocas horas antes, Lyra no habría prestado atención a sus palabras o las habría malinterpretado, pero en ese momento no lograba borrar ese dibujo de su mente.

—Antes no he bailado. —Sin saber por qué, se sintió obligada a darle algo que fuera verdad—. No me lo he permitido.

—Ya lo sé —respondió Grayson.

No estaba acostumbrada a que la gente la conociera tan bien.

—Te toca —le dijo llevando de nuevo la mirada a la isla.

—¿El qué? —preguntó Grayson.

—Decirme algo que ya sepa.

—El precipicio.

Grayson señaló con el mentón hacia el borde del acantilado. Lyra estaba mucho más cerca que él.

—Ya lo…

Grayson no la dejó terminar.

—Tú no te precipitas —dijo acentuando las palabras—. Yo sí. —Lyra veía con claridad que aquello no tenía nada que ver con el equilibrio o con caer al vacío—. Yo me precipito, Lyra.

Primero el beso, después el dibujo y ahora esto.

—¿Por qué? —Fue todo lo que Lyra pudo decir.

—Por qué ¿qué? —respondió Grayson.

«¿Por qué alguien como tú se enamoraría de mí?». Era Grayson Hawthorne. Tenía el mundo a sus pies. Sin embargo, Lyra no pensaba pronunciar aquellas palabras en voz alta, de ningún modo.

—¿Por qué una vista aérea? —preguntó cambiando de tema—. ¿Por qué estás tan seguro de que la oscuridad no será un impedimento?

Grayson la observó durante un instante y después respondió a su pregunta.

—Ecos. De esos que ocurren de un juego a otro. En uno de los juegos finales del viejo, había una pista que solo se podía ver desde arriba. Jameson y Avery participaron en ese juego, y han creado este. El infinito, o el ocho, es un eco de esa secuencia.

«Un eco tras otro tras otro». Lyra se preguntó si este era intencionado. Entonces, cayó en la cuenta.

—¿Y si la cala en la caja de música es otro eco de uno de los juegos de tu infancia? —Acercándose cada vez más al borde del tejado, la mente de Lyra bullía a toda velocidad—. Quizá no sea intencionada.

Ya sabían que Tobias Hawthorne había descubierto que su esposa aún estaba viva. ¿Qué más había sabido el multimillonario?

—¿Y si tu abuelo codificó algo en uno de esos juegos? —insistió Lyra—. Algo sobre Alice.

«Alice y calas».

La noche estaba tranquila, excepto por las olas que rompían a sus pies, en el embarcadero.

—Una bomba de relojería —dijo Lyra—. ¿Y si Odette se refería a eso? Tú y yo. Mi recuerdo y el tuyo.

Dio otro paso adelante. Necesitaba pensar, necesitaba moverse. Ahora se encontraba justo en el borde del tejado y, de repente, volvió a oír las palabras de Grayson, atormentándola de la misma manera que lo hacían tantas cosas que él había dicho.

«Tú no te precipitas. Yo sí. Yo me precipito, Lyra».

Se produjo un destello de luz a lo lejos, desde algún lugar cercano a las ruinas. Al principio, Lyra pensó que lo había imaginado, pero luego llegó otro, no muy lejos de donde se había producido el primero.

—¿Has visto eso? —preguntó Lyra.

—Lo he visto —confirmó Grayson—. ¿Qué te apuestas a que los destellos continúan y forman una lemniscata? Uno de nosotros debería quedarse aquí y seguir el patrón mientras que el otro va a investigar de dónde proceden.

—Y cuando dices que uno de nosotros va a investigar… —soltó Lyra.

—Deja que yo reconozca el terreno —respondió Grayson.

—Para que lo entienda bien, ¿pretendes que yo me quede aquí mirando lucecitas mientras que tú te vas por ahí solo y en medio de la noche?

—Alguien tiene que vigilar la secuencia.

—Ese alguien podrías ser tú —señaló Lyra—. Y yo podría irme por ahí.

Hubo otro destello de luz, este más cerca del bosque que de las ruinas.

—Concédeme ese placer, por favor.

La culpa la tuvo ese «por favor». Lyra soltó un suspiro.

—Está bien, pero prepárate para un comentario hiriente y sarcástico cuando regreses... y, si encuentras algo, no empieces a resolver el siguiente enigma sin mí.

—Me limitaré a reconocer el terreno —prometió Grayson con una mueca.

Desapareció por la escalera y Lyra volvió a mirar hacia la isla, expectante. Hubo un destello de luz más y después nada. Durante minutos, no sucedió absolutamente nada. Entonces, Lyra oyó unas pisadas en el embarcadero.

Unas pisadas que no eran las de Grayson. Unas pisadas que subían las escaleras.

A Lyra le dio tiempo a retroceder dos pasos antes de que una persona apareciera en el tejado. «No era un jugador. No eran los creadores del juego». Era una mujer.

Solo le sacaba unos tres o cuatro años a Lyra y había algo inquietantemente familiar en ella. Su pelo era de un tono demasiado claro para ser rojo, tenía un rostro con forma de corazón y pecas por doquier, y, por lo que Lyra veía, iba desarmada.

—Hola, Lyra.

Unos ojos verdes la inspeccionaron de arriba abajo, midiéndola. Cuando Lyra le pagó con la misma moneda, se recordó a sí misma que las apariencias podían ser engañosas.

—¿Quién diablos eres? ¿Y cómo has llegado a la isla?

—No ha sido fácil con toda la seguridad que han instalado, pero he contado con ayuda. En cuanto a quién soy... —Su interlocutora esbozó una sonrisa coqueta—. Me llamo Eve, y soy la razón de que tú estés aquí.

«Eve». Aquel nombre no le decía nada. Su mente se aceleró, pero se obligó a tranquilizarse mientras conjuraba el máximo de calma del que era capaz.

—¿Fuiste tú la que me hizo entrar en el juego? ¿La que me envió la carta dorada?

—No hay de qué.

Lyra entornó los ojos.

—Esas luces...

—Un señuelo —respondió Eve—. Mi socio y yo os hemos seguido hasta aquí y..., bueno, digamos que sé cómo funciona la mente de Grayson Hawthorne. Sabía que interpretaría las luces como parte del juego..., o como una amenaza. Si percibía una amenaza, se presentaría voluntario para ir a investigar. Si, por el contrario, pensaba que eran parte del juego, existía la posibilidad de que fuerais los dos, pero al final os habríais separado igualmente.

—Deja que adivine... ¿Tú y tu socio os habríais ocupado de que así ocurriera? —dijo Lyra con rotundidad.

—La verdad es que me está resultando muy útil —respondió Eve—. Posee unas habilidades bastante eclécticas. Aunque no creo que sea eso lo que deseas preguntarle a tu patrocinadora, ¿verdad?

Lyra miró la escalera, pero Eve la estaba bloqueando, e, incluso de no haberlo hecho, no le habría sido posible marcharse así, sin más.

—¿Qué le va a hacer tu socio a Grayson? —exigió Lyra.

—Nada en absoluto. Grayson ni siquiera reparará en la presencia de mi centinela.

Lyra dio un paso adelante.

—¿Qué quieres de mí? ¿Por qué me has hecho entrar en el juego?

—Pensaba que la nota que acompañaba a mi regalo respondía a la pregunta. Te envié esa carta dorada porque te lo mereces, por todo lo que la familia Hawthorne te ha quitado, por todo lo que has sufrido, te lo mereces. —Eve sonrió de nuevo, esta vez con dulzura—. Y pensaba que nuestros intereses podrían alinearse.

A Lyra no le gustó cómo sonaba eso.

—¿Qué intereses?

—Vas a hacer algo por mí, Lyra.

—Eso lo dudo mucho.

Eve adoptó una expresión casi ofendida.

—Pero si soy amiga de Grayson… o, al menos, lo era. Se ve que ahora eres tú la que se ha convertido en su amiga.

«Grayson». Lyra trató de entenderlo. «¿Esto va de Grayson?».

—Entonces, tú eres… ¿Qué? ¿La ex desquiciada?

—Prefiero considerarme el camino difícil —dijo Eve—. Sin embargo, en lo que te concierne, que sepas que en el pasado eché un vistazo a la Lista de un multimillonario. Lista con ele mayúscula. Enemigos. Gente a la que el gran Tobias Hawthorne había perjudicado, gente a la que había destruido o traicionado, individuos misteriosos que se habían suicidado por su culpa. Creo que captas la idea.

—Mi padre. —Lyra fue directa al grano. Grayson había mencionado la lista de su abuelo, pero también le había dicho algo más—. Grayson aseguró que la información que Tobias Hawthorne tenía sobre él era falsa. Que no conducía a ningún lado.

—Ah, ¿sí? —respondió Eve—. Pues entonces fue una suerte que, junto con una gran cantidad de dinero, también heredara los archivos de otro hombre, en los que, por casualidad, se enumeraba no solo a los rivales y adversarios de ese hombre tan rico, sino también las conexiones de todas esas personas: sus aliados y amigos por un lado, y sus enemigos por el otro. Supongo que ahora comprenderás por qué captaste mi interés.

Lyra había comenzado el juego odiando a Grayson y a toda la familia Hawthorne.

—Basta con decir que el expediente que tengo en mi haber sobre tu padre es un poco más detallado que el de Tobias Hawthorne. —Eve le concedió a Lyra unos instantes para que procesara dicha información—. Juguemos a algo, ¿te parece? Permitiré que me hagas tres preguntas sobre su contenido, las tres que desees, y yo las responderé con honestidad aunque quizá no con toda la información de la que disponga. A cambio, tú solo tienes que darme la oportunidad de presentarte una oferta.

«No voy a hacer ningún trato contigo». Por otro lado, sí pensaba jugar al juego de Eve.

—¿Qué dice tu expediente sobre omega?

—Nada. —Eve ladeó la cabeza—. ¿Qué es omega?

El instinto de Lyra le decía que Eve no estaba fingiendo, que la palabra «omega» no le sonaba de nada. Se tomó unos instantes para reflexionar sobre la segunda pregunta y se centró en una con la que probablemente obtendría más resultados.

—¿Qué dice tu expediente sobre las calas?

—Únicamente que Tobias Hawthorne las envió al funeral de tu padre. —Eve se encogió de hombros ligeramente—. Un poco sensiblero para mi gusto. Te queda una pregunta.

Tobias Hawthorne sabía algo. El pulso de Lyra se aceleró. Había enviado calas por un motivo, eso seguro. Sin duda, el multimillonario ya fallecido había sido un hombre cuyas acciones habían estado cargadas de significado, todas y cada una de ellas, y Lyra no lo tenía por la clase de persona que habría enviado flores a un funeral por mera sensiblería.

Tratando de no olvidar esa idea, consideró el hecho de que Eve le había ofrecido respuestas honestas, pero no necesariamente completas, aunque, al preguntar por las calas, Eve había revelado que su archivo solo contenía un dato sobre el tema. Lyra no se fiaba ni un pelo de su supuesta patrocinadora, pero su instinto le decía, otra vez, que no estaba mintiendo, que no sabía nada más sobre las calas.

No sabía que el padre de Lyra le había dado una la noche en que murió. No conocía el significado de esa flor en particular.

«Entonces ¿por qué enviarme una?». Sin embargo, Lyra no pensaba malgastar su última pregunta.

—Estoy esperando —dijo Eve.

«Haz que valga la pena». Lyra fue directamente al meollo del asunto.

—¿Qué dice el expediente sobre mi padre de la esposa muerta de Tobias Hawthorne?

—¿De Alice Hawthorne? —Si Eve sabía que Alice no estaba muerta, había disimulado muy bien—. Nada de nada.

Eve clavó sus ojos como agujeros de bala en Lyra durante unos segundos.

«No se esperaba la pregunta». Tal vez estuviera preguntándose qué sabía Lyra…, pero no mostró vacilación.

—Casi me entristecen todas las preguntas que no has hecho —dijo Eve al cabo de un rato—. Así que seré bondadosa y te daré algo: una prueba de que quieres ese archivo. Tu padre usó docenas de apellidos. El hombre que elaboró mi Lista los redujo a tres, y entre esos tres está el verdadero.

Lyra no deseaba que eso fuera de algún modo importante. No era más que un apellido. Pero cuando el Gran Juego terminara, si tenía un nombre, al menos podría continuar.

Un nombre quizá le decía cosas de ella misma que siempre había ignorado.

—Te escucho.

La garganta de Lyra se cerró al pronunciar dichas palabras.

—Drakos. Reyes. Aquila.

Lyra archivó esos nombres para el futuro, negándose a permitir que adquirieran importancia.

—Ahora me toca a mí —dijo Eve—. Esta es mi propuesta, Lyra: pierde este juego y asegúrate de que Grayson Hawthorne haga lo mismo, y te daré dos millones y medio de dólares y el expediente completo de tu padre.

Dos millones y medio de dólares eran más que suficientes para conservar Mile's End. Eran más que suficientes para Lyra, y punto. Y ese expediente… Lyra tensó la mandíbula.

—¿Por qué quieres que pierda?

—¿De verdad importa eso?

Tal vez no, así que Lyra se centró en lo que realmente importaba.

—¿Por qué iba a aceptar un trato contigo? ¿Por qué debería confiar en ti cuando has estado manipulándome psicológicamente desde que llegué aquí? Los alias de mi padre en el bosque. Esa flor.

Se produjo un largo e intenso silencio.

—Yo no te he enviado ninguna flor —aseguró Eve—. Aunque imagino que era una cala, ¿verdad?

—Mientes —respondió Lyra sin creerlo realmente.

—Debo admitir que has despertado mi interés, pero no puedo contar con que este pequeño interludio nuestro dure mucho más. Puse esas notas con los alias de tu padre en los árboles para recordarte lo que perdiste, lo que la familia Hawthorne te arrebató. Y puedes confiar en que cumpliré con mi parte del trato porque no tengo ninguna razón para no hacerlo. Dos millones y medio de dólares no significan nada para mí. Y ese expediente, tampoco.

—¿Dónde está el truco entonces?

Lyra se negaba a creer que no lo hubiera.

—Bueno, supongo que hay algo más —dijo Eve, mientras se encaminaba hacia la escalera—. Para conseguir el dinero y el expediente, también será necesario que le rompas el corazón a Grayson Hawthorne.

CAPÍTULO 33
GRAYSON

Grayson regresó a la parte sudeste de la isla y vio que Lyra seguía en el mismo lugar en que se había separado de ella: en el techado del embarcadero, muy cerca de la cornisa, casi como lo haría un Hawthorne. Desde la distancia, Grayson registró su postura: el ancho de su espalda, su cabeza ladeada.

La habría reconocido incluso si lo único que hubiese podido ver hubiese sido el contorno de su silueta. Acelerando la marcha, recorrió rápidamente la distancia que lo separaba del embarcadero y trepó por la escalera para reunirse con ella.

Saludó a su compañera de aventuras con una pregunta.

—¿Qué has visto?

Lyra se mantuvo de espaldas a él, con la mirada clavada en la isla.

—Solo hubo un destello más después de que te fueras. Nada de lemniscatas. Ningún patrón discernible.

Grayson se acercó al borde del tejado, justo donde ella estaba.

—¿Vas a preguntarme qué he encontrado?

—Si hubieras encontrado algo, lo sabría —respondió Lyra.

Grayson estaba acostumbrado a que lo conocieran. Sus hermanos lo conocían. Avery también. Sin embargo, no pensaba que otros lo interpretaran tan fácilmente.

—Entonces ¿en qué punto nos encontramos? —dijo contemplando la oscuridad junto a ella.

—No lo sé. —A medida que pasaban las horas, Lyra hablaba en voz más baja, con ese matiz más grave, con muchas más capas en su tono de las que Grayson podía contar—. No me has dicho qué opinas sobre la posibilidad de que la cala en la caja de música sea un eco —dijo Lyra al cabo de un rato—. No es una coincidencia, aunque tampoco necesariamente intencionado.

Lyra se estaba acercando demasiado a la verdad y lo colocaba en una situación incómoda. «Una repetición, un eco, aunque no pertenece a uno de los juegos del viejo. Pertenece a otra cosa». Grayson ignoraba a qué.

—No recuerdo una pista similar en ningún juego que haya jugado —aseguró Grayson. Era una verdad, una que podía ofrecerle. Algo en él lo impulsó a seguir hablando y, lentamente, añadió—: Te doy mi palabra de que, si a medianoche nos encontramos cara a cara con los creadores del juego, con mis hermanos y Avery, les preguntaré sobre la cala.

No la engatusaría tan fácilmente: había prometido preguntar, no decirle la respuesta.

—Pero, si quieres ganar el juego —continuó Grayson, en un tono que cortó la noche—, no podemos seguir dándole vueltas al mismo tema.

Lyra se volvió lentamente y lo miró.

—Tampoco podemos seguir dándole vueltas a lo nuestro.

Debería haberlo esperado. Le había dicho que se estaba enamorando de ella, que se había tirado de cabeza al precipicio. Pese a saber que podía salir huyendo, se lo había dicho igualmente. «Y ahora...».

Ahora, Lyra Kane agarraba la parte delantera de su camisa y lo atraía hacia ella.

—¿Qué ha sucedido en mi ausencia? —murmuró Grayson.

A la luz de la luna, los ojos de Lyra lanzaron un destello.

—Quizá me apetezca correr algún riesgo más.

Se puso de puntillas y Grayson envolvió su rostro entre las manos mientras los labios de Lyra se estrellaban contra los suyos.

Un momento después, enterró las manos en su cabello.

Desde el primer beso que se habían dado, Grayson no dudaba que habría un segundo, pero no esperaba esto. «Aquí. Ahora». Se apartó lo suficiente como para murmurar cuatro palabras.

—Aléjate de la cornisa.

Él se movió y ella se movió con él.

—No me gusta que me digan lo que tengo que hacer —objetó Lyra, acariciando con sus labios los de Grayson con cada palabra.

—Lo sé —respondió Grayson.

Se besaron de nuevo y Grayson se dejó llevar, sintiéndolo todo. «El frío del aire nocturno. La sensación de su piel. Una bomba de relojería. Un desastre inminente».

Aunque lo último que Grayson deseaba era abandonar ese beso, separarse de ella, su sentido del honor le recordó por qué estaba allí. Le había prometido que jugaría la segunda fase, que la ayudaría a ganar. En dicho interés, ya había redirigido la atención de Lyra hacia el juego unas cuantas veces. Ahora lo más honesto por su parte era concentrarse en el rompecabezas.

La medianoche se acercaba. El reloj no dejaba de correr.

Separarse, aunque solo fuera un milímetro, era una dulce tortura.

—Si queremos ganar —murmuró Grayson, no en segunda persona del singular, sino en primera del plural—, por tu familia, por Mile's End, tenemos que jugar. Todo lo demás puede esperar.

«Incluso esto».

Lyra lo observó durante un buen rato, como si estuviera a punto de decir algo. Y, luego, volvió a mirar hacia la isla.

—Bien, pues juguemos.

CAPÍTULO 34
ROHAN

Rohan se detuvo a pocos metros del océano, que la,mía la orilla con sus olas. La oscuridad, el agua… era como echar sal en la llaga. «Nunca aprendí a nadar bien», le había dicho a Savannah.

Sin embargo, el dolor podía resultar útil; bajo control, proporcionaba claridad mental. Rohan atrapó esa claridad con ambas manos y se adentró en el laberinto de su mente, revisando y clasificando información: el enigma de la caja de música, las notas garabateadas en el brazo desnudo de Savannah, un par de fotografías que pertenecían a Brady Daniels, James Hawthorne considerando a Lyra una amenaza.

Una gran ola rompió con ímpetu y lo devolvió a la realidad. A pesar de que el agua le mojó los pies, Rohan se negó a retroceder. En los pasillos del laberinto, surgió un recuerdo no deseado.

«Una mujer tarareando. Amable y segura». Y, entonces, la voz de un hombre: «Dámelo». Hubiese podido rehuir el recuerdo, acallarlo, pero Rohan no lo hizo. Al fin y al cabo, no era más que otra cicatriz, otra llaga.

«Por favor», oyó que decía la mujer.

Y a continuación, el hombre: «Ambos sabemos que, tarde o temprano, me lo entregarás, y si te opones a mí, si me desobedeces, será peor».

El sonido de unos pasos lo trajo de vuelta al presente. Preparado para luchar y salir victorioso, se dio la vuelta y allí estaba ella: Savannah Grayson, magnífica pese a la oscuridad que la rodeaba.

—¿Cómo llevas lo de humillarte, inglés?

—Ni por asomo tan bien como jactarme de mis victorias —contestó Rohan—. ¿Por qué lo preguntas?

—Porque vas a tener que humillarte.

«¿Qué has descubierto, cariño?». Lo había buscado para decírselo, como haría un buen compañero. Rohan dio un paso hacia ella.

—Y dime, Savvy, ¿qué tipo de humillación tienes en mente?

Poco después, Rohan entró en el Gran Salón. Las fichas de dominó habían desaparecido. No quedaba casi nada sobre el resplandeciente suelo de madera. Apoyados cuidadosamente contra una pared, Rohan vislumbró un violín y un arco. Sin embargo, Savannah los ignoró y se encaminó hacia la chimenea de granito negro. Ahora estaba encendida... y, según había apreciado Rohan, era la primera vez que sucedía desde que había empezado el juego.

—¿Hay un interruptor? —preguntó—. ¿O la han encendido por control remoto?

Savannah ni siquiera se molestó en contestar.

—Primero he probado a calentar la caja de música. Ha sido en vano. Lo mismo con la pulsera, los amuletos, los dados y el candado de mi cadena.

—Y luego… —Con un par de zancadas, Rohan se colocó junto a ella, ante las llamas que crepitaban—. Has probado con las fotos de Brady.

—¿Ah, sí? —respondió Savannah.

«Sí».

Ante la mirada atenta de Rohan, Savannah sostuvo una de las fotografías de Calla Thorp —la más gastada, la que Rohan sospechaba que había acompañado a Brady durante años— ante el fuego. Cuando el papel se calentó, unas letras empezaron a formarse en la parte trasera: un mensaje escrito con una caligrafía sin duda femenina.

Haz exactamente lo que te diga.

—Esto me hace suponer que hay más de un patrocinador —murmuró Rohan.

Había sido la mismísima heredera Hawthorne la que había invitado a Brady Daniels al juego, lo que apenas dejaba tiempo para que un posible patrocinador lo tanteara y lo convenciese. En las ediciones anteriores, los recursos habían sido fundamentales. Los patrocinadores tenían algo que ofrecer. Pero ¿en la de este año?

Este año, los recursos exteriores solo habían servido en la caza inicial para hacerse con una carta dorada. Teniendo en cuenta que Brady no había llegado al juego de ese modo, su patrocinador debía de haber utilizado otras tácticas.

—¿Y la otra fotografía? —dijo de repente Rohan.

Savannah sostuvo la otra imagen, mucho menos gastada, ante las llamas.

Poco a poco, letra a letra, apareció otro mensaje.

El juego debe continuar.
Asegúrate de que así sea.

Antes de que Rohan pudiera reflexionar sobre ello, el reloj vibró.

—Medianoche —anunció Savannah junto a él.

A continuación, un mensaje de los creadores del juego apareció en los relojes.

—«Ponte el esmoquin y el antifaz…» —leyó Rohan en voz alta.

Savannah levantó los ojos del reloj y terminó la frase:

—«Hay que estar en el muelle a las doce y cuarto, y el tiempo es fugaz».

CAPÍTULO 35
ROHAN

Ya en su dormitorio, Rohan advirtió que otra pared se había separado, revelando un armario que contenía una armadura muy diferente. «Ropa de etiqueta». Acarició las chaquetas de los esmóquines del mismo modo que una persona hubiese pasado las yemas de los dedos sobre la superficie de un lago o una piscina. Su mano se detuvo cuando palpó un tejido que era del mismo color morado oscuro que el terciopelo de las cajas de música.

Ese color no le era ajeno, y le traía a la mente una tinta especial.

«Tinta». Rohan sintió como el recuerdo emergía, como si el agua le rodeara los tobillos y después le subiera hasta las rodillas y los muslos. Una tinta de color morado oscuro, un libro y una pluma. Esta vez, luchó por rehuirlo..., pero perdió. El recuerdo tiró de él y lo arrastró, completamente, en cuerpo y alma.

—Está afilada, ¿verdad?

Rohan tiene cinco años y el hombre ante él es un desconocido, un desconocido que le tiende una pluma metálica.

—Si lo permites, los bordes podrían cortarte. —El hombre esboza una sonrisa—. Pero no vas a permitírselo, ¿verdad, Rohan? —La sonrisa del hombre se hace más grande, pero no se refleja en sus ojos—. No permitirás que alguien te haga daño, ¿verdad?

Puede que no sea más que un niño, pero entiende que el hombre ante él, en realidad, no está hablando de la pluma.

Está hablando de las personas.

Las personas te harán daño si se lo permites.

Rohan no responde y lo mira con ojos desafiantes y furiosos. Acto seguido, desvía la mirada hacia el libro que el hombre ha dejado ante él y lo observa con la misma intensidad. Es grande. Antiguo. Su instinto le dice que es la razón de la pluma metálica y del pequeño cuenco plateado lleno de un líquido de color morado oscuro que le hace pensar en sangre en la noche.

—Ah... Quieres saber qué hay en el libro. Una pregunta excelente. ¿Sabes una cosa, Rohan? Unirse al Piedad del Diablo tiene un precio, uno elevado, más que dinero, más que sangre. No me mires así, muchacho. No voy a arrebatarte el alma. —El hombre juguetea con la pluma metálica y lo mira con intensidad—. Secretos —dice—, eso es lo que contiene este libro. Secretos horribles. Y tú tienes uno, ¿verdad, muchacho?

Rohan mira de hito en hito el líquido morado en el cuenco y la sangre acude de inmediato a su mente.

—¿Sabes escribir? ¿O prefieres que sea yo el que escriba tu secreto por ti? —pregunta el hombre.

Rohan alza los ojos del libro y lo fulmina con la mirada.

—¿Y tu nombre? —pregunta—. ¿O la letra R? ¿Sabes hacer una R de Rohan?

Rohan, cuya voz no es más que un recuerdo lejano, se obliga a guardar silencio y asiente, furioso.

—Bien. —El hombre moja la punta de la pluma metálica en la tinta de color morado oscuro—. ¿Y si te dijera que puedo convertirte en alguien que nunca sentirá dolor, en alguien que nunca estará asustado, en alguien a quien todos temerán y adorarán, al igual que se teme y adora a aquellos con poder? ¿Y si te dijera que puedo convertirte en algo más que la suma de tus partes?

El libro se abre. El hombre sitúa la punta de la pluma en la página.

—A cambio, ¿me darás tu secreto, Rohan? ¿Me dirás qué has hecho?

Con todos los músculos de su cuerpo rígidos, Rohan asiente.

—Bien. —El hombre se inclina—. Susúrrame tu secreto más horrible. Dime lo que has hecho esta noche, Rohan, y yo pondré el mundo a tus pies.

Rohan lleva tanto tiempo sin hablar que ni siquiera está seguro de que pueda hacerlo. Pero quiere convertirse en este hombre. Quiere ser él el que sostenga la pluma y el libro.

Lo quiere todo.

Apretando los dientes, Rohan cogió el esmoquin de color morado. No iba a amilanarse por el color ni el recuerdo.

—¿Dónde estabas ahora mismo? —dijo a sus espaldas la perspicaz Savannah, que parecía encantada de hallarse en su dormitorio.

—Maquinando —respondió Rohan con frivolidad mientras sacaba el esmoquin—. Principalmente tu desaparición, entre otras... cosas.

Se dio la vuelta, dejó que sus ojos recorrieran el brazo en el que estaban garabateadas las notas de la caja de música y, a continuación, se permitió admirar el vestido que llevaba puesto Savannah.

Era de un azul tan claro como sus ojos plateados, tan pálido, al menos a primera vista, que una persona menos entendida lo habría confundido con blanco. Le llegaba justo por debajo de la pantorrilla. Miles de diminutas joyas puntiagudas adornaban toda la tela, atrapando la luz, mientras que las costuras y abalorios evocaban copos de nieve con bordes tan afilados y feroces como cuchillas.

El vestido se ceñía a cada milímetro de su silueta y amenazaba con que el único recuerdo capaz de hacer regresar a Rohan al laberinto de su mente fuera el de la noche anterior.

—No te creo —desafió claramente Savannah, alzando una ceja.

—Mejor que no lo hagas —señaló Rohan—. En realidad, es mejor que nunca me creas.

Savannah lo escudriñó con una mirada en la que se palpaba la intensidad y, a continuación, hizo su siguiente movimiento.

—Supongo que ya habías deducido que mi hermana sabe lo que le pasó a nuestro padre.

Definitivamente, lo había pillado por sorpresa.

—Supongo que sí.

—Grayson se lo dijo… o ella acabó por atar cabos. Poco importa. Gigi lo descubrió y, en lugar de contármelo, prefirió que pensara que seguía desaparecido. —Savannah alzó ligeramente el mentón, y Rohan encontró que la tensión en su cuello y mandíbula era, al igual que su vestido, deslumbrante—. Que se había ido.

Captó su estrategia al instante: Savannah Grayson le confesaba algo a cambio de que el correspondiera, un movimiento arriesgado, seguro, pero había logrado captar su atención. Toda su atención.

—No me sorprende que Grayson profese lealtades en otro

lugar. Pero ¿Gigi? —Savannah lo miró fijamente —. Era mi preferida.

Con lo diferentes que eran, resultaba fácil olvidar que eran mellizas. La honesta Gigi, de buen corazón, probablemente, siempre había sido la preferida de Savannah.

—Y ahora ya no lo es —dijo Rohan.

—Me pasé la vida tratando de dar la talla. —La voz de Savannah era como un carámbano, afilada hasta el punto de ser letal—. Mi padre deseaba que fuera la mejor en la cancha y también fuera de ella, y yo lo complací. Pero, con los años, encontré nuevas maneras de decepcionarlo. Deseaba que fuera femenina, simpática, hermosa. Fuerte, pero no tanto.

Rohan pensó en la larga, larguísima, melena de Savannah. Recordó lo que había sentido al coger el cuchillo y cortársela, la expresión de su rostro mientras lo hacía.

—Se suponía que debía ser perfecta —continuó Savannah—, y también que debía agradar, y mi padre ni siquiera se planteó que quizá eso fuera imposible, que una mujer, por no decir una niña, fuera ambas cosas. —Savannah se adentró aún más en la estancia y le quitó la percha con el esmoquin de las manos, como si anulara la barrera protectora que los separaba—. Mi padre aceptaba a Gigi tal como era, pero a mí no. A mí, nunca. Así que si se marchó de verdad, bueno..., es evidente que se fue por mí, que no valía la pena quedarse por una persona como yo.

—Pero tu padre no te abandonó —dijo Rohan, evitando así que ella se viera obligada a pronunciar esas palabras—. Y tu hermana melliza dejó que siguieras pensando que sí lo había hecho.

—Gigi era mi preferida —repitió Savannah con un hilo de

voz, aunque enseguida recuperó la compostura—. Y ahora ya no lo es. —Lanzó el esmoquin morado sobre la cama y dio un paso más hacia él—. ¿Dónde estabas hace un rato, Rohan?

La había visto venir. Había visto venir la pregunta. Había intuido la táctica de Savannah desde el momento en que empezó a hablar. Y, a pesar de ello, le sorprendió comprobar que deseaba contestar, que deseaba darle a Savannah Grayson una fracción de lo que ella le había dado.

—En el día en que llegué al Piedad.

«¿Qué son las distracciones, Rohan?». Aunque esa lección había llegado después, había arraigado profundamente en él.

—Por lo general, el Piedad del Diablo no acoge a niños con buenos propósitos —dijo Rohan.

—Aguas profundas. —Savannah clavó sus ojos en los suyos—. Todo estaba oscuro. No sabías nadar, y no era la primera vez.

«Mantén cerca a tus amigos, y a tus enemigos, aún más cerca», pensó Rohan. Al final, él y Savannah Grayson serían precisamente eso: enemigos.

—La última vez ataron unas piedras a mis tobillos, o esa era su intención —le dijo quitándose la camisa y decidido a no confesarle nada más—. Tengo que ponerme un esmoquin, cariño, y tú estabas a punto de marcharte.

La mirada de Savannah descendió hasta sus abdominales.

—A menos que… quieras ayudarme —añadió Rohan, llevando las manos a la cinturilla de los pantalones.

CAPÍTULO 36
GIGI

Resultó que las ventanas eran a prueba de tormentas.

—En serio, ¿quién instala ventanas modernas a prueba de tormentas en un faro abandonado? —gruñó Gigi, enojada.

¡Era un disparate! Por suerte, los disparates no le eran ajenos.

«Si al principio no te sales con la tuya, ¡dale más fuerte y no pares!». Aproximadamente a la cuadringentésima vez, la filosofía de Gigi se demostró efectiva. Una grieta cruzó uno de los cristales de arriba abajo.

—¡Vic…! —Golpe—. ¡… toria!

Gigi recibió la lluvia de cristales a prueba de tormentas con los brazos abiertos. De forma figurada, en realidad. En cualquier caso, buscó la manera de evitar cortarse.

Por muy optimista que fuera, ni siquiera ella se planteaba la idea de descender más de dieciocho metros en aquella oscuridad completa, así que pasó a la siguiente fase de su plan: empezó a gritar.

Gritó como si hubiese nacido para hacerlo, como si entrenara para convertirse en profesional de los gritos, como si sus pulmones fueran los responsables de mantener vivo el arte de gritar. Gritó como si le fuera la vida en ello.

Al fin y al cabo, ¿cuánto tiempo tardaría una persona con unos buenos pulmones y gritando desde el diafragma en hacer que…?

De repente, oyó que alguien lanzaba un candado al suelo y abría con un portazo el faro.

«¡Vaya, no he tardado nada!». Gigi se acercó a la escalera y bajó un par de peldaños, los suficientes para ver el haz de una linterna que atravesaba el aire polvoriento de la planta baja.

—Malditos críos.

Por la voz, Gigi dedujo que la persona que acababa de pronunciar aquellas palabras era un hombre, de edad avanzada y con muy mal humor, pero ¿quién era ella para ponerse exigente?

—¡Aquí! —bramó Gigi—. ¡Aquí arriba! Yo soy esa maldita cría.

Empezó a bajar las escaleras, más rápido de lo que probablemente dictaba la prudencia.

—Debería dispararte.

Gigi dejó de correr y se detuvo justo cuando el haz de la linterna se posó sobre ella. Fue entonces cuando advirtió que su salvador sostenía efectivamente una escopeta.

—Por favor…, ¿no lo haga?

Tenía el arma colgada en el hombro izquierdo. «Eso era buena señal, ¿no?».

—Si bajas así de rápido, vas a romperte la crisma.

Gigi se tomó la preocupación de su nuevo amigo por su cabeza como una excelente señal y siguió bajando, un poco más lento esta vez.

—No me pasará nada —aseguró—. Tengo los huesos de goma, y lo importante aquí es que me han secuestrado y que tú has venido a rescatarme.

Era habitual que Gigi confundiera a la gente. En favor de su salvador, tuvo que reconocer que no parecía muy confundido.

—Yo no voy a rescatar a nadie.

Gigi dobló otro tramo de escalera. Solo quedaban diez peldaños hasta el rellano... y hasta la puerta que en ese momento estaba abierta.

—Pues lo estás haciendo —informó al hombre armado—. Y muy bien, por cierto. Un trabajo magnífico. ¡Solo tienes que ver lo bien que te has tomado la noticia del secuestro! La cualidad más importante que busco en mi salvador es cierta rudeza incondicional. —Gigi bajó el último de los escalones de piedra y sonrió—. Y también me gusta tu barba.

Esas palabras no obtuvieron respuesta alguna. En defensa de Gigi, era una barba realmente poblada.

—Y, para ser sincera, el rifle tampoco me viene tan mal —agregó.

Si Slate regresaba antes de que lograra escapar, su amigo barbudo con rifle podría resultar muy útil.

—¿Tengo que dispararle a alguien? —gruñó.

Gigi consideró que sería prudente tomarse esa pregunta al pie de la letra.

—Ese imbécil melancólico me ató, pero creo en la redención, así que te responderé con un «no» optimista.

El Entrañable Hombre Barbudo movió el haz de la linterna hacia el suelo del faro hasta posarlo en las ataduras de seda de las que Gigi se había zafado con tanta pericia.

—¿Alguien te ha secuestrado y te ha atado?

EHB sonaba no solo indignado, sino seriamente molesto.

—¡Eso mismo! —respondió Gigi—. ¿Puedes prestarme tu teléfono?

—No tengo.

Gigi parpadeó. Varias veces.

—¿Cómo que no... tienes... teléfono? —Hizo una pausa—. Querrás decir que no lo llevas encima o que...

—No me gustan los teléfonos.

Bueno, eso lo aclaraba todo.

—¿Sabes qué? —dijo Gigi, pasando junto a él hacia la puerta abierta—. Eso me gusta mucho de ti. —Salió caminando del faro hacia la fría noche de noviembre, hacia la oscuridad total y hacia la dulce dulce libertad—. Y ahora, si pudieras indicarme dónde queda la civilización, no volveré a verte el pelo. Ni el de la cabeza ni el de la barba.

—¿La civilización?

—Necesito un teléfono —dijo Gigi—. O una manera de llegar a la Isla Hawthorne.

—Mantente alejada de ese lugar.

La barba no sirvió para minimizar el ceño fruncido del hombre.

—Justo vengo de allí —le aseguró Gigi a su nuevo amigo—. Participaba en el Gran Juego. —Sabía a ciencia cierta que la ubicación del juego de este año era un secreto, pero ¿a quién se lo iba a decir el tipo que odiaba los teléfonos? En cualquier caso, no dio señal de saber de qué estaba hablando Gigi—. ¿Una competición famosa en el mundo entero? —aclaró—. ¿En una edición con detalles e información superconfidenciales este año? ¿Dirigida por la heredera Hawthorne Avery Grambs?

Eso sí obtuvo respuesta.

—Avery. —Su ceño se frunció—. ¿La hija de Hannah?

Gigi no sabía nada de la madre de Avery, pero el nombre de Hannah le decía algo.

—Puede que… ¿sí?

Su salvador se plantó ante ella.

—En ese caso, será mejor que no vayas a la ciudad.

—Estoy completamente de acuerdo —respondió Gigi, asintiendo con la cabeza—. Yo lo que quiero es regresar a la Isla Hawthorne, pero, solo para orientarme, ¿por dónde queda la ciudad?

Su amigo barbudo hizo un gesto con la linterna.

—¡Excelente! —exclamó Gigi—. Y, ya que estamos, necesito una lancha. ¿No tendrás por casualidad una?

Él la miró fijamente.

—¡Tienes una lancha!

—No pienso llevar a nadie a esa maldita isla.

—En ese caso, solo me queda una opción —dijo Gigi solemnemente—. No tengo más remedio que ir a la ciudad. —Llegó a dar un par de pasos antes de que el hombre se interpusiera en su camino. Gigi le dio unas palmaditas en el hombro—. Créeme, te estoy muy agradecida por este rescate incondicional, ha sido de matrícula de honor, pero necesito llegar a la Isla Hawthorne, y, si tú no estás dispuesto a llevarme y no tienes teléfono, pues no tendré más remedio que ir a la ciudad. En cualquier caso, tengo que salir de aquí antes de que cierta persona regrese.

—Cierta persona. Que te secuestró. ¿A quien no debo disparar?

Gigi le dio unas palmaditas en el otro hombro.

—¡Correcto!

—Malditos críos.

—Para mí también ha sido un placer increíble conocerte —respondió Gigi—. ¡Buenas noches!

Gigi ya había dado cinco pasos cuando el Entrañable Hombre Barbudo volvió a hablar.

—Está bien —gruñó—. Te llevaré a la isla al amanecer.

CAPÍTULO 37
LYRA

Una docena de vestidos de gala colgaban en el armario secreto, a cada cual más hermoso. Lyra los contempló, incapaz de detener el coro de voces que resonaba con fuerza en su cabeza. «Al diablo con Eve y con su propuesta. Tengo que decírselo». Excepto que no era tan fácil.

El dinero.

El expediente sobre su padre.

Era más de lo que Lyra esperaba conseguir: la posibilidad de salvar Mile's End, un punto de referencia desde el que buscar respuestas.

«No pienso aceptar ningún maldito trato». Lyra clavó la mirada en el vestido que había exactamente en el centro. Era uno azul, cubierto de hilos dorados, con una larga falda de vuelo de un azul intenso que se convertía en un oscuro gris tormenta en la parte inferior. Lyra extendió la mano y acarició la tela dorada translúcida que fluía como si fuera agua sobre la falda. Incluso colgado de la percha, parecía tener vida propia. Parecía la clase de vestido de gala al que había que ponerle un nombre. «Cielo nocturno».

Parecía el tipo de vestido que debería llevar una chica que había llamado la atención de Grayson Hawthorne.

«Ya se lo tendría que haber dicho».

La mano de Lyra se desplomó a un costado, alejándose de Cielo Nocturno. Se obligó a examinar el resto de los vestidos. Uno de ellos era plateado, con unas capas de tul blanco que le conferían un halo como si procediera directamente de las zonas más brumosas. Otro era de un rojo intenso y oscuro, con unas costuras negras tan intrincadas que Lyra sintió que podría quedar hipnotizada solo con mirarlo. Había un vestido verde bosque, uno azul claro, casi plateado, otro lavanda, otro índigo, otro de un brillante turquesa.

«Negro». Lyra se detuvo ante el vestido de ese color. Comparado con el resto, su diseño era sencillo y discreto. Un corpiño ceñido, una falda de gasa con vuelo que debía de llegar a media pantorrilla. «Un vestido más de cóctel que de gala —pensó Lyra—. Más versátil. Más práctico».

Decidida, sacó la percha del armario y, al hacerlo, advirtió que el vestido no era completamente negro. En el momento en que la gasa se onduló, en la falda aparecieron unos colores: la obsidiana se convirtió en gris púrpura, en un rosa intenso, como acariciado por el fuego, y en un ámbar miel. Lyra dejó de moverse, y el vestido que sostenía hizo lo mismo, regresando a su color original, negro, únicamente negro, y ocultando tras el movimiento sus auténticos colores, ligeros como una pluma. Lyra no pudo evitar pensar que ese vestido, al igual que había hecho con Cielo Nocturno, merecía un nombre.

«El atardecer más oscuro».

Lo ordinario no tenía cabida allí. Restándole importancia, Lyra se despojó de la armadura y se puso el vestido, retorciendo los brazos para cerrar la parte posterior. Mientras lo hacía, la voz de Eve resonó como un susurro en su cabeza.

«Drakos. Reyes. Aquila».

Sí, eran tres nombres, pero ninguno le importaba tanto como Mile's End. «Concéntrate en el juego», dijo para sus adentros. Si rechazaba el trato de Eve, la única opción válida era ganar.

«¿Si lo rechazaba?».

Recobrando la compostura, Lyra volvió a examinar el armario. En el otro extremo, había unos lujosos bolsos. Eligió uno de correa larga. Al igual que el vestido, el bolso era negro, confeccionado con lo que parecía piel de cocodrilo y con pequeños adornos brillantes incrustados. «Oro blanco. Diamantes». Y lo más importante: era lo suficientemente grande como para albergar la caja de música, la pulsera y los dados.

Una vez que hubo introducido los objetos en el bolso, Lyra se dirigió al baño.

A cada paso que daba, los colores ocultos en la gasa de la falda de su vestido negro se revelaban. A cada paso que daba, Lyra se decía a sí misma que sabía exactamente quién era y qué tenía que hacer.

«Nadie puede manipularme». Lyra se miró en el espejo del baño, ignorando la forma en que el vestido acentuaba sus curvas y centrándose en cambio en el rostro familiar que le devolvía el reflejo.

«Ojos de color ámbar. Labios carnosos. Piel dorada por el sol». Lyra nunca se había parecido mucho a su madre. Por su forma de hablar, tampoco sonaba como ella.

«Eres una persona buena y generosa, Lyra Catalina Kane». El recuerdo de esa afirmación hizo que Lyra apretara los puños, que clavara las uñas en las palmas de las manos.

Una persona buena y generosa se lo hubiera dicho a Grayson antes de besarlo. Una persona inteligente habría informado de la presencia de Eve y su cómplice a los creadores del juego.

A menos que esa persona inteligente estuviera pensando en aceptar el trato.

«Eso no es cierto». Lyra se sostuvo la mirada; sabía lo que su padre le habría dicho: sobre Mile's End, sobre hacer tratos con el diablo, sobre tomar las decisiones correctas para poder mirarse al espejo por la noche.

«Yo no soy el arma de nadie. —Lyra se obligó a reflexionar—. No soy el peón de nadie». E iba a contarle a Grayson su encuentro con Eve.

Eve, que le había ofrecido millones para que perdiera el juego y rompiera un corazón Hawthorne.

Alguien llamó a la puerta.

Lyra apartó la mirada de la imagen que le devolvía el espejo y sus ojos se posaron sobre la exquisita y magnífica máscara que le habían proporcionado la noche anterior, la cual, según habían asegurado, era suya. Se la puso y se contempló de nuevo, una última vez. Cogió los gemelos de Odette y los colgó de la brillante cadena en bandolera de su bolso engastado en joyas.

«No soy el arma de nadie».

«No soy el peón de nadie».

«Y voy a decírselo».

Lyra se dirigió a la puerta. Pese a la sólida madera de caoba que los separaba, sentía la presencia de Grayson al otro lado. De pronto, una idea le vino a la mente: si Grayson se enteraba de que Eve la había enviado al juego, tal vez todo cambiara entre ellos. «Me verá diferente. Me mirará con otros ojos».

Estaba claro que Grayson tenía cuentas pendientes con Eve.

Llamaron de nuevo.

Lyra rehuyó aquel pensamiento y abrió la puerta. Allí estaba, con la misma máscara negra sin adornos que se había puesto la noche anterior, en marcado contraste con aquel pelo de un rubio glacial. En esta ocasión, llevaba un esmoquin blanco, de confección exquisita, combinado con una camisa de seda negra.

Solo con mirarlo, Lyra recordó visceralmente como el tiempo había desaparecido con su primer beso y como, con el segundo, se había demostrado a sí misma que no era la marioneta de nadie, que, hubiera lo que hubiese entre Lyra y Grayson Hawthorne, era suyo y solo suyo. Grayson contempló con deleite a Lyra, enfundada en el Atardecer Más Oscuro, y le tendió la mano.

Lyra la tomó sin decir palabra. «Aún no —dijo para sus adentros—. Pero pronto». Ya había experimentado que todo cambiara en un instante, que su vida se dividiera en un antes y un después.

Una vez que se lo dijera, quizá jugaría sola a este juego.

—¿Vamos al muelle? —preguntó Grayson.

A continuación, algo extraño en él, esbozó una sonrisa, una auténtica, de esas que eran capaces de poner a todo el mundo a sus pies.

«Tengo que decírselo. Se lo diré, aunque me vaya la vida en ello. Pronto».

CAPÍTULO 38
LYRA

Una embarcación los esperaba en el muelle. Lyra subió a bordo, con el vestido y todo lo demás.

—No hay conductor —señaló cuando Grayson hizo lo propio.

—No hay conductor —repitió una voz— ni llave.

No era Grayson el que había pronunciado aquellas palabras. Lyra se volvió y vio a Brady Daniels en medio del embarcadero. No se había dado cuenta de que estaba allí; no había percibido su presencia.

—No hay conductor —reiteró una voz con acento inglés— ni llave. Todo un dilema.

Rohan apareció en el muelle, iluminado por el tenue resplandor que emanaba la embarcación. Lyra advirtió que el esmoquin de Rohan era de un color morado oscuro, mientras que el de Brady era del acostumbrado negro. La máscara de Rohan era la menos simétrica de las dos.

—Solo es un dilema para algunos de nosotros. —Savannah pasó ante Rohan y clavó la mirada en Grayson—. ¿Dónde está? —preguntó a su hermano—. ¿Dónde está la llave de la lancha?

En aquellos pocos instantes, Lyra registró el color del vestido de Savannah —«blanco»— y el hecho de que llevaba algo escrito en el brazo con tinta negra, pero no le dio tiempo a más, puesto que Grayson, en respuesta a la pregunta de su hermana, se reclinó sobre la borda de la embarcación e, inclinándose un poco más, llevó la mano a un lateral de la cubierta.

En cuestión de segundos, Grayson tenía la llave, que colgaba de un llavero. Lyra clavó la mirada en el llavero, examinándolo. No fue la única.

—¿Es eso un narval a lomos de un ajolote? —soltó Brady, frunciendo el ceño.

—Deja que lo adivine. —Lyra buscó los ojos de Grayson a través de su antifaz—. Es la lancha de Xander.

Sin perder tiempo, Grayson introdujo la llave en el contacto.

—Técnicamente, es la lancha de repuesto de Xander —puntualizó.

Grayson giró la llave y, en cuanto lo hizo, los cinco jugadores subieron a bordo. En el cuadro de instrumentos, en una especie de cuadrícula, se iluminaron dos puntos parpadeantes.

Rohan se había acomodado en la parte trasera, con las piernas estiradas y los brazos abiertos de par en par.

—¿Qué nos apostamos a que es otro mapa?

Grayson alejó la lancha del muelle y aceleró, empezando a surcar el Pacífico. Lyra no tardó mucho en confirmar que, en la cuadrícula, uno de los puntos se acercaba al otro: seguía el rastro de la embarcación mientras navegaban en océano abierto… hacia su destino.

Transcurrieron diez minutos antes de que este apareciera.

«Un yate». Por muchos datos objetivos que tuviera sobre la fortuna multimillonaria de Avery Grambs, Lyra no estaba preparada para aquel esplendor y opulencia. Cuanto más se acercaban al yate, más enorme y colosal parecía. «¿Dos tercios de un campo de fútbol? Con una altura de cuatro pisos». De cada una de las cuatro cubiertas del yate surgía un misterioso resplandor dorado. Unas luces led azules bordeaban el casco de la nave, provocando que el océano de medianoche pareciera, de alguna manera, aún más oscuro.

—No está nada mal como centro de operaciones —comentó Rohan.

Dada la ubicación del juego, Lyra pensó que tenía todo el sentido que los creadores del juego hubieran elegido un barco como cuartel general, aunque este no era un barco cualquiera. Era el no va más de los yates.

A medida que la lancha se fue acercando, Lyra vio a Avery Grambs en pie en la cubierta del primer piso, ataviada con un vestido dorado y una máscara a juego.

No fue hasta después de atracar, una vez que hubo subido a la popa del yate, cuando lo vio: unos exquisitos y delicados remolinos componían el estampado del vestido.

Todos formaban el mismo símbolo familiar. «El infinito».

—En algún lugar de este yate encontraréis una o dos pistas para los enigmas en los que estáis trabajando —anunció la heredera Hawthorne.

—«Enigmas», en plural —señaló Rohan—. Imagino que alguien ya ha resuelto el de la caja de música.

Resultaba evidente que no había sido él… ni Savannah. Lyra y Grayson tampoco habían dado con la solución. Eso solo dejaba a un jugador: el que ya le había revelado una respuesta a Lyra en el juego. «Brady».

—Durante vuestra estancia aquí, también estáis invitados a

comer, jugar y descansar —dijo una voz desde las alturas—. Si lo necesitáis.

Lyra alzó la mirada y vio una figura encima de una barandilla metálica en la cubierta más alta. «James Hawthorne».

—Y así, sin más... —Rohan chasqueó los dedos—. El erudito se esfuma. —Lyra echó un vistazo a su alrededor. En efecto, no había ni rastro de Brady.

—Después de esta noche, no volveremos a encontrarnos hasta que termine el juego —dijo Avery a los jugadores—. No habrá más vestidos de baile, ni antifaces ni fiestas. Solo una pista tras otra tras otra hasta el final.

—Hasta que tengamos a nuestro ganador o ganadora —intervino Jameson.

Lyra percibió algo en su voz, algo que no logró identificar. Y, cuando volvió a alzar la mirada, Jameson Hawthorne tenía los ojos clavados en ella, solo en ella. A diferencia del resto, no llevaba antifaz.

Y no sonreía.

Lyra desvió la mirada y, al hacerlo, se topó con la de Savannah Grayson. «Él siempre los elegirá a ellos. —Lyra prácticamente oía su voz, como si se hubiera trasladado a ese preciso instante—. Siempre la elegirá a ella».

Junto a Lyra, Grayson contemplaba a Avery, ataviada con ese vestido infinito.

«No le estoy pidiendo que me elija», pensó Lyra, haciendo de tripas corazón. Sin embargo, no logró reprimir el miedo que se agitaba en sus entrañas ante lo que estaba por venir.

Frente a Lyra, Savannah miró a Rohan y esbozó una amplia, reluciente y encantadora sonrisa.

—Empieza el juego.

CAPÍTULO 39
LYRA

«Tengo que decírselo».

Avery y el resto de los jugadores se habían marchado y en la cubierta inferior ahora solo quedaban Lyra y Grayson.

—Allí, dos cubiertas más arriba.

«Díselo». El monólogo interno de Lyra era rematadamente terco, pero lo ignoró… aunque no para siempre. Solo de momento. Deseaba, quizá incluso necesitaba, un instante más, un recuerdo más.

Alzó la mirada, siguiendo la de Grayson.

—¿Qué has visto?

—¿Puedes escalar con este vestido? —preguntó esbozando una leve sonrisa.

Lyra fingió que no sentía aquel nudo en la boca del estómago, aquella ansiedad que le cerraba la garganta.

—Puedo hacer cualquier cosa con este vestido.

En la cubierta de la tercera planta no había nada, pero, en cuanto se adentraron en el yate, descubrieron un salón. Era una estancia grande y circular, rodeada de unas puertas arqueadas. Una lujosa alfombra de un rojo intenso cubría el suelo y, repartidas por toda la sala, había unas mesas de juego.

Póquer.

Pase inglés.

Ruleta.

Grayson se encaminó hacia la mesa de póquer. Sobre ella había una pila de fichas. Lyra no había visto nada igual.

—Confeccionadas con piedra de meteorito —señaló Grayson, cogiendo una—. Y forradas con rubíes birmanos y zafiros de Sri Lanka.

—Déjame adivinar —dijo Lyra secamente—. La baraja a juego está hecha de platino macizo y lleva engastados fragmentos de la tumba de Cleopatra.

—Te sienta bien el sarcasmo —comentó Grayson, devolviendo la ficha a la pila—. Aunque me veo obligado a señalar que en esta mesa no hay cartas. Ni en esta ni en ninguna otra.

Lo único que había, además de las fichas, eran tres antifaces: uno turquesa, otro morado y otro completamente negro, todos ellos magníficos. Lyra echó un vistazo al resto de las mesas de juego y vio más antifaces. Supuso que eran accesorios por si alguien deseaba negociar.

Lyra fue de la mesa de póquer hasta la de la ruleta y cogió la máscara que estaba justo al lado de la rueda.

—Puede que el sarcasmo me siente bien a mí, pero esta máscara —deslizó el dedo por el borde del antifaz— te queda bien a ti.

La máscara en cuestión era dorada, opaca, como si se hubiera confeccionado con el metal de la coraza maltrecha y abollada de un caballero del rey. Delimitaban los orificios para los ojos unos arcos de bronce lisos con marcas irregulares que la volvían inquietantemente asimétrica, pero atractiva a la vez.

Con un gesto suave, Grayson se quitó el antifaz negro y tomó el asimétrico.

—La ruleta es el único juego en la sala al que podríamos jugar —señaló poniéndose la nueva máscara.

Tomó la pequeña canica plateada entre los dedos y Lyra giró instintivamente la rueda, ahuyentando los otros pensamientos que amenazaban con surgir.

Por alguna razón, no le sorprendió ver que la canica caía en el número ocho.

—¿Viste las lemniscatas del vestido de Avery? —preguntó Lyra.

Se arrepintió al instante de sus palabras, porque le parecía evidente desde el principio, desde antes de conocer a Grayson, que este veía y se fijaba en todo lo concerniente a Avery Grambs.

—Pregúntame —ordenó Grayson con esa voz baja y monótona tan característica.

—¿Qué quieres que te pregunte? —respondió Lyra—. ¿Qué significa el símbolo? ¿Qué hemos pasado por alto?

—Pregúntame —repitió Grayson en voz baja— por Avery.

Lyra negó con la cabeza.

—No es asunto mío.

—No estoy de acuerdo. —Grayson agarró la canica de la ruleta y, ante la mirada de Lyra, la hizo rodar lentamente en la palma de su mano—. Mi abuelo tenía una colección de relojes —dijo—. Eran extraordinarios, pura artesanía. Cada uno era un rompecabezas en sí mismo. En dicha colección había uno en particular que tanto mis hermanos como yo codiciábamos. Bajo el cristal de la esfera, contenía una diminuta ruleta mecánica.

Grayson guardó silencio, uno largo e intenso, y, después, se inclinó hacia delante, dejó caer la canica e hizo rodar la ruleta una vez más. De nuevo, cayó en el número ocho.

Durante un par de segundos, los ojos detrás de esa máscara dorada y maltrecha se clavaron en la ruleta, y después los desvió hacia Lyra.

—Ninguno de nosotros heredó ese reloj del viejo. La colección entera, junto con todo lo demás, se la llevó una desconocida.

—Avery —indicó Lyra y, tragando saliva, añadió—: Pero tú le diste la bienvenida. Tú y tus hermanos…

—Yo no la acogí con los brazos abiertos —dijo Grayson con ironía—. Al menos, no al principio. —Después de otro silencio cargado de significado, retomó la palabra—. El viejo nos educó a mis hermanos y a mí casi en exclusiva. Nuestra madre, por decirlo en pocas palabras, no era de fiar. Nuestros padres no se preocupaban por nosotros, la gran mayoría por elección propia. Mi padre, por ejemplo, contrató a un detective privado desde el mismo día que nací para que me sacara fotos. Aunque era completamente consciente de mi existencia, jamás trató de conocerme, ni siquiera mostró el más mínimo deseo de hacerlo. —Grayson hablaba en un tono horriblemente monótono, calmado y poco natural—. No espero que llegues a comprender lo que significa Avery para mis hermanos y para mí, pero confío en no tener que explicarte que para considerar a alguien familia no son indispensables los lazos de sangre. —Grayson bajó la voz, adoptando un volumen más suave y un tono más ronco—. Familia significa que morirías por esa persona, y que sabes muy bien que ellos morirían por ti. Significa que, por mucho que estés perdido, por mucha oscuridad que te rodee, en lo más profundo de tu ser sabes que hay un lugar y unas personas a los que perteneces.

Las palabras le llegaron al alma.

—Avery es tu familia —comprendió Lyra.

Al decirlo en voz alta, la advertencia de Savannah dejó de importarle. La vida no era una competición de a ver quién quería más a quién.

El amor no funcionaba así.

Grayson miró a Lyra a través de los orificios de su nueva máscara.

—Y hablando de mi familia... —dijo llevando la mano hasta su rostro—. Te he prometido algo, así que tengo unos hermanos que localizar, y tú tienes una pista que buscar.

«Díselo».

Antes, en el embarcadero, cuando había besado a Grayson, no había sido porque había decidido dejarse llevar y ceder a lo que estaban sintiendo. Lo había besado para recuperar el control, para demostrarse que Eve había elegido el peón equivocado. Sin embargo, ahora, en ese preciso momento, en esos últimos instantes del «antes», Lyra deseaba mucho más. Deseaba algo real. Deseaba dejarse llevar, aunque fuera solo durante un segundo.

Lo deseaba a él, aunque no durara.

—¿Grayson? —Sintió que pronunciaba su nombre sin esfuerzo, como si sus labios lo hubiesen hecho desde siempre—. Antes de que te vayas... Hace un poco de frío. —Lyra alzó la barbilla y lo miró intensamente—. ¿Me prestas tu chaqueta?

Esa sonrisa que ponía al mundo a sus pies apareció de nuevo. Grayson se desabrochó la chaqueta del esmoquin, un botón tras otro tras otro. Se la quitó y se la puso a Lyra sobre los hombros.

Olía a él. «A cedro y hojas caídas».

Grayson llevó la mano hacia una de las mejillas de Lyra y Lyra descansó la cabeza en ella, permitiéndose mirarlo, a él y solo a él.

—¿Puedo besarte, Lyra Kane?

Esa pregunta. Esa voz. «Grayson Hawthorne».

—Bésame —dijo Lyra— una última vez.

—Te aseguro que no será así.

Grayson acercó sus labios lentamente a los de Lyra y, en esta ocasión, cuando se unieron, no fue atemporal. No fue desesperado, ni una revelación ni un intento de demostrar nada. Ese beso fue como saciar el hambre. Crudo y largo, doloroso y brutal, y cada fibra de su ser gritaba lo mismo.

«No es un error».

Y cuando el beso terminó, cuando sus labios finalmente se separaron, Lyra no lo dudó ni un segundo.

—Tengo algo que decirte. —Con un «antes» como el que acababa de ocurrir, casi imaginó que el «después» podría ser diferente—. Sé quién me introdujo en el juego.

CAPÍTULO 40
GRAYSON

«Eve». Grayson no podía creer que no lo hubiera visto venir. Sabía a ciencia cierta que se le había dado acceso temporal a la Lista del viejo. Evidentemente que se entrometería en el Gran Juego. Evidentemente que elegiría al azar a un jugador que creía que odiaba a la familia Hawthorne.

¿Se había dado cuenta Eve de que Lyra se había acercado a él, de que Grayson la había buscado? Apenas importaba. Sencillamente, Eve no podía olvidarlos, a ninguno de ellos, y menos a él. En otro tiempo, había calado en lo más profundo de su ser, pero ya no. En eso consistía precisamente aprender a dejar que te embargaran todos tus pensamientos y sentimientos; una vez que lo hacían, también eran libres para irse.

Y Grayson también era libre para tomarse unos instantes, incluso después de que Lyra le hubiera dicho lo que Eve le había ofrecido, para vivir el presente. El frío de la noche era aún más pronunciado en mitad del océano, pero la piel de Lyra era cálida. «Su piel. Su aliento». Y le había permitido prestarle la chaqueta. Le había permitido cuidar de ella.

«Te lo dije, Jamie, Lyra no es una amenaza. Ella no es Eve».

—Debería habértelo dicho antes —se disculpó Lyra—. Debería habértelo dicho de inmediato.

Eve le había ofrecido todo lo que deseaba —información sobre su padre y una suma de dinero suficiente para salvar la casa familiar— y Lyra se estaba regañando a sí misma por tomarse menos de hora y media para contárselo, en confiar en él.

—Eve es muy buena manipulando a la gente —le dijo Grayson—. Lo has hecho bien.

Lyra tardó tres o cuatro segundos en dar crédito a dichas palabras.

—No sabía nada de la cala en el helipuerto, Grayson. Me metió en el juego, pero esa cala no era suya.

En la mente de Grayson, las piezas del rompecabezas cambiaron de lugar: Brady Daniels y su Calla, la insistencia de Jameson en que ni siquiera se pronunciara el nombre de Alice Hawthorne, la cala marmórea de la caja de música.

—Lo resolveremos —le prometió Grayson.

—Buscaré pistas en el yate, y lemniscatas. —Con un gesto, Lyra se echó un mechón de cabellos oscuros detrás de los hombros—. Ve a hablar con tus hermanos y con Avery.

—¿Es eso una sugerencia o una orden? —dijo Grayson.

—¿Ahora obedeces órdenes? —respondió Lyra arqueando una ceja.

—¿Las tuyas? —Grayson la miró con picardía—. Por supuesto.

CAPÍTULO 41
GRAYSON

Una escalera de caracol negra y plateada condujo a Grayson desde la tercera a la cuarta planta del yate. El último piso era solo una cubierta, tan parecida a un tejado como lo permitía el hecho de estar en un barco.

Jameson estaba exactamente donde Grayson esperaba encontrarlo: junto a la borda, inclinado sobre la barandilla de la que ya se había bajado.

—Tenemos que hablar —dijo Grayson.

—Suena a amenaza —respondió Jameson sin tan siquiera darse la vuelta, con ese tono de «quien no arriesga y no desafía los límites no gana» que Grayson tan bien conocía—. ¿O es que piensas explicarnos por qué solicitaste reconocer el perímetro de la isla?

—Eso y también tengo algunas preguntas —respondió Grayson.

—No, Gray, no las tienes.

Esas palabras advirtieron a Grayson de que Jameson no estaba desafiando los límites en ese preciso momento. Estaba muerto de miedo, y Grayson necesitaba saber por qué. Sin información, no podía proteger a Lyra, y mucho menos darle lo que necesitaba, así que se centró en aquello que le garantizaba captar toda la atención de su hermano.

—Sé quién introdujo a Lyra en el juego.

Jameson se dio la vuelta y encaró a Grayson.

—Haced como si no estuviera, chicos. —Nash apareció, pasó ante Grayson y se colocó a una distancia prudente, equidistante, entre ambos—. Solo he venido por si alguien necesita que le pateen el trasero.

Grayson no pudo evitar decirlo.

—¿Cómo os las arregláis para contener a Nash? —le preguntó a Jameson.

Este lo ignoró.

—¿Qué es lo que sabes, Gray?

Grayson fue directo al grano.

—Eve.

Jameson pestañeó con incredulidad.

—¿Eve? —repitió Nash.

Por lo visto, no había venido solo a patear traseros.

—Ha conseguido llegar a la isla —expuso Grayson—. Vuestras medidas de seguridad actuales dejan mucho que desear, por cierto. Despedid a quienquiera que Oren haya empleado para mantener limpio el perímetro.

Grayson no necesitaba preguntar nada para saber que Oren no se estaba encargando personalmente de vigilar el océano que rodeaba la Isla Hawthorne las veinticuatro horas del día. El jefe de seguridad de Avery ni se plantearía desatender la tarea principal de su cargo tanto tiempo. Y, en lo más profundo de su ser, Grayson sospechaba que Jameson no le había comunicado a nadie que existía una amenaza.

«Lo que me suscita muchas preguntas».

—¿Por qué Eve se tomaría tantas molestias en encontrar una carta dorada para después enviársela a Lyra y hacerla entrar en el Gran Juego? —presionó Jameson.

«Pensabas que había sido otra persona». Grayson no lo dijo en voz alta… Todavía no.

—Se ve que el bisabuelo de Eve también tenía sus archivos, entre los que se incluían algunos detalles sobre los enemigos del viejo. Me pregunto quién debe tener esos expedientes ahora.

Jameson ni se molestó en planteárselo.

—¿Qué sabe Eve en concreto?

—¿Sobre lo que escondes? —respondió Grayson—. Nada. Por lo que me dijo Lyra, Eve no sabe nada de… —Grayson estuvo a punto de mencionar el nombre de Alice, pero se retuvo—. Ciertos asuntos de los que te niegas a hablar.

Grayson advirtió el destello en los ojos de Jameson. Era la mirada de un Hawthorne que evaluaba sus opciones, que actualizaba todas las estimaciones relevantes.

—Asuntos de los que vamos a hablar ahora mismo —añadió Grayson.

—No. —Jameson se volvió de nuevo hacia la barandilla—. No lo haremos.

—¿Jamie? —dijo Nash, en un tono engañosamente dulce—. Vuelve a subirte a esa cosa y verás.

A Grayson le bastó con mirar a Nash para comprender que Jameson se había pasado toda la segunda fase del juego al límite, y en más de una manera. Grayson clavó la mirada en su hermano por poco menor y tomó una decisión. Al fin y al cabo, le pagaba con su misma moneda.

—¿Jamie? El incienso.

Jameson no se subió a la barandilla. Saltó sobre ella. Para cuando Grayson y Nash llegaron, Jameson ya la había franqueado, se había colgado de ella y se había precipitado al vacío.

—Maldito…

Nash se reprimió mientras Jameson clavaba el aterrizaje en la cubierta del piso inferior.

—Tú primero —le dijo Grayson a Nash.

Había empezado la cacería. Al instante, comprobaron que Jameson no estaba huyendo de ellos, sino conduciéndolos hacia las profundidades del yate, una planta tras otra, una estancia tras otra, hasta llegar ante la puerta de un camarote.

«Su suite —comprendió Grayson—. Y la de Avery». Se parecía a las que podrías encontrar en uno de los lujosos hoteles propiedad de los Hawthorne. Unas ventanas panorámicas ofrecían sin duda unas buenas vistas durante el día, pero, de noche, el océano no era más que oscuridad. Aun así, Jameson pulsó un interruptor en la pared y unas pantallas descendieron, ocultando las ventanas.

«Privacidad».

Justo en ese preciso momento, la puerta de la suite se abrió de golpe.

—¿Qué me he perdido? —preguntó Xander.

Grayson ni siquiera necesitó mirar a Jameson para saber que no deseaba la presencia de su hermano menor.

—Xan, ¿nos das un minuto? —rogó Nash, arrastrando las palabras.

—Siento que mi presencia está añadiendo una dosis de estrés a una situación ya de por sí cargada emocionalmente —dijo Xander, alzando las palmas de las manos—. Creo que todos estaremos de acuerdo en que me apetece mucho verlo.

Jameson lo miró enojado y señaló la puerta.

—¿Mímica gruñona? —Xander malinterpretó a propósito la situación—. ¡Me encanta!

—Gray ha apelado al incienso —informó Nash.

—¿Que Grayson ha apelado a qué? —Xander levantó ambas cejas—. ¿El mismo Grayson Hawthorne que, con diez años, afirmó que el rito sagrado del incienso había expirado?

—Xander.

Avery irrumpió en la suite, y en la discusión, aún ataviada con el vestido dorado lleno de símbolos del infinito.

—Señora —respondió Xander.

Avery le sostuvo la mirada.

—¿Por favor?

La actitud de Avery, mucho más que el comportamiento de Jameson, le puso los pelos de punta a Grayson. «Sea lo que sea lo que está pasando aquí, lo sabe». Puede que ella tuviera más sentido común que Jameson, pero no se asustaba por cualquier cosa.

—Xan. —Nash clavó la mirada en el hermano más pequeño—. Los tengo controlados.

Xander era el gran mediador. Y Nash le estaba diciendo que no se preocupara.

—Y… —añadió Nash—. En la cocina hay bizcochitos.

—Eso es juego sucio —respondió Xander—. Que sepáis que quiero fotografías, en plural, de cualquier clase de pelea que ocurra.

Con esto, Xander se marchó. Al hacerlo, algo en el ambiente cambió, como si la tensión se disipara levemente.

Grayson se lo había dicho a Lyra: habría dado la vida por sus hermanos, por todos, por cualquiera de ellos, pero Xander era el más pequeño, y era Xander. Fuera lo que fuese lo que estaba ocurriendo, no iba a permitir que lo salpicara.

«Ni a él, ni a Libby. Ni a Avery. Ni a Lyra».

Aunque, claramente, estas dos últimas ya estaban metidas hasta el cuello.

—Eve está interfiriendo en el juego —informó Grayson a Avery, poniéndola rápidamente al día—. Ella le envió la carta dorada a Lyra, algo que sé porque Eve, ignoro cómo, ha logrado colarse en la Isla Hawthorne y ha abordado a Lyra. Y a pesar de lo que Eve le ha ofrecido si callaba, que, por cierto, han sido millones, Lyra me lo ha contado. —Desvió la mirada hacia Jameson—. Porque Lyra no es una amenaza.

Jameson se disponía a replicar, pero entonces lo recordó: el incienso.

—No estoy diciendo que no haya amenazas —continuó Grayson—, pero las notas en los árboles y la presencia de Lyra en el juego..., todo eso ha sido obra de Eve. Y teniendo en cuenta que Eve, de algún modo, ha conseguido llegar hasta la isla, es muy probable que el apagón de anoche también lleve su firma.

—¿Cuál es el objetivo de Eve?

Como Jameson no podía hablar, lo hizo Avery.

—Eve no es la razón de que haya recurrido al incienso. —Las palabras que siguieron iban destinadas completa y totalmente a Jameson—. Ni siquiera quieres que pronuncie el nombre de Alice Hawthorne, pero, la noche en que el padre biológico de Lyra se suicidó, le dijo tres cosas. Le deseó un feliz cumpleaños. Le dijo «*A Hawthorne did this*», en inglés, y después pronunció una frase que contenía un acertijo oculto tras un código de eliminación, cuya respuesta es «omega».

Jameson dio un paso firme hacia Grayson. Resultaba evidente cómo iba a terminar esta apelación concreta al incienso.

Grayson no se amilanó. No sería la primera vez que acabaran peleando. Y, seguramente, tampoco sería la última. Además, se lo había prometido a Lyra.

—Esa noche, el padre de Lyra también le dio dos cosas. Un collar de caramelos con solo tres piezas. Y una flor... Una cala.

Jameson se quedó quieto y un destello de comprensión le cruzó la mirada.

«Estás pensando en el enigma de la caja de música. Bien».

—Lyra está empezando a intuir que esa noche fue un juego, como los que nos solía hacer el viejo —continuó Grayson—. Una serie de acertijos, si bien en su caso no consecutivos. Lyra ha conseguido resolver tres de los cuatro enigmas: «*A Hawthorne did this*», Alice. «¿Cómo empieza una apuesta? Así no», omega, la última letra del alfabeto griego. Y el collar de caramelos, cuya relevancia parece ser el número tres. Nash, ¿por casualidad no estaremos siguiendo de cerca a Odette Morales?

—Cierta abogada nos ha informado de que la señora Morales ha fingido una desaparición.

Grayson se preguntó de quién se escondía Odette. «No de nosotros o, en cualquier caso, no solo de nosotros».

—¿Sabes qué nos dijo la señora Morales a Lyra y a mí, Jameson? —Grayson se concentró de nuevo en su silencioso hermano, en esa energía frenética y oscura que casi podía apreciar vibrando bajo su piel—. Dijo que siempre había tres.

—Tres ¿qué? —dijo Nash.

—No lo sé. —Grayson pronunció estas palabras haciendo hincapié en cada una de ellas y con los ojos posados en Jameson, que acababa de dar otro paso hacia él.

Avery se interpuso en su camino y después se volvió hacia Grayson.

—Gray… —Esos ojos color avellana que Grayson conocía tan bien se posaron en los suyos—. Basta.

Era evidente que, al igual que Jameson, Avery tampoco deseaba que Grayson abordara el tema, y mucho menos que formulara preguntas. Pero, para bien o para mal, Avery Kylie Grambs ahora era una Hawthorne con todas las consecuencias.

—¿Avery? —Era el turno de Grayson de sostenerle la mirada—. El incienso.

La joven abrió la boca y después la cerró de nuevo, y Grayson retomó el asunto que lo ocupaba.

—De los acertijos que el padre de Lyra le presentó aquella noche, solo queda la cala. Su significado sigue siendo un misterio, pero hoy alguien ha dejado una recién cortada sobre unas rocas junto al helipuerto —dijo Grayson, paseando la mirada de Avery a Jameson—. Veo que tenía razón al suponer que la cala no era parte del juego. Eve ha declarado que tampoco ha sido cosa suya. Lyra la cree, y yo creo a Lyra.

Por lo que vio al mirar a espaldas de Avery, Grayson no tuvo duda alguna de que, si esta no se hubiera interpuesto entre ellos, Jameson ya se habría abalanzado sobre él y lo habría cogido de las solapas de su camisa de seda negra. No se podía decir que su hermano estuviera disfrutando de la charla.

Iba a acabar en una pelea.

Grayson aceptó esa posible conclusión y siguió adelante.

—Como comprenderás, Jamie, el enigma de la caja de música suscita algunas preguntas en Lyra. Sabes algo. Ella sabe que sabes algo. Y yo no puedo protegerla si no sé exactamente de qué se supone que debo protegerla.

Jameson se abalanzó hacia él, pero Avery lo interceptó, colocando las palmas de sus manos sobre el pecho, impidiéndole continuar. Ante el contacto, Jameson se detuvo de forma automática, y Avery lanzó a Grayson una mirada que decía «¿Has terminado?».

—Lyra no es el problema, Jameson. Ella no es la amenaza. Tú lo eres. —Grayson dejó que sus palabras hicieran efecto—. Tus secretos. Lo que sea en lo que estéis metidos tú y Avery.

Furioso, Jameson lo fulminó con la mirada. Grayson se volvió hacia Nash.

—¿Me equivoco?

—¿Me creerías si te dijera que sí? —respondió Nash, con toda la calma del mundo—. Esa chica te ha dado fuerte, Gray.

—Dime que me equivoco —desafió Grayson.

Nash negó con la cabeza. Las siguientes palabras que pronunció las dirigió hacia Jameson.

—No se equivoca, Jamie. Ninguno de nosotros puede protegeros, ni a ti ni a Avery, de amenazas que no vemos venir.

Grayson dejó pasar unos segundos para que interiorizaran sus palabras y, acto seguido, se puso en guardia y miró a Jameson.

—Tu turno.

Jameson apartó suavemente las manos de Avery, aún en su pecho. Las llevó a los costados, dejándolas caer con delicadeza y… se abalanzó sobre su hermano.

Grayson ni se preocupó en tratar de parar el golpe. Lo esquivó justo antes del impacto. Jameson lo había anticipado. Grayson también había anticipado que lo haría. Resultaba difícil saber quién ganaría. Era lo que ocurría cuando peleabas con alguien a quien conocías casi tan bien como a ti mismo, alguien con quien estabas casi a la par: nadie salía ileso de una pelea así, a menos que hubiera barro involucrado, pero Grayson sospechaba que ese truco ya no volvería a funcionar.

Jameson lo golpeó de nuevo contra la pared.

—Ya te dije que no te atrevieras a pronunciar ese nombre.

—Alice. Hawthorne. —Grayson se zafó de su hermano e invirtieron posiciones—. ¿O es que en algún momento te he dado a entender que acepto órdenes, hermanito?

Grayson rodeó los dos brazos de Jameson y se los sujetó a los costados.

Jameson explotó, lanzando a Grayson a medio metro de distancia.

—Me diste hasta el final del juego, Gray.

Cuando Jameson se dirigió hacia él para cargar de nuevo, Grayson vio su oportunidad. No era muy grande, pero sí lo suficiente. Sin vacilar, fue hacia él y utilizó la fuerza de Jameson en su contra. No obstante, en el segundo en que Grayson clavó a su hermano en el suelo, alguien le hizo lo mismo, barriéndolo con las piernas.

«Avery».

—Bien hecho —elogió Nash. A continuación, obligó a Grayson y Jameson a ponerse en pie—. Ahora basta. —Nash los soltó—. Empieza a hablar, Jamie.

Nash lo pronunció con cara de pocos amigos y, además, con su acento tejano, lo que no auguraba nada bueno.

—Diga lo que diga, pondré en peligro a Libby. —Jameson fue derecho a la yugular—. ¿Es eso lo que deseas?

—Deja que sea yo quien me preocupe por Libby —dijo Nash—. Si alguien se acerca a ella o a los bebés, primero tendrán que vérselas conmigo y, personalmente, no creo mucho en sus posibilidades. —Nash se quitó el gorro de vaquero y lo depositó sobre una cómoda—. Y Libby te patearía el trasero ella misma si se enterara de que la has utilizado de ese modo.

—Es mejor que no lo sepáis —soltó Jameson.

Grayson negó con la cabeza. Esto no iba a terminar bien para Jameson.

—Aléjate. —En ese momento, Jameson ya no miraba a Nash, sino a Grayson—. De ella. De esto.

«Lyra». Jameson le estaba pidiendo que se alejara de Lyra Kane.

—No.

—Suspenderemos el juego —propuso Jameson, como si Grayson no hubiese dicho nada—. La intromisión de Eve nos ha dado una razón plausible para hacerlo.

—Puedes suspender el juego —respondió Grayson en un tono monótono—, pero te garantizo que lo primero que hará Lyra será comenzar a buscar respuestas partiendo de lo que ha descubierto aquí. Es implacable, Jamie, y muy inteligente. —Los músculos de la garganta de Grayson se tensaron—. E importa. A mí me importa. Así que me vas a contar todo lo que sabes.

—No voy a decirte nada de nada.

Jameson estaba a punto de asestarle otro golpe cuando Nash, claramente harto, lo interceptó y lo arrojó sobre la cama.

Grayson fue hacia allí y se cernió sobre él. «Dímelo, Jamie».

Jameson ni siquiera movió la mandíbula.

«Dímelo». Grayson lo miró con firmeza y determinación. Aunque se podían contar con los dedos de una mano las veces que se habían hecho daño de verdad, el autocontrol de Grayson tenía un límite.

De repente, Avery se interpuso entre ellos. Su mirada le recordó que le había pasado el turno del incienso a Jameson, pero no a ella.

—Avery, tu turno.

—No voy a luchar contigo. —Avery le sostuvo la mirada un segundo de más y, después, dirigió sus ojos hacia Jameson. Grayson casi percibió lo que se dijeron sin palabras. A continuación, en un tono calmado y crudo, Avery añadió—: Esa noche regresó sangrando y oliendo a fuego. Vino cubierto de ceniza y tenía un corte en el cuello.

Grayson sintió una oleada de furia. Nadie le hacía daño a su familia y se salía con la suya.

—Explícate.

Avery extendió la mano y la posó sobre el hombro de Jameson. Al cabo de un minuto, Jameson se puso en pie lentamente.

—Praga. —Su voz era un susurro sordo—. Hace más de un año y medio. ¿Quieres el resumen, Gray? Una ciudad repleta de pasadizos secretos. Encontré un mapa del viejo y lo seguí.

«Cómo no».

—¿Y? —dijo Grayson en voz baja.

Jameson cerró los ojos.

—No lo sé. —La tensión y el dolor le fruncieron visiblemente la frente—. No exactamente. Me habían drogado. Esa noche está llena de lagunas. Hay momentos…

Se interrumpió.

Grayson posó una mano en su hombro.

—Fuego —logró decir finalmente Jameson—. Voces. Y la sensación de que iba a morir. De que me iban a matar.

—¿«Iban», en plural? —soltó Grayson.

Sin embargo, solo pensaba en una cosa: «Siempre hay tres».

—No lo sé, Gray. —Cuando abrió los ojos, la frustración se le marcaba en cada línea del rostro—. Recuerdo que desperté en una azotea, en medio de un jardín. Tomé té con una mujer que había fallecido, que me llamaba «querido muchacho» y que me dejó muy claro que debía seguir muerta. —Jameson tragó saliva—. Me amenazó. Mis instrucciones fueron claras: no se lo digas a nadie.

Sin pronunciar palabra, Avery abrazó a Jameson. La mano de Grayson seguía sobre su hombro. Durante unos instantes, los tres permanecieron así, respirando como uno solo. Nash se unió a ellos, colocando con firmeza la mano en la espalda de Jameson, junto a la de Grayson.

—Se lo contaste a Avery.

Grayson afirmó lo que ya era evidente.

—Sí, al final lo hizo, pero no fuimos tras ella —intervino Avery—. No quisimos encontrar respuestas ni fuimos en su búsqueda.

«Alice». Estaba claro que todo aquello tenía que ver con esa mujer. A Grayson no le gustaba en absoluto.

—¿Y la flor? —le preguntó a Jameson—. ¿La cala en la caja de música?

—No lo sé —respondió—. Ya te lo he dicho: recuerdo voces. Humo. El precio del trigo. Fuego. Y las amenazas. Eso es todo, Grayson.

Resultaba evidente que eso no era todo. En algún nivel de su mente, accesible o no, Jameson guardaba mucha más información.

—Ahora ya no estás solo —declaró Nash y, posando una mano en el hombro de Avery, añadió—: Ninguno de nosotros lo está. La pregunta es esta: ¿qué ocurre con la otra cala, la que encontraron Grayson y Lyra?

—Brady cree que podría ser para él —indicó Grayson—. Se lo ha tomado como si fuera cosa de Rohan, pero yo apuesto por otra persona, probablemente su patrocinador.

—Brady es uno de mis elegidos —dijo Avery, frunciendo el ceño—. Le di una de las cartas doradas. ¿Por qué iba a necesitar un patrocinador?

—¿Qué sabes de la chica? —preguntó Grayson—. Calla «algo»...

—Desaparecida —respondió Avery—. Presuntamente muerta. —De repente, se dio cuenta—. Su nombre.

El silencio invadió la estancia. Todos eran buenos con los enigmas. Todos buscaban un sentido para el que tenían ante ellos.

—¿Y si la patrocinadora de Brady es Alice? —Jameson se alejó unos pasos—. Si Alice llegó a contactar con Brady de algún modo, si está aquí, si está observándonos, no debemos dar a entender que lo sabemos. Se supone que ninguno de vosotros sabe nada.

—No podemos suspender el juego. Tenemos que actuar con total normalidad. Como si no hubiera pasado nada —concluyó Avery.

—¿Qué importancia puede tener para nuestra abuela el Gran Juego? —preguntó Grayson—. ¿O Brady Daniels?

—¿Qué importancia puede tener para ella el precio del trigo? —respondió Jameson.

Grayson reflexionó sobre la pregunta.

—En plural —dijo finalmente—. ¿Qué importancia tendría para ellos?

Esta vez, el silencio que se cernió sobre la estancia fue aún más pronunciado. Finalmente, Avery se volvió hacia Nash.

—Te vas, ¿verdad? —le preguntó—. Te vas con Libby.

—Me voy con Libby —confirmó Nash—. Y voy a implicar a Oren en todo esto antes de irme. Tenemos que informarle de que hay una amenaza. Podemos decirle que guarda relación con lo sucedido en Praga, sin concretar más. Eso debería darle una idea de la gravedad de la cuestión. Sus hombres pueden buscar en todos los rincones de la Isla Hawthorne mientras los jugadores están aquí en el yate. Cerrar el perímetro…

—No puedes decirle nada a Oren —dijo Jameson—. Nada de lo que he dicho puede salir de esta habitación.

—¿Es que no conoces al jefe de seguridad de Avery? —preguntó Nash a Jameson—. Y, en el mismo orden de cosas, ¿qué método prefieres que Oren utilice para acabar contigo cuando se entere de que existía una evidente amenaza para todos nosotros, para Avery, y no dijiste nada?

Jameson reflexionó un instante.

—Puede que tengas razón —dijo con aire serio—. Pero el nombre de Alice no se vuelve a pronunciar, ni ante Oren… ni ante nadie.

—No estamos seguros de que sea ella —señaló Avery—. Al menos, no lo sabemos a ciencia cierta. —Sus ojos color avellana se clavaron en los de Grayson—. En cualquier caso, necesitas minimizar los daños, Gray. Con Lyra. Debes apartarla de todo esto.

«Lyra». Grayson la imaginó, con su chaqueta sobre los hombros.

—Haz que se concentre en el juego —le recomendó Jameson—. Eso nos dará un poco de tiempo para pensar cómo nos ocupamos de ella.

Grayson casi estuvo a punto de decirles que uno no se ocupaba de Lyra Kane. Sin embargo, si Alice suponía una amenaza, por el bien de Lyra y de su familia…

«Voy a tener que hacerlo».

CAPÍTULO 42
ROHAN

Rohan debía admitirlo: existían peores maneras de pasar la noche que explorando un yate junto a Savannah Grayson. Un cine, un spa, múltiples estancias, cada una de ellas tematizada con el color de una joya... Sin embargo, nada eclipsaba el vestido de Savannah. Pese a la tenue luz, parecía irradiar un resplandor casi sobrenatural, como si fueran unos copos de nieve bañados por la luz de la luna, como miles de espejos nacarados no más grandes que la punta de una pluma.

E, incluso con esa tenue luz, podía percibir algunas cosas, indicios, en Savannah Grayson: cierta tensión en los largos y fibrosos músculos de los brazos, en la longitud de su zancada, en el rictus concreto de sus labios color rosa pálido.

«Cada vez que ves a Avery Grambs, sufres. Y te reprimes».

Rohan no dijo nada sobre el cambio que había notado en ella en el momento en que habían puesto un pie en el yate y, en compensación, Savannah no pronunció palabra sobre lo que le había dicho él en su dormitorio. En lugar de eso, ambos se concentraron, absoluta, intensa y despiadadamente, en el juego. En las pistas, al menos dos, escondidas en algún lugar de aquella embarcación.

Juntos, Rohan y Savannah salieron del interior del yate hacia una de las cubiertas.

—Vaya, esto ya es otra cosa —dijo Rohan, recorriéndola con andares tranquilos.

Con «otra cosa» se refería no solo a la magnífica visión ante ellos, sino también a la idoneidad del lugar para esconder una pista. Encastrada en la cubierta, había una enorme bañera de hidromasaje, claramente en funcionamiento, y, junto a ella, una piscina llena de hielo hasta los bordes.

Rohan se encaminó directamente hacia esta última. Entre cientos de cubitos de hielo, distinguió unas botellas de champán, docenas de ellas. Con unas zancadas largas y seguras, Savannah pasó ante Rohan y tomó posiciones entre la bañera y la piscina. En la tenue pero cálida luz que emanaba del yate, Rohan distinguió el vapor que salía de la bañera, que parecía humo en mitad de la noche.

Se agazapó e introdujo la mano en el hielo hasta que agarró una de las botellas.

—No voy a decir que no.

Al sacarla, pensó en las copas de champán que les habían dado al principio del juego.

De repente, vio que Savannah sujetaba una de ellas en la mano. «Pero ¿cómo demonios…?». Rohan reparó asimismo en el bolso de cuentas blanco que colgaba de su muñeca. Se había arriesgado a llevar un objeto tan frágil ahí dentro. Savannah había tenido mucha suerte de que no se hubiera hecho añicos.

Y él también.

—¿Y bien? —preguntó Savannah—. ¿Vas a abrir esa botella o te vas a quedar ahí parado leyendo la etiqueta?

En la etiqueta no había nada escrito. Rohan descorchó el champán y dio un trago directamente de la botella.

—A tu salud, Savvy.

Ella lo fulminó con la mirada, una que hizo que Rohan deseara provocarla para que lo mirara con más intensidad aún. Acto seguido, Savannah se acuclilló y sacó una botella. Mientras la descorchaba, apuntó directamente hacia el pecho de Rohan.

—Una bala directa al corazón —murmuró Rohan en voz muy baja, casi como un zumbido—. Y por si te lo preguntas, sí, te estoy desafiando.

Y sí, también la estaba invitando a que lo hiciera.

Savannah hizo saltar el corcho. Rohan lo atrapó.

—Presuntuoso —replicó Savannah.

—Eso siempre —admitió Rohan, dirigiéndose hacia la bañera.

Se puso en cuclillas y sumergió su botella en el agua humeante. Con los ojos clavados en Savannah, la sacó.

—*Voilà.*

La etiqueta ya no estaba vacía.

—El símbolo del infinito —dijo Savannah—. Como en su vestido.

«Sigues sin pronunciar el nombre de la heredera», advirtió Rohan. Se preguntó si Savannah comprendía que, en realidad, no era a Avery a la que más odiaba. Era Grayson el que había traicionado su confianza.

La familia era capaz de infligir unas heridas que el resto del mundo ni siquiera podía igualar.

—Infinito como en su vestido —repitió Rohan—, y como en las llaves de nuestras habitaciones.

Rohan rebuscó en el bolsillo de su chaqueta y sacó la llave en cuestión. Aunque ya había desempeñado su papel en el juego, debía comprobarlo, por si acaso. Apretó la cabeza de la llave donde estaba la lemniscata o, dependiendo de la perspectiva, el número ocho.

No ocurrió nada.

Al igual que había hecho con la botella, probó a sumergir la llave en la bañera y, al no obtener resultado, sacó la llave y la regó con champán.

—Nada —comentó, en voz alta esta vez. Tomó otro trago y añadió—: Es una pena desperdiciarlo.

—Una pena.

Savannah se sirvió una copa y se unió a Rohan ante la bañera. Se quitó los zapatos de tacón, se sentó y se subió el vestido hasta las rodillas, dejando al descubierto las piernas. Tras lanzarle una mirada, las sumergió en la bañera humeante al mismo tiempo que se llevaba la copa a los labios.

Rohan le agarró la muñeca suavemente.

—Mira.

En la copa, a ambos lados de la H grabada en el cristal, habían aparecido unas letras luminosas. Una N, una O y una C en la parte izquierda, una solitaria E en la derecha.

—Noche —dijo Rohan. «Infinito. Noche»—. Qué cabrones más astutos, ¿eh? —Se quitó los zapatos y los calcetines, y se subió las perneras de los pantalones de su esmoquin color morado oscuro—. Primero nos abruman con detalles para que no identifiquemos la pista real de los enigmas y después hacen lo mismo proporcionándonos un montón de pistas.

—Si hay más de un enigma, habrá más de una pista.

La calma de Savannah era un espectáculo digno de admiración.

—A menos que, evidentemente, ambas correspondan al mismo. —Rohan se sentó y sumergió las piernas en el jacuzzi sin reaccionar al calor—. Infinito. Noche. Noche infinita.

—Excepto que esta noche no es infinita —objetó Savannah—. Faltan... ¿cuántas, cuatro o cinco horas para que amanezca?

A cada minuto que pasaba, ambos se acercaban al final del juego, al momento en que, para ganar, tendrían que acabar con el otro. Definitivamente.

—Vamos perdiendo.

Por su tono de voz, quedaba claro que Savannah no podía ni pensaba tolerarlo.

—Brady nos lleva un acertijo de ventaja como mínimo —admitió Rohan—. Quizá dos. Por lo que sabemos, las pistas que hemos descubierto parecen pertenecer más bien a su enigma que al nuestro.

Savannah observó la copa.

—Pero ¿cómo ha podido sacarnos tanta ventaja?

Esa pregunta podría parecer retórica, pero Rohan conocía los beneficios de considerar cualquier posible respuesta incluso a las preguntas más retóricas.

—Si nos basamos en su desempeño en el Gran Juego, Brady Daniels es muy bueno con la simbología, la mitología y la música —manifestó.

Savannah bajó la mirada hacia las letras que llevaba escritas en el brazo. Rohan alzó la mano hasta casi rozarle la piel. Memorizando el código, le deslizó los dedos suavemente por el brazo, sin tocarle la piel ni la tinta, solo permitiendo que intuyera su roce.

—¿Puedo? —preguntó.

—Si no hay más remedio... —respondió Savannah.

«Ah, no lo hay, Savvy». Rohan empezó por la parte inferior del brazo de Savannah y fue subiendo, letra a letra. Con suavidad, fue repasando las curvaturas de las letras en zigzag, memorizando cada pieza del enigma, cada nota musical, empezando por el vals y terminando con *Claro de luna*.

A medio camino, Savannah retuvo el aliento. «Te gusta, ¿verdad, cariño?».

A tres cuartos de camino, Rohan se permitió imaginar a Savannah Grayson quitándose el vestido y sumergiéndose en la bañera de hidromasaje.

Cuando vio que llegaba al final, se inclinó hacia ella y ladeó la cabeza.

—D, A, G, A —le susurró un fragmento de *Claro de luna* al oído—. E, E, F. —Otro.

—Daga. —La voz de Savannah no era tan alta ni tan nítida como era habitual—. O fada. O gafe.

Rohan se detuvo unos segundos en la nota final.

—No puede ser tan sencillo como deletrear una palabra. Las posibilidades son demasiadas con las notas de las tres canciones.

Savannah empezó a deslizar los dedos sobre las letras mirando fijamente a Rohan.

—Entonces, nuestro próximo movimiento parece claro, ¿no crees?

Olía ligeramente a jazmín y vainilla.

—¿Por qué no me iluminas, cariño?

Agregó el «cariño» solo para ver cómo pestañeaba.

—Está claro que Brady Daniels ya lo ha resuelto —respondió Savannah con brusquedad—. Y está igual de claro que no cuenta con aliados en el juego. Y nosotros jugamos con ventaja.

Rohan recordó los mensajes invisibles en el reverso de las fotografías de Calla Thorp.

—Tenemos pruebas de que se ha comunicado con su patrocinador —dijo—. Podríamos hacer que lo expulsaran.

—O podríamos aprovechar la coyuntura —murmuró Savannah.

Rohan llevó una mano a la clavícula de Savannah y la recorrió, de un hombro al otro, con la yema de los dedos.

—¿Qué estás sugiriendo exactamente, Savvy?

Savannah lo agarró por la mandíbula y lo obligó a echar la cabeza hacia atrás, dejando al descubierto su cuello.

—Sugiero... —dijo acercándole los labios al oído— convencer a Brady Daniels de que mi lealtad es... negociable.

Le rozó el cuello con los labios, y Rohan se preguntó si notaba el pulso en sus venas, si lo sentía.

—Tu lealtad es sin duda negociable —señaló—. Pero si puedes utilizar a Brady Daniels antes de que forcemos su expulsión, si puedes embaucarlo, darle esperanzas y sonsacarle información... —Aunque no había mucho donde agarrar, Rohan se las arregló para sujetarla del pelo y empujar también su cabeza hacia atrás—. Hazlo.

CAPÍTULO 43
GIGI

Aunque le había llevado su tiempo, finalmente, el huraño salvador de Gigi había claudicado y le había confesado su nombre. En aquel momento, su nuevo amigo, Jackson, dormitaba sentado en una silla ante, por decirlo de algún modo, la destartalada mesa de cocina, con la escopeta junto a él y encarado hacia la puerta metálica de su diminuta casa, la cual, Gigi debía admitirlo, una persona menos optimista hubiese calificado de cabaña.

Una persona menos optimista también hubiese calificado de inquietante el hecho de que dicha cabaña se avistase perfectamente desde el faro. Sin embargo, Gigi tenía por costumbre ver siempre el lado positivo de las cosas.

Como, por ejemplo, que Jackson le había dejado la cama o, más técnicamente, el colchón. ¡Qué caballerosidad! ¡Qué barba!

Y, a decir verdad, los Cascarrabias con Cara de Pocos Amigos eran, por así decirlo, su especialidad. Además, ya era medianoche pasada. Aunque lograra llegar a la ciudad, lo encontraría todo cerrado. Y, aunque consiguiera un teléfono, solo se sabía de memoria tres números: el de Grayson, el de su madre y el de Savannah. Dos de esas tres personas estaban en el juego, sin acceso al móvil, y la tercera se hallaba en Arizona, con lo que su única alternativa hubiese sido acudir a la policía, lo que no la habría llevado a la Isla Hawthorne. No la habría llevado hasta Savannah.

Así que solo quedaba esperar a que amaneciera. Por desgracia, Gigi no podía hacer otra cosa más que quedarse tumbada pensando en lo dolida que debía de estar Savannah y en lo mucho que iba a esforzarse su hermana para fingir que no era así.

«Un ululato del viento. Un crujido de la madera». Esos sonidos sacaron a Gigi de su ensimismamiento. «¿Slate?». Gigi observó a Jackson… y su escopeta. «Será útil con el señor Lo Lamento de Todo Corazón —pensó—. Pero…».

Gigi se incorporó y se encaminó con pasos lentos hacia la puerta. No deseaba ver muerto a Slate. Solo… arrepentido de verdad.

Durante unos instantes que le parecieron una pequeña eternidad, Gigi se mantuvo tras la puerta metálica, aguzando el oído, aunque fue en vano. Nada de viento. Ningún crujido de la madera.

Finalmente, se atrevió a quitar el pestillo y la abrió unos milímetros. Allí no había nadie, sino más bien algo, en el suelo. La luz encendida en el baño apenas le permitía distinguir lo que era, así que Gigi se acuclilló.

«Una flor».

Gigi negó con la cabeza. Solo era una flor.

CAPÍTULO 44
LYRA

Lyra trató de inspeccionar el yate de forma metódica, pero es que era un yate. Tal vez hubiese personas hechas para fiestas en grandes embarcaciones y bailes de máscaras a la luz de la luna, pero, en su caso, era como pisar el País de las Maravillas.

Fichas de póquer hechas de meteoritos.

Un barco tan grande que tenía su propio cine.

Barras de bar, en plural, llenas de botellas ornamentadas, la mayoría de las cuales parecían igualar el valor del antifaz repleto de diamantes de Lyra.

Toda aquella opulencia hizo que se preguntara qué pensaría Grayson de Mile's End si alguna vez la acompañaba. Se preguntó si Grayson Hawthorne había trepado alguna vez a un árbol, si se había raspado las rodillas o si se había embarrado las suelas de los zapatos.

Se preguntó qué aspecto tendría el Siempre Limpio Grayson salpicado de barro.

Al abrir otra puerta, Lyra se encontró rodeada. Tardó unos instantes en comprender que las paredes, el techo y el suelo de la estancia estaban forrados con espejos. Allí no había nada más. Solo esos espejos.

Una vez que hubo traspasado el umbral y la puerta se hubo cerrado a sus espaldas, Lyra dio una vuelta de trescientos sesenta grados. Al hacerlo, el raso de su vestido se abrió como un abanico, mostrando aquel sombrío arcoíris. «El atardecer más oscuro». El antifaz en el rostro de Lyra lanzaba destellos y los labios y la mandíbula eran los únicos rasgos de su rostro que no estaban parcialmente ocultos.

Seguía con la chaqueta de Grayson sobre los hombros.

«Inspecciona con el tacto —se dijo Lyra—, no con los ojos». Se dirigió hacia uno de los extremos de la habitación y empezó a recorrer el perímetro, apenas rozando la pared de espejos para no dejar marca.

Antes de alcanzar la primera unión de espejos, una sección de la pared en el extremo opuesto de la estancia se abrió hacia dentro, como una puerta, y apareció Rohan. En contraste con la blanca chaqueta que Lyra llevaba sobre los hombros, el esmoquin que Rohan vestía era de un intenso color morado oscuro.

—Es un yate de alquiler —comentó, con un exagerado acento aristócrata—. Aunque se las han arreglado para encontrar uno que tuviera puertas secretas. Qué Hawthorne por su parte.

—¿Y cómo sabes que el yate es alquilado? —respondió Lyra.

—Te lo diría, pero… —Rohan dejó la frase sin terminar y atravesó en diagonal la sala hacia otra pared de espejos, donde posó la palma de su mano—. No me apetece —remató.

Acto seguido, la empujó, revelando otra puerta oculta.

Casi de inmediato, la sala se llenó de unas visibles ráfagas de calor. «Vapor».

—Me parece que he encontrado la sauna —anunció Rohan. Al advertir la chaqueta de Grayson sobre los hombros de Lyra, Rohan se quitó la suya—. No te importará que también me quite la camisa, ¿verdad?

Ni siquiera se molestó en desabrochársela; se la sacó por la cabeza, dejando al descubierto sus abdominales.

Lyra puso los ojos en blanco.

—Yo ya me iba...

—Podrías irte... —dijo Rohan, soltando la puerta de espejos y permitiendo que esta se cerrara y desapareciera en la pared una vez más, conteniendo así el vapor—. O podrías quedarte y preguntarme qué he descubierto.

Algo en la expresión incisiva de su rival y en aquella mirada de ojos castaños e insondables hizo que Lyra pensara que, en realidad, sí había descubierto algo.

—Preguntarte qué has descubierto... —repitió de manera inexpresiva— ¿sobre el juego?

Rohan le lanzó una sonrisa fugaz.

—Depende de qué entiendas por «el juego».

Lyra se cruzó de brazos, completamente inmune a sus tonterías... y a su torso desnudo.

—¿Qué sabes?

Rohan la miró fijamente, y entonces se produjo un ligero cambio, casi sutil, en su expresión: su petulancia se esfumó como si fuera unas letras escritas sobre la arena que se lleva el viento.

—Jameson Hawthorne quiere que abandones el Gran Juego. Me ha encargado encontrar un motivo para descalificarte.

Lyra deseó de todo corazón que aquello no fuera más que Rohan jugando con sus rivales. Sin embargo, no pudo apartar el recuerdo de Jameson mirándola desde la barandilla al subir a bordo. Ese Jameson estaba a años luz del que le había dado la bienvenida al juego.

—¿Y por qué querría hacer eso James Hawthorne? —respondió Lyra, tratando de imitar el tono de Grayson: máximo control, que no se notara lo que sentía.

Rohan se encogió ligeramente de hombros.

—Esperaba que tú pudieras decírmelo.

Lyra observó a Rohan —el tamaño de las pupilas, la casi inapreciable mueca en los labios— y recordó lo que había dicho Brady en la hoguera.

—Divide y vencerás —dijo Lyra—. Una estrategia previsible.

Rohan esbozó otra sonrisa.

—¿Funciona?

—¿Estás mintiendo? —replicó Lyra, imitando su tono, pero no su sonrisa.

—No. —Rohan le sostuvo la mirada durante unos instantes y, a continuación, desvió su atención de nuevo hacia la puerta de espejos—. La sauna espera.

Lyra sí se fue esta vez. Tenía que encontrar una pista…, incluso si Jameson Hawthorne la quería fuera del juego.

CAPÍTULO 45
GRAYSON

Grayson debía ocuparse de otro asunto antes de reunirse con Lyra. Y por eso estaba donde estaba.

Llamando a la puerta abierta de un despacho ostentoso, anunció su presencia a la poderosa mujer trajeada ante el escritorio.

—Tú. —Alisa Ortega saludó a Grayson con esa única palabra y los ojos entornados.

Era la abogada de Avery, en realidad, era más bien una arreglaproblemas. Sin embargo, mucho antes de convertirse en eso, Alisa Ortega se había criado en el entorno Hawthorne como la única hija del consejero legal de mayor confianza de Tobias Hawthorne. Grayson había sido una cruz para Alisa durante su época de colegial. No había mucha gente en el mundo que pudiera afirmar haber hecho de canguro de los tres hermanos Hawthorne.

—Hola —dijo Grayson secamente.

—Tú y tus hermanos solo traéis problemas. —Alisa cerró el ordenador portátil—. Eso, por no hablar de tus hermanas.

—¿Qué ha hecho Savannah? —preguntó Grayson.

—Sin duda algo —respondió Alisa—. Pero...

—De Savannah hablando no estaba —entonó Xander, deslizándose ante Grayson con un pastelito en cada mano.

Grayson conocía lo suficiente a su hermano como para saber que, con toda probabilidad, lo había seguido hasta allí. Con o sin pastelitos de por medio, el más joven de los hermanos Hawthorne no se daba por vencido y estaba dispuesto a averiguar qué ocurría.

«Será mejor que no lo sepas, Xan». Además, en aquel momento, Grayson tenía otras preocupaciones.

—Gigi. —Desvió de nuevo la atención hacia Alisa—. ¿La has localizado?

—A Gigi no ha localizado. Evadido los ha, la joven aventurera —dijo Xander con aires sabios.

—Vuelve a hacer de Yoda y haré que desaparezca del barco cualquier cosa dulce —lo amenazó Alisa. A continuación, se concentró de nuevo en Grayson—. En cuanto a tu informe sobre la situación... Hemos encontrado la lancha. Gigi recorrió con ella unos cincuenta kilómetros del litoral.

—Y, por «la lancha», te refieres a «mi lancha» —puntualizó Xander. A continuación, miró a Grayson—. Yo fui el último que vio a Gigi antes de que desapareciera y te aseguro que tenía en mente un Plan Gigi, en mayúsculas. Se traía algo entre manos.

—¿Y no la detuviste?

Grayson entornó los ojos hacia su hermano.

—No era eso lo que necesitaba. —Xander mordió con delicadeza ambos pastelitos—. Lo que necesitaba eran mimitos y un poco de motivación. Había una saga vikinga de por medio.

—No deberíais juntaros sin supervisión —murmuró Grayson. Después, girándose hacia Alisa, añadió—: ¿A quién tienes buscándola?

Viendo la magnitud de la amenaza que se cernía sobre la isla, solo deseaba que su hermana apareciera. De inmediato.

—A dos de mis equipos y a alguien que he contratado por poco tiempo.

A Alisa no le gustaba que cuestionaran sus métodos.

—Pregúntale quién es ese alguien —sugirió Xander, subiendo y bajando las cejas. Y después, adelantándose, respondió a la pregunta que él mismo había sugerido—: Knox Landry.

Grayson no se lo esperaba. Knox había participado en el Gran Juego, en el mismo equipo que Gigi.

—Aunque puede que los encantos del señor Landry sean limitados, se integra incluso con los lugareños más hoscos de la costa —señaló Alisa—. Puede que haya tenido algún encontronazo en algún bar y que se vea obligado a saldar alguna pelea en el futuro, pero estoy segura de que, con la inversión que hemos hecho, encontrará antes a Gigi. Y se presentó voluntario.

Grayson no podía dejar de pensar que Gigi se ganaba el cariño de la gente a su manera. Inexorablemente.

—Creo que lo de presentarse voluntario es una manera demasiado generosa de describirlo —señaló Grayson—. Le estás pagando.

Alisa acababa de decir que lo había contratado.

—«Señora abogada» Knox Landry la llama —reveló Xander—. Discutir, eso todo el rato hacen.

Alisa señaló con el índice a Xander.

—Fuera.

Xander esbozó una amplia sonrisa.

—Si hay una amenaza, Alisa debe saberlo —le dijo a Grayson antes de irse.

La cara de póquer de Alisa disimuló su reacción ante el comentario de Xander. Como Oren, cuidaba de Avery... De todos, en realidad. En otra vida, si todo hubiese sido diferente entre ella y Nash, su nombre podría haber sido Hawthorne. Aunque tampoco estaba muy claro que hubiese aceptado llevar el apellido de Nash.

Grayson hizo lo que pudo por asfixiar el fuego que Xander acababa de encender.

—No puedo confirmar ni negar que haya un problema —le dijo—. Pero prepárate. Ve con cuidado. Y encuentra a Gigi.

Alisa respondió con un leve asentimiento de cabeza.

—Entendido. Encontraré a tu hermana, Grayson. ¿Es eso todo?

Grayson no había terminado aún de darle guerra a Alisa.

—Odette Morales —soltó—. Puede ser difícil de localizar.

Grayson miró a Alisa, pero no dijo nada más.

Con Alisa Ortega, no era necesario.

CAPÍTULO 46
GRAYSON

Encontró a Lyra exactamente donde la había dejado: ante la mesa de la ruleta, como si perteneciera a ese lugar.

La máscara salpicada de diamantes le sostenía el cabello, ahora más despeinado. Se preguntó si esos mechones eran fruto del viento o de la brisa marina o si simplemente era la manera en que Lyra se movía, como si su cuerpo no tuviera límites.

Pensó en peinárselos con los dedos, pero su autocontrol era de hierro. «Al menos, la mayor parte del tiempo».

—No te creas que me he quedado aquí esperando —dijo Lyra. Grayson advirtió que sostenía la canica de la ruleta en la palma de una mano y que la movía hacia delante y hacia atrás con los dedos de la otra—. He registrado el barco.

Había algo diferente en ella, algo casi imperceptible, pero distinto.

—Técnicamente, es un buque —señaló Grayson, colocándose en el lado opuesto de la ruleta para no perder el control.

—Técnicamente, es un yate —puntualizó Lyra.

—Superyate. —Los labios de Grayson se curvaron hacia arriba—. Técnicamente.

Lyra alzó la mirada y la clavó en él.

—Crees saberlo todo, ¿verdad?

—Lo que sé es que, durante tu registro, ha ocurrido algo que te ha alterado.

Grayson no le dio ninguna prueba que demostrara lo que acababa de afirmar ni tampoco le hizo ninguna pregunta que pudiera alertarla del hecho de que no era más que una conjetura.

—No he encontrado nada —confesó Lyra.

De haber sido otra persona, Grayson habría creído que eso era precisamente lo que la había alterado. Sin embargo, su postura, apoyada en la mesa y haciendo rodar la canica en la palma de la mano, denotaba cierta tensión. «Algo te ha alterado. Otra cosa».

—Mira. —Lyra lanzó la canica e hizo girar la ruleta—. Siempre acaba en el ocho.

Trataba de despistarlo. Y Grayson no sabía por qué.

—¿Qué han dicho tus hermanos y Avery sobre la cala en la caja de música? —añadió.

Había aprendido desde la niñez a no vacilar nunca ni mostrar debilidad alguna.

—Jameson ha dicho que las rosas están pasadas de moda, que los girasoles y las margaritas son, y cito textualmente, «flores que equivalen a un *golden retriever* colocado» y que los tulipanes le recuerdan la razón por la que tiene prohibida la entrada en Ámsterdam. —Grayson, como todos los Hawthorne, era un mentiroso de primera. Recogió la canica e hizo girar la ruleta de nuevo—. De ahí la cala.

—Una cala.

Estaba claro que Lyra no pensaba soltar la presa. El antifaz que llevaba no atenuó la mirada que le lanzó a Grayson con esos ojos ambarinos.

—Xander dice que, de entre todas las flores, las calas son las que saben mejor —añadió él con despreocupación.

—¿Cómo que saben mejor? —exclamó Lyra—. ¿Tu hermano se dedica a probar flores?

—Lo hizo durante unas pocas semanas cuando tenía siete años —confirmó Grayson—. Por motivos científicos. No acabó muy bien.

Era verdad.

Lyra soltó un bufido.

—Suena raro, pero encaja.

Por supuesto que encajaba. El secreto de un mentiroso excelente residía en utilizar la verdad de forma selectiva.

—Ninguno de nosotros recuerda que apareciera una cala en uno de los juegos del viejo. —También cierto—. Lo que no garantiza que no hubiera una.

—Pero eso nos lleva a un callejón sin salida.

Lyra guardó silencio durante unos segundos, desviando la mirada. Al hacerlo, Grayson percibió que ese momento tenía varias capas, que había matices: el que ella estaba experimentando. El que experimentaba él. El que ambos vivían, juntos. Decidió aferrarse al que le parecía más sencillo, aquel en el que nada era mentira.

Aquel en el que se concentraban en el juego.

—¿Qué conclusión sacamos del número ocho? —preguntó Lyra, volviéndose lentamente hacia él.

Su máscara engastada en diamantes obligó a Grayson a concentrarse en sus labios. Lyra los separó levemente para hablar y, de repente, Grayson tuvo la sensación de que, si le pedía algo, fuera lo que fuese, sería incapaz de negárselo, por mucho peligro que supusiera.

Así que no le permitió pedirle nada.

—Lyra, infinito. Ocho —dijo Grayson, con toda la intensidad que logró reunir en su voz.

Grayson no tenía la respuesta, pero fingir que se le había ocurrido algo le proporcionaría un poco de tiempo, no mucho, quizá menos de un minuto, pero los Hawthorne habían superado situaciones mucho peores en condiciones más adversas.

La competitividad de Lyra hizo que mordiera el anzuelo.

—¿Qué? —exigió.

Grayson necesitaba distraerla el tiempo suficiente para pensar en alguna confidencia, algo que hubiese descubierto y que pudiera compartir.

—Una de las cosas que más se repetía en los juegos de mi abuelo eran las llaves. —Otra verdad—. De hecho, había un enigma en concreto que servía como rito de iniciación. Nos entregaban un enorme manojo de llaves, cada cual más elaborada y labrada que la anterior. Sus cabezas presentaban diseños diferentes. El desafío era sencillo: solo una de esas llaves abría la puerta principal de la Casa Hawthorne. El anciano registraba el tiempo que nos llevaba a cada uno de nosotros encontrar la llave correcta.

—¿Y?

Lyra se acercó. Grayson la había convencido de que había descubierto algo y ahora debía proporcionárselo. Pese a que continuaba completamente estancado, se apremió a pensar como lo hacía el viejo, en cuatro dimensiones.

—El truco estaba en que, aunque todas las llaves tenían cabezas diferentes, el paletón era igual en todas menos en una —continuó diciendo.

—Y esa llave abría la cerradura —concluyó Lyra, impaciente.

Solo con observarla, era evidente que se devanaba los sesos buscando la respuesta que el mismo Grayson aún no había obtenido.

«Infinito. Ocho».

—Al viejo le encantaba aleccionarnos con sus juegos —dijo Grayson, consciente de que pronto la distracción dejaría de funcionar—. La lección de las llaves tenía un doble sentido: primero, que dos cosas, o personas, podían presentar un aspecto diferente y ser exactamente iguales.

Lyra bajó la mirada y Grayson se preguntó si no estaría pensando en ellos dos. Reparó en que se le cortaba la respiración durante unos segundos, y Grayson sintió esa falta de aliento en los profundos huecos de su alma.

—Y, en segundo lugar —continuó, llevando la mano hacia su pelo, finalmente cediendo al impulso de desenredarlo con los dedos—, que casi todos los problemas son una cuestión de perspectiva.

Acariciarla le sentó bien, aunque solo fuera el pelo, aunque no sintiera la suavidad de su piel. Le sentó bien… y le proporcionó unos valiosos minutos de más.

Grayson sabía que lo que le hacía no era correcto, que se estaba comportando como ese capullo que ella le había acusado de ser varias veces. Sin embargo, Lyra era, de algún modo, valiente, estaba obsesionada con descubrir la verdad y lo que menos le importaba era que Alice Hawthorne fuera peligrosa.

Pero a él sí le importaba. Por ella. Por Avery y sus hermanos. Por Libby y los bebés.

A Grayson Hawthorne siempre siempre le había importado demasiado.

—Una cuestión de perspectiva —repitió Lyra. De repente, clavó la mirada en la ruleta y después volvió a alzarla hacia él—. ¿Estás sugiriendo que el símbolo tal vez no sea un infinito o un ocho?

«Haz que se concentre en el juego». Grayson tomó la mano de Lyra entre las suyas y trazó el símbolo en su palma: un bucle y, después, otro.

—Lo veo —exclamó Lyra—. No literalmente, pero…

Dirigió la mirada hacia las mesas de juego que los rodeaban y, entonces, reparó en las máscaras.

Grayson también las vio. Lyra Kane era extraordinaria. Era letal en el mejor de los sentidos, y tenía razón.

—¿Y si no es un símbolo? —Grayson murmuró llevando la mano hacia su rostro y acariciando el delicado metal y las joyas del antifaz—. ¿Y si es un dibujo muy rudimentario?

—¿Y si es un antifaz? —susurró Lyra.

CAPÍTULO 47
ROHAN

A Rohan no le importaba sudar... ni esperar. Por norma general, el vapor se elevaba hacia el techo, pero, si había suficiente, también tendía a adherirse a los espejos, empañándolos, excepto en aquellas zonas donde se hubiera aplicado algún tipo de recubrimiento invisible.

Un recubrimiento invisible y resistente al agua.

Rohan estaba ahora rodeado por cuatro paredes de espejos y en todas ellas, aproximadamente a la altura de los ojos, había aparecido un símbolo del infinito. La ubicación exacta de los símbolos variaba un poco. «A la altura de los ojos de diferentes personas». Rohan se acercó al símbolo que más se acercaba a su altura. Este se superpuso sobre su reflejo borroso, sobre su rostro, y su forma se hizo evidente.

Una máscara sobre su máscara.

—Muy inteligente —señaló Rohan, proyectando la voz en la estancia abarrotada de espejos con el objetivo de que atravesara aquel vapor que había convertido el aire en casi irrespirable.

Se cambió al brazo izquierdo la chaqueta del traje y la camisa, y, acto seguido, con el derecho, se quitó la máscara, la que le habían dado al principio del Gran Juego.

«Un objeto con una utilidad concreta..., al igual que la espada o la llave». Rohan examinó la máscara asimétrica y, a continuación, abandonó la estancia para inspeccionar el reverso.

Ahí estaban: unas diminutas letras escritas a mano y cinceladas en el metal. Una pista. Una palabra, nada ambigua ni difícil de interpretar.

Compases

El vals, el tango y *Claro de luna.* Tres canciones, tres compases diferentes. «Tres por cuatro, cuatro por cuatro, nueve por ocho». ¿Cómo podía haberlo tocado al piano y no haber reparado en ello?

¿No haberlo oído o sentido?

Como solía ocurrir con los acertijos bien construidos, la respuesta era sencilla, mucho más sencilla que la pista en muchos aspectos.

«Un tres por cuatro, un cuatro por cuatro y un nueve por ocho. Doce, dieciséis y setenta y dos. Tres números». Rohan habría sabido exactamente adónde dirigirse con eso, incluso si la cala en la caja de música no hubiera sido de mármol blanco con vetas doradas, muy parecido al de cierta puerta con aspecto de caja fuerte.

—No está nada mal —susurró Rohan, casi para sus adentros.

—Me halagas. —Jameson apareció al otro extremo del pasillo. Al ver el pecho desnudo de Rohan al doblar la esquina, añadió—: Vístete.

—No es algo que me digan a menudo. —Rohan no hizo intención de ponerse ni la chaqueta del esmoquin ni la camisa de color azul medianoche que llevaba debajo de ella—. Lyra Kane sabe que voy a por ella siguiendo tus órdenes —confesó.

—¿Y cómo se ha enterado?

Jameson sabía poner una excelente cara de póquer.

Rohan, aún desnudo de cintura para arriba, se encogió de hombros como si fuera la última de sus preocupaciones.

—Se lo he dicho yo.

Con cuatro zancadas, Jameson hizo desaparecer la distancia que los separaba.

—¿Por qué demonios...?

—¿... deseas su eliminación y que se vaya de la isla? —terminó por él Rohan—. Una pregunta muy adecuada, sí, señor. —Miró a Jameson de arriba abajo, evaluándolo tan rápida y minuciosamente como ya lo había hecho en el pasado en un cuadrilátero—. Señor Hawthorne, parece cansado. ¿No será que guarda algún secreto?

Rohan caminaba por la cuerda floja, pero se había pasado la vida haciendo exactamente eso, y lo que había aprendido era que no había nada de malo en procurarse un plan B. Iba a ganar el Gran Juego y, por lo tanto, el Piedad. Sin embargo, en el peor de los casos, aquello tenía potencial.

Aquello que hacía que Jameson Hawthorne tuviera los nervios a flor de piel. Ese secreto.

En cualquier caso, tenía potencial incluso si Rohan ganaba.

El Propietario del Piedad del Diablo comerciaba con secretos.

—¿Leíste lo que escribí? —preguntó Jameson.

«Una vez jugaste a mi juego, Jameson Hawthorne. Y para

participar, para ganarte tu admisión, tuviste que proporcionar un secreto. Lo escribiste. Acordaste desprenderte de él si perdías».

—El Propietario nunca lo habría permitido. —Rohan aseguró su posición—. Tu secreto está a salvo… de mí.

—Por aquel entonces no estaba en mi sano juicio —declaró Jameson.

—¿Quién no ha sido un poco imprudente alguna vez? —respondió Rohan. A continuación, observó a Jameson durante unos instantes—. Para ti es importante, ¿verdad? Mi juego, el Piedad, se cierne sobre ti como una sombra larga y oscura. —En el laberinto, Rohan buscó los detalles almacenados, por no decir anotados explícitamente—. Sin duda, se aprecian ciertas similitudes. Una lemniscata, como la que adorna el suelo del atrio del Piedad. Libros encuadernados en piel. —Obviando la camisa, Rohan se puso la chaqueta del esmoquin—. Sin ir más lejos, este tono de morado es exactamente el mismo que el de la tinta con la que escribiste ese horrible secreto tuyo que no conozco.

Incluso si hubiera conocido el secreto de Jameson, Rohan no podría haberlo usado. Así lo especificaban los términos: no podía utilizar ninguna información obtenida estando al servicio del Piedad. Sin embargo, el hecho de que Jameson Hawthorne tuviera un secreto…, bueno, eso más bien pertenecía a las áreas grises.

Al fin y al cabo, todo el mundo guardaba secretos.

—La caja de música… y las llaves, claro. Ambas salen directamente de mi juego.

—Tú no inventaste las llaves —objetó Jameson.

Rohan tenía un sentido infalible para saber cuándo había

alterado a alguien. Estaba bastante seguro de que, antes de que se lo señalara, con toda probabilidad Jameson ni siquiera había reparado en la relación que este juego tenía con el Piedad, con Rohan.

—Tienes un secreto —reiteró Rohan, dotando a su acento aristócrata de cierta aspereza—, y algo te angustia.

Rohan se secó el sudor de la cara y del cuello con la camisa, sin apartar los ojos de Jameson.

—Si decides que necesitas ayuda de verdad con cualquiera de esos dos asuntos una vez que termine el juego, existe la posibilidad de comprarme —añadió.

Ahí estaba: su trampa. Su plan B. Una oferta, de un caballero a otro caballero.

—Necesitas dinero —afirmó Jameson con rotundidad.

No parecía dispuesto a aceptar la oferta de Rohan. Aún no.

—Así es —confirmó Rohan—. Y tú vas contra reloj porque, cuando este juego termine, cuando lo haya ganado, ya no lo necesitaré.

CAPÍTULO 48
ROHAN

Con la solución al enigma de la caja de música en su poder y embargado por la familiar sensación de haber empezado a tener la sartén por el mango, Rohan decidió que había llegado el momento de ir a buscar a Savannah y ver si necesitaba ayuda, aunque tampoco es que fuera a agradecérselo.

Sin embargo, tampoco tenía por qué enterarse.

Rohan salió al exterior del yate, se encaminó hacia estribor y empezó a escalar por la parte exterior hasta alcanzar el punto más alto. Allí, en la cima de la embarcación y a pesar de ser noche cerrada, examinó lo que lo rodeaba. Para alguien como él, que había pasado tanto tiempo en la oscuridad, un mínimo resquicio de luz era suficiente.

Y Savannah resplandecía.

Rohan la divisó en la proa del yate, sentada en el helipuerto, con las piernas colgando del borde de la plataforma de aterrizaje. No estaba sola. «Bien hecho, cariño». Rohan empezó a bajar. Aunque había accedido al plan de Savannah de ofrecerle su lealtad a Brady Daniels para sonsacarle cualquier cosa de provecho, Rohan no había prometido confiar en ella.

Confiar siempre era un error.

En menos de un minuto, ya había bajado por el costado del yate y se encontraba por debajo de la cubierta inferior. De niño, se había agarrado tanto, había practicado tanto, había sentido tantos calambres en las palmas de las manos y en los músculos de los dedos que se habían transformado en garras.

Y ahora podía escalar cualquier cosa, en vertical o de la manera que fuera.

Agarrándose a los adornos que sobresalían en la banda del yate, Rohan se movió con rapidez. Se encontraba lo suficientemente cerca del océano como para sentir el rocío de las olas, así que decidió ir a ese lugar en su mente más allá del dolor, donde no pensaba ni sentía.

Se detuvo al llegar lo bastante cerca como para oírlos.

—¿… traicionar a tu socio actual?

Brady Daniels tenía una voz profunda, muy agradable.

La de Savannah, por el contrario, era alta y clara, y cortaba el aire como una cuchilla engastada en diamantes.

—«Socio» me parece una exageración. Rohan sabe muy bien que nuestros intereses solo se alinean hasta cierto punto.

Rohan esbozó una sonrisa. «Ahí estás, chica de invierno».

—¿Y ese punto es…? —preguntó Brady.

—Una cuestión de debate interno. Ahora mismo, estoy dispuesta a dejarme convencer, y debo decir, señor Daniels, que usted me parece bastante convincente.

—Es por las gafas —respondió Brady.

Rohan se preguntó si Brady estaba mirando a Savannah a través de esas gafas, pero, desde aquel ángulo, no podía ver nada; solo podía oírlos.

—El primer día le dijiste a tu hermana que aquí sería un error confiar en alguien —comentó con amabilidad Brady—. Advertiste a Gigi de que yo no era su amigo.

—¿Y me equivoqué?

—No.

Brady Daniels guardó silencio.

Rohan se preguntó qué había visto el erudito en Savannah Grayson. Evidentemente, sospechaba algo, pero ¿imaginaba de lo que era capaz?

Rohan no lo había hecho… al principio. «Te toca mover, Savvy —pensó—. Cuando quieras, cariño».

—El primer día, Gigi no sabía que tú jugabas por Calla. —Savannah hizo hincapié en el nombre—. ¿Qué era para ti?

—Alguien que conocí hace tiempo —respondió Brady en voz baja.

—¿Te gustan los cuentos de hadas, Daniels?

—Algunos sí. —Brady Daniels hizo una pausa y Rohan pensó que estaba examinando a Savannah como si fuera una carta manuscrita, un cántaro de arcilla roto o una obra de arte de valor incalculable—. *Les Fées,* por ejemplo.

—*Las hadas* —tradujo Savannah.

—Hablas francés.

—¿Es eso una pregunta? —dijo Savannah, arqueando una ceja.

—No. *Les Fées* a menudo se conoce con el nombre de *Diamantes y sapos.* ¿Conoces la historia, Savannah?

—Fingiremos que no —respondió ella.

Savannah no era de las que admitían que no sabía algo y, aunque lo supiera, bueno, había ciertos beneficios en dejar que un rival hablara. «Te conozco, chica de invierno».

—Es la historia de dos hermanas —dijo Brady—. Una buena y la otra mala.

«Qué cruel». Rohan no pensaba que el erudito fuera capaz de eso.

—Continúa —exigió Savannah.

—La hermana más joven, la buena, le ofrece algo de beber a una pobre anciana y, en agradecimiento, esta le concede un don: cada vez que hable, de sus labios caerán diamantes y joyas como si fueran gotas de lluvia del cielo.

—Supongo que la hermana mayor, la mala, también se encuentra con la anciana y esta la maldice con sapos, ¿no? —Savannah fue directa al grano.

Era la primogénita, la mayor, de dos hermanas mellizas, y la pequeña era muy buena.

—Con sapos —confirmó Brady—. Y serpientes.

—Y, por supuesto, la moraleja es que es mejor ser una chica que escupe diamantes que serpientes —espetó Savannah.

Rohan se la imaginaba, negando con la cabeza de tal manera que su trenza se movía de un lado al otro. Aunque eso era antes, cuando el pelo color platino le llegaba a la cintura.

—Pero, señor Daniels, ¿qué apuesta a que nadie volvió a oír la voz de esas dos chicas? —preguntó Savannah, solo dejando entrever un ápice de su rabia.

Si Brady Daniels confiaba en poder evaluar a Savannah Grayson, ahí la tenía.

—¿Es eso lo que deseas?, ¿que te escuchen? —preguntó Brady.

Según sospechaba Rohan, eso era precisamente lo que deseaba. Brady se había acercado demasiado como para que Savannah siguiera sintiéndose cómoda. Quería ganar el Gran

Juego para poder anunciar en vivo y en directo ante millones de personas que su padre estaba muerto y apuntar con un dedo acusatorio a la heredera Hawthorne.

Al menos, ese era el plan tal como ella se lo había descrito.

—Quiero ganar. —Savannah era bastante hábil enmascarando una verdad con otra—. Y es evidente que tú también. —Savannah movió otra pieza—. «Haz exactamente lo que te diga. El juego debe continuar. Asegúrate de que así sea». Alguien te controla. Quienquiera que sea, a mí me parece un poco amenazante.

Ah, a Rohan le hubiese encantado ver la expresión de Brady en ese momento. «Bien jugado, Savvy».

—¿Lo sabe Rohan? —preguntó Brady finalmente.

—¿Lo de tu patrocinador? ¿Lo de la forma en que ese patrocinador se está comunicando contigo? —dijo Savannah—. No. Y bien, ¿le interesa tener una aliada en este juego, señor Daniels? Porque no volveré a preguntarlo.

—Soy todo oídos —dijo Brady.

Rohan sabía que no había elegido esas palabras por accidente.

—No diré nada de las fotografías, de tu patrocinador ni de ninguna regla que puedas haber quebrantado. Te ayudaré en el juego y tú harás lo mismo por mí, hasta el final.

—Supongo que los términos de tu alianza con Rohan son similares —señaló Brady—. Y supongo que también continuarás colaborando con él, enfrentándonos cuando más te convenga.

—¿Por qué, cuando una mujer se propone hacer lo que más le conviene, los hombres siempre hacéis que parezca un pecado capital? —preguntó Savannah—. Le estoy proponiendo un trato, señor Daniels. Si no le interesa, tiene todo el derecho a rechazarlo.

Una gran ola rompió en el costado de la embarcación, empapando el esmoquin de Rohan.

Estaba muy concentrado, y ni siquiera debería haberla sentido, al igual que no sentía el dolor en sus manos aferradas al yate.

Sin embargo, el agua estaba fría, el océano bajo él era de un negro aterciopelado y nunca había aprendido a nadar bien.

«Ahora. No».

—Antes de cerrar un trato... —la voz de Brady llegó hasta él desde lejos, muy lejos—, debería preguntarme qué puedo ofrecerle a cambio, señorita Grayson.

Rohan se concentró en la respuesta de Savannah, le prestó atención como si su vida y su cordura dependieran de ello.

—¿Qué puedes ofrecerme tú... o qué puede ofrecerme tu patrocinador, Daniels? —contraatacó Savannah.

El dolor invadió los músculos de Rohan a medida que los calambres se hicieron más intensos, pero el dolor era algo bueno. El dolor, aunque también amenazaba su estabilidad y la fuerza con la que se agarraba, mantenía a raya los recuerdos. Aun así, Rohan se negó a abandonar su posición, se negó a moverse.

—Mi patrocinador sabe dónde está enterrado el cuerpo —confesó Brady.

Rohan supuso que estaba hablando del cuerpo de Calla Thorp. Aunque... Antes Brady había hablado de ella en tiempo presente.

—¿El cuerpo? —dijo Savannah con frialdad.

—El de tu padre. —Brady hablaba en un tono demasiado

tranquilo—. Mi patrocinador sabe cómo y dónde se deshicieron de sus restos. Las pruebas de lo que le sucedió, Savannah. Y no tienes que ser mi aliada para obtener esa información. No tienes que ayudarme a ganar. Lo único que tienes que hacer es encontrar la manera de eliminar a Rohan del juego.

CAPÍTULO 49
GIGI

—Sonríe, cielo.

Gigi pestañeó. Varias veces. De algún modo, supo que estaba soñando. Tenía que estar soñando.

—¿Papá?

El padre de Gigi estaba muerto, y sin embargo ahora se encontraba allí mismo, extendiendo una mano para acariciarle el pelo.

—Ahí está mi niña alegre.

—No te lo tomes a mal, pero estás… más muerto que vivo —soltó Gigi.

Sheffield Grayson miró a Gigi con aire indulgente.

—No te preocupes por eso.

—De acuerdo —respondió ella, con el corazón en un puño—. Porque no soy de las que se preocupan. No soy la melliza seria, la que piensa en todo, ¿vale? —Tragó saliva—. No soy la que siempre gana.

¿Por qué le estaba sacando eso a colación?

—Y tú… —añadió Gigi con amabilidad—. Tú eres un asesino.

Estaba muerto, y había fallecido cometiendo actos horribles, pero también estaba ahí, y esta vez, cuando el padre de Gigi la miró, no lo hizo con indulgencia.

Lo hizo con una expresión de advertencia.

—Sonríe, Juliet.

—Juliet.

Gigi oyó otra voz a sus espaldas y se volvió. Y así, sin más, su padre se esfumó y se encontró con otro rostro familiar ante ella. «Mandíbula cuadrada, piel de color ébano, ojos que no perdían detalle».

—Brady. —Durante una milésima de segundo, cuando Gigi vio a Brady Daniels, olvidó cómo había acabado todo entre ellos—. Cuéntame algo de la teoría del caos.

—No es la teoría del caos.

Su voz le resultó más familiar de lo que debería, esa voz profunda, calmada en medio de una tormenta. Pero, cuando dio un paso hacia ella, Gigi lo recordó todo.

Y fue entonces cuando vio la navaja.

—No es la teoría del caos —repitió Gigi, con la garganta a punto de cerrarse.

—Es un sistema cerrado. —Brady clavó la navaja en el pecho de Gigi—. Nada dentro, nada fuera.

Con suavidad, depositó su cuerpo en el suelo.

—Por Calla —susurró.

—Traté de avisarte, señorita Alegre. —De repente, ya no era Brady el que estaba en cuclillas junto a ella, sino Knox—. Te dije que los jugadores se te iban a comer viva.

Un charco de sangre se formó alrededor de la navaja clavada en el pecho de Gigi.

—No estoy desangrándome —insistió—. Es solo… una exfoliación extrema en la zona del pecho.

Knox aferró la navaja, «la de Slate», y la sacó.

—Entonces, levántate —gruñó—. Y lucha.

Gigi se despertó sobresaltada, acostada boca arriba en lo que era posiblemente el colchón más incómodo del mundo. Se sentó y enseguida miró hacia la silla de Jackson. «Vacía».

Jackson no estaba allí. Tampoco su escopeta. Gigi aguzó el oído y en dos segundos ya lo había comprobado: «Se ha marchado». Dio media vuelta sobre el colchón y se encontró con la flor que había encontrado durante la noche.

Una cala.

En su mente, volvió a oír la voz de Brady en el sueño. «Por Calla». Gigi negó con la cabeza.

—Ya está bien, subconsciente —instó—. Estás castigado.

Gigi se levantó y se dirigió hacia la puerta metálica de la morada de Jackson. Su amigo barbudo estaba, con toda probabilidad, preparando la lancha para llevarla a la Isla Hawthorne. Definitivamente no la había abandonado aquí. Sin teléfono. Demasiado cerca del faro como para no inquietarse.

«No tengo por qué preocuparme», se dijo. Entornó la puerta metálica y se asomó. «El alba». El sol aún no había salido del todo, pero el cielo ya se estaba tiñendo con un extraordinario resplandor naranja, unos tonos sólidos que se abrían paso en aquel púrpura aterciopelado que quedaba de la noche.

Gigi abrió un poco más la puerta. Divisaba el faro desde allí. Se preguntó si Slate habría regresado por la noche para encontrarse con que había desaparecido. Se preguntó si la habría buscado.

Se preguntó qué estaría haciendo ahora.

Y luego recordó el sueño, el cuchillo clavándosele en el pecho, y Gigi dejó de hacerse preguntas. Cerró la puerta metálica y pasó el pestillo. Jackson iba a volver para llevarla a la isla.

Hasta Savannah.

Lo único que tenía que hacer era esperar.

Gigi no era buena esperando. Cuando volvió a abrir la puerta, el sol comenzaba a asomar por el horizonte occidental. Comprobó el faro de nuevo. «Nada de momento».

—Si yo fuera una lancha, ¿dónde estaría? —dijo en voz alta.

Gigi miró a su alrededor. En el suelo rocoso crecían plantas silvestres aquí y allá, pero había una zona que se veía pisoteada.

«Un camino».

Se alejaba del faro, en la dirección opuesta al pueblo. Estaban justo en la costa, lo que significaba que el camino en cuestión fácilmente podía conducir al mar.

«A una lancha». Gigi vaciló, una clara señal de crecimiento personal o una indicación de que estaba fuera de juego. A decir verdad, era imposible saberlo. Pero Savannah estaba ahí fuera, en algún lugar. Savannah estaba dolida, sufría, y Gigi tenía que llegar hasta ella antes de que su hermana melliza hiciera algo de lo que después se arrepentiría.

—¡Bien, hacia el muelle! —declaró Gigi, empezando a recorrer el camino entre las hierbas.

Al cabo de un rato, dobló un recodo y vio agua… y un pequeño embarcadero, en el que había, nada más y nada menos, una embarcación que parecía haber sido construida en la década de los setenta.

Eso encajaba.

—¡¿Jackson?! —gritó.

Inspeccionó la lancha: por encima, por debajo, por dentro..., pero nada. Ni rastro de Jackson.

Gigi dejó escapar un largo y profundo suspiro.

—¿Cuánto podría tardar una persona con un extremadamente ecléctico conjunto de habilidades en hacerle el puente al motor? —dijo en voz alta.

Prometiendo en silencio que le enviaría a Jackson unos pastelitos de disculpa, Gigi dio media vuelta y se disponía a salir de la cabina cuando se topó directamente con un torso humano. «Masculino. Camiseta negra, recios músculos».

Invocando a la patrona de las chicas caóticas, Gigi calculó el mejor ángulo para que, en caso de necesidad, su rodilla se estampara en las partes nobles de cierta persona.

Levantó el mentón y trató de ganar tiempo.

—Me he escapado.

Slate frunció los labios levemente.

—Ya me he dado cuenta.

—Fuera de mi camino, Ceja con Cicatriz. Voy en busca de mi hermana y ni si te ocurra detenerme. Fíjate en mi mirada amenazante y escucha: de verdad me molestaría mucho tener que hacerte daño.

Slate se encogió de hombros.

—Puedes hacerme daño si te apetece.

Gigi entornó los ojos. Apretó el puño, llevó el brazo atrás y, acto seguido, le golpeó la entrepierna con la rodilla. Con entusiasmo. ¡Una acción distractoria que la acercaba a la victoria!

Gigi avanzó unos metros, pero pronto Slate se colocó frente a ella de nuevo. Al parecer, el daño testicular no había afectado su velocidad.

—Vamos, preciosa...

Gigi se alegró de que su gruñido fuera un poco más agudo de lo habitual.

—No es nada personal —le dijo—. Tengo una hermana que salvar, y tú tienes que ponerte hielo en tus partes nobles. ¡Los dos podemos salir ganando!

Sin embargo, a Slate aquello no le parecía en absoluto divertido.

—¿Sabes siquiera conducir un barco de pesca? ¿O una lancha tan vieja?

Gigi se cruzó de brazos.

—Puedo aprender. Hay mucho sitio en el océano para hacerlo.

—Eres un peligro hasta para ti misma.

—Gracias.

Gigi trató de rodearlo y terminó estampándose contra su pecho de nuevo.

Slate la agarró de los hombros.

—No era un cumplido.

—Suéltame o gritaré —respondió Gigi—. Y debo advertírtelo, Slate: mi capacidad de chillar es insuperable.

—Mattias. —La expresión de sus ojos cambió ligeramente bajo aquellos mechones rubios que le ocultaban parcialmente el rostro—. Me llamo Mattias.

Gigi no quería recordar que, cuando le había confesado que se llamaba Slate, había dicho que era tanto verdadero como falso. No quería preguntar, pero lo hizo.

—¿Slate es tu apellido?

—En realidad es Slater.

«Mattias Slater». Algo en ese instante —el amanecer, una

neblina oceánica lo bastante espesa como para rociarles la piel, sus manos sobre los hombros, el hecho de que le acababa de decir cómo se llamaba— amenazó la determinación de Gigi.

—Mattias —dijo en voz baja.

Y, acto seguido, abrió la boca y gritó. Con toda su furia. Muy alto. Directamente en su cara borrosa.

«Un momento... ¿Borrosa?». Las manos borrosas de Mattias Slater soltaron los hombros de Gigi. El tiempo pareció difuminarse. La cabeza de Gigi empezó a latir con fuerza y, en cuanto quiso darse cuenta, había perdido la sensibilidad en el rostro. Se desplomó con un ruido sordo.

Slate cayó de rodillas junto a ella.

Tendida sobre la cubierta de madera de la lancha, Gigi se dio cuenta demasiado tarde: la niebla. Su visión comenzó a estrecharse, a volverse más y más oscura, y lo último que Gigi vio antes de que el mundo sucumbiera en una oscuridad total —«¿En serio? ¿Otra vez?»— fue un par de botas de piel sobre la lancha de Jackson.

Eran rojas.

CAPÍTULO 50
LYRA

El atardecer sobre el Pacífico era todo un espectáculo. Lyra se encontraba en la proa del yate, con Grayson a su lado, contemplando un cielo que parecía dividido en dos. Bajó la mirada a la máscara engastada en diamantes que sostenía entre las manos, a la palabra grabada en letras diminutas en la parte posterior.

Compases

Otro enigma resuelto. Lyra se preguntó cuántos de los jugadores, sin contarse a ella misma y a Grayson, habrían mirado en el reverso de sus antifaces y, después, se preguntó lo más importante: cuántos lo habrían descubierto. «Nos dijeron que había pistas para los enigmas, en plural».

A su mente acudió en primer lugar Brady y el enigma que lo ocupaba, fuera cual fuese, y después, Savannah y Rohan.

«Rohan». Lo que le había dicho la carcomía. Sabía que se refería también a ellos, que Rohan había dado a entender que Jameson Hawthorne la apuntaba directamente para causarle problemas... a ella, a Grayson, a la manera en que jugaban al Gran Juego. Juntos.

Sin embargo, eso no significaba que no fuera cierto.

—¿Qué sucede? —preguntó Grayson, a su lado.

Lyra repasó con el dedo el contorno de la máscara. Era más fácil ocultarle sus sentimientos con ella puesta. Pero, en el punto en el que estaban, ¿no había decidido dejar de ocultar cosas? Había apostado por él, por lo que había entre ellos, en el instante en que se había dejado llevar, en el preciso momento en que le había confiado lo de Eve.

O se confiaba en alguien o no. No había término medio.

—Rohan me ha dicho que Jameson le ha pedido encontrar un motivo para que los creadores puedan descalificarme. —Lyra apartó la mirada del cielo dividido y la posó en Grayson—. ¿Haría eso Jameson, Grayson? ¿Lo haría?

—¿Con toda probabilidad? —Los ojos de Grayson se oscurecieron ligeramente—. Sí. —Tensó los músculos de la mandíbula y el efecto se extendió por todo su rostro: sus pómulos se volvieron mucho más afilados, las líneas de la frente se marcaron un poco—. Pero te aseguro que eso no va a convertirse en un problema.

—¿Porque no dejarás que se convierta en un problema? —adivinó Lyra por su expresión.

—Porque ahora Jameson sabe que Eve fue la persona que te envió la carta dorada. —Grayson volvió la cabeza hacia ella—. Y Eve no es una amenaza.

Lyra leyó entre líneas. «Entonces ¿quién pensaba tu hermano que me había enviado la carta dorada?».

—Existe una razón por la que mi abuelo mantuvo una Lista y una razón por la que esa Lista se escriba con L mayúscula.

Mi familia tiene enemigos, en plural. Quizá a Jameson le daba igual cuál de ellos te envió aquí, solo que alguien lo hizo, alguien con motivos cuestionables en el mejor de los casos.

—Pero, entonces, ¿Eve no es una amenaza?

Lyra estaba bastante segura de que Eve habría discrepado.

—A Eve ya la conocemos —dijo Grayson—. Y te garantizo que tu lugar en este juego está asegurado. Te lo has ganado, yo diría que más que eso, y no permitiré que... —Un rugido rítmico interrumpió las palabras de Grayson. Lyra se dio la vuelta y vislumbró en la parte delantera del yate un helicóptero que se ponía en marcha con las palas girando cada vez a mayor velocidad—. Nash —informó Grayson en voz más alta para que pudiera oírlo—. A mi hermano lo reclaman en otro lugar hoy.

—¿Va todo bien? —gritó Lyra cuando el helicóptero despegó.

—Nash y su esposa van a tener gemelas.

Grayson bajó la voz cuando el helicóptero se volvió un puntito en el cielo.

Durante un breve instante, Lyra pensó en Grayson haciendo de tío de dos niñas pequeñas.

—¿Se encuentran bien? ¿La esposa de Nash y los bebés?

—Sí, están bien, pero, entre tú y yo, Nash siempre ha sido un poco sobreprotector.

—¿Estamos hablando del mismo Nash Hawthorne? —se sorprendió Lyra—. Sombrero de vaquero. Muy alto.

Las comisuras de los labios de Grayson se curvaron hacia arriba.

—Créeme.

«Lo hago». Aunque ese hecho debería de haberla inquietado, Lyra clavó la mirada en el amanecer del océano una vez más, y Grayson hizo lo mismo junto a ella. Ambos se sumieron en un silencio tranquilo con una facilidad alarmante, hasta que el ruido familiar de las palas del helicóptero lo rompió.

«¿Ya está de vuelta?». Lyra alzó la mirada. En el cielo, un helicóptero diferente se situó sobre el helipuerto, preparándose para aterrizar.

—¿Cuántos helicópteros tiene tu familia? —gritó.

Antes de que Grayson pudiera responder, la voz de Xander sonó por los muchos altavoces del yate.

—¡Jugadores! Vuestro carruaje ha llegado. Dirigíos a la proa del barco. Y si se me permiten unas palabras de despedida…

Xander hizo una pausa dramática, y Lyra pensó en el hecho de que ya no habría más interludios como aquel. No más grandes acontecimientos. No más vestidos de gala. No más máscaras. Solo una pista tras otra tras otra, hasta el final.

—Larga vida. Prosperad. Hidrataos. —Con el último eco de la voz de Xander, el helicóptero aterrizó—. Mostrad sabiduría en vuestras decisiones. Nos vemos en la línea de meta. Xander Hawthorne, cambio y corto.

Uno a uno, el resto de los jugadores fue apareciendo en la proa del yate.

Las palas del helicóptero dejaron de girar y la puerta del piloto se abrió. Un hombre bajó del aparato. Llevaba unos pantalones vaqueros andrajosos. Le cubría la mitad inferior del rostro una barba de un castaño más oscuro que su cabello, que era de cierto tono pelirrojo tirando a caoba.

Lyra sintió el momento en que Grayson reconoció al hombre.

—¿Quién es? —susurró Lyra.

—Ese —le dijo Grayson— es Toby Hawthorne.

CAPÍTULO 51
GRAYSON

Era toda una hazaña sentirse como el hombre más mentiroso sobre la faz de la tierra ante una persona que había fingido estar muerta durante veinte años. Sin embargo, a Grayson siempre se le habían dado bien las hazañas…, si bien técnicamente había respondido a las preguntas de Lyra mintiendo lo mínimo. Cuantas más medias verdades contaba, más fácil le resultaba.

«El viejo lo habría aprobado», pensó con mordacidad mientras observaba al único hijo de su abuelo, que tenía su mismo nombre (Toby Hawthorne), aunque ahora se hacía llamar Toby Blake. A Grayson, su tío misterioso le habría resultado un completo desconocido de no ser por Avery y por el hecho de que Toby la quería como a una hija porque había querido a la madre de Avery en ese estilo eterno e infinito con el que aman los Hawthorne.

«¿Qué está haciendo aquí?».

—¡Detrás vamos llenos! —gritó Toby, clavando la mirada en Grayson—. ¡Tú vienes conmigo en la cabina!

Grayson esperó a que el helicóptero despegara de nuevo para hablar.

—Supongo que Avery te ha llamado.

Gracias a los auriculares que ambos llevaban, el otro hombre oyó las palabras de Grayson directamente en sus oídos. Una mampara dividía la cabina de la sección de pasajeros y proporcionaba una seguridad adicional para lo que dijeran.

—De hecho, fue Nash. —Toby miró de reojo a Grayson y elevó el helicóptero con la misma facilidad como si condujera un coche—. Por lo visto, tu hermano piensa que os conviene un poco de supervisión adulta, aunque no me ha dicho el motivo.

«Mamá gallina», pensó Grayson.

—Tengo veintidós años, Toby. No necesito supervisión adulta.

—Recuerdo mis veintidós. —Toby viró el helicóptero trazando un gran semicírculo y lo encaró hacia la Isla Hawthorne—. Me pasé la mayor parte de mis veintidós años trabajando con un grupo de pescadores en Tailandia. No soporto los barcos. No soporto el agua. —Tenía la voz ronca, como si no hablara a menudo—. Supongo que intentaba odiar mis veintidós años tanto como me odiaba a mí mismo. —Toby miró a Grayson—. Ibas a decir que los Hawthorne no lo intentan, pero te has reprimido.

Grayson debía admitirlo: no se equivocaba.

—Mi padre hizo un buen trabajo con vosotros, muchachos —comentó Toby.

Grayson pensó nuevamente en lo fácil que le había resultado construir un muro mental alrededor de todo aquello que era mejor que Lyra no supiera. Se sintió incómodo durante un rato hasta que dicha incomodidad se disipó y cambió de tema.

—¿Nash también te dijo que Eve está interfiriendo en el juego? —pregunto Grayson.

—Sí. —Toby frunció el ceño y, acto seguido, lo relajó con la actitud de un hombre que había pasado años aprendiendo a no forzar las cosas—. Pensé que estábamos llegando a algo con ella, pero la única versión que Eve quiere de mí es la versión que no guarda ninguna relación con Avery.

Eve era la hija de Toby, pero Avery era la de Hannah, lo que significaba que siempre guardaría relación con él. Toby había estado presente la noche en que Avery nació. Había querido a Avery desde mucho antes de saber que existía, y Grayson sabía que, cuando Eve miraba a Avery, lo único que veía era lo que debería haberle pertenecido. Toby. La fortuna Hawthorne. Que la aceptaran como una más de la familia. Amor increíble, eterno.

—Eve va a por Avery.

En cuanto verbalizó lo evidente, Grayson sintió como si una hilera de fichas de dominó fueran cayendo una tras otra en su mente. Eve deseaba que Lyra perdiera porque quería que ganara un jugador diferente. Los sospechosos eran reducidos, y se reducían aún más si se contaban los que suponían una amenaza para Avery. Grayson no albergaba duda alguna de que Eve disponía de lo necesario para manipular a un jugador en particular.

Se habría dado cuenta antes, todos lo habrían hecho, de no haber estado tan concentrados en Alice, en esa amenaza.

—Savannah. —Grayson deseaba con toda su alma estar equivocado—. Mi hermana. La hija de Sheffield Grayson —dijo a Toby—. Es a ella a quien Eve está tratando de utilizar.

—Maldita sea, Eve —exclamó Toby con una voz tan ronca como enojada.

La Isla Hawthorne apareció ante ellos. Toby volvió a virar, trazando otro amplio semicírculo, más ancho de lo necesario.

—Me apuesto algo a que Eve le ha dado a entender a tu hermana que Avery mató a tu padre.

Ahora Grayson lo veía todo claro, no solo el plan de Eve, sino el dolor de Savannah, su rabia. Con la información que disponía sobre el Gran Juego, comprendió de inmediato cómo iba a acabar.

—Pondrás a Jameson y Avery al corriente —le dijo Grayson, sabiendo que entenderían la situación tan bien como él—. Y a Alisa Ortega.

—También buscaré a Eve y trataré de inculcarle un poco de sentido común. Mientras tanto... —La voz de Toby se volvió más ronca—. Dile a tu hermana que fui yo. Dile que yo maté a Sheffield Grayson. Que yo apreté el gatillo.

—No fuiste tú —señaló Grayson.

—Tampoco fue Avery —respondió Toby—. Y lo que ocurrió en realidad sería más difícil de asimilar para tu hermana. Si Savannah necesita apuntar a un Hawthorne, maldita sea, que me apunte a mí.

Ahora estaban lo bastante cerca de la isla como para distinguir la casa, lo bastante cerca como para ver el bosque y aquella zona carbonizada a pesar del tiempo, devastada por un incendio que Toby había provocado cuando no era más que un adolescente.

—Avery me pidió permiso para llevar a cabo el juego aquí y yo se lo di —admitió Toby, con la mirada perdida en las cicatrices de la isla—. No me acostumbro a ser víctima de mis pecados y errores, y esto, el Gran Juego, con sus acertijos y su manera de brindar a los participantes la experiencia de su vida, significa algo para ella. Es la hija de Hannah. Nuestra hija. Y Kaylie, la hermana de Hannah que falleció en el incendio, lo habría aprobado.

La crudeza con la que pronunció aquellas palabras hizo que Grayson se emocionara.

—¿Te arrepientes de haberte mantenido alejado de ellas durante todos esos años?

«De Avery. De Hannah».

—Tenía mis motivos. Ahora que mi Hannah Igual del Derecho que del Revés ya no está, lo lamento a diario. —Toby se preparó para aterrizar—. Quizá si hubiera aprendido a amar de otro modo, podría haberla amado mejor. —Miró a Grayson de nuevo cuando el helicóptero tomó tierra—. No más, eso seguro; no podría haberla amado más. Las protegí de la única manera que podía.

—Las protegiste del viejo —dijo Grayson, conmovido—. De sus enemigos. De todo lo que significa ser Hawthorne.

Toby soltó los controles, pero no apagó el motor.

—Aunque Nash no me dijo abiertamente que hay una amenaza, dejó bastante claro que Eve no es la única razón por la que estoy aquí.

Grayson no pronunció palabra. El silencio era también una respuesta.

—No vas a contarme los detalles. No pasa nada. —Toby pulsó un botón y apagó el helicóptero—. Lo único que tienes que decirme, sobrino, es si la amenaza en cuestión empieza por la letra A.

CAPÍTULO 52
ROHAN

A Rohan le encantaba un juego en particular, uno que se había demostrado provechoso para él en más de una ocasión. Se llamaba «¿Quién va a traicionarte primero?». Desde que se había convertido en Factótum, a menudo le había correspondido a él formular dicha cuestión, provocando que la persona que tenía delante se preguntara si ya había sido traicionada… y quién lo había hecho. Sin embargo, mucho antes de lograr ser el segundo en la línea de mando del Piedad, Rohan se había convertido por voluntad propia en un maestro del ¿quién va a traicionarte primero? En la situación en la que se encontraba en aquel momento, solo había un candidato; una única jugadora podía traicionarlo.

Y Rohan no dudaba que acabaría haciéndolo.

Los únicos interrogantes eran cuándo y cómo. En el trayecto en helicóptero, Savannah no había hablado con Brady ni le había dejado entrever que su lealtad había cambiado de bando. Pero una mujer como Savannah Grayson no dejaba entrever nada, no daba señales ni avisos previos. Aunque Rohan no tenía intención alguna de dejarse atrapar desprevenido.

En el yate, la había informado de lo que había descubierto en el antifaz, no tanto para tantearla como para azuzarla.

Lo único que tenía que hacer Savannah era salir disparada con la información que le había proporcionado: de hacerlo, su alianza llegaría a su fin..., por desgracia, antes de lo previsto, porque Rohan seguía pensando en lo mucho que disfrutaría con sus intentos por destruirlo.

«Sácame del juego, cariño. Eso si puedes».

El cierre automático del helicóptero se abrió. Savannah se incorporó enseguida del asiento y llegó la primera a la puerta. Volvió la cabeza y miró a Brady.

—Si quieres que considere tu oferta, bloquéala —le dijo señalando con la cabeza a Lyra Kane. Después, ya desde tierra, añadió—: Date prisa, inglés.

Savannah le había pedido a Brady que bloqueara a Lyra, no a Rohan. «¿Sigues con la ilusión de que aún formamos un equipo, Savvy?». Rohan saltó del aparato e inmediatamente alcanzó a su presa gracias a unas zancadas incluso más largas que las de Savannah.

—Tu hermano no permitirá que bloqueen a Lyra Kane mucho tiempo —dijo Rohan, ya a su altura.

—No necesitamos mucho tiempo —replicó Savannah—. Puede que hayan conseguido resolver la caja de música, pero lo único que tenemos que hacer es llegar al segundo piso e introducir la combinación en la puerta antes de que lo hagan ellos

Rohan la adelantó.

—No pierdas el ritmo, cariño.

Savannah aceleró el paso y lo rebasó. Le resultaba demasiado fácil sacar la bestia que llevaba dentro. Rohan pensó en subir la intensidad, pero el vestido la ralentizaba y le hubiera hecho morder el polvo.

Lo que no favorecía sus objetivos.

En cuestión de minutos llegaron al porche delantero de la mansión. Entraron en el vestíbulo y empezaron a subir las escaleras. El sexto sentido de Rohan para percibir lo que ocurría a su alrededor lo advirtió de que Grayson y Lyra les pisaban los talones, pero él y Savannah consiguieron llegar antes y plantarse ante la puerta de mármol primero, al igual que habían ganado a Lyra Kane y Grayson en cada paso que habían dado hasta ahora.

«Se suponía que iba a estar entre tú y yo. —Una voz se retorció por el sinuoso laberinto en la mente de Rohan—. Cuando el juego estuviera a punto de terminar y hubiésemos diezmado a los rivales, se suponía que iba a estar entre tú y yo».

Una traición adecuada, con clase, sería exquisita.

¿Una mala? Bueno, al menos la vendría venir. Al menos, recordaría por qué el afecto no era más que otra forma de debilidad.

—Doce —dijo Rohan, moviendo el primer disco. «El vals».

Savannah se colocó junto a él y tomó el control del segundo disco.

—Dieciséis.

«El tango».

—Y setenta y dos —concluyó Rohan—. Por *Claro de luna.*

Se oyó un clic, y la puerta de mármol se abrió por completo. Rohan se obligó a contenerse: otra prueba, otra trampa, para Savannah. Ella pasó junto a él y entró. Sin embargo, no trató de cerrársela en las narices.

Eso respondía al interrogante del cuándo, al menos, en un sentido impreciso. «Aún no».

Aún les quedaban valses por bailar, un pequeño tango mortal y algo más.

Rohan siguió a Savannah y cruzó el umbral de la puerta de mármol. Justo cuando la entornaba, oyó unas pisadas: dos rivales descendían las escaleras.

Savannah casi lo tumbó cuando fue hacia el cerrojo dorado.

—Aquí no entra nadie —garantizó una sudorosa Savannah con aire recatado y el éxito reflejado en sus rasgos angulosos—. Al menos, no hasta que salgamos nosotros.

—Qué bien sienta la victoria, ¿verdad?

Rohan clavó los ojos en los de Savannah durante unos segundos más de los debidos y después se volvió hacia la estancia para inspeccionar el terreno.

Las paredes estaban hechas con el mismo mármol que el de la puerta. Las juntas de dichas paredes apenas eran visibles, pero Rohan las distinguió igualmente: unas pocas en una pared y una enorme en otra. Unos números rojos aparecieron en el techo, también de mármol. «Un reloj digital con una cuenta atrás. Cinco minutos».

—¿Qué ocurre en cinco minutos? —preguntó Savannah.

Rohan desvió la mirada hacia el cerrojo.

—Supongo que tendremos compañía.

De haber habido algo en la estancia que le hubiese permitido bloquear la puerta, lo habría utilizado, pero, por lo que había visto Rohan, el único objeto allí era el libro mayor.

Permitió que Savannah lo cogiera y añadiera su nombre... justo debajo del de Brady.

A la izquierda de Rohan, la pared con la junta más grande se dividió, revelando una serie de estantes flotantes, cada uno con el nombre de uno de los jugadores. El de Brady ya estaba vacío. Una orden ya familiar estaba inscrita sobre los estantes. TOMA SOLO EL TUYO.

Para ser ricos y poderosos, a los creadores del juego les encantaba jugar limpio.

Rohan no perdió el tiempo y firmó el libro mayor. De inmediato, se apresuró a ir a su estante. En él, había dos objetos. Cogió el primero: un amuleto; en esta ocasión, una nota musical.

—Acabaremos por tener unos cuantos —comentó introduciéndolo en la pulsera junto a los otros.

En algún momento, los amuletos serían importantes... o lo sería la pulsera. Rohan estaba tan seguro de eso como del hecho de que Savannah, tarde o temprano, lo traicionaría.

Cogió el segundo objeto. «Un viejo saquito de cuero».

—¿Y cómo se ha tomado el señor Daniels tu oferta de convertiros en aliados?

Rohan lanzó la pregunta como si no hubiera sido testigo de lo ocurrido.

«Miénteme, Savannah Grayson».

—Contraoferta. —Savannah respondió con una única palabra.

Una que, casualmente, era la verdad.

—¿Y qué le has dicho? —preguntó Rohan mientras abría el saquito de cuero.

Sacó una brújula, que, por su aspecto, era una antigüedad.

—Aún no lo he decidido.

«¿Más verdades? Quizá». Pero Rohan no acostumbraba a vivir en los «quizá». Abrió la brújula y leyó las palabras grabadas en la parte interior de la tapa. «Un acertijo».

—¿Y ya está? —dijo Savannah junto a él, inspeccionando su propia brújula—. ¿No vas a preguntarme nada más?

—Ni soñarlo, cariño.

—Mientes.

—Todos mentimos, Savvy. —Rohan releyó la inscripción en la brújula—. Ser consciente de eso, vivir con eso… —alzó la mirada hacia la cuenta atrás en el techo—, es el juego más grande de todos.

CAPÍTULO 53
GIGI

Cuando Gigi volvió en sí, todo a su alrededor estaba borroso. Le gustaba considerarse una persona que apreciaba en gran medida la cinta adhesiva. Sin embargo, Gigi no apreciaba en absoluto que la hubieran atado con cinta adhesiva. Parpadeó. Varias veces.

Lo primero que sus ojos enfocaron fue a Slate.

Tenía la cabeza colgando hacia delante, con el pelo rubio color miel cubriéndole el rostro, pero Gigi hubiese reconocido esos pectorales —y esos tatuajes— en cualquier lugar. Tardó un poco más en recuperar la memoria, en darse cuenta de que…

«¡Ha vuelto a pasar!». En serio, ¿qué persona acababa secuestrada dos veces en veinticuatro horas? Gigi respondió a su propia pregunta en voz alta.

—Esta chica.

Se habría señalado con ambos pulgares, pero tenía las manos a la espalda, inmovilizadas con cinta adhesiva. El lado positivo era que podía hablar y que su cuerpo iba despertando lentamente. Estaba sentada en una silla metálica, atada a ella, pero le habían dejado las piernas libres. Sin embargo, su secuestrador había atado las de Slate.

«Se lo tiene merecido», pensó Gigi con sorna. Entonces, con retraso, otro recuerdo volvió a su mente: su nombre. «Mattias».

—Voy a matarlo.

Una voz femenina, una voz que no era la de Gigi, había pronunciado esas palabras.

Desde el momento en que se había despertado, el mundo de Gigi se había reducido a muy poco: Slate, ella misma, la cinta adhesiva, nada más. Pero, en un abrir y cerrar de ojos, su visión se amplió y Gigi echó un vistazo al resto de la estancia. Parecía algo así como una sala de meditación: colores relajantes, unas pocas plantas, cojines en el suelo y unas fuentes de borde infinito en cada pared. En dos palabras, pura serenidad.

Y allí no solo estaban Slate y Gigi... Y, con respecto a eso, tampoco eran los únicos que habían sido maniatados a las sillas con cinta adhesiva.

—Slate, despierta.

La tercera persona en la estancia era una mujer de pelo rubio cobrizo que parecía tener unos pocos años más que Gigi. Como Slate, la joven que no era del todo pelirroja también estaba maniatada de brazos y piernas. Gigi empezaba a sentirse insultada por ser la única a la que le hubieran dejado libres las extremidades inferiores.

—Hola —dijo hacia su compañera de cautiverio. Habría saludado con la mano, pero la cinta adhesiva se lo impedía—. Me llamo Gigi, y siento ser yo la que te lo diga, pero Slate y sus músculos están fuera de combate.

—Estoy despierto —gimió el chico en cuestión.

Su cuerpo seguía desplomado. Su cabello aún le colgaba sobre el rostro. Su voz sonaba fatal.

—Contestatario —lo acusó Gigi.

—¿Qué está haciendo ella aquí, Slate? —preguntó la mujer de pelo cobrizo.

—Eso ha dolido —los interrumpió Gigi—. En serio, ¿te acaban de secuestrar y de lo primero que te quejas es de la compañía? ¡Pues que sepas que soy muy buena en eso de estar secuestrada!

—Eres horrible en eso de estar secuestrada. —La voz de Slate sonó un poco más humana esta vez—. ¿Alguna de las dos ha visto algo?

—¿Antes de que alguien me noqueara? —replicó la rubia cobriza, claramente molesta—. No. Aunque la pregunta más bien sería dónde estabas tú para evitarlo.

«Estaba conmigo», pensó Gigi.

—Unas botas rojas —dijo Gigi en voz alta.

Sus compañeros la miraron como si acabara de anunciar que su pasatiempo favorito era dar de comer maíz a los monos. Claramente, se imponía una explicación.

—En la lancha de Jackson, justo antes de que todo se pusiera negro, vi unas botas. Unas botas rojas —añadió.

—Sé que me arrepentiré de esto, pero ¿quién demonios es Jackson? —preguntó Slate.

—El viejo. Un nuevo amigo. Dueño de la lancha. Tiene una barba realmente impresionante, y no me ató, así que, de momento, es mi favorito.

A pesar de que hablaba más que pensaba, el cerebro de Gigi se dio cuenta de algo.

Algo increíblemente obvio.

Volvió la cabeza para mirar a la tercera persona en la habitación.

—¿Eve?

Por regla general, Gigi creía en la rehabilitación, no en la venganza, pero estaba dispuesta a hacer una excepción.

—¿Qué estás haciendo? —preguntó Slate.

Gigi usó los pies para desplazar la silla y acercarse a Eve.

—Placaje sorpresa —anunció.

—No puedes hacer ningún placaje —señaló Slate—. Estás atada con cinta adhesiva a una silla.

Gigi lo miró de reojo. «Otro saltito».

—Observa.

Eve, que parecía no entender lo que sucedía o no importarle lo cerca que estaba su final, ignoró a Gigi.

—Sácanos de aquí —ordenó a Slate.

—¿Ves alguna puerta en esta habitación, Eve?

Al oír la pregunta, Gigi dejó de dar saltitos con la silla. Echó un vistazo a la estancia, recorriendo las paredes una a una. Slate tenía razón. No se veía ninguna puerta.

—Ya te dije que algo pasaba en el Gran Juego —le dijo Slate a Eve—. Ya te dije que era mejor no entrometernos.

«Entrometernos, en plural». Gigi siempre había estado muy en sintonía con el plural; era uno de los efectos secundarios de ser melliza, de haber nacido siendo parte de una pareja.

—No me dijiste nada sobre ella —dijo Eve, algo más calmada.

—Me secuestró —los interrumpió con amabilidad Gigi—. Fue un secuestro decente, valorando todos los aspectos. Le doy una puntuación de tres estrellas y media.

Eve paseó la mirada de Slate a Gigi y, luego, volvió a posarla en Slate.

—Está de broma, ¿verdad?

—No sabría decirte —respondió Slate con una inexpresividad impresionante.

Incluso atada, Eve logró echarse el pelo hacia atrás.

—Estás despedido —le dijo a Slate.

—No estoy despedido —respondió—. No tienes a nadie más.

Gigi se preguntó si Slate no había adoptado un tono ligeramente más amable o solo eran imaginaciones suyas. No, no lo había imaginado. «No tiene a nadie más».

—Vaya, ya entiendo…

Gigi no había querido decir eso en voz alta.

—No, no entiendes nada, preciosa.

—¿Preciosa? —repitió Eve con incredulidad.

Gigi volvió a deslizarse con la silla.

—Mira —le dijo a Eve—, algunas personas eligen ser felices y otras eligen ser comadrejas presumidas que lo cuestionan todo moralmente. A cada uno lo suyo. Ahora, ¿te importaría mover un poco tu silla hacia la derecha, por favor?

—Gigi…

El hecho de que Slate la hubiera llamado por su nombre le confirió un poco de confianza, solo un poco.

—Placaje después. Ahora toca pensar. Tenemos que liberarnos antes de que regrese la persona que nos ha encerrado en esta sala.

CAPÍTULO 54
LYRA

Lyra no oía nada a través de la puerta de mármol. Rohan y Savannah se encontraban al otro lado y no tenía ni idea de qué estaban haciendo. Lo único que sabía es que el comportamiento de Grayson había cambiado desde el momento en que habían bajado del helicóptero. Su mirada era la que adoptaba cuando rumiaba algo concreto: unos rasgos tan afilados como el cristal, los ojos fijos en lo que había ante él. Cuanto más pequeñas eran sus pupilas, más azules y menos grisáceos se volvían sus iris.

—Has estado muy callado —comentó Lyra—. ¿Es por algo que ha dicho tu tío?

—Ni siquiera lo considero tío mío —le dijo Grayson—. En teoría, dieron a Toby por muerto durante la mayor parte de mi vida.

Lyra no pudo evitar la respuesta.

—De tal palo, tal astilla. Igual que su madre. —Se preguntó si los Hawthorne lograban quedarse muertos alguna vez—. Es evidente que te ha dicho algo.

Grayson pasó la mano derecha por los bordes de la puerta,

buscando un lugar donde pegar la oreja. Durante un momento, Lyra creyó que iba a ignorar su insistencia, pero no fue así.

—Toby es el padre de Eve —declaró Grayson finalmente—. También es lo más cercano a su propia sangre que Avery tiene.

Lyra recordó el misterio que había cautivado al mundo: el multimillonario Tobias Hawthorne dejaba toda su fortuna a una adolescente de Connecticut aparentemente desconocida y sin relación alguna con él.

—Déjame adivinar: ¿es complicado? —dijo Lyra.

—En algunas familias, las complicaciones son de lo más normal.

En ese preciso momento, se oyó un estruendo procedente del otro lado de la puerta de mármol, seguido del sonido audible de un cerrojo. A Lyra le bastó una fracción de segundo para rebasar a Grayson y alcanzar el disco de la puerta.

Cuando introdujeron la combinación, la puerta se abrió.

Rohan sostenía el libro mayor. Lyra lo miró fijamente. «Intenta meterte conmigo de nuevo».

Se lo tendió, esbozando una pícara sonrisa. Lyra lo ignoró, le arrebató el libro y, acto seguido, inspeccionó la estancia.

—Tenemos que hablar —le dijo Grayson a Savannah.

—Intentaré escribirte cuando gane.

Para sorpresa de Lyra, Savannah pasó junto a Grayson y este agarró a su hermana por el codo.

—He dicho que tenemos que hablar, Savannah.

—Te sugiero que le quites la mano de encima —dijo Rohan sonriendo—. Enseguida.

Grayson ignoró la advertencia y Savannah hizo lo mismo, agarrando a Grayson por la muñeca.

—Tengo mejores cosas que hacer en este momento que satisfacer tu deseo de interpretar el papel de hermano mayor —replicó secamente.

Grayson soltó a Savannah, y, aunque la expresión de su rostro tallado en granito apenas cambió, Lyra no pudo evitar la sensación de que, bajo aquella superficie, estaba dolido.

—¿Se puede saber cuándo te he dado la impresión de estar interpretando un papel? —preguntó Grayson a su hermana.

Savannah ni se dignó a mirarlo y se marchó sin añadir palabra. Rohan la siguió, deteniéndose únicamente para lanzar una última mirada cómplice a Lyra.

—Se las ha arreglado para convencerte, ¿verdad? —le dijo—. Supongo que los Hawthorne tienen piquitos de oro.

Y, a continuación, también se marchó.

Grayson lo siguió hasta la puerta de mármol y, después, apoyó ambas manos en ella y la cerró. Los músculos debajo de su camisa de seda se marcaron de tal manera que Lyra comprendió que estaba empujando más de lo necesario. Grayson deslizó el cerrojo y un temporizador apareció en el techo.

«Cuenta atrás de cinco minutos». Lyra abrió el libro. Como imaginaba, eran los dos últimos en firmar, por lo que no existía razón alguna para cerrar esa puerta. Colocó el reloj ante el libro y una pared a sus espaldas se abrió, revelando una sección oculta que, sin duda, Rohan y Savannah ya habían explorado.

Mientras atravesaba la estancia hacia allí, Lyra reconstruyó la conversación que Grayson había mantenido con su hermana, la rigidez de sus músculos, la forma en que se había quedado callado y concentrado tras la charla con Toby. «Con el padre de Eve». Y así, como si otra pieza del rompecabezas encajara en su lugar, Lyra lo comprendió.

—¿Por qué Eve desea que Savannah gane el Gran Juego?

—preguntó. En el silencio que los rodeaba, Lyra oyó como Grayson inhalaba y exhalaba, y su respiración se acompasó con la suya—. ¿Grayson?

—Das miedo, Lyra Kane.

Ella le tendió el libro mayor.

—Me lo tomaré como un cumplido.

Grayson colocó el reloj en la página.

—No existe un Hawthorne que se haya enamorado de una mujer que, en algún momento, no lo haya aterrorizado.

Las palabras resonaron en la memoria de Lyra. «Tú no te precipitas. Yo sí».

—No me equivoco, ¿verdad? —insistió Lyra—. Con respecto a Savannah.

Era lo lógico: Eve deseaba que Lyra perdiera el juego para aumentar las probabilidades de que otro jugador lo ganara.

—Tal vez, si mi hostilidad hacia la familia Hawthorne hubiese sido la que Eve esperaba, me habría pedido que ayudara a tu hermana, pero…

—Es posible que haya estado ocultándole un secreto a Savannah, uno del que quería librarla. Uno que la dejaba vulnerable ante Eve —admitió Grayson.

Y eso, por lo que Lyra percibió casi de inmediato, era todo lo que Grayson iba a decir sobre el tema. Recordó algo que había mencionado antes sobre Eve, sobre Avery. «Es complicado». Gracias a eso y a la forma en que Grayson se había dirigido a su hermana, Lyra supuso que los motivos de Savannah Grayson para jugar el Gran Juego no eran exactamente inocentes.

«Tiene un plan».

—¿Grayson? ¿Necesitas que tu hermana pierda este juego?

Aunque lo dijo en voz baja, las paredes de mármol de la estancia hicieron resonar sus palabras.

—Eso sería ideal.

—Pues entonces…

Lyra se dirigió hacia el estante con su nombre y cogió los objetos que había sobre él. Del interior del saquito de cuero sacó una antigua brújula de bronce, como la llave de su habitación. Al abrirla, en el interior encontró una inscripción, su siguiente pista.

NO MIRES.
NO JUZGUES.
NO DEJES.
LO QUE BUSCAS ES EL NÚMERO TRES.
NO PONGAS.
NO VENDAS.
NO DENTRO.
SINO SIN.

Lyra leyó las palabras mentalmente. Antes jugaba a este juego por ella, por Mile's End. Ahora también lo estaba jugando por Grayson. La única forma de asegurarse de que Savannah perdiera era ganándolo.

Mientras Grayson cogía su brújula, Lyra se giró y echó un vistazo a la estancia vacía. Una sensación de lo más extraña se apoderó de ella: mitad anticipación, mitad certeza asombrosa, casi como un *déjà vu*, como si supiera lo que iba a suceder antes de poder llevarlo al plano consciente.

Se quitó la chaqueta del esmoquin de Grayson y se la lanzó, y a continuación cogió los gemelos sujetos en la correa del bolso.

CAPÍTULO 55
GRAYSON

Grayson se puso la chaqueta del esmoquin y Lyra se llevó los gemelos de Odette a los ojos. Lyra Kane daba miedo de verdad… La manera en la que había atado cabos solo con verlo hablar con Savannah, la manera en que había sabido que su charla con Toby lo había afectado, cuando, para el resto del mundo, la máscara pétrea de Grayson era impenetrable… «Puede que des miedo, Lyra Kane, pero hay muchas cosas que desconoces».

Había muchas cosas que no podía decirle.

Como si le hubieran dado pie, el reloj de Grayson empezó a vibrar. Había enviado un mensaje a su hermano en respuesta a lo que le había dicho Toby en el helicóptero. Tres palabras, de lo más imprecisas: TOBY SABE ALGO.

La respuesta que acababa de recibir era, aunque no tanto, casi igual de vaga: ¿SOBRE EVE?.

El «o…» que seguía a esa pregunta se sobreentendía.

—Grayson —dijo Lyra junto a él—. En esta pared hay algo escrito.

Aprovechando que aún estaba mirando por los gemelos

—que no podía verlo—, Grayson pulsó dos letras y respondió con la mayor concisión: «NO».

Confiaba en que Jameson y Avery, como mínimo, comprendieran el significado: «No sobre Eve. Sobre Alice». No había podido confirmar qué sabía exactamente Toby, pero, fuera lo que fuese, la intuición de Grayson Hawthorne le decía que aquello no era una novedad para Toby.

Se obligó a dejar de lado ese asunto y se acercó a Lyra. Tenía que ceñirse al plan: que Lyra siguiera concentrada en el juego, volver a intentar hablar con Savannah tan pronto como Rohan la dejara sola y confiar en que Avery le sonsacara algo a Toby.

—¿Me permites? —le preguntó.

Ella le tendió los gemelos y él contempló la pared. Sí, allí había algo escrito: «Una pista», diría él. Por desgracia, las letras que revelaban los gemelos no eran tan claras como el mensaje en la brújula. Algunas eran visibles en la pared, pero las acompañaban unos símbolos inconexos. O partes de letras.

—Tinta invisible.

Grayson bajó los gemelos y se dirigió hacia la pared en cuestión. Tenía muchas juntas. «Cuadrados», advirtió Grayson. Las juntas dividían el mármol en veinte casillas, de cuatro por cinco. Grayson reconoció el truco.

—Busca una casilla que esté suelta —le dijo a Lyra—. Tiene que haber una que pueda sacarse.

Tardaron unos pocos segundos en encontrarla.

—¡Aquí! ¡Es esta! —exclamó Lyra.

Grayson fue hacia ella y la ayudó a sacar el trozo de mármol en cuestión, que era lo bastante fino como para que no pesara mucho. Una vez hecho esto, posó una mano sobre una de las secciones y la deslizó hacia un lado. Sus sospechas se confirmaron.

—Es un rompecabezas —le dijo Grayson a Lyra—. Desliza las casillas, ordénalas y aparecerá una pista del acertijo.

Se pusieron manos a la obra. Estuvieron un buen rato. La cuenta atrás sobre sus cabezas llegó a cero. El cerrojo se abrió, pero nadie estaba esperando al otro lado de la puerta. Eran los últimos en haber llegado a la pista. No es que Grayson se alegrara, pero, cuando unas formas empezaron a aparecer en la pared, lo supo: no serían los últimos por mucho tiempo.

Lyra hizo los honores y miró por los gemelos una última vez, leyendo en voz alta el mensaje escrito en la pared con tinta invisible:

—El movimiento se demuestra andando.

CAPÍTULO 56
ROHAN

—«No mires». —La voz de Savannah resistió la fuerza del viento en el acantilado. A sus pies, en la playa, apenas se distinguían los restos de la hoguera de la noche anterior—. «No juzgues. No dejes».

—«Lo que buscas es el número tres».

Rohan advirtió cómo se movía Savannah Grayson al recorrer arriba y abajo el terreno rocoso, como si la cercanía del acantilado no la perturbara en absoluto. Había sido Rohan el que había sugerido continuar la discusión sobre el nuevo acertijo allí fuera en lugar de en la casa, donde podían oírlos más fácilmente. Sin testigos. De ese modo, le resultaría más sencillo tenderle una trampa si era eso lo que deseaba.

—«No pongas» —continuó Rohan con voz sedosa y proyectándola para rodear a Savannah—. «No vendas. No dentro…».

—Sino sin… —terminó Savannah por él, tal como Rohan había intuido que haría.

Era todo un arte controlar a los otros proporcionándoles oportunidades. ¿Cuántas tendría que darle a Savannah antes de que, inevitablemente, lo traicionara?

—La palabra «no» aparece seis veces —señaló Rohan y, entonces, la provocó, lanzando el anzuelo—: Casi como si los creadores del juego disfrutaran diciéndonos lo que no tenemos que hacer.

Había mencionado a los creadores del juego a propósito para azuzar la ira y motivación de Savannah, con el fin de recordarle que tenía razones para utilizarlo y descartarlo. Sin embargo, Savannah Grayson estaba más que acostumbrada a vivir en la mentira, a enterrar la rabia y las malas intenciones en un lugar profundo y presentarse ante el mundo envuelta en una finísima capa de escarcha.

A diferencia de la mayoría, no era tan fácil de manipular.

—No hay ningún indicio de que sea un acertijo numérico —dijo Savannah con el mismo tono—. Y, pese a ello, lo que buscamos es el número tres.

A sus pies, en la distancia, las olas rompían contra los peñascos.

De alguna manera, Rohan apreciaba que esas rocas enormes rompieran incluso las olas más bravas y fuertes del océano, que alcanzaran la orilla menguadas, inofensivas.

Ciertamente, sería una lástima que Savannah Grayson se volviera inofensiva.

—«No mires» y «No juzgues» podrían implicar que tampoco se trata de un acertijo visual.

Savannah dejó de mirar el horizonte y se volvió hacia la isla.

—«No dentro» —dijo Rohan.

Rohan se situó a espaldas de Savannah, justo detrás de ella y lo suficientemente cerca del borde del acantilado como para que, si así lo decidía, Savannah pudiera empujarlo con facilidad.

—En otras palabras, no es interno, no está dentro de una barrera, no está dentro de algo —añadió.

Rohan dio otro paso con aparente despreocupación, colocándose a poca distancia de ella. «¿Te parezco vulnerable, Savvy?».

—«Sino sin» —continuó—. Ese «sin» puede tener múltiples significados, como, por ejemplo, «fuera de», es decir, externo, incapaz de contenerlo. —Rohan se preguntó si había advertido el sutil tono desafiante en su voz, uno que decía que algunas personas no se contenían con facilidad—. Y también indica ausencia. —De todos los roles que había interpretado durante esos años, Rohan sentía un cariño especial por el de canalla—. Como, por ejemplo, sin moral, sin escrúpulos, sin… freno.

Savannah se giró hacia él, y Rohan advirtió que reparaba en lo cerca que se encontraba del borde del acantilado. «Venga, Savvy, hazlo». A estas alturas, ya debía de conocerlo lo suficiente como para saber que lograría agarrarse al borde, que no se producirían daños irreversibles.

—Pretendes no tener freno y, en cambio, ambos sabemos que eres todo moderación, inglés —soltó Savannah, con una voz tan afilada como el cristal—. Vives, respiras, caminas y hablas según unos planes perfectamente trazados.

—Lo admito. —Rohan se encogió de hombros, esos hombros tan anchos, con despreocupación—. Incluso mis planes tienen planes.

«Igual que los tuyos».

Savannah le rodeó el bíceps con la mano, justo por encima del codo, y después lo alejó del acantilado.

—Sería de lo más inoportuno que cayeras al vacío —dijo alzando una ceja. Acto seguido, apartó la mano—. ¿Y bien? —Alzó el mentón—. Si no podemos mirar, ni dejar, ni vender ni todo lo demás, ¿qué nos queda?

—Reflexionar. —Eso era lo que pretendía exactamente Rohan—. Encontrar las conexiones. Atar cabos. —«Y puede que haya llegado el momento de que sea yo el que ate algunos»—. ¿Has averiguado algo del patrocinador de Brady?

Por supuesto, esa pregunta no tenía por objetivo descubrir algo sobre Brady Daniels. Solo era otra pequeña prueba. ¿Cuánto le diría? ¿Hasta dónde llegaría?

¿Cuánto tiempo les quedaba?

—Noche.

Algunas personas cambiaban de tema, pero Savannah Grayson lo había ignorado, concentrándose en lo que los ocupaba.

—¿Así que esquivas la pregunta, cariño?

—Mira por dónde, estoy reflexionando. En el yate nos dijeron que había pistas para varios enigmas. Sabemos que Brady estaba, al menos, un acertijo por delante del resto de nosotros. ¿Y si la pista de la copa fuera para este rompecabezas?

—Noche.

Rohan decidió que, por ahora, ya no la pondría más a prueba y aplicó toda su fuerza mental en el acertijo en cuestión.

NO MIRES.
NO JUZGUES.
NO DEJES.
LO QUE BUSCAS ES EL NÚMERO TRES.
NO PONGAS.
NO VENDAS.
NO DENTRO.
SINO SIN.

—De noche no se puede mirar ni ver nada —aventuró Rohan en voz alta, casi en un ronroneo—, a no ser que haya luna. —Con el cerebro a la misma velocidad que el viento que azotaba el océano, Rohan ahuyentó el resto de los asuntos de su mente y se devanó los sesos—: También tenemos esto. —Sacó un par de dados de cristal—. Y eso.

Rohan señaló con el mentón hacia la cadena plateada que Savannah se había colocado de nuevo en las caderas cuando se habían quitado el atuendo formal y habían recuperado sus armaduras.

Savannah entornó esos ojos pálidos suyos, los cuales, según hubiese reparado Rohan de haber mirado, estaban iluminados por la luna.

—Esos son mis dados.

Savannah extendió el brazo hacia ellos.

Rohan permitió que los cogiera.

—Un carterista siempre será un carterista —le dijo—. Todo vale en el amor y en la guerra, Savvy.

—Y, ahora mismo, ¿en cuál de esas situaciones estamos? —preguntó Savannah, en un tono glacial que solo igualaba el desafío subyacente—. ¿En el amor o en la guerra?

—En la guerra, por supuesto —murmuró Rohan, ladeando la cabeza.

—Pues… —Savannah se encogió de hombros en un gesto letal y practicado— supongo que la necesidad obliga.

«La necesidad obliga». Aunque era una expresión que Rohan había utilizado en los confines de su mente, estaba casi seguro de que nunca la había pronunciado en voz alta ante ella.

—Prefiero todo el refrán: cuando la necesidad obliga, es el diablo el que manda. Dicho de otro modo, a la fuerza ahorcan.

Rohan se inclinó hacia Savannah y acercó sus labios a los suyos, diciéndose que lo único que estaba haciendo era continuar con la farsa de que nada había cambiado entre ellos.

«Me utilizarás. Yo te utilizaré. Es juego limpio».

—Lo que significa que... —continuó Rohan con ese susurro más destinado a sentirse que a oírse—, para conseguir el objetivo, hay veces que deben hacerse cosas que quizá uno... preferiría no hacer.

«La necesidad obliga». Rohan posó sus labios en los de Savannah. Su intención era besarla brevemente, con picardía, para provocarla, pero a Savannah Grayson no se la provocaba con facilidad y, por lo que se veía, tampoco estaba hecha para besar brevemente.

Al menos, no con él.

Savannah Grayson podía atacarte a la yugular de más de una manera. De repente, sus manos estaban sobre el pecho de Rohan. De repente, lo estaba empujando hacia atrás, no hacia el acantilado ni tampoco tanto como para soltarle la camisa por la que lo agarraba.

—A la fuerza ahorcan —dijo Savannah—. Todo vale en el amor y en la guerra.

Rohan tardó un segundo, solo uno, en comprender a qué se refería en realidad.

—Son dichos. Refranes.

—A caballo regalado, no mires el diente. —Savannah lo soltó y dejó caer los brazos a los costados—. No juzgues un libro por la cubierta.

—No dejes que los árboles te impidan ver el bosque. No vendas la piel del oso antes de cazarlo —dijo Rohan, alzando el rostro hacia el amanecer, porque o hacía eso o admiraba lo hermosa que estaba con las primeras luces del día—. No pongas todos los huevos en la misma cesta.

—Lo que buscas es el número... —siguió Savannah.

—Tres. El que aparece en tercer lugar.

Rohan conocía muy bien la adrenalina, al igual que conocía el riesgo. Y continuar haciendo esto con ella era todo un riesgo.

Uno magnífico.

—No dejes que los árboles te impidan ver el bosque —dijo Savannah—. Ese es el que aparece en la tercera línea del acertijo. Y si se supone que nos tenemos que fijar en el «sin»...

Su labio superior rozó el inferior durante un segundo, no porque estuviera haciendo una pausa, sino como demostración de que, en esa milésima de tiempo, había conseguido la victoria.

—En lo que carece...

—... el bosque —murmuró Rohan, rozando con sus labios los de Savannah—. Los árboles.

Eran un equipo excelente.

«Te traicionará», le advirtió una voz muy parecida a la del Propietario. Si las distracciones suponían una debilidad, la confianza era algo mucho peor.

—¿A qué parte del bosque crees que debemos dirigirnos? —preguntó Savannah.

A Rohan le encantaban los desafíos.

—¿Al límite? —sugirió—. «No dentro, sino sin». ¿Puede que tenga doble sentido?

—¿Qué límite? —insistió Savannah.

Rohan dio un paso atrás.

—Dímelo tú, cariño.

—Estamos en la Isla Hawthorne. —La mirada de Savannah se endureció al igual que la arena derretida se convierte en cristal—. Son Hawthorne. No conocen límites. Lo echan todo a perder con solo tocarlo.

Rohan sonrió.

—Entonces, hacia la zona quemada del bosque.

CAPÍTULO 57
GIGI

Las uñas de Gigi eran cortas, rechonchas y mordisqueadas, pero Eve las llevaba largas y afiladas, unas uñas de perfecta villana, en realidad, y la jefa de Slate ya se había roto una al intentar desgarrar la cinta adhesiva en las muñecas de Gigi después de que esta hubiese conseguido poner sus sillas de espaldas una contra la otra.

¿Seguía planeando la defunción de Eve? Sí, sin lugar a dudas. Sin embargo, Gigi era perfectamente capaz de priorizar.

—Sería mucho más fácil si tuviera una navaja —le dijo Eve a Slate con un tono de amabilidad fingida mientras volvía a probar de nuevo.

—Ya te lo he dicho —respondió Slate—. La persona que nos ha traído aquí se ha llevado mi navaja.

Gigi no podía dejar de pensar que ambos discutían como hermanos… o como una expareja. Aún estaba por ver.

—Esa navaja era amiga mía —declaró Gigi malhumorada.

—No, no lo era —respondió Slate.

Gigi estaba frente a Slate de espaldas a Eve. Solo los separaban unos metros y podía distinguir el color exacto de sus ojos, tan castaños que las pupilas se fundían con sus iris. Por una vez, su cabello rubio oscuro no le cubría el rostro y la cicatriz que le dividía la ceja era claramente visible.

—No sabes nada de nada de esa navaja.

Eso lo había dicho Eve, que se rompió otra uña y soltó una maldición.

—Uso creativo de improperios —la elogió Gigi—. Y sí sé algo de ella. —Dejó que sus ojos se posaran en los de Mattias Slater—. Catorce muescas en la funda —continuó Gigi en voz baja—. Catorce cosas horribles. Y eres más peligroso cuando tus intenciones son buenas.

Eve se detuvo. Durante tres o cuatro segundos, se quedó completamente quieta.

—¿Le has dicho lo de tu padre? ¿Se lo has dicho? —le preguntó a Slate.

Después, volvió a ensañarse con la cinta adhesiva, con ímpetu. Esta se rasgó, solo un poco al principio, pero, pronto, las ataduras se habían soltado lo suficiente como para que Gigi pudiera mover las muñecas.

—¿Qué pasa con tu padre? —dijo Gigi.

Mattias Slater cerró los ojos.

—Silencio —ordenó.

—Voy a tratar de no tomármelo a pecho —anunció Gigi.

Sin embargo, cuando Slate abrió de nuevo los ojos e intercambiaron una mirada, lo comprendió: no estaba evitando la pregunta. Había oído algo.

Gigi aguzó el oído, pero solo oyó el sonido del agua que caía suavemente por las fuentes infinitas. Entonces, una de esas fuentes, y la pared tras ella, se abrieron, y Gigi supo exactamente lo que Slate había oído.

«Pasos». Unos tacones sobre el suelo de madera. «Botas rojas». Gigi se quedó mirando esas botas y, a continuación, alzó los ojos. Era la única que podía ver a la figura encapuchada que se encaminaba hacia ellos, ataviada con una larga capa roja. La capucha de la capa proyectaba una sombra en el rostro de la mujer —Gigi estaba segura de que era una mujer—, pero incluso si no la hubiese llevado…

«Cubre su rostro con un paño rojo». En teoría, su captora podía ver, pero así evitaba que le pusieran cara.

«Guantes rojos en las manos».

Eran de una tonalidad intensa, del rojo de la sangre seca. «Guantes rojo sangre. Capa rojo sangre. Capucha rojo sangre. Botas rojo sangre».

La figura encapuchada pasó junto a Slate y se acercó a Gigi, que sacó brutal y frenéticamente las muñecas de lo que quedaba de la cinta adhesiva justo a tiempo para ver el destello de una navaja.

«Esa navaja no es mi amiga». Gigi se cubrió el rostro con las manos, pero el ataque nunca llegó. Sin decir palabra, la mujer vestida de rojo cortó la cinta que inmovilizaba el cuerpo de Gigi, liberándola de la silla metálica.

Gigi se puso en pie de un salto, luego miró a Slate y Eve, todavía atados por los brazos, las piernas y el abdomen a las sillas.

—En serio. ¿Debería tomármelo como un insulto?

—Juliet Grayson. —Durante unos instantes, la mujer de rojo no dijo nada más, solo el nombre de Gigi. Luego añadió—: Evelyn Blake. Mattias Slater.

Gigi cambió el peso del cuerpo a las puntas de los pies. «Ella puede tener la navaja —dijo para sus adentros—, pero yo cuento con el factor sorpresa». Nadie esperaba que un demonio de Tasmania saltara, casi nunca.

—¿Preciosa? Ni se te ocurra —advirtió Slate, haciendo hincapié en cada palabra.

—Te recomiendo que le hagas caso al señor Slater —aconsejó la mujer encapuchada—. Al menos, en lo que respecta al asunto que nos ocupa. —Aunque pronunció las palabras cuidadosamente, apenas se podía distinguir un acento que definiera su procedencia—. Me refiero a que los tres salgáis ilesos.

—Escéptica —dijo Gigi—. Yo. Mucho.

—El escepticismo es un arma de doble filo —respondió la mujer vestida de rojo, haciendo ondear su larga capa alrededor de los tobillos al moverse para liberar a Eve—. Cualquier empresa requiere creer, al menos, en uno mismo.

—Yo creo en mí misma —aseguró Gigi.

«Creo en mí porque el mismísimo gran Xander Hawthorne me enseñó a hacer placajes y...».

—No —exclamaron Slate y Eve al unísono esta vez.

En cuanto Eve pudo moverse, se puso en pie y le cortó el paso a Gigi.

—Quiero que conste, señorita Blake, que ha sido usted la que me ha empujado a esta situación —le dijo la mujer de rojo a Eve—. Prefiero trabajar con mayor sutileza, pero ¿usted? Usted es un elefante en una cacharrería. Se deja llevar por las emociones y le falta control. Necesito que el Gran Juego continúe. La interferencia abierta con los jugadores lo pone en riesgo. Me ha dejado pocas opciones, excepto sacarla del tablero.

«El Gran Juego». Al oírlo en boca de su captora, de alguna

manera la mente de Gigi ató cabos, se desbloqueó y lo comprendió.

—Eres la patrocinadora de Brady.

Había sido Brady el que le había pedido que no mencionara nada del micrófono que había encontrado en la primera fase a los creadores del juego, asegurándole que necesitaba que el juego continuara.

Había estado jugando como si la vida de Calla dependiera de ello.

Y había llamado «Juliet» a Gigi una vez, durante la primera fase.

La mujer de rojo no lo negó.

—Soy muchas cosas. Ahora mismo, soy la persona que ha venido a comprobar que no habéis sufrido percance alguno tras haber sido noqueados y, una vez hecho, soy la persona que va a dejaros aquí, en esta sala, retenidos y a salvo hasta el final del juego. Espero que me creáis cuando digo que eso beneficia tanto vuestro interés como el mío.

—Tonterías.

«Vamos, Slate, atrévete a decirnos qué piensas realmente», pensó Gigi.

—Entonces ¿quieres decir que solo te limitas a sacarnos de en medio hasta que hayas obtenido lo que quieres del Gran Juego? —dijo Gigi sin poder contenerse. Mirando a Slate, añadió—: Vaya, vaya, cómo han cambiado las tornas.

—Sigues secuestrada —le informó Slate—. Tampoco han cambiado tanto.

—Estás atado a una silla —señaló Gigi—. Y yo no. Todo lo demás se reduce a semántica. —Se volvió hacia su misteriosa captora—. Y, hablando de eso, ¿por qué me han secuestrado?

¿Se trata de un caso de lugar equivocado en el momento equivocado? ¿O quizá de desafortunada asociación con personajes desagradables?

Slate fue quien respondió.

—Te dirigías a la isla.

—Eso —convino la mujer de rojo—. Y también necesitaba un anzuelo.

«Anzuelo». Esa palabra, dicha con tanta calma, hizo que Gigi se estremeciera.

«¿Qué tipo de anzuelo?».

Su captora se encaminó hacia la pared por la que había entrado.

—Por si se os ocurre alguna heroicidad, esta puerta se activa por control remoto. Es imposible abrirla a la fuerza. Por vuestro bien, no dejaría libre al muchacho. No lo querréis suelto cuando mi objetivo muerda el anzuelo. La joven no reacciona nada bien a los que le suponen una amenaza.

«¿Una joven?». Gigi ni siquiera llegó a pronunciar esa pregunta en voz alta.

La mujer de rojo ya se había marchado.

CAPÍTULO 58
LYRA

Cuando Lyra pensaba en el bosque de la Isla Hawthorne, a su mente acudían enormes pinos —algunos vivos, otros carbonizados por aquel fuego ocurrido tiempo atrás—, pero no llegaba a imaginarlos, y los otros árboles del bosque, los que tenían hojas en lugar de aquellas agujas de un verde oscuro…

Lyra apenas los recordaba.

Tal vez por esa razón, mientras se adentraba en el bosque junto a Grayson, los colosales árboles del límite septentrional, con docenas de ramas que emergían de unos anchos troncos como si fueran radios de una bicicleta por los que se filtraba la luz, le causaron casi un efecto físico.

—Estamos buscando un árbol en concreto —indicó Grayson—. Algo que cuelgue de una rama o que esté grabado en una corteza.

—O… —Lyra alzó la mirada hacia las copas de los árboles—. ¿Algo que solo se pueda ver a vista de pájaro?

«Ecos». Se acercó al árbol más cercano, dispuesta a trepar por él y contenta de haberse puesto de nuevo la armadura.

—Espera. —Grayson sacó un objeto del bolsillo de su chaqueta. «La brújula». Bajo la atenta mirada de Lyra, la abrió—. No funciona —confirmó—. De momento.

Acarició con el pulgar su superficie de bronce, inspeccionándola con atención. Entonces presionó sobre ella, con fuerza. Se oyó un clic y la aguja empezó a girar, señalando no hacia la casa, sino hacia la espesura del bosque.

—Eso no es el norte —indicó Lyra.

—No —respondió Grayson, con los ojos clavados en ella—. No lo es.

La flecha de la brújula les indicó el camino: se adentraba en el bosque y bordeaba la línea donde se había detenido el fuego.

«Ahí». Descubrieron un claro indicio: unos asideros en un árbol. Parecían pertenecer a un muro de escalada. Lyra se aferró a uno de ellos y apoyó el pie en otro. Al otro lado del altísimo abeto, Grayson hizo lo mismo.

La rama más baja estaba, como mínimo, a seis metros de altura.

Sin pronunciar palabra, iniciaron el ascenso. Los asideros desaparecieron antes de llegar a las ramas, y Lyra y Grayson se detuvieron.

—No hay libro mayor —señaló Lyra—. Ni nada que parezca una pista. —Inclinó la cabeza hacia atrás y alzó la mirada—. ¿Seguimos trepando?

Grayson se quedó muy quieto.

—Tomémonos un momento.

«Un momento para pensar. Un momento para comprenderlo todo». La adrenalina que corría por las venas de Lyra intensificaba sus sentidos mientras interiorizaba lo que tenía ante sí: el bosque y los árboles, bañados por los primeros rayos de sol, y… alguien.

Rohan y Savannah, cuya armadura blanca resaltaba en medio de aquellos árboles ennegrecidos, se encontraban a casi unos cien metros del límite que dividía el bosque. Lyra sintió el momento en que Grayson advertía la presencia de su hermana.

—Estás sufriendo —le dijo sin miramientos—. Sea cual sea el secreto del que estabas tratando de proteger a tu hermana, déjalo ya.

—Dejar ¿el qué? —contestó Grayson secamente—. Ya he fracasado. Eve se ha encargado de eso.

Por mucho que Grayson Hawthorne hubiese practicado su capacidad de cometer errores, resultaba evidente que este no podía aceptarlo, fuera cual fuese.

—Deja de protegerla —instó Lyra. Pese a que tenía la sensación de que era un poco como hablar con las paredes, añadió—: Ignoro qué le ha podido decir Eve a Savannah o qué están tramando, pero sí sé lo que es descubrir que te han mentido hasta el punto de que toda tu existencia se tambalea. —Sin duda, los padres de Lyra también habían pensado que la protegían—. Entiendo que trataban de que los recuerdos reprimidos no salieran a la superficie. Sé que mis padres me dieron la oportunidad de crecer sin ese trauma, pero…

—Hay que pagar los platos rotos —murmuró Grayson.

—El cerebro humano es realmente increíble, pero también es incapaz de mantener cualquier cosa enjaulada. Siempre se paga un precio. Reprimir algo, empujarlo hacia lo más profundo de tu ser, negarse a sentirlo..., solo te lleva a pagar ese precio una y otra vez.

Lyra sintió que se le cerraba la garganta al ver que Rohan y Savannah estaban cada vez más cerca.

—Pregúntame lo protegida que me sentí cuando descubrí la verdad.

Grayson soltó un suspiro.

—Nuestro padre, el de Savannah, Gigi y el mío, es un asesino. —Lyra no le había pedido que le confesara sus secretos, pero ahí estaba, ofreciéndolos a modo de penitencia—. De eso trataba de proteger a Savannah. ¿Recuerdas que, hace unos años, en las noticias se habló sobre una bomba en uno de los aviones de Avery?

Lyra lo recordaba. Había salido en todas partes.

—No tienes por qué contármelo.

Su voz, a pesar de ser baja y calmada, resonó por el bosque.

—Mi padre puso esa bomba. Perdió a alguien en el incendio de la Isla Hawthorne, hace años. Culpaba a mi tío Toby y creía que Avery era su hija. Todo muy ojo por ojo. —Los músculos de la mandíbula de Grayson se tensaron, uno tras otro—. Debido a la explosión, Avery cayó en coma, pero consiguió recuperarse. Dos hombres de su equipo de seguridad no corrieron la misma suerte.

Lyra se aferró todavía más al asidero que estaba agarrando y enroscó lentamente su mano izquierda al tronco del árbol, tratando de llegar a Grayson.

—No tenías por qué contármelo.

—Deseaba hacerlo. —Acercó su mano a la suya y, con una voz un poco más distante, añadió—: A veces me pregunto qué habré heredado de mi padre. ¿Tal vez su depravado sentido de la justicia, su habilidad para, sencillamente, acallar los principios morales más básicos si eso le reporta algún beneficio?

—No te pareces en nada a él.

Lyra pronunció aquellas palabras con más brutalidad de la que pretendía.

—Probablemente tengas razón. De todos mis hermanos, siempre fui el más Hawthorne de pies a cabeza. —Grayson hizo una pausa—. A veces también me pregunto qué significa eso para mí.

Lyra sintió cómo Grayson volvía a devanarse los sesos y supo, a ciencia cierta, que la conversación, por mucho que lo lamentara, había terminado.

—Aquí arriba no hay nada —declaró Grayson finalmente—. Y estamos a punto de tener compañía.

Rohan y Savannah, brújulas en mano, se encontraban a apenas cincuenta metros de distancia en aquel momento. Lyra y Grayson comenzaron a bajar del árbol, y justo en ese instante Lyra captó un leve movimiento en uno de los árboles cercanos, en la parte que quedaba en las sombras. En ese momento, lo comprendió: «Hace rato que tenemos compañía».

Cuando Lyra puso los pies en el suelo, Brady Daniels la miró desde su escondite. Y entonces, lenta y deliberadamente, bajó la mirada hacia el suelo, hacia la base del árbol.

Lyra removió la tierra y la hierba con el pie y notó algo enterrado allí, en el suelo. «No dejes que los árboles te impidan ver el bosque». Lyra no empezó a cavar de inmediato, no con Rohan y Savannah tan cerca. Sin embargo, no pudo evitar pensar que Grayson tenía razón sobre lo que había dicho antes, cuando había hablado de pagar los platos rotos.

Nada permanecía enterrado para siempre.

CAPÍTULO 59
GRAYSON

A pesar de que no había tenido intención de contarle a Lyra lo de su padre, era plenamente consciente de por qué lo había hecho. Deseaba decirle algo real, algo verdadero, ofrecerle un secreto, aunque no fuera el que le había ocultado desde la hoguera con medias verdades.

Ese secreto que guardaba con tanto celo.

Lyra no podía haberlo expresado de forma más clara ni explícita: no deseaba ese tipo de protección. No de él. Ni de nadie. Sin embargo, ella no era la única persona a la que Grayson trataba de proteger. Alice había amenazado a Jameson en Praga. Y, por su comportamiento, apostaría lo que fuera a que la mujer también había amenazado a Avery.

Lyra Kane quería, quizá incluso necesitaba, que las personas que amaba le dijeran la verdad. Y Grayson no podía hacer eso.

Sabiendo que lo pagaría más tarde, Grayson apartó ese pensamiento; Savannah y Rohan acababan de llegar.

Savannah examinó los asideros en el árbol y comenzó a trepar. Grayson esperaba que Rohan la siguiera, pero, en cambio, este último permaneció al pie del árbol, ladeó la cabeza levemente y posó sus ojos en Lyra.

—¿Ya has descubierto por qué? —le preguntó Rohan. Grayson lo fulminó con la mirada, pero, por lo visto, el inglés ignoraba cualquier advertencia que se cruzara en su camino—. ¿Por qué tu hermano está tan seguro de que la señorita Kane es una carga? —le aclaró Rohan.

Después, sin esperar respuesta, Rohan dirigió la mirada hacia la copa del árbol.

—Supongo que algunas personas simplemente no saben parar. —Grayson cayó en la trampa y también miró hacia arriba. A diferencia de Grayson y Lyra, Savannah no se había detenido donde terminaban los asideros. Ahora seguía trepando, sin ramas… y sin ninguna intención de darse por vencida.

Aunque era reacio a dejar a Lyra con el joven, Grayson sabía perfectamente que Rohan le había tomado la medida a Savannah con una precisión notable. Sencillamente, su hermana no iba a detenerse.

Ni al llegar a la rama más baja.

Ni en las de después.

No hasta que no encontrara un libro mayor.

—Este árbol mide más de treinta metros de altura —declaró Grayson con gravedad.

Su mirada se cruzó con la de Lyra. «Ve», le dijo esta última sin palabras, asegurándole que, en lo que respectaba a Rohan, podía cuidarse sola.

Grayson se tomó el silencio de Lyra al pie de la letra y empezó a trepar, con rapidez y agilidad, como lo haría alguien entrenado para no vacilar nunca. Pese a que llevaba un buen ritmo, tardó un rato en alcanzar a Savannah.

A doce metros del suelo.

—No necesito que me ayudes —le dijo Savannah, apretando los dientes—. Nunca lo he necesitado.

Fueron esos dientes apretados lo que la delató. Savannah sentía dolor, dolor físico.

«El ligamento cruzado anterior».

—Aquí arriba no hay nada. Por mucho que subas, no encontrarás ningún libro mayor —advirtió Grayson.

—Eso no lo sabes.

—Mis hermanos y Avery no obligarían a nadie a subir tan alto.

—¿Ahora tengo que confiar en ti? —Savannah sabía exactamente cómo alzar sus cejas hasta formar un triángulo—. ¿En ellos?

Además del atuendo que les habían proporcionado para el juego, parecía llevar otra armadura. Grayson no albergaba esperanzas de traspasarla con sus palabras. Pero tenía que intentarlo.

—Sé que estás colaborando con Eve. Te está manipulando, Savannah.

—¿Me tienes por una ingenua?

Aunque Savannah no dio señales de debilidad, su rodilla... Esa rodilla le preocupaba.

—No permitiré que le hagas daño a Avery, como tampoco permitiré que te hagas daño a ti misma. Aquí arriba no hay nada, Savannah.

—Eso no lo sabes —repitió su hermana, respirando intensa y entrecortadamente, alertando a Grayson.

—Sé que te duele... y no es solo tu ligamento. —Grayson no deseaba hacer esto a quince metros del suelo, pero o escuchaba lo que tenía que decirle o volvía a bajar. En cualquier caso, él salía ganando—. Nuestro padre colocó una bomba en el avión de Avery. Dos hombres murieron como resultado de ello, y cuando vio que Avery no estaba entre las víctimas, organizó su secuestro. La convirtió en su rehén. La apuntó con una pistola ante Toby Hawthorne con la intención de dispararle en venganza por la muerte de nuestro primo Colin.

Las palabras de Toby en el helicóptero resonaron en la mente de Grayson. «Dile a tu hermana que fui yo». Pero esa tampoco era la verdad y Grayson no se atrevió a mentirle a Savannah de nuevo.

—No. Sheffield Grayson no era un asesino. Ni un secuestrador. —La voz de Savannah tembló, al igual que lo hizo su pierna—. Y no era nuestro padre, Grayson. Era mi padre.

—En cualquier caso, Savannah, Avery no fue quien le disparó, y la persona que lo hizo solo apretó el gatillo en defensa propia, para salvar su vida.

—Estás mintiendo.

—No es así.

—¿Y piensas que, de creerte, todo cambiaría? —preguntó Savannah—. ¿Crees que sería más fácil para mí porque lo único que hizo Avery fue encubrir un crimen?

—Fue Toby el que lo encubrió... y es el padre de Eve. Es ella la que tiene motivos para enviarte contra Avery.

Grayson había hecho lo que Toby le había dicho que hiciera. Le había dado a Savannah un objetivo Hawthorne, y lo había hecho con la verdad.

—¿Cuánto tiempo tardaste en averiguar lo que había sucedido? —preguntó Savannah, con un tono demasiado calmado para la altura en la que estaban o el tema de conversación—. ¿O fue Avery la que te contó la verdad porque merecías saberla?

Si hubieran estado practicando esgrima, Savannah habría anotado un punto. Avery se lo había dicho. A diferencia de lo que todos habían hecho con Savannah, a él no se lo había escondido.

—Sé exactamente cuándo lo descubrió Gigi. —La voz de Savannah resonó más allá de las ramas que los rodeaban—. Si me lo propongo, puedo precisar el día. La hora.

—Tratábamos de protegerte —aseguró Grayson.

Las palabras de Lyra acudieron a su mente: «Pregúntame lo protegida que me sentí».

—Tratábamos —repitió Savannah, agarrándose al árbol con tal fuerza que los nudillos se le pusieron blancos—. Tú y Gigi.

Comenzó a bajar. Grayson la siguió de cerca, listo para atraparla si perdía el equilibrio.

Pero no fue necesario.

—Solo voy a decir esto una vez. No me importan las mentiras que me hayas contado. No me importa que ahora me digas la verdad. ¿A qué viene esta charla? Los dos sabemos que ya no se trata de protegerme. Ahora solo intentas convertirme en cómplice.

Otro punto. Grayson había visto qué había ocurrido con Gigi por guardar el secreto.

—¿Y qué pasa con mi madre?

Era evidente que Savannah no tenía intención de dar su brazo a torcer. Acacia Grayson era lo más parecido a una madre que Grayson había conocido. Tenía el corazón amable de Gigi y la determinación a prueba de balas de Savannah.

—¿Pensaste en ella? —añadió—. Así que ¿todo el mundo

debe seguir creyendo que Sheffield Grayson está vivito y coleando, evadiendo impuestos en alguna isla de las Maldivas?

Grayson se obligó a soportar hasta la última oleada de furia de su hermana sin decir una palabra.

—Estábamos bien —manifestó Savannah, con un tono que parecía que le hubiesen arrancado las palabras de una parte de ella que ya estaba muerta—. Mamá. Gigi. Yo. Antes de que vinieras, yo me encargaba de mantenernos unidas y estábamos bien. Y ahora eso ya no existe. —Las respiraciones de Savannah eran audibles y estaban cargadas de dolor, de más de una clase de dolor—. Y lo peor de todo —continuó Savannah, con la voz inusualmente entrecortada— es que Gigi te eligió a ti. Pero, si llega el momento, tú no la elegirás a ella. Elegirás a tus hermanos y a Avery. Son tu familia, como Gigi era la mía.

«Era. En pasado».

—Gigi sigue siendo tu familia —señaló Grayson al llegar a los asideros—. Y, te guste o no, tú también estás en mi familia.

Savannah ni siquiera se dignó a mirarlo y, con el mismo tono desgarrado, dijo:

—Lo único que estoy… es sola.

CAPÍTULO 60
ROHAN

Rohan vio el momento exacto en que Grayson y Savannah llegaban a los primeros asideros, y el momento exacto en que Savannah cambiaba de opinión e iniciaba el ascenso de nuevo. La mente de Rohan se apresuró a sacar conclusiones y dirigió su atención a Lyra Kane, que no era exactamente un libro abierto.

Por suerte, a Rohan se le daba bien traspasar incluso los caparazones más duros.

—Lo sabes, ¿no? —dijo.

Esta vez, Rohan no se refería a Jameson Hawthorne, ni siquiera trataba de manipularla, al menos, no mucho. Alzó la mirada, señalando a Grayson y Savannah.

—Él también lo sabe.

Sabían que las intenciones de Savannah en este juego eran de todo menos inocentes. Grayson casi seguramente sabía por qué. Y Lyra...

Rohan la observó... abierta y descaradamente, haciéndole sentir su mirada.

—Tus gestos me dicen algo. —Rohan le concedió solo un

momento para asimilar esas palabras. Sin querer, en una fracción de segundo, antes de darse cuenta de que ya se había reflejado en su rostro, una persona podía revelar muchas cosas—. Es cuestión de hacia dónde va la mirada —continuó—. Hacia dónde va… y hacia dónde no.

Lyra bajó los ojos. Rohan se arrodilló y, antes de posar la rodilla en el suelo del bosque, Lyra ya estaba junto a él, acuclillada, con una capacidad de descubrimiento que excedía incluso a la de Rohan.

—Un bosque es más que sus árboles —señaló Rohan mientras metía los dedos entre la hierba—. Este bosque, por ejemplo, es tierra, rocas, pasto silvestre y también esto.

Allí había algo escondido, apenas cubierto por la tierra.

Barriéndola con un manotazo, Rohan despejó la zona y vieron la parte superior de una placa plateada y las dos primeras palabras.

«Siempre». Y justo debajo: «Ocasiones».

Sin pronunciar palabra, Lyra Kane comenzó a desenterrar la placa, indiferente a la tierra que se alojaba debajo de sus uñas y a Rohan, o, al menos, a la impresión que podía causarle.

—Qué lástima que la familia Hawthorne no te considere mucho como una persona, una muy capaz a mi modo de ver, y sí como una amenaza —le dijo Rohan, siempre dispuesto a llevarla un poco más al límite mentalmente.

Lyra ni siquiera levantó la mirada y Rohan decidió ayudarla. Juntos, acabaron de despejar la placa. Unas palabras surgieron ante sus ojos: otro acertijo.

Siempre
Ocasiones

Lejanas
Oportunidades
Dormidos
Éramos dos
Nosotros dos
Oscuros...
Con el dosel
Herir
Exponerse

—Una pista —anunció Rohan—. Pero ni rastro del libro mayor.

Alzó la mirada hacia las copas de los árboles y vio que Grayson Hawthorne estaba cada vez más cerca del suelo.

Lyra vio lo mismo que él y se puso en pie. Mientras ella estaba distraída, Rohan deslizó los dedos por el lateral de la placa, limpiándola de tierra a medida que la examinaba. Ya despejada por completo, intentó levantarla sutilmente del suelo. «Bien fija, al menos por ahora». Rohan deslizó los dedos por la parte exterior del metal y obtuvo su recompensa: palpó un orificio, uno muy pequeño.

«Circular. Un agujero, de apenas un centímetro de diámetro». Rohan se puso en pie sin dar muestras de haber encontrado algo, justo cuando Grayson Hawthorne aterrizaba de un salto.

—Savannah no bajará hasta que yo me haya ido —le dijo Grayson a Lyra.

Rohan sintió la energía que circulaba entre ambos mientras Grayson se agachaba para evaluar la placa. E intuyó cómo se desarrollarían los acontecimientos. Grayson pronto usaría el reloj para informar a los creadores del juego de las intenciones de Savannah, si es que aún no lo había hecho. Como también eran muy inteligentes, con toda seguridad Avery Grambs y Jameson Hawthorne tomarían las precauciones necesarias con respecto al anuncio del ganador de este año, en el caso de que fuera Savannah.

A pesar de ver su plan original frustrado, la Savannah Grayson que Rohan conocía encontraría una manera de conseguir su objetivo. Rohan recordó lo que Brady Daniels le había ofrecido. «El cuerpo. Pruebas».

Por lógica, Savannah ya no necesitaba ganar este juego. Lo único que necesitaba hacer era eliminar a Rohan.

Desechó la idea y se concentró en los movimientos de Grayson, que seguía ahí, en pie, después de haber examinado a fondo la superficie de la placa. «Pero no los laterales», advirtió con satisfacción. No ese pequeño agujero.

«De hecho, tan pequeño que apenas es más grande que la punta de un dardo», pensó casi en un susurro.

«Un dardo dorado». Rohan ni siquiera comprobó si lo llevaba en los bolsillos; había olvidado traerlo. Era consecuencia de haberse cambiado de ropa, del hecho de que creía que el dardo ya había cumplido su propósito en este juego, actuando como el objeto inicial.

«Admítelo. —Esa voz era del Propietario—. Te has desconcentrado. Ella te ha robado la concentración y tú se lo has permitido».

Rohan recordó un instante ese beso junto al acantilado, intenso, sin coqueteos, desprovisto de inhibiciones y de compasión. Al besar a Savannah Grayson, era plenamente consciente de que ella lo traicionaría. Y gracias a Grayson y a lo que le acababa de descubrir, la oferta que Brady le había hecho a Savannah pasaba de ser tentadora a imposible de rechazar.

Rohan imaginó los posibles escenarios, en todas sus gloriosas variaciones. Grayson y Lyra se marcharían a reflexionar sobre las palabras de la placa. Savannah bajaría y las leería con sus propios ojos. Y si Rohan la dejaba sola... Bueno, Brady Daniels probablemente no tardaría en aparecer. No andaba muy lejos.

Observando.

Esperando.

Savannah aceptaría su oferta, si no lo había hecho ya. Lo único que tenía que hacer Rohan era ir a buscar su dardo y dejar que sucediera.

CAPÍTULO 61
ROHAN

Al parecer, la casa en el punto más septentrional de la isla se encontraba vacía. Rohan se saltó su propia regla y entró por la puerta delantera, sin tan siquiera molestarse en disimular el sonido de sus pasos. La escalera de caracol lo esperaba, y se apresuró a subirla hasta el pasillo de la cuarta planta.

«Mi dormitorio. La puerta». Estaba abierta. Rohan adoptó una actitud sigilosa tan rápida y fácilmente como otro hombre se cambiaría de camisa. Ese silencio, poco natural para otros, pero no para él, lo acompañó mientras recorría el pasillo, empujaba la puerta entornada y…

Por lo visto, Brady Daniels no estaba en el bosque. No estaba vigilando. No estaba esperando. No, Brady Daniels estaba justo ante la chaqueta del esmoquin que Rohan se había quitado un rato antes… sosteniendo un dardo dorado.

—Supongo que es mío, ¿no es cierto? —dijo Rohan, anunciando su presencia.

Miró la mano de Brady, la manera en que los dedos de ébano del erudito envolvían la caña del dardo.

No sería la primera vez que Rohan obligara a alguien a soltar algo.

—Te sugiero que trates de quitármelo —dijo Brady, con esa aparente amabilidad tan habitual en él.

Sin embargo, ahora que no llevaba la chaqueta de su armadura, era imposible no darse cuenta de que Brady Daniels, con aquellos musculosos brazos desnudos y ese abdomen que se marcaba en una oscura camiseta sin mangas, no parecía tan erudito.

De hecho, no parecía para nada inofensivo.

Rohan tenía unos músculos largos y delgados, mientras que los de Brady eran sólidos, lo bastante definidos como para que Rohan pudiera distinguir dónde terminaba uno y comenzaba el siguiente. La piel de Rohan no tenía cicatrices, mientras que en la de Brady se veían varias, así como un tatuaje en la parte interna de su brazo izquierdo, una espiral negra con unas letras. Su espalda era tan ancha como la de Rohan. «Pero yo tengo mayor envergadura».

Tampoco es que fueran a pelearse.

—Me parece que los creadores del juego no apreciarían la violencia —comentó Rohan, acercándose con andares tranquilos a su objetivo—. Incluso podrían expulsarnos.

—A los dos..., o solo a ti si yo me niego a devolver el golpe —matizó Brady—. Saben que no soy violento.

El erudito se limitó a quedarse allí, en pie, esperando a que Rohan atacara.

«Eso es lo que te gustaría, ¿verdad?, ¿que hiciera el trabajo sucio de Savannah por ella?».

—Me pica la curiosidad: ¿cómo exactamente he terminado siendo tu objetivo o el de tu patrocinador? —preguntó Rohan.

Lo dijo sin emoción, con voz monótona. Era solo una charla irrelevante entre dos hombres elegantes y civilizados.

—Me parece que pecas de egocéntrico si supones que solo te tengo a ti en el punto de mira —dijo, sin soltar el dardo en ningún momento.

Durante un instante, Rohan se preguntó dónde estaba la chaqueta de Brady. Al examinar de arriba abajo a su objetivo, reparó en la mitad inferior, en sus contornos y en cómo se ceñía la armadura a su silueta.

—No es delito ser egoísta —declaró Rohan—. Yo más bien diría que es un honor. Y seamos sinceros: siempre sabes a qué atenerte con una persona obsesionada consigo misma. Los que deben tener cuidado son los que regalan sus corazones a esta clase de personas. El amor engendra desesperación, y la desesperación es una compañera de cama muy peligrosa, ¿no cree, señor Daniels?

Rohan prácticamente notó cómo Brady reflexionaba sobre sus palabras, y sobre la conversación que habían mantenido. «Sí, sé que le hiciste una oferta a Savannah. Y sí, sé lo de los mensajes de tu patrocinador».

—Soy dueño de mí mismo. —Brady no mordió el anzuelo—. Y de tu dardo, también.

Con eso, Brady pasó por delante de Rohan, quien se apartó lo suficiente como para asegurarse de que el hombro de Brady golpeaba el suyo, en un movimiento tan discreto que cualquier observador externo habría pensado que Brady era el agresor. Rohan fingió que iba a devolver el golpe, pero no lo hizo. Estaba demasiado ocupado cogiendo algo que Brady guardaba en los pantalones, un objeto que Rohan había advertido en las líneas de su armadura, en cómo se ceñía a su cuerpo.

«Otra fotografía».

Rohan aguardó a que Brady se hubiera marchado para dirigirse al cuarto de baño… y subirse sobre la encimera. Ya en lo alto, levantó la fotografía y la colocó ante una bombilla por encima de su cabeza. A diferencia de lo que había sucedido en la chimenea, la fotografía se calentó más lentamente, pero, al cabo de un rato, las palabras —el mensaje— se revelaron.

Una de tres. Es la hora.

CAPÍTULO 62
GIGI

—Juguemos a un juego —dijo Gigi—. Se llama verdadero o falso.

Eve observó a Gigi durante unos segundos.

—Me apunto.

—No —gruñó Slate—. No te apuntas.

—Tienes mal humor porque aún estás atado —le dijo Gigi—. Ya has oído a la siniestra dama de la capa roja: es para protegerte. —Gigi dejó de lado sus posibles temores por ser un anzuelo y esbozó una sonrisa—. Vaya, vaya…

—… cómo han cambiado las tornas —la interrumpió Slate—. ¿Has terminado, preciosa? Porque soy tu mejor baza contra lo que pudiera aparecer por esa puerta. Vuestra mejor baza.

—¿Así que ahora quieres protegerme? —le preguntó Eve—. Oh, perdona, a las dos.

A Gigi le dio la clara impresión de que Eve no era de las que compartían.

—Verdadero o falso —dijo—. Sois ese tipo de jefa y empleado que a veces se enrollan.

Silencio. Un silencio completo y absoluto. Y luego llegó el sonido de la pared que se separaba.

Gigi se volvió y vio una figura vestida de rojo. «La mujer». Había regresado. Haciendo ondear la capa, atravesó la habitación sin tan siquiera un ruido de sus botas rojas.

—Juliet Grayson. Evelyn Blake. Mattias Slater.

«Su voz. Esa voz. Suena…».

Su captora se detuvo ante Slate y llevó una mano enguantada de rojo a su mejilla. Slate no se movió, ni siquiera pestañeó, mientras ella se la acariciaba con dedos enguantados. De improviso, Slate se desplomó.

—¡Slate! —gritó Eve, abalanzándose sobre él y cubriéndole la cabeza con una mano, mientras que con la otra le palpaba el cuello en busca del pulso.

Gigi se quedó inmóvil, de piedra. Interiorizando todos los detalles. «Unos pasos silenciosos que antes eran audibles. Y su voz…».

—¿Quién eres? —preguntó Gigi.

«No es la misma voz que antes. No es la misma mujer».

—No soy nadie… por defecto. —Fue su respuesta.

Finalmente, Gigi consiguió que las piernas le respondieran. Se apresuró a ir hacia Eve.

—No es la misma mujer que nos ha traído aquí —le susurró al oído.

—No. No lo es —admitió Eve, sin molestarse en hablar en voz baja.

«Entonces, es la que ha mordido el anzuelo».

Gigi miró a Slate.

—¿Está…?

—Ileso —respondió la mujer de rojo.

Sin embargo, esta vez, Gigi no pudo evitar pensar en ella de manera diferente. «La Mujer de Rojo». No se trataba solo de una descripción; era un título, un nombre. «Nadie por defecto».

—¿Quién eres?

Eve convirtió la pregunta de Gigi en una acusación.

—Qué exigente. Qué segura de ti misma.

La Mujer de Rojo pronunció aquellas palabras con espantosa neutralidad, y Gigi recordó que había dejado inconsciente a Slate con una sola caricia.

—Eso, ¿quién eres tú otra vez?

Si se lo proponía, Gigi podía ser un auténtico disco rayado.

—Soy la que tiene derecho a usar esta capa —dijo la Mujer de Rojo—. A diferencia de la impostora que os ha secuestrado, no estoy interpretando ningún papel. No soy una farsante. Soy la Cala, la Vigilante. —Llevó una mano hacia el velo rojo que le ocultaba el rostro y, de un solo movimiento, retiró la tela que le tapaba los ojos, descubriendo solo esa zona—. Y tengo algunas preguntas que haceros a las dos.

CAPÍTULO 63
LYRA

Lyra y Grayson corrieron por toda la isla, codo con codo. Se les escapaba algo. Eso era evidente. «Para empezar, el libro mayor», pensó Lyra. Corrieron, sincronizándose en una marcha rítmica y regular, e, incluso cuando no pisaban el suelo al mismo tiempo, Lyra sentía el cuerpo de Grayson como una extensión del suyo propio, a la que se unían sus pensamientos.

La conversación que había mantenido con Savannah no había ido bien. «Necesitamos ganar el juego… tanto por él como por mí». Tras alcanzar la costa occidental, dieron media vuelta, y Lyra se permitió recordar las palabras del último acertijo.

Siempre
Ocasiones
Lejanas
Oportunidades
Dormidos
Éramos Dos
Nosotros Dos

—Dos «Dos» —indicó en voz alta—. Y otro «dos» en «Dormidos».

—Técnicamente —dijo Grayson, con la mirada clavada en el sendero que estaban recorriendo en ese preciso momento—. Hay cuatro.

Lyra repasó el resto del acertijo, buscando el cuarto.

Oscuros…

Con El Dosel

Herir

Exponerse

Ahí estaba, en la antepenúltima línea: «Dosel». La misma sílaba se repetía cuatro veces.

Lyra aumentó el ritmo y Grayson hizo lo mismo. El viento soplaba con fuerza, ese tipo de viento que la azotaba procedente de todas partes, un poco caótico, imposible de ignorar. Empezaba a sentir el rostro agrietado y que el cuerpo comenzaba a quejarse, recordándole que se habían quedado despiertos toda la noche, que, tarde o temprano, alcanzaría su límite.

Junto a ella, Grayson daba la impresión de ser alguien que ni siquiera sabía que los límites existían.

—Cuatro doses dan ocho —señaló él.

—¿Los dados?

Lyra reflexionó sobre ello.

—Puede que sí. O puede que no. —Grayson era un corredor rítmico, dando unas zancadas exactamente iguales en longitud—. Lo que importa es que aún no hemos conseguido resolver el enigma anterior.

—No había libro mayor —dijo Lyra, verbalizando lo que había pensado antes—. Se nos escapa algo. —Utilizó el dolor de los músculos para concentrarse todavía más—. Podríamos decir que los árboles no nos dejan ver el bosque.

Cuando doblaron un recodo y la línea de árboles apareció de nuevo ante ellos, Grayson la rodeó y se dirigió hacia el sur. Lyra lo siguió, reflexionando sobre la pista.

«Siempre. Ocasiones. Lejanas».

Un poco más adelante, un haz de luz enfocaba dos enormes piedras en el límite del bosque.

—¿Has visto eso? —le preguntó Lyra a Grayson.

Pasaron ante la primera roca, disminuyendo la velocidad hasta detenerse, y se fijaron en el espacio que las separaba y lo que había tras ellas.

—Una escalera de piedra —dijo Lyra. Acto seguido, negando con la cabeza, añadió—: ¡Qué raro que la haya pasado por alto! He recorrido la isla varias veces de arriba abajo. Debería haberla visto.

—Hay una diferencia entre ver y percibir —dijo Grayson—. Nuestras mentes tienden a llenar los vacíos. A veces, vemos cosas que no están y, a veces, puedes estar viendo algo directamente y omitirlo.

Al asomarse a aquella escalera de piedra que se adentraba en la tierra, una sensación siniestra la invadió de repente: aunque no era aquella sensación ya familiar de que alguien los observaba, se apoderó de ella con una certeza visceral, como si su cuerpo percibiera algo que su mente no lograba ver. Decidida a descubrirlo, puso un pie en el primer peldaño de la escalera y, después, otro. Al pisar el tercero, cerró los ojos. Grayson la siguió.

«El cuerpo de Grayson. El suyo. Un paso tras otro».

Con los ojos cerrados, Lyra sintió una conexión mucho más intensa entre ambos, sin embargo, no conseguía desterrar esa molesta sensación de que allí había algo…

—No te muevas.

La voz de Grayson cortó el aire como una guadaña.

Lyra abrió los ojos enseguida y, al ver la serpiente, se quedó inmóvil.

CAPÍTULO 64
GRAYSON

—No te muevas.

Grayson posó una mano sobre la nuca de Lyra. La serpiente se encontraba a tan solo un paso de ella. Su cabeza era triangular… y estaba erguida. De haber pensado que podía ocuparse de la amenaza sin poner a Lyra en riesgo, Grayson lo habría hecho. Pero cualquier movimiento hacia la serpiente, sin importar lo decidido o discreto que fuera, habría acabado en mordedura.

Ni siquiera los Hawthorne eran tan rápidos.

Así que Grayson se quedó allí con Lyra, animándola a que se mantuviera inmóvil. Y con cada una de sus respiraciones acompasadas, Grayson vio los rostros de las personas con las que había fracasado en el pasado:

La primera chica que le había importado de verdad, con la cara enterrada en la arena. Muerta.

Avery, sangrando mientras reposaba inconsciente en la acera. Rodeada de llamas. Justo después de que la bomba de su padre hubiera detonado, Grayson no había sido capaz de correr hacia ella.

Durante mucho tiempo, no había sido capaz de correr hacia nadie ni hacia nada.

«Emily, muerta. Avery, sangrando». Pero Lyra estaba allí, y el animal, serpenteando por los escalones de piedra, se alejó.

Lyra estaba bien.

Con gran esfuerzo, Grayson alejó la mano de su nuca.

—Te has quedado inmóvil cuando te lo he dicho.

—No era una sugerencia. —Lyra hizo una pausa—. Y confío en ti.

Ella seguía allí, petrificada, completamente inmóvil, y lo único que Grayson pudo pensar fue: «No deberías hacerlo».

Sabía, por la conversación que habían mantenido, qué opinaba del hecho de que le ocultaran cosas, de ese tipo de protección.

Y ahí estaba él, comportándose precisamente igual que sus padres, con medias verdades, decidiendo qué riesgos podía correr.

Grayson comprendía que no tenía derecho alguno, pero también sabía que no soportaría que le ocurriera algo, no después de todo lo que ya había perdido, no cuando ella podía ser su Libby, no cuando esa Lyra Kane de carne y hueso era más de lo que había soñado cuando pensaba, un día tras otro, en aquella muchacha que le había llamado por teléfono.

Descendió hasta el peldaño en el que estaba Lyra y, después, bajó uno más, tomando la delantera. Lyra se lo permitió. Aunque no hubo más sorpresas, mientras bajaban por la escalera de piedra, la protegió con su cuerpo, escudándola lo mejor que supo.

«Emily, muerta en la playa. Avery, sangrando en la acera».

—¿Grayson? —Lyra tenía una voz única, propia: llena de

capas, dulce y espesa como la miel, siempre en el límite entre ronca y cruda, real y fuerte.

Grayson tragó saliva y se obligó a hablar.

—La pista...

—Estoy segura de que no estás pensando en la pista.

El tono de Lyra lo dejaba claro: no iba a dejarlo en paz.

Al llegar a una playa de guijarros, Grayson se adelantó y miró fijamente al océano. Si giraba a la izquierda, él y Lyra acabarían por rodear el embarcadero. En lugar de eso, dobló a la derecha, hacia una estrecha franja costera que bordeaba la isla. Por ese camino acabarían justo debajo de las ruinas de la vieja casa.

Si la marea subía, probablemente el camino desaparecería por completo.

—Me embargan pensamientos sombríos, Lyra. —Empezó a recorrer el estrecho sendero, lo suficientemente ancho como para que pudieran caminar uno junto al otro—. Mi mente se empeña en imaginar con todo lujo de detalles las decepciones, los fracasos que puedo cometer a la hora de proteger a las personas que me importan.

«La escalera de piedra. La serpiente». Un segundo de más y...

—Porque has fracasado en el pasado —susurró Lyra en silencio, perspicaz como siempre.

Grayson la miró fijamente.

—Siempre das en el clavo.

La mano de Lyra fue acercándose lentamente a la de Grayson mientras caminaban.

—¿A quién decepcionaste? No estás pensando solo en Savannah...

«No. No estoy pensando solo en ella».

Grayson era reacio a admitirlo en voz alta. Lo había dejado atrás. Se había esforzado mucho en superarlo, en aceptar que no podía controlar a Emily, esa Emily salvaje, despreocupada y dispuesta a sentirlo todo, que jamás lo había correspondido, que había sido su primera vez en tantas cosas.

—Hubo una chica. —Grayson ignoraba por qué se lo contaba, por qué necesitaba contárselo—. Nos conocíamos desde niños. Nuestras personalidades no congeniaban en particular, pero siempre sentí que formaba parte de mí. —Lanzó un suspiro—. Aunque nos sacaba de quicio, de verdad. —«A Jamie y a él». En ese momento, la voz de Grayson se endureció—. Falleció. Saltó desde un acantilado. Fui yo el que la llevó hasta allí.

—Emily —dijo Lyra.

Grayson prácticamente pudo ver cómo ella trataba de encontrar el recuerdo relacionado con ese nombre.

—Leíste el artículo.

Grayson no especificó cuál. Alisa había conseguido silenciarlo, pero incluso la mejor arreglaproblemas del mundo tenía límites.

—No recuerdo su aspecto —dijo Lyra con expresión decidida—. Pero…

—Se parecía mucho a Eve. —Grayson solía ser mucho más prudente y reservado—. Seguro que hay alguna relación.

—¿Quieres hablar de eso? —preguntó Lyra.

—Me opongo filosófica y moralmente a hablar o pensar sobre Eve —manifestó Grayson, apretando la mandíbula.

Lyra guardó silencio durante un buen rato.

—¿Estarás bien?

En toda su existencia, a Grayson le habían formulado esa pregunta muy pocas veces, por no decir ninguna. Había cultivado una imagen de invulnerabilidad. «Bien» no era algo a lo que aspiraran los Hawthorne, y menos él.

—Sí, estaré bien —confirmó con un nudo en la garganta.

—¿Dónde he oído eso antes? —respondió Lyra.

Había sido él quien le había dicho que no tenía por qué estar bien. Le había dicho que el precio a pagar por estar bien cuando no era así era demasiado alto.

—Tal vez algunos de nosotros necesitamos rompernos para estar completos —le dijo Lyra.

«Algunos de nosotros». Grayson se permitió mirarla; no solo eso: la observó, contempló sus hermosos rasgos, la firmeza de sus ojos color ámbar, dorados al sol.

—Supongo que ahora entiendes mi empeño por alejarte de los acantilados —susurró.

Grayson no solo se refería a acantilados reales con esa frase, aunque Lyra no lo sabía. «Alice. La cala. Omega y tres». Aquella serpiente no sería el único obstáculo en el camino. Y no podía decírselo.

Físicamente… no podía.

—Lo entiendo —aseguró Lyra.

«No lo harías si lo supieras». Grayson desvió la mirada cuando doblaron un recodo, y el universo le regaló una distracción perfecta, tanto para él como para ella. En la base del acantilado sobre el que se había construido la primera mansión de la Isla Hawthorne, había una fisura. Una maraña de enredaderas colgaba de las rocas, casi ocultándola, pero la mirada de Grayson advirtió el pasadizo con la precisión de un láser.

«Una cueva». Soltó lentamente la mano de Lyra hasta que

solo se rozaban las puntas de sus dedos. Los de Lyra se curvaron por instinto hacia el interior y atraparon los de Grayson mientras se encaminaban hacia esa abertura cubierta de hiedra. Él la atravesó. La cueva no era muy grande: treinta centímetros separaban su cabeza del techo y no medía más de dos o tres metros y medio de profundidad. Unas delicadas guirnaldas de luces colgaban justo después de las enredaderas. Y a lo lejos...

Lyra se le adelantó; no era de las que se quedaban de brazos cruzados durante mucho tiempo. Esquivó las luces con la cabeza y el ceño fruncido, y contempló el único objeto que presidía la cueva.

—¿Una cama?

—Una cama que, en vistas de lo inmaculada que está y teniendo en cuenta las mareas, casi con toda seguridad, fue colocada aquí mientras estábamos en el yate.

Grayson la examinó: una antigüedad de hierro forjado. Estaba hecha: manta, almohadas y el resto.

«¿Una cama... o una pista?». En el momento en que lo comprendió, Grayson soltó una carcajada, muy a su pesar, a pesar de todo.

—Siempre —dijo en voz alta—. Ocasiones. Lejanas. Oportunidades. Dormidos. Éramos dos.

Intuyó que aquellos versos habían sido obra de Avery, pero ¿la cama? La cama llevaba la firma de Jameson por todas partes.

—Nosotros. Oscuros. Con el dosel. Herir. Exponerse.

—Has descubierto algo —afirmó Lyra—. Lo has resuelto.

—Puede que sí.

—Entonces dímelo, capullo. —Lyra esbozó una ligera sonrisa mientras acariciaba con una mano el hierro forjado de la cama—. Y nada de acertijos esta vez.

—Oh, pero es que no es un acertijo, querida.

Grayson se dirigió al lado opuesto de la cama, divirtiéndose un poco más de lo necesario. Lyra lo fulminó con su mirada ambarina.

—Es un código. Un código muy sencillo —añadió.

CAPÍTULO 65
ROHAN

Al regresar al árbol, encontró a Savannah junto a él. Ella no le dijo nada de la conversación que había mantenido con su hermano Grayson y, en compensación, Rohan no pronunció ni una palabra sobre el último mensaje invisible que se había revelado en el reverso de otra foto idéntica de Calla Thorp.

«Una de tres. Es la hora». El mensaje se repitió en su mente, azuzándolo con su significado confuso. Al menos, Rohan compartía la última frase.

«Es la hora. La hora de ir a por mí, Savannah Grayson».

Dejaba a su elección hacerlo física o metafóricamente.

—Tu hermano sabe que estás tramando algo. —Dadas las circunstancias, Rohan dudaba de que necesitara un empujón final, pero se lo dio de todos modos—. Y si él lo sabe, seguramente también lo sabrán los creadores del juego. Resulta todo un inconveniente que podamos contactarlos a través del reloj.

Savannah no reaccionó a sus palabras, ni siquiera lo corrigió con lo de «hermanastro». En cambio, hizo como si Rohan no hubiera dicho nada en absoluto.

—¿Qué piensas de la inscripción en la placa?

Los perspicaces ojos de Rohan veían cada uno de los movimientos de su cuerpo a través de su armadura blanca. Esta vez, no le decía nada. Nada de señales, nada de indicios.

Solo concentración.

Solo ella.

Rohan rechazó el guante que le acababa de lanzar.

—Entonces ¿tu plan sigue en marcha? ¿Tratar de ganar el juego y confiar en que no se estén tomando ciertas precauciones en caso de que ganes?

—Mi plan no es de tu incumbencia —manifestó Savannah, clavando sus ojos fríos como la escarcha en los de Rohan—. Ni lo es ahora ni lo ha sido nunca. La placa, inglés.

—Tiene un orificio en uno de los lados. —Rohan le proporcionó dicha información a propósito, como si fuera un arma—. Aproximadamente del tamaño de la punta de un dardo dorado. Por lo visto, el mío ha desaparecido.

Si quería aprovechar la coyuntura, lo único que tenía que hacer era simular que tampoco tenía el suyo. Distraerlo. Mandarlo en una misión imposible. Y Rohan, a cambio, fingiría que la tela blanca que se ceñía a su silueta, casi como si se fundiera con ella, no revelaba exactamente en qué bolsillo lo guardaba.

—Qué descuido por tu parte —dijo Savannah—. Por suerte, yo no soy descuidada.

Sacó el dardo.

Era una hipócrita consumada.

Se agachó y deslizó los dedos por el lateral de la placa hasta encontrar el orificio que él había mencionado. Rohan dejó que los suyos se unieran a los de ella, piel con piel, justo antes de dar con el lugar en cuestión.

Ahí estaba: «Un pequeño agujero. Savannah reteniendo el aliento durante una fracción de segundo».

Apartó la mano e introdujo la punta del dardo dorado en el orificio. Se ajustaba a la perfección.

Sin embargo, no ocurrió nada.

—¿Puedo? —preguntó Rohan, anticipando su respuesta: «No».

Pero Savannah Grayson, con una audacia increíble, depositó el dardo en su mano con un poco más de ímpetu de lo necesario, pero dándoselo en cualquier caso. No importaba cuántas oportunidades le diera Rohan; por lo visto, estaba decidida a hacerlo según sus propias reglas. Lo traicionaría cuando pensara que había llegado el momento de hacerlo, a su manera.

Rohan se puso en pie y se obligó a clavar los ojos en su silueta, en cómo esa armadura le marcaba las formas, mientras pensaba en una distracción que le permitiera conservar el dardo.

—Y ahora ¿qué? —preguntó Savannah.

Rohan percibió esa intensidad familiar, carente de debilidad.

«¿Y ahora qué, Rohan?», preguntó el Propietario en su mente.

Rohan giró sobre sus talones y escondió el dardo de Savannah en la manga.

—Ahora sígueme —respondió.

CAPÍTULO 66
ROHAN

—¿Qué hacemos aquí? —preguntó Savannah con la voz suspendida en la humedad del ambiente que presagiaba lo que vendría.

Por «aquí» se refería a las ruinas, a la magnífica mansión que se había quemado casi por completo. Rohan siempre había sentido fascinación por lo roto y lo arruinado, pero esa no era la razón por la que había llevado a Savannah hasta allí.

—Este lugar es, sin duda, un punto de referencia —señaló Rohan—. Una parte fundamental del tablero que aún no se ha utilizado.

«Igual que tú aún no me has utilizado y descartado».

—¿Qué hacemos aquí, inglés? —A Savannah Grayson no le gustaba repetirse—. El libro mayor está en el bosque, en algún lugar cerca del árbol. Tiene que estar allí.

—¿Qué pensarías si te dijera que estamos ganando tiempo para que Brady Daniels haga su siguiente movimiento? —Brady tenía el dardo de Rohan y acabaría por presentarse ante el árbol. Ya sabía que los dardos eran necesarios—. Veamos qué descubre.

—¿Te he dado alguna vez a entender que confío en lo que otros descubran?

A Savannah le favorecía esa actitud altanera.

Todo a su alrededor era negro y gris, excepto unas franjas de hierbas altas y descuidadas, salvajes en contraste con el control glacial de su rival.

«Encuentra una excusa para irte. Ve a ver a Brady. Acepta su oferta». Rohan siempre había tenido una paciencia infinita en los juegos, y su siguiente jugada siempre se basaba en estrategia, solo en estrategia. Sin embargo, esta vez, estaba cansado de esperar.

«Si no es ahora, ¿cuándo, Savvy?».

—Si Brady no va a sernos de utilidad… —Rohan se volvió lentamente y con dramatismo hacia las ruinas—. Entonces, quizá deberíamos eliminarlo. Tengo en mi haber una tercera fotografía.

Savannah procesó dicha información en silencio.

«No quieres que lo descalifiquen, ¿verdad, cariño? Si abandona el juego, quizá la oferta ya no seguirá en pie».

—¿Qué dice el tercer mensaje? —preguntó Savannah.

Rohan le ofreció una versión abreviada.

—Que ha llegado la hora. —Miró a Savannah—. Y yo estoy de acuerdo. Tres fotografías, dos de las cuales, como mínimo, se recibieron casi con toda seguridad mientras participaba en el juego. —Rohan se encogió de hombros—. He eliminado a rivales con mucho menos. Y James Hawthorne se muestra predispuesto a creerme.

—Trabajas para Jameson. Para ellos.

Ahí estaba. Su rabia. Su debilidad. «Los Hawthorne y Avery Grambs».

—Al igual que tú, Savvy, yo solo trabajo para mí mismo.

—Ya te gustaría, ¿verdad? —respondió Savannah, aunque la postura de su cuerpo y su expresión revelaban mucho más. Le decían que estaba lista para luchar. Que se moría de ganas de luchar. Y Rohan no soportaba decepcionar a nadie.

—Quizá los creadores del juego os descalifiquen a los dos —aventuró en voz baja, proyectándola para que la envolviera—. A Brady, por comunicarse con su patrocinador, y a ti, porque han descubierto al tuyo.

«Vamos. Lucha. Considérame la amenaza que de verdad soy».

—No hay nada que me relacione con un patrocinador, excepto las suposiciones.

Para el caso, Savannah podría haber anunciado tranquilamente que no era de las que cedían en primer lugar.

—¿Estás segura de que Avery Grambs y los hermanos Hawthorne se plantearán siquiera si es o no una suposición? —dijo Rohan con voz sedosa—. ¿No crees que les interesará más quitarse una amenaza de encima?

«Acepta la oferta del erudito —deseó en silencio—. Traicióname. Hazme daño. Pórtate de la peor manera posible, Savannah Grayson». El dolor solo era dolor cuando no lo veías llegar. Solo era dolor cuando te importaba de dónde procedía.

—Así que ¿con esas estamos? —Savannah se acercó a él en un abrir y cerrar de ojos y lo encaró. Era de todo menos distante y fría—. ¿Ese es tu plan? Una vez que nuestra alianza llegue a su fin, una vez que nos hayamos quitado a todos los rivales de encima..., ¿vamos a actuar tal como hemos planeado o piensas eliminarme como lo haría un auténtico cobarde?

Rohan se inclinó para hablarle directamente al oído, con los labios casi rozándole la piel.

—No pienso adelantarte nada.

Savannah lo miró fijamente durante uno o dos segundos que le parecieron sublimes, y luego retrocedió un paso.

—¿Qué estamos haciendo aquí, Rohan? —Su voz era más gutural, más nítida, y había utilizado su nombre de pila—. ¿Qué estamos haciendo?

Era evidente: Savannah ya no hablaba de las ruinas.

Lo que había entre ellos los atraía como la fuerza de la gravedad, manteniéndolos unidos como si estuvieran atados por una cinta, por una cuerda del grosor de un puño que corría desde sus entrañas hasta las de Savannah. Y Rohan, navaja en mano, se había dedicado a cortar todas las fibras de dicha cuerda con cada palabra y maldita sea…

¿Por qué no se había roto? ¿Por qué no? «Tu turno, cariño. Te toca mover. Ahora».

—¿Sabes qué es este lugar? —dijo Savannah con esa voz suya de aristócrata, bajándose el antifaz mientras deslizaba unas uñas perfectamente cuidadas sobre una chimenea de piedra que aún permanecía en pie—. ¿Qué significa para mí? —Savannah Grayson no era de las que daban a sus oponentes mucho tiempo para responder—. Mi primo Colin murió en este incendio. Murió aquí, antes siquiera de que yo naciera.

—Colin Anders Wright.

Rohan conocía los nombres de las víctimas del incendio, pero su investigación sobre la familia Hawthorne no iba más allá de dicho suceso.

—Mi padre lo crio como a un hijo —confesó Savannah con esa voz alta y clara que cortaba el aire como si fuera de hierro—. Lo amaba como a un hijo, más de lo que podría amar a una hija. —Hizo una pausa apenas imperceptible y luego añadió—:

Gigi se parece a Colin. Por eso nuestro padre la adoraba desde el día en que nació. Yo era diferente. No me parecía en nada al hijo perdido. No era una niña fácil de amar. Pero jugué al juego.

«¿Entendiendo "juego" por "baloncesto" o por "ser exactamente lo que tu padre quería, esperaba y exigía que fueras"?». Rohan sintió cómo el laberinto lo absorbía, cómo se quedaba atrapado en la habitación de su mente dedicada total y enteramente a ella.

«Cuidado, muchacho», advirtió la voz del Propietario, haciendo que todo el cuerpo de Rohan se estremeciera como si estuviera cargado de electricidad.

—¿Has acabado? —le preguntó Rohan a Savannah.

—A veces pienso en cómo habrían sido las cosas si Colin no hubiera muerto —farfulló Savannah—. Si a Toby Hawthorne no se le hubiese ocurrido la genial idea de jugar con fuego.

—Toby. —Rohan sintió que las piezas finales de aquel rompecabezas encajaban—. ¿Tu padre culpaba a Toby Hawthorne de la muerte de Colin?

Algo en su postura, inmóvil, con las manos a los lados, hizo que Rohan imaginara que cada una de esas manos sostenía una espada.

—Grayson quiere que crea que mi padre pensaba que Avery era la hija de Toby, que mi padre fue a por ella por venganza —susurró.

—Sin embargo, tú no lo crees, ¿verdad? —presionó Rohan, acercándose a ella e invadiendo de nuevo su espacio personal.

Esta vez, Savannah no dio un paso atrás.

—No creo que tenga importancia. Fuera lo que fuese lo que le sucedió a mi padre, ocurriera como ocurriese, Avery Grambs y los suyos lo encubrieron.

Era peligroso entender a alguien demasiado bien. Sin embargo, era mucho más peligroso que Savannah Grayson le permitiera entenderla.

Le permitiera entrar.

Le permitiera ver sus heridas y cicatrices.

«Nunca fuiste suficiente, ¿verdad, cariño? Para nadie. Ni para tu padre ni, al final, ni siquiera para Gigi».

De haber sido otra persona, Rohan hubiese utilizado una información e intimidad de tal calado a su favor. Le habría envuelto el rostro con las manos, habría acariciado con la yema del pulgar sus pómulos afilados, muy afilados, como si estuviera recogiendo una lágrima imaginaria. Si Savannah hubiera sido otra persona, le habría dado a entender que estaban juntos en esto, para que, cuando él la traicionara, la pillara por sorpresa.

Pero tocar a Savannah Grayson, incluso fingir que sentía algo por ella... No podía. No podía arriesgar lo que tenían, fuera lo que fuese, ni un minuto más.

«Corta la cuerda».

—Ganar no te dará lo que quieres ahora.

Savannah volvió a hablar en voz baja.

—¿Y cómo estás tan seguro de lo que quiero?

No echaba a volar. «Maldita sea, ¿por qué no echa a volar?».

—Te conozco, y eso es suficiente —dijo Rohan. Era despiadada a la hora de lograr su objetivo. Como él—. Tú y yo nos parecemos mucho. Mejor será que no confiemos en ninguno de los dos, ¿no crees? —Su acento británico cambió: se volvió menos aristocrático, más juguetón y misterioso—. Nunca se sabe cuándo cambiaremos el chip.

Savannah lo miró fijamente, como si fuera Helena de Troya

contemplando el campo de batalla que había sembrado con su belleza.

—Así que… ¿ya está? ¿Se ha terminado? —preguntó con una voz neutra que no vaticinaba nada bueno—. ¿Esto? ¿Lo nuestro?

«Lo nuestro».

—Yo no he dicho eso.

Rohan se convenció de que seguía jugando con ella, que no trataba de posponerlo, y menos cuando ella pensaba traicionarlo.

—No dices nada. —La neutralidad de Savannah comenzaba a derretirse, como si fuera un afilado carámbano que goteaba al sol—. Una imagen vale más que mil palabras, Rohan, y tú no eres más que palabrería, dobles sentidos y apodos absurdos. Nunca me dices nada verdadero, real.

—Eso no es cierto. —Rohan sintió, tanto como oyó, que su voz se volvía brutalmente baja—. Te lo dije al principio, cariño: yo lo deseo más que tú.

Le había contado a Savannah Grayson lo del Piedad del Diablo. Le había hablado del agua oscura y el ahogamiento. Del niño que había sido una vez.

«Nada más».

—Entonces, ya está, ¿verdad?

Se la veía demasiado tranquila.

—Fin del trayecto —confirmó Rohan—. Pórtate de la peor manera posible, cariño.

—Créeme, lo haré —aseguró Savannah.

Con una expresión fría como el cristal, dio media vuelta y se alejó.

Y así, sin más, Rohan cambió el chip.

CAPÍTULO 67
GIGI

Gigi observó a la Mujer de Rojo... Observó sus ojos. Uno azul. Otro castaño. Gigi conocía esos ojos. Los había visto antes..., en una fotografía que pertenecía a Brady Daniels.

Mientras la mujer con la capa los interrogaba sobre el Gran Juego, sobre los jugadores y los creadores, Gigi solo pensaba en la cicatriz triangular en la base del cuello de Knox Landry, la que le había hecho a modo de despedida la chica de la que estaba enamorado.

Knox la había descrito como «el adiós de Calla Thorp».

—Seguro que sabéis algo más sobre ella.

Gigi parpadeó. Había perdido el hilo durante unos pocos segundos.

—¿Sobre quién?

Eve miró a Gigi con incredulidad.

—Sobre Lyra Kane.

Por lo visto, Eve no pensaba que aquel momento fuera el mejor para quedarse ensimismada, pero el cerebro de Gigi era un conjunto desordenado de recuerdos, revelaciones e hipótesis.

«Calla Thorp. Ya no está desaparecida. Está aquí. Viva».

—O podríamos volver a hablar de tu hermano —dijo Calla, la Mujer de Rojo, la Cala, la Vigilante—. O del hermano de tu hermano.

Gigi tragó saliva.

—Grayson tiene tres hermanos.

—Tres —repitió Cala—. Un número significativo. Decidme por qué es así y os dejaré libres... A todos.

Gigi miró a Slate. «Todavía inconsciente». De haber estado despierto, probablemente le habría ordenado de malas maneras que respondiera a la mujer, pero el número tres no significaba nada para Gigi, y esos ojos sí.

—Eres... ella —soltó Gigi. Algunas personas despertaban fascinación incluso si no las conocías, incluso si solo habías oído mencionar su nombre—. Calla. —Gigi sintió un nudo en el estómago—. Brady cree que está jugando por tu vida. Piensa que te secuestraron.

—Yo no soy Calla. —La voz que pronunció esas palabras era inquietantemente distante—. Calla ya no existe, y yo no soy nadie por defecto.

—Te marchaste. —Gigi se devanaba los sesos, tratando de comprender—. Eso es lo que dijo Knox. Huiste y le pediste que no te siguiera. —Gigi llevó la mano derecha a la base de su cuello, justo por encima de la clavícula—. Tiene una cicatriz aquí mismo. Y Brady... Brady está enamorado de ti.

Para Brady, solo existía Calla. Nadie más.

—Brady Daniels está enamorado de un recuerdo. De un sueño. —Calla que no era Calla llevó una mano enguantada, la izquierda, hacia el mentón de Gigi—. Te aseguro, Juliet Grayson, que yo soy muy real. Y no soy nadie.

«Nadie por defecto».

Gigi tragó saliva.

—Eres la Vigilante. La Cala. Calla. —Y, abriendo los ojos de par en par, añadió—: Fuiste tú la que dejó esa flor ante la puerta.

La Mujer de Rojo no lo negó.

—Todo sigue un orden. Hay reglas que cumplir. A veces, cuando una persona de cierto tipo está siendo vigilada, hay que enviarle un mensaje, advertirla.

—¿Un mensaje?, ¿qué clase de mensaje? —exigió Eve—. Advertirla ¿de qué?

—No estoy hablando contigo —le dijo Calla, que no era nadie, a Eve.

—Pues quizá deberías hacerlo. —Eve se puso delante de Gigi una vez más, para protegerla—. Omega. —Eve dejó que esa palabra, esa única palabra, flotara en el aire—. Calas. —Hizo una pausa de nuevo—. Alice Hawthorne. Lyra Kane me preguntó sobre eso.

Calla guardó silencio durante unos instantes, y Gigi tuvo la inquietante y extraña sensación de que, detrás del velo, la Mujer de Rojo estaba sonriendo.

—Evelyn Blake, ¿o quizá prefieras Laughlin? ¿Shane? ¿Hawthorne? —La mujer ladeó la cabeza—. En cualquier caso, Eve, no decepcionas.

Con eso, la Mujer de Rojo —Calla que no era Calla, la Cala, la Vigilante— dio media vuelta y se dispuso a alejarse, como si Eve le hubiera proporcionado lo que deseaba, lo que había estado tratando de obtener de Gigi.

—No puedes dejarnos aquí —exclamó Eve.

—Puedo hacer muchas cosas. Me rijo por leyes superiores.

Gigi recuperó sus cuerdas vocales.

—Calla…

—Calla era una cándida y mimada chica de diecisiete años que se había enamorado —respondió la Mujer de Rojo en ese tono terriblemente monótono—. Era también la única bisnieta de Helena Thorp, algo muy importante; tanto que, de hecho, a Helena le traía sin cuidado que Calla, de entre todos sus bisnietos, fuera la única que no tuviera sangre Thorp. De pequeña, Calla ignoraba que su padre no era en realidad su padre, pero Orion Thorp sí lo sabía. De hecho, desde el día de su nacimiento. Como podéis imaginar, los ojos de Calla evidenciaban quién era el verdadero padre. Para un hombre como Orion, tal insulto, tal traición, eran imperdonables, pero, si le daba a su familia la primera hija en tres generaciones, Orion Thorp se convertía en heredero. Y eso era más importante que cualquier insulto o traición.

Gigi sintió que se mareaba tratando de seguir aquella historia… Cualquier parte, por pequeña que fuera.

—A fin de cuentas —continuó diciendo No-Calla—, el supuesto padre de Calla ya tenía otra criatura.

—No lo entiendo —dijo Gigi.

—No estás destinada a hacerlo.

—¿Por qué nos estás contando esto? —preguntó Eve.

—Yo no soy Calla Thorp. No hay Calla Thorp. —La pared se abrió—. Y gracias a nuestra querida, apreciada Eve, ha llegado la hora de dejar de vigilar.

CAPÍTULO 68
LYRA

«No es un acertijo. Es un código. Uno muy sencillo».

Lyra tardó un buen rato en descifrarlo, considerando las letras en el poema como letras en lugar de como partes de un todo. Una vez que dejó de buscar un significado a las palabras de la inscripción, una vez que se ciñó a la respuesta más sencilla, lo vio.

Siempre
Ocasiones
Lejanas
Oportunidades
Dormidos
Éramos dos
Nosotros dos
Oscuros…
Con el dosel
Herir
Exponerse

Si se consideraba solo la primera letra de cada una de las líneas... se formaba un mensaje, una explicación de por qué ella y Grayson no habían podido encontrar el libro mayor en el árbol. Tenían el truco ante sus narices.

SOLO DE NOCHE

—Lugar correcto —dijo Lyra—, momento equivocado. Solo podremos continuar, solo podremos encontrar el libro y la siguiente pista... de noche. —Desvió la mirada de Grayson hacia la cama que los separaba, una preciosa antigüedad en una cueva húmeda y poco profunda que probablemente acabaría anegada de agua en cuanto subiera la marea—. De ahí la cama.

«Noche. Cama».

—Todos vamos justos de energía —comentó Grayson—. Por lo tanto, el juego incluye un descanso.

El cerebro de Lyra empezó a sacar humo.

—Pasamos la noche en el yate...

—... lo que aseguró que todos los jugadores encontraran el árbol durante el día —terminó Grayson.

«Estábamos con la caja de música. Brady iba un acertijo por delante: la brújula. No debe de haberlo resuelto antes de la medianoche».

—La marea volverá a subir. —Grayson apoyó una mano en la cabecera de hierro forjado—. Y esta cama es solo de atrezo.

—Pero necesitamos dormir —replicó Lyra, contemplando la cama, que la atraía... al igual que lo hacía él. Alzó los ojos y los clavó en los de Grayson—. Necesitamos dormir y necesitamos comer.

No eran más que humanos.

—Necesitamos regresar a la casa —dijo Grayson, haciendo resonar sus palabras por toda la cueva.

Una vez allí, buscaron comida y se saciaron.

—Y ahora, dormiremos —anunció Grayson.

Lyra lo miró de soslayo.

—Lo dices como si fuera algo sencillo.

—Control del cuerpo. Control de la mente. —Grayson miró a Lyra e hizo una pausa muy breve—. Dormir debería ser algo sencillo.

«Tú tampoco consigues conciliar el sueño fácilmente». Pese a sus palabras, Lyra lo comprendió. Recordó el incidente con el reptil y lo que le había dicho después y, a continuación, pensó en Savannah y en Eve, en Alice, en omega y en todo lo demás.

—Debería, pero no lo es —objetó Lyra.

—Suelo fracasar en las tareas más sencillas —le dijo Grayson.

Lyra recordó que Grayson Hawthorne se esforzaba en practicar el arte de cometer errores. Pensó en la chica que había perdido, en cómo se culpaba por ello. Y entonces pensó en sí misma: con cuatro años, cómplice del suicidio de su padre. La única testigo. La única superviviente.

Se preguntó si los que sobrevivían llegaban a conciliar el sueño fácilmente alguna vez.

—Grayson —dijo con voz ronca—, ¿te apetece que fracasemos juntos?

CAPÍTULO 69
LYRA

Acabaron en el «dormitorio» de Grayson, en el salón de baile con suelo, paredes y techo de mosaico presidido por una única cama de matrimonio, en cuya base estaba apoyada la larga espada.

Grayson la recogió, retiró el edredón y luego miró a Lyra.

—Tú primero —sugirió ella.

Grayson dejó la espada en el suelo de mosaico, luego se incorporó de nuevo y se metió en la cama. Con un nudo en la garganta, Lyra hizo lo propio, colocándose a su lado.

Recostando la cabeza en el brazo flexionado, Grayson la miró y llevó una mano hacia su sien, hacia su pelo.

—¿Me permites?

A pesar de que Lyra no estaba completamente segura de qué le estaba preguntando, asintió de todos modos, y Grayson comenzó a peinar poco a poco la espesa maraña de cabellos, extendiéndolos sobre la almohada alrededor de su cabeza.

Al cabo de un rato, dejó de hacerlo y se quedó apoyado, mirándola fijamente.

—Así no vas a conciliar el sueño —le dijo Lyra. «Y yo tampoco»—. Recuéstate.

Grayson obedeció y se tumbó de espaldas, con la cabeza todavía vuelta hacia ella.

Lyra llevó una mano hacia la sien de Grayson.

—Cierra los ojos —le ordenó.

—Se supone que soy yo el que debe cuidarte —protestó Grayson.

—Ah, ¿sí? —replicó Lyra. A ese ritmo, no conseguirían dormir. Ninguno de los dos—. ¿Cuántas horas faltan para que anochezca?

Grayson ni siquiera necesitó comprobar el reloj.

—Poco más de seis.

Necesitaban dormir. Lyra lo sabía. Pero, por lo visto, su cuerpo no.

—¿Cómo te duermes normalmente? —le preguntó mirándolo fijamente a los ojos, pensando en el hielo ártico y en el filo plateado de una espada—. Cuando puedes, cuando lo consigues, ¿cómo desconectas?

—¿Del mundo? —dijo Grayson.

—De ser Grayson Hawthorne —respondió Lyra.

Su pecho subía y bajaba, y Lyra ansiaba tocarlo, acariciarlo con la yema de los dedos, algo que no podría haber evitado de no ser porque él respondió a su pregunta.

—Me imagino flotando boca arriba en una piscina.

Lyra se tumbó de espaldas. Unos pocos centímetros separaban sus hombros. Cerró los ojos.

—Flotando en una piscina. —Casi podía sentirlo—. Por la noche.

—Con un cielo sin luna sobre mí —añadió él.

Lyra lo percibió solo por el sonido de su voz: los ojos de Grayson también estaban cerrados.

Él respiró.

Ella respiró.

—Todo oscuridad —continuó Grayson.

—Respirando profundamente para llenarte los pulmones y mantenerte a flote.

Lyra lo sentía ahora: su cuerpo y el de él, flotando uno al lado del otro. «Silencio».

Y, entonces, todo fue oscuridad.

La cala.

El collar de caramelos.

«A Hawthorne did this. *Un Hawthorne hizo esto*».

El hombre tiene un arma. Lyra no podía respirar, pero no se despertó. Se sumergió más y más en el sueño, mucho más, hasta que se olvidó de que era un sueño.

—¿Cómo empieza una apuesta? Así, no.

Oye al hombre, pero no puede verlo. Hay silencio, y después… un disparo.

Se lleva las manos a los oídos. Ya es mayor. «No voy a llorar».

Pero no es tan mayor.

Otro disparo.

Silencio. Aparta las manos de las orejas. La flor cae al suelo. Enrolla una y otra vez entre sus dedos el cordón elástico del collar de dulces, y le aprieta y le duele, y oye algo que parece el crujido de una puerta.

De repente, sus pies se dirigen hacia la escalera. «Silencio», piensa. No tiene que hacer ruido. Se quita los zapatos.

Sube las escaleras. Un peldaño. Luego otro. Pisa algo pegajoso, caliente y de color rojo. Es de color rojo, gotea por las escaleras y se ha manchado los pies.

Las paredes también son rojas. «No está bien dibujar en las paredes».

Una especie de maullido. Es ella. Ella es la que emite el sonido al ver algo en lo alto de las escaleras.

No algo.

Su rostro… No tiene rostro. Es incapaz de gritar. De moverse. Todo es rojo. Todo.

Y entonces oye una voz a sus espaldas; la voz de una mujer.

—Tú…, pobre criatura.

Lyra se da la vuelta. Al pie de las escaleras, mirándola, hay una figura vestida completamente de negro.

Capa negra.

Capucha negra.

Velo negro.

Unas botas negras, que suben las escaleras.

Unos guantes negros que acarician con dulzura su rostro.

—Eres de las silenciosas.

No puede gritar. Su cuerpo no deja de temblar, se estremece…

—No deberías estar aquí, pequeña.

Sangre en sus pies. El hombre no tiene rostro. Y ella no debería estar aquí. Tiembla aún más.

—No deberías estar aquí. —Un dedo enguantado le seca las lágrimas que resbalan por sus mejillas—. Pero ¿quién va a decir que has estado?

El siseo de un tejido.

Le ponen algo en los labios. Bebe. Está bebiendo algo.

Y después… Sus pies descalzos en la acera. Está en la calle. Corriendo.

Y está sola.

Lyra se despertó muerta de frío, como si sus huesos y la sangre de sus venas y el aliento en sus pulmones se hubieran convertido en trozos de hielo, afilados como una navaja. «Había alguien más allí». Lyra trató de evocar la imagen de la mujer de negro; lo intentó, pero fue incapaz. Su cerebro no funcionaba así.

Sin embargo, lo que sí recordaba era la voz de la mujer: «No deberías estar aquí. Pero ¿quién va a decir que has estado?».

Puede que no consiguiera ver su rostro, pero algo le vino a la mente: una capa, una capucha, botas. «De color negro». Respiraba con dificultad. Sin saber cómo, Lyra logró ponerse de lado.

Grayson estaba allí, a pocos centímetros de ella, durmiendo, hermoso y atractivo, mucho más hermoso y atractivo de lo que cualquier hombre tenía derecho a ser. «Pestañas largas. Pómulos afilados. Labios carnosos». Unos mechones le cubrían el rostro y Lyra los apartó.

Lo hizo con delicadeza. Él no se movió. No deseaba despertarlo, pero tenía que hacerlo.

«Pobre criatura». Ahora Lyra podía oír la voz con total claridad.

—Grayson —susurró, en un tono más bajo de lo que había pretendido en un primer momento—. Grayson, despierta.

Dormía como un tronco.

—Te necesito.

Y, con eso, Grayson abrió los ojos y la miró fijamente.

—¿El sueño?

Lo comprendió de inmediato.

Se sentó y la atrajo hacia él. Lyra no deseaba otra cosa en el mundo que recostar la cabeza sobre su hombro y que su olor la embargara. «Cedro y hojas caídas». Pero no lo hizo.

No podía.

—No ha sido solo el sueño. —Las palabras le arañaron la garganta como si fueran un alambre de espino—. Esta vez ha ido más allá. —Decir eso en voz alta le desbocó el corazón, como si latiera al ritmo de un martillo clavando clavos o espigas de ferrocarril—. He visto más. —Cerró los ojos incluso sabiendo que no serviría de nada—. Lo he visto y, aunque ahora ya no puedo verlo, recuerdo la voz de la mujer. —Le dolía la garganta—. Recuerdo lo que me dijo.

—¿Qué mujer?

Lyra abrió los ojos y los clavó en los de Grayson de nuevo.

—Jamás supe quién me encontró: si quien me sacó de esa casa fue la policía, mis padres u otra persona. —Hubiese podido preguntarlo, pero eso habría supuesto admitirle a su familia que lo recordaba—. Estaba sola con el cuerpo de mi padre. Tenía los pies llenos de sangre… Tenía los pies llenos de sangre y estaba sola, Grayson. —Lyra tomó aliento—. Y, de repente, dejé de estarlo.

Las manos de Grayson envolvieron el rostro de Lyra. Su cabeza se acunó en ellas, y Grayson le masajeó dulcemente la nuca. Con movimientos suaves, constantes. Estaba allí, y no le estaba pidiendo absolutamente nada.

Eso, más que cualquier otra cosa, la animó a continuar.

—Llevaba una capa negra con capucha. —Lyra frunció los labios—. Un velo le cubría el rostro. Dijo que no debería estar allí. Y entonces… fue como si me encubriera, como si encubriera el hecho de haberlo presenciado. Me dio alguna clase de líquido, me lo hizo tragar.

—Estoy aquí. —Aunque solo le acariciaba el rostro y el cuello, Lyra sentía la presencia de Grayson en cada centímetro de su piel, anclándola al presente como si fuera plata y acero—. Estoy aquí contigo, Lyra Kane.

—Alice.

Lyra pronunció aquel nombre en voz alta. Era lo único que tenía sentido. «*A Hawthorne did this*» y, después, aparecía la mujer de negro.

—Respira —murmuró Grayson.

Le mostró el camino, y Lyra respiró, y fue como correr a su lado de nuevo, como ir a dúo. «No estoy sola». Lyra se apoyó en una de las manos de Grayson, sintiendo la calidez de su piel en la mejilla. Justo en ese momento, oyó un zumbido en su muñeca. «El reloj».

Grayson apartó un poco el brazo. Ni siquiera había parpadeado, y Lyra no habría pensado que ocurría algo de no ser porque... había apartado un poco el brazo.

Grayson Hawthorne no apartaba el brazo, y menos cuando ella lo necesitaba. «No así». Lyra le envolvió la muñeca con una de sus pequeñas manos, sin tan siquiera abarcarla enteramente.

Sin embargo, era lo bastante fuerte como para inmovilizarle el brazo, aunque solo porque él se lo estaba permitiendo.

—Eso ha sido tu reloj —dijo Lyra.

Grayson le acarició la mejilla con el pulgar de la mano que tenía libre.

—Mi reloj no importa en este momento.

Lyra quería creerlo. Pero...

—Mi cuerpo conoce el tuyo. —«Mejor de lo que debería. Mejor de lo que tiene derecho». Tragando saliva, añadió—:

Tus hombros cargan con el peso del mundo, Grayson. En tus músculos siempre hay tensión, pero hay una diferencia entre tensión y rigidez.

La tensión que habitaba el cuerpo de Grayson era la de la cuerda de un arco listo para disparar la flecha. Siempre estaba preparado.

—Solo te pones rígido cuando algo te preocupa.

Lentamente, Lyra le dio la vuelta a su brazo. Presionó el pulgar en la cara interna de la muñeca, a sabiendas de que él podía apartar el brazo.

—¿Qué estás haciendo?

Parecía muy calmado y sereno, pero su corazón latía desbocado.

—Si giro tu muñeca —susurró Lyra—, si miro el reloj, ¿qué voy a ver?

No aguardó la respuesta. Trató de girar el brazo de Grayson, pero este se lo impidió con la mano que le quedaba libre. Los dos permanecieron durante unos instantes allí en la cama, en un enfrentamiento silencioso, la mano de Lyra en el brazo de Grayson y la de este en la de ella, sin decir palabra.

—No lo mires —dijo finalmente Grayson con la voz entrecortada—. Te pido que no lo mires igual que le pedí a Emily que no saltara —añadió poniéndose aún más rígido.

A Lyra le dio un vuelco el estómago y, desde lo más profundo de su mente, le llegó la advertencia de Savannah, una advertencia que Lyra había olvidado, una que no había vuelto a recordar ni una sola vez desde el yate.

«A fin de cuentas, cuando llegue el momento…».

Lyra ladeó la cabeza y miró.

CAPÍTULO 70
GRAYSON

Grayson giró la muñeca, ocultándole la esfera del reloj a Lyra. Ignoraba el contenido del mensaje que acababa de recibir, pero sus últimas comunicaciones habían sido para indicar que Toby lo sabía, y no solo lo de Eve.

«Lo de Alice». Alice, quien, si tenía que dar crédito a lo que decía Lyra, y él creía a Lyra Kane en cuerpo y alma, podría haber estado presente la noche en que murió su padre. A su mente acudió Jameson afirmando que lo habían drogado, que apenas recordaba lo sucedido en Praga, que todo eran lagunas, todo sensaciones y pocos detalles. En aquel momento, Grayson había pensado que Jameson sabía más de lo que recordaba conscientemente —la cala, por ejemplo—, pero no había atado cabos entre la memoria fragmentada de Jameson y la de Lyra.

«¿Y si no reprimió esa noche a causa del trauma? ¿Y si alguien la obligó a reprimirla?».

Ante él, Lyra Catalina Kane bajó los ojos pese a que la esfera del reloj quedaba aún fuera de su campo de visión. Por poco. Grayson se zafó y giró la muñeca tan lejos como pudo sin apartarse de ella.

—Es curioso —dijo Lyra, mirándolo de nuevo con esos ojos ambarinos—. Desde que participo en el Gran Juego, percibo claramente cuándo me estoy perdiendo algo.

Tragó saliva.

Grayson trató de apartar el brazo y Lyra lo agarró más fuerte.

—Ni lo sueñes —dijo.

—Lyra...

Grayson no se atrevió a añadir más.

«No más mentiras. No más medias verdades».

—Enséñame lo que dice tu reloj —ordenó Lyra con voz entrecortada—. Enséñamelo.

Las palabras amenazaron con quedarse trabadas en la garganta, pero Grayson se obligó a pronunciarlas.

—No puedo, Lyra.

Lyra lo soltó.

—Sabes algo. Tus hermanos y Avery saben algo, ¿verdad? Sobre Alice. En el yate, después de que les contaras lo de la cala..., dijiste que no era nada, que ellos no sabían nada, y yo te creí. Confié en ti.

—Lo sé. —Grayson tan solo deseaba abrazarla—. ¿Puedes esc...?

—No —soltó ella, interrumpiéndolo—. Enséñame el reloj, Grayson.

Le había pedido que no mirara y, aunque Lyra no había cedido, él había apartado el brazo antes de que pudiera leer el mensaje. Y ahora era ella la que le pedía algo: le decía lo que necesitaba.

Lentamente, Grayson giró la muñeca. Un mensaje apareció ante ellos: O. M. LOCALIZADA.

Alisa había encontrado a Odette. El mensaje en sí era menos terrible de lo que Grayson había esperado, pero Lyra movió el *scroll* de la pantalla y retrocedió unos mensajes.

—Toby sabe algo —leyó Lyra—. ¿Sobre Eve? No. Entonces ¿qué sabe exactamente tu tío Toby, Grayson? ¿Algo sobre su madre? ¿Sobre Alice?

«Trataba de proteger a mi familia y trataba de protegerte a ti». No albergaba duda alguna de que Lyra Kane no iba a agradecérselo.

—Y ahora ¿han localizado a Odette? ¿Es que había desaparecido? —Lyra empezó a acribillarlo con preguntas, una tras otra—. No lo entiendo. Haz que lo entienda, Grayson. —Lyra le dio un segundo, solo uno, para que respondiera—. ¿Por qué tu familia me considera un lastre, una amenaza?

—No creen que seas una amenaza —respondió Grayson con voz uniforme, pese a la sensación que se había adueñado de su pecho: un endurecimiento de los músculos, algo en su interior que se hacía añicos.

—Si yo no soy la amenaza… —La expresión en los ojos color ámbar de Lyra cambió al comprender las implicaciones de dicha hipótesis—. Alice. Ella es la amenaza. Y soy un lastre porque sé que ella está viva. Supongo que eso también convierte a Odette en un lastre, puesto que ella fue quien nos lo dijo. Y tú…

Grayson la interrumpió.

—Yo… —le dijo con voz entrecortada—. Me empeño en alejar a la gente de los acantilados.

Lyra lo fulminó con la mirada.

—No necesito tu protección.

Grayson ya lo sabía. Lo necesitaba a él. Y aunque sabía cómo iba a acabar todo aquello, no pudo evitar responder:

—La tienes igualmente.

Durante un largo momento, Lyra lo miró con intensidad. A continuación, salió de la cama y se quedó allí, en pie, con los pies separados el ancho de los hombros.

—Tengo que jugar un juego.

Durante años, Grayson no había sido capaz de correr hacia nada ni hacia nadie. Los riesgos de perder a alguien más eran demasiado grandes. Pero, esta vez, no vaciló ni un instante y se levantó en un abrir y cerrar de ojos.

Fue hacia Lyra. Corrió hacia ella.

—Tenemos que jugar un juego —dijo Grayson.

Durante cuatro o cinco insoportables segundos, Lyra se quedó allí, inmóvil, sin decir absolutamente nada, y luego levantó la mirada y lo observó como lo había hecho la primera vez que él la había tocado: en las ruinas, su mano sobre su brazo.

Era una mirada de advertencia, eléctrica y cruda.

—No voy a parar —aseguró Lyra—. Lo sabes, ¿verdad?

No iba a dejar de buscar respuestas. No iba a dejar de presionar.

—No voy a parar —repitió Lyra, con una intensidad comparable a la de cualquier Hawthorne—. Y cuando llegue el momento, si la familia Hawthorne está de un lado y yo estoy del lado contrario… —Pasó junto a él y, atravesando el salón de baile, añadió—: Ambos sabemos que no me elegirás a mí.

CAPÍTULO 71
ROHAN

«Arrasa con todo». Rohan miró a Lyra Kane desde la distancia. Estaba corriendo, y estaba sola. Quizá sus advertencias anteriores habían surtido efecto. Quizá no. En cualquier caso, no era personal. La estrategia era la estrategia.

Las personas siempre eran el medio para conseguir un fin, punto. Desde esa perspectiva, cobraba todo el sentido encender otra cerilla, prender otra mecha. Al fin y al cabo, Rohan no tenía nada más que hacer durante la hora que faltaba para que anocheciera.

Los astutos Hawthorne y sus astutos truquitos.

Rohan siguió a Lyra a una distancia suficiente como para que no se diera cuenta de su presencia de inmediato y lo suficientemente cerca como para que sintiera que se aproximaba. Cuando lo hizo, cuando se dio la vuelta y miró por encima del hombro, Rohan desapareció en las sombras.

Solo un poco más.

Unos pocos minutos más.

Y, entonces, la rodeó y se acercó a ella en sentido contrario. «Que piense que alguien más le pisa los talones».

—Traté de avisarte —dijo Rohan a modo de saludo.

Lyra no pronunció palabra y, en aquel silencio, y en su postura y su mirada, Rohan interpretó todo lo que necesitaba saber. Algunas personas llevaban la devastación como armadura, y otras como velo. En su caso, se combinaban ambas cosas, pero su cuerpo...

Su cuerpo la traicionaba. Lyra era más dura de lo que muchos hubiesen creído, pero estaba rota.

«Arrasa con todo».

—Ya sabes que Grayson Hawthorne tiene la costumbre de enamorarse de chicas y después dejarlas en la estacada —le dijo—. Se enamora de la idea de una persona, no de la persona en realidad. Me temo que eres una entre muchas.

Poco importaba si eso era verdad o no.

A veces, las cosas rotas solo volvían a ser útiles cuando se reparaban y, otras veces, necesitaban romperse un poco más.

—No hace ni setenta y dos horas. No comprendo cómo llegaste a pensar que contigo iba a ser diferente —añadió.

—Basta.

Se intuía cierta tensión en su voz..., más que tensión un abismo, profundo y abierto.

«Arrasa con todo».

—Nos vemos al anochecer, en el árbol —le dijo Rohan a Lyra.

Rohan había descifrado el código de la última pista al ver que ella y Grayson se retiraban a la casa a descansar. Sin embargo, él no había pegado ojo.

Apenas necesitaba dormir una vez que había cambiado el chip.

De hecho, ahora mismo, lo que necesitaba era encontrar

a Brady Daniels. Sin duda, a esas alturas, Savannah ya habría aceptado la oferta del erudito. «Hora de arrasar con todo por ese lado también».

Rohan localizó al erudito en las ruinas. Savannah no estaba con él, pero eso no indicaba nada respecto a su trato.

Y Rohan no había venido por Savannah; había venido a recuperar su dardo.

—Tú otra vez.

Brady no pareció sorprenderse.

—Yo otra vez. —Dejando una distancia de unos dos metros entre ellos, Rohan alzó su muñeca izquierda… Su reloj—. Quería que me vieras enviar esto.

El mensaje a los creadores del juego estaba a medias. Rohan terminó de escribirlo no con pocas florituras.

—Una copia de la última carta de tu patrocinador. No tengo ni la menor idea de lo que significa, pero quizá los creadores lo sepan.

Brady dio un paso hacia él.

—No puedo dejarte hacer eso.

En su estado actual, Rohan apenas sentía nada, ni siquiera satisfacción ante un movimiento ejecutado a la perfección.

—Lo sé.

—¿Se te ha ocurrido pensar qué implica que no deba ganar este juego? —dijo Brady con lo que a Rohan le pareció calma fingida—. ¿Que lo único que debo hacer es acabar contigo?

—Sería un egocéntrico si asumiera que soy tu único objetivo —se mofó Rohan.

—No me gustaría hacerte daño, pero lo haré —declaró Brady.

Rohan comprendió que Brady decía la verdad por su postura, con los pies separados el ancho de los hombros y el peso del cuerpo ligeramente en la punta de los pies. «Significa que no cuentas con ningún incentivo para respetar las reglas del juego».

Rohan contaba con eso. No podía atacar primero si no quería que lo eliminaran. Tenía que dejar que Brady Daniels le diera un par de buenos golpes antes de noquear al erudito.

—Quizá los creadores no te descalifiquen cuando reciban mi mensaje —dijo Rohan acercando el índice a la pantalla del reloj—. Quizá suspendan el juego. Me pregunto qué le hará tu patrocinador a Calla si eso sucede.

Funcionó.

Brady Daniels pasó de estar completamente inmóvil a convertirse en una mancha borrosa que se movía a toda velocidad. Rohan comprendió de inmediato que Brady pretendía una lucha cuerpo a cuerpo, en la que lo aventajaba en corpulencia. Cuerpo a cuerpo en una confrontación donde todo valía: estrangulamientos, golpes dados con los codos, las espinillas y las rodillas.

Rohan se lo permitió… durante unos instantes. Dejó que le diera un par de golpes que lo hicieron sangrar y entonces…

«Empújalo». Rohan hizo exactamente eso, sin dejar rastro, sin derramar ni una gota de sangre. No le había costado mucho identificar la mezcla de estilos con la que luchaba Brady. Por desgracia para su oponente, la fortaleza de Rohan como luchador era que no tenía estilo. Calculaba cada uno de sus movimientos únicamente en función de las intenciones del rival. Su estilo no tenía restricciones. Era lo que necesitaba ser en cada momento.

El dolor proporcionaba claridad, y la claridad, en una pelea como esa o en cualquier otra, se resumía en interpretar al rival. «Luchas como si la vida de la chica dependiera de ello. Tu patrocinador te ha hecho creer que es así». En el laberinto de su mente, Rohan oyó a Nash Hawthorne decir que él no iba a ganar el Gran Juego. «Nuestros juegos tienen corazón. No vas a ser tú, chaval». Pero Rohan no necesitaba corazón para ganar la pelea. Lo único que necesitaba era aventajar a Brady, mostrarle una oportunidad, una minúscula para que el intrépido y desesperado señor Daniels creyera que era auténtica.

Rohan lanzó un puñetazo exagerado a propósito. Brady lo esquivó y fue a la carga, pero Rohan, pese a no parecerlo, seguía en guardia. Se había curtido en peleas callejeras, combates en palacios y en todo lo que había entre esas dos cosas. Los mejores asaltos siempre se disimulaban con una derrota.

Le concedió un instante a Brady, solo uno, para que creyera que tenía la sartén por el mango y, una fracción de segundo después, Rohan ya se había colocado tras el erudito y le había rodeado el cuello con un brazo.

«Un estrangulamiento. Un reflejo arterial. Una bajada repentina en la presión sanguínea». Un luchador menos experimentado —o uno con más principios— lo habría soltado cuando Brady Daniels quedó inerte. Rohan siguió rodeándole el cuello un poco más. No lo suficiente como para causar daños irreversibles... No esta vez.

Ni siquiera le había dejado marca.

Sangrando y entumecido por los golpes, Rohan dejó caer la presa al suelo y, acto seguido, le desabrochó la cremallera y confiscó cualquier objeto que estuviera en su poder, incluyendo dos dardos dorados. Brady ni siquiera se había molestado en esconderlos.

—Hay gente que no aprende —le dijo Rohan al erudito.

A continuación, con cierto retraso, comprobó su pulso. «Regular. Fuerte». Mejor, la muerte lo ensuciaba todo. Y ese instante necesitaba precisión.

Rohan bajó la muñeca de Brady y, al hacerlo, vio el tatuaje. Ya había reparado en él: una espiral de letras en la parte interior del brazo. Docenas y docenas de letras dispuestas, por lo que parecía, al azar. Entonces, se dio cuenta…

No estaban dispuestas en absoluto al azar.

De repente, como si fuera un puñetazo, Rohan intuyó un posible significado para el tercer mensaje que Brady había recibido por parte de su patrocinador. «Una de tres». Cada tres letras.

Empezó por el exterior y fue recorriendo la espiral hacia dentro, pero, a medio camino, se detuvo y decidió hacerlo al revés, empezando por el centro, con la R, y hacia el final de la espiral.

«R, dos letras, O, dos letras, H...».

Ahí estaba, clara como el agua, una orden tatuada literalmente en la piel de Brady:

R-O-H-A-N-M-U-S-T-L-O-S-E.

«Rohan debe perder».

No era un tatuaje temporal. Por su aspecto, la tinta tampoco era semipermanente. No, era real, y ya había cicatrizado. Brady Daniels era uno de los jugadores elegidos por la heredera. Después de que se lo comunicaran, habría tenido, como mucho, tres días y, aun así, se diría que aquel tatuaje se había hecho un par de meses antes.

«Tenías un patrocinador antes de que recibieras la carta dorada, ¿verdad, erudito? Antes de que revelaran las particularidades del juego de este año». Y ese patrocinador no le había dado a Brady la orden de forma directa. Ese patrocinador, cuando entró en el juego, no le había dicho que su objetivo, por encima de todo lo demás, era asegurarse de que Rohan perdiera.

No, el patrocinador de Brady había dictado la orden mucho más recientemente, en algún momento después de la hoguera, pero antes del yate. «En cuanto se vio claro que Savannah y yo seguíamos formando equipo. En cuanto se evidenció lo formidables que éramos juntos».

Rohan concluyó que, desde el punto de vista del patrocinador de Brady, había sido mucho más sencillo y limpio que este nunca supiera quién era su objetivo, que, sencillamente, se postulara como posible ganador del Gran Juego. Pero dicho patrocinador había establecido un sistema a prueba de fallos, uno que, a diferencia de un mensaje escrito con tinta invisible, no podía ser interceptado ni robado.

«¿Debía el erudito aprenderse de memoria la secuencia? ¿Fue él quien se lo hizo tatuar en la piel o fuiste tú?». En silencio, Rohan dirigió estas preguntas hacia el patrocinador de Brady, el mismo patrocinador que le había proporcionado al erudito la información sobre la muerte del padre de Savannah Grayson. Y de Gigi.

¿Contaba Brady con ventaja sobre algún otro jugador? No tenía mucha importancia. Lo que sí importaba era el hecho de que este mensaje —esta orden— merecía un tratamiento diferente.

«Alguien le dio el código a Brady semanas antes de que se convirtiera en jugador. Alguien sabía que yo me convertiría en jugador semanas antes de que sucediera».

Alguien estaba jugando una partida larga, y eso, junto con el hecho de que él era el objetivo, le dijo a Rohan quién era el patrocinador de Brady.

El Piedad del Diablo era muchas cosas. Una lujosa casa de apuestas. Un lugar en el que se cerraban tratos y se asentaban fortunas. Un legado histórico. Una fuerza de las sombras: una mano invisible que lo dirigía todo, partida tras partida.

Y solo había dos personas en el Piedad que se atreverían a apuntar a Rohan. Una era el mismísimo Propietario; la otra, la única persona con la necesidad de que Rohan perdiera el Gran Juego. La persona que se haría con el Piedad si él fracasaba.

«Ni lo sueñes, duquesa».

CAPÍTULO 72
ROHAN

Los truenos retumbaban mientras regresaba al bosque con el dardo dorado entre el dedo corazón y el pulgar. A pesar de que se avecinaba una tormenta, no existía tempestad que pudiera mantener a Rohan alejado de cierto árbol al caer la noche.

Si Zella esperaba que Rohan cayera en manos de Brady Daniels, o en las de Savannah, iba a quedar profundamente decepcionada.

«Has jugado la partida larga, duquesa. Yo juego la despiadada». Rohan se arrodilló e introdujo el dardo en el lateral de la placa plateada. Esta vez, se oyó un clic.

—Solo de noche —murmuró Rohan al ver que la placa se levantaba noventa grados y revelaba un compartimento.

Rohan introdujo la mano. Sus dedos acariciaron la cubierta de piel de un libro mayor y, cuando lo sacó, escuchó el delicado tintineo del metal. Amuletos, unidos por una cinta de raso que acompañaba el libro.

Tomó uno (un árbol, por lo que intuyó al palparlo) y, acto seguido, abrió el libro mayor y presentó el reloj. El libro se iluminó, lo que permitió que Rohan viera cómo aparecía su nombre en la página, que, hasta ese momento, estaba en blanco.

«Primero».

A su izquierda, percibió un destello de luz. Se giró y advirtió un foco ultrapotente que iluminaba el cielo a través de un claro entre las ramas de los árboles. Rohan echó la cabeza atrás. En el círculo que formaba el haz de luz con el telón de fondo de la noche, eclipsando las estrellas, aparecieron unas letras, tres.

Lie.

«Ahí está la siguiente pista —pensó Rohan—. *Lie*, "mentira" en inglés». Examinó minuciosamente el compartimento oculto para asegurarse de que no hubiera nada más y luego lanzó el libro mayor de nuevo al interior, cogió el dardo dorado y lo extrajo. El foco no se apagó, pero la placa descendió, ocultando de nuevo el compartimento.

Rohan se puso en pie. En el bosque, a unos veinte metros de distancia, se oyó un crujido. Gracias al foco, distinguió la silueta de Lyra Kane mientras se abría paso hacia él, hacia el árbol. Miraba al cielo, hacia la palabra que había hecho aparecer el foco.

Lie.

—Algunas mentiras son hermosas mientras duran —le dijo Rohan a su rival.

Lyra se arrodilló junto a la placa, con la mirada clavada en el dardo que Rohan sostenía en la mano. Este último se preguntó si ella había traído el suyo. Sin perder tiempo, Lyra inspeccionó la placa y encontró el agujero. Rohan obtuvo su respuesta: Lyra sacó el dardo del bolsillo de la chaqueta.

Unas gotas de lluvia empezaron a caer mientras lo utilizaba.

Enseguida, había firmado el libro y lo había depositado de

nuevo en el compartimento. A Rohan se le ocurrió que aún le quedaba una cosa por hacer para poner tierra de por medio con Lyra Kane y Grayson Hawthorne, con Savannah. Quizá ya había presionado a Lyra demasiado.

O quizá no.

Lyra se puso en pie y Rohan se acercó a ella.

—Si está buscando a alguien a quien despreciar, señorita Kane... —Rohan blandió su sonrisa de canalla como si fuera una espada—, puedo garantizarte que soy de lo más despreciable.

A menudo, las personas que se esforzaban por mantener el mundo alejado eran las que tenían una mayor necesidad latente de compañía.

—No necesito tus garantías —espetó Lyra—. No necesito nada de nadie.

Eso era, por supuesto, una mentira. Sin embargo, cuando Rohan consideró su próximo movimiento, la parte de su cerebro que siempre se mantenía alerta registró que estaban a punto de tener compañía. «Zancadas largas, peso en la punta de los pies. Hola, Savvy».

Rohan dejó que sus ojos se posaran en los de Lyra, marrones, no de ese pálido azul grisáceo. Tras unos segundos, alzó la mirada hacia la pista en el cielo, dejando que la lluvia le bañara el rostro.

—Todos mentimos, señorita Kane.

—Ser consciente de eso... —Savannah se abrió camino, anunciando su presencia, como si Rohan no hubiese reparado en ella—. Vivir con eso... —Savannah se agachó junto a la placa aún levantada y recogió el libro mayor. A continuación, miró a Rohan y Lyra—. Es el juego más grande de todos.

CAPÍTULO 73
GIGI

Hacía horas que la Mujer de Rojo había desaparecido por la puerta de la pared y los había dejado encerrados de nuevo. Gigi ignoraba cuántas. Unas palabras siniestras resonaron en sus oídos.

«Ha llegado la hora de dejar de vigilar».

En lo que era, posiblemente, la centésima vez, trató de despertar a Slate..., quien, esta vez, soltó un gemido.

—¿Qué ha pasado? —dijo con voz grave y ronca.

Sus cabellos dorados, oscurecidos por el sudor, le cubrían el rostro hasta las mejillas. Entre los mechones, Gigi advirtió que sus ojos oscuros estaban abiertos y fijos.

En ella.

—¿Quieres la versión larga o la versión superlarga? —preguntó Gigi—. También puedo representarlo.

Eve puso los ojos en blanco, fingiendo a más no poder que no había estado vigilando a Slate todo este tiempo.

—Te han noqueado —le dijo secamente—. Y alguien mordió el anzuelo.

—No por ese orden —matizó Gigi con amabilidad—. La

persona que te ha noqueado deseaba información sobre el Gran Juego. Se ha hecho llamar la Vigilante.

«La Cala. Calla. La Mujer de Rojo».

Eve miró a Gigi entornando los ojos.

—Tú la conocías.

Parecía que hubiese estado reprimiendo aquella acusación durante horas.

—Sabía de su existencia —corrigió Gigi—. Se supone que está desaparecida o muerta o… algo así.

—Apuesto por algo así —respondió Eve.

Slate se enderezó apartándose el pelo del rostro y tirando de sus ataduras con aspecto casi leonino.

—¿Alguna de vosotras dos puede soltarme?

—Que conste que ese «por favor» iba dirigido a ti —le dijo Eve a Gigi poniendo de nuevo los ojos en blanco.

Gigi le ofreció a Eve su sonrisa más angelical.

—Espóiler: sigo planeando tu final.

—Y yo sigo planeando el suyo —indicó Eve, mirando a Slate—. Estamos a la par.

Eve se acercó a la silla y, colocándose a espaldas de Slate, se inclinó hacia el respaldo, tratando de liberarle las muñecas mientras Gigi se acercaba por delante y se agachaba frente a él, encargándose de los tobillos. Gigi no tenía unas uñas tan afiladas como las de Eve, pero contaba con la ayuda de los dientes.

La cinta adhesiva hizo un agradable sonido al rasgarse y, en cuestión de segundos, gracias a las uñas de Eve y los dientes de Gigi, Slate quedó libre. Mientras él se ponía en pie, Gigi se enderezó.

Unos ojos oscuros se clavaron en los suyos.

—¿Estás bien?

Para demostrarse, tanto a sí misma como a él, que sí lo estaba, Gigi forzó una sonrisa.

—Mis dientes son como los de un castor —bromeó.

—No hablaba de eso —respondió Slate, y luego se volvió—. ¿Eve?

Eve se echó el pelo hacia atrás, lo que Gigi supuso que, en su caso, era casi lo mismo que una sonrisa.

—Estoy bien —aseguró Eve—. Le he dado a nuestra visitante lo que quería y se ha marchado.

—¿Y qué era eso exactamente?

Slate fulminó a Eve con la mirada.

—A Lyra —advirtió Gigi con algo de retraso—. Le has dado a Lyra.

Gigi ignoraba el significado de las palabras que había dicho Eve: omega, calas, Alice Hawthorne. Sin embargo, sí sabía cómo sonaba cuando alguien apuñalaba a otra persona por la espalda. También sabía cómo miraba su hermano a Lyra Kane. Sabía que apuntar a Lyra suponía apuntar también a Grayson.

«Primero Savannah. Ahora Lyra y Grayson».

—No dejes para mañana lo que puedas hacer hoy —soltó Gigi.

Fue el único aviso que recibió Eve. Por lo general, nadie se esperaba que alguien se abalanzara sobre ti como un demonio de Tasmania. En lo referente a placajes sorpresa, había sido magnífico. Slate le concedió un par de segundos y después la separó de Eve.

—Muy bien ejecutado.

—Gracias —respondió Gigi—. Pero aún no he terminado.

—Calma, preciosa.

Eve se levantó del suelo. Gigi tardó unos segundos en advertir que Eve sostenía algo en la mano. Parecía una especie de moneda, pero Gigi jamás había visto nada igual.

—¿Cuántos hacen falta para que seas mío de nuevo? —le preguntó a Slate.

«Mío. —La mente de Gigi se aferró a esa palabra—. Suyo».

—Ya sabes que no lo hacía solo por los sellos —respondió Slate.

Algo tácito pasó entre él y Eve. Slate le lanzó una profunda mirada y Eve entornó levemente los ojos. Slate fue el primero en desviar la mirada.

—Y... falso —le dijo a Gigi.

Con la mente hecha un lío, Gigi tardó un par de segundos en recordar la última pregunta de verdadero o falso que le había hecho. Ahí estaba Mattias Slater, diciéndole que él y Eve no tenían una relación de expareja.

Antes de que pudiera atar cabos, la pared a su izquierda se separó, lo que la obligó a girarse con rapidez. Slate se colocó ante ella y Eve mientras la pared se cerraba tras una mujer que no llevaba ni un ápice de rojo. Era alta y esbelta, tanto que parecía caminar sin tocar el suelo y su piel era casi como el marfil: luminiscente, inmaculada. Unas espesas trenzas morenas de varios tamaños le bajaban por la espalda.

Era una de las mujeres más hermosas, más dueñas de sí mismas y más imponentes que Gigi había visto en su vida... Y Slate la empujó contra la pared.

—¿Has terminado?

La voz de la mujer le resultó familiar, pero su acento ahora era más fuerte. «La primera Mujer de Rojo. La que estaba interpretando un papel. La que nos ha utilizado como anzuelo para atraer a la otra».

—Eres… —A Gigi se le ocurrieron aproximadamente un millar de adjetivos posibles—. ¿Inglesa?

—Cuando me conviene —respondió la mujer—. Zella —dijo a modo de presentación, pese a que Slate la tenía inmovilizada contra la pared—. Encantada. Y ahora voy a necesitar que uno de vosotros cite, textualmente, qué os ha dicho la Vigilante.

CAPÍTULO 74
LYRA

Lyra paseó la mirada de Rohan a Savannah y después la clavó en la pista del cielo. Apenas sentía la lluvia o el frío.

—Ha ocurrido, ¿verdad? —dijo Savannah, aún acuclillada en el suelo—. Tal como te dije. Con Grayson.

Lyra se negó a responder y se concentró en la palabra que había en el cielo. «*LIE*». La pista parecía burlarse de ella. ¿Cuántas veces le había mentido Grayson Hawthorne? ¿Qué sabían exactamente sus hermanos?

Sobre la cala.

Sobre el recurrente número tres.

Y sobre omega.

—Eve te ofreció un trato, ¿verdad? —Savannah se incorporó y Lyra sintió una punzada en el pecho al ver su parecido con Grayson—. Deberías haberlo aceptado.

Necesitaba encontrar un lugar en el que pensar, uno al abrigo de la lluvia, pero no podía regresar a la casa, no podía correr el riesgo de toparse con Grayson. Tenía que resolver el enigma. «Por Mile's End». Tenía que seguir jugando. Ya había oscurecido. Estaba empapada. Y había un número limitado de lugares en los que refugiarse.

Acabó en el embarcadero, aunque, esta vez, no encima. Sola, se dirigió al extremo del muelle y contempló el oscuro océano ante sus ojos.

«Ven a por mí», pensó. Sin embargo, su cuerpo no le envió ninguna señal de alarma. Todos sus instintos le decían que nadie la estaba vigilando en aquel momento.

Los enormes arcos de piedra sobre ella no impedían que el rocío del océano la salpicara, pero era mejor que nada. Suficiente para que Lyra pudiera enfadarse, enfurecer, sufrir y pensar.

LIE. Hizo una pausa y respiró todas y cada una de las emociones que querían embargarla. ¿Una abreviatura? Enseguida se topó con un callejón sin salida con esa posibilidad. ¿Un anagrama? Con una S, en inglés, podría haber formado ISLE, «isla», pero la pista no era LIES, sino LIE.

«¿Y si no es una palabra?». Lyra dio un par de vueltas a la idea.

«¿Y si es un número?». La letra E no era un numeral romano, así que descartó esa opción de inmediato. La L era la duodécima letra del alfabeto. I era la novena. E era la quinta.

«1295». Lyra se esforzó por encontrar sentido a la cifra o a alguna de sus partes, pero fue en vano. Quería gritar. Quería correr hasta que sus músculos ardieran y sus pulmones estuvieran al borde de la combustión, pero incluso eso se lo habían arrebatado, porque ahora, cuando Lyra pensaba en correr, lo único que recordaba era su cuerpo y el de Grayson en una sincronía que nunca había experimentado.

Sintió un nudo en el estómago. Ya debería haber sabido que no podía confiar en Grayson Hawthorne, que no podía depender de él en ningún aspecto.

«Cuando te dije que dejaras de llamar —la voz de Grayson resonó en su mente—, no lo decía en serio».

Ya la había decepcionado en el pasado, y Lyra lo había odiado por eso, lo había odiado, aunque ni siquiera tenía derecho a esperar nada de él. Por aquel entonces, no eran más que dos desconocidos.

Ahora ya no lo eran.

«Tú no te precipitas. Yo sí».

Lo más doloroso era saber que Grayson no había mentido..., no sobre eso. La había manipulado y tal vez debería estar preguntándose si en su historia había algo de cierto, pero no lo estaba haciendo porque su cuerpo lo sabía. Y ella también.

Había sido real, hermoso, y, ahora, había terminado.

«Me empeño en alejar a la gente de los acantilados».

«No necesito tu protección».

«La tienes igualmente».

Grayson Hawthorne era quien era. Desde el principio, había estado procurando que no cayera al vacío, que no se despeñara. «Y no se lo he puesto fácil». Él lo sabía. Ella se lo había dicho.

Bajo los colosales arcos de piedra, Lyra recorrió un enorme atracadero, perpendicular a dos plataformas un poco más pequeñas con una pasarela en el centro.

«1295». Sin dejar de caminar, trató de concentrarse en esa cifra, en la pista. LIE. Pero su mente se aferraba. Se aferraba a Grayson Hawthorne.

«Tú no te precipitas. Yo sí». Su voz... Incluso antes de estos últimos pocos días, Lyra no había sido capaz de olvidar la voz de Grayson Hawthorne. «Respira para mí, Lyra Catalina Kane».

No podía dejar de recordar. No podía dejar de caminar arriba y abajo por el muelle. El agua le resbalaba por el rostro... Lluvia y lágrimas.

«Estoy aquí, Lyra. Estoy aquí contigo». Le dolía no recordar su rostro al decir aquellas palabras, su expresión o la mirada de esos ojos azul grisáceo que no se podían comparar con nada en el mundo. Pero su cuerpo sí recordaba. «Tus manos en mi rostro. Tus dedos por mi pelo».

Su cuerpo sí recordaba: sus labios en los suyos; unos brazos fuertes que la sostenían en el aire, con una lámpara de araña sobre la cabeza.

Recorriendo el muelle sin cesar, arriba y abajo, una y otra vez, Lyra trató desesperadamente de ahuyentar aquellos recuerdos y volver, no al enigma, sino al sueño y a la mujer con la capa negra.

«No deberías estar aquí. —Esa voz (¿la de Alice?) resonó en sus oídos—. Pero ¿quién va a decir que has estado?». Lyra sintió que corría, descalza y con los pies ensangrentados, hacia la oscuridad de la noche. Trató de recordar más, si es que había algo más.

Y, entonces, trató de no recordar. «Un Hawthorne y una chica con suficientes motivos para mantenerse alejada de los Hawthorne».

Un roce de su mano en su sien.

El tiempo que se esfumaba.

Sus labios estrellándose contra los suyos.

Unos dedos que le acariciaban suavemente la mandíbula.

Sus cuerpos, uno al lado del otro en la cama, flotando hacia ningún lugar.

Lyra solo era recuerdos, y lo único que pudo hacer fue seguir caminando, por el enorme embarcadero, casi en sus límites. Recorría la plataforma más grande y después iba hacia las más pequeñas. Y entonces… reparó en ello.

El embarcadero.

A veces, las palabras solo eran palabras. A veces, las letras no eran más que letras…, pero, a veces, también eran números. Y, a veces, como ese símbolo de infinito grabado en una caja de música, las letras o los números solo eran formas.

«Casi todos los problemas —la voz de Grayson resonó en su memoria una vez más— son cuestión de perspectiva».

Lyra retrocedió hasta que se encontró tan lejos como pudo de las plataformas sin abandonar el recinto del embarcadero. Después, se encaminó hacia la escalera construida en la piedra y subió hasta casi rozar el tejado con la cabeza.

Ahora disponía de una vista general desde las alturas, y esta vez sí vio algo.

La forma de los muelles.

Lyra no podía rotar lo que veía en su mente, pero podía soltar una mano de la escalera y utilizarla para trazar la forma de los muelles con los dedos. Si se dividía la plataforma central en dos, si se trazaba dos veces…

«Casi». Lyra llevó a cabo los mismos movimientos en sentido contrario, como si estuviera ante unos alumnos en una clase de danza, haciendo de espejo de sus gestos, yendo hacia la derecha para que ellos fueran a la izquierda, mientras rotaba la forma mentalmente.

Ahí estaba. Las letras estaban juntas, pero se veía claro como el agua.

Lie.

CAPÍTULO 75
GRAYSON

Sin hacer caso de la lluvia, Grayson se quedó frente al océano, a solo unos pocos centímetros de donde Xander había subido a Lyra a hombros el día anterior. *Equus ferus caballus en garde.* Le dolía sentir que el universo le había mostrado por una ventana, una muy pequeña, lo que habrían sido él y Lyra si hubiesen podido ser, sin más.

A sus hermanos y a Avery les habría gustado Lyra. La habrían aceptado, si hubiese sido cualquier otra persona.

«Maldita Alice Hawthorne. Maldita Eve por haber hecho entrar a Lyra en el Gran Juego sin saber lo que estaba desencadenando. Maldito Jameson y sus secretos. Pero sobre todo… Maldito yo». Grayson tuvo que hacer un esfuerzo por no meterse en el mar, por no sumergirse en el agua fría y amarga para nadar y nadar, y empujarlo todo hacia lo más profundo. Pero había trabajado demasiado y durante demasiado tiempo como para recaer en viejas costumbres.

«No luches contra los sentimientos». La respiración de Grayson se volvió irregular cuando permitió que estos lo embargaran.

Lo que él y Lyra podrían haber llegado a ser. Lo que deberían haber llegado a ser. «¿Por qué no me pasa a mí?».

—Debería habérselo contado todo —dijo Grayson en voz alta, con todos los músculos de su cuerpo rígidos, con los pulmones ardiendo como si cada respiración fuera un ataque frontal.

Pero, por muy buenas que fueran sus intenciones, al final la verdad había salido a la luz..., al menos lo suficiente como para que Lyra siguiera el rastro. Grayson debería haberlo sabido. Lo había sabido. Ahora tocaba pagar las consecuencias.

«Es todo por mi culpa». Era de los que cargaban con los fracasos, de los que grababan los errores en unos huecos profundos de su alma que nunca lograba llenar, pero ahora mismo no se sentía vacío.

Ella lo llenaba.

Grayson podía ver a Lyra, estirándose para alcanzar una lámpara de araña sobre su cabeza, su cuerpo imposiblemente cerca; esos ojos ambarinos que se encontraban con los suyos desde detrás de un antifaz.

Podía oírla. «¿Me prestas tu chaqueta?».

Probablemente nunca se lo perdonaría. Le había dicho exactamente lo que necesitaba y por qué, y, aun así, él le había negado la verdad.

«Me equivoqué».

Pero Grayson se negó a asumir esa equivocación, se negó a permitir que se convirtiera en algo más que arrepentimiento, se negó a no hacer nada mientras ella se encontraba por ahí, dolida, si tenía la posibilidad de hacer que sufriera menos.

«Ibas a decir que los Hawthorne no lo intentan».

Grayson recordó la frase que había pronunciado Toby y

pensó en las otras cosas que le había dicho: sobre Hannah, sobre arrepentirse.

«Quizá, si hubiera aprendido a amar de otro modo, podría haberla amado mejor. No más, eso seguro; no podría haberla amado más».

En la orilla, junto al mar, Grayson oyó las olas. No podía verlas en la oscuridad, pero sentía cómo rompían en los peñascos, y, desde algún lugar de su mente, le llegó la voz de Lyra.

«Tal vez algunos de nosotros necesitemos rompernos para estar completos».

—Tal vez —susurró Grayson.

Quizá ese fuera el secreto para amar sin reservas, sin miedos.

Un hombre roto no dudaría en intentarlo. Una y otra vez. Y otra.

Amarla de otro modo. Amarla mejor.

Se estremeció. Echó la cabeza hacia atrás, alzando el rostro hacia el cielo nocturno, y dejó que todo saliera. Había un poema que siempre le había gustado de Elizabeth Bishop sobre el arte de perder cosas, personas y sueños.

Había perdido.

Una vez.

Y otra.

Y otra.

Pero esta vez no pensaba pasar página.

CAPÍTULO 76
ROHAN

Más de una hora después de que el haz de luz hubiese formado la palabra LIE en el cielo, Rohan llegó al embarcadero para descubrir que alguien lo había hecho antes que él.

—¿Crees que somos los primeros? —preguntó Savannah dándole la espalda.

Rohan había tardado demasiado en descubrir el significado de la pista.

—¿Nosotros? —respondió.

Savannah dio media vuelta. Un relámpago iluminó tierra firme. Al cabo de unos segundos, llegó el trueno, y Savannah, por lo visto, lo interpretó como su momento para hablar. Fue hacia él, y la tenue luz del embarcadero no pudo hacer nada por disimular su expresión decidida y la tensión en sus labios.

Se detuvo de golpe, a unos treinta centímetros de Rohan.

—Nunca te di permiso para terminar nada —dijo, como una auténtica reina hasta el final.

Rohan no permitió que las palabras lo afectaran e hizo como quien oye llover, aunque esta vez de forma literal. Estaba a punto de hacerle caso omiso, como si eso fuera posible con Savannah Grayson, pero ella habló de nuevo.

—Estabas espiándonos cuando Brady me hizo esa oferta, ¿verdad? —Savannah era demasiado perspicaz—. No sé cómo, pero la lógica me dice que así fue.

—Ah, ¿sí? —De haberse permitido tener sentimientos en ese momento, puede que Rohan hubiese admirado su capacidad deductiva—. La lógica puede decir muchas cosas…, pero tú también, señorita Grayson.

—Me da igual que me manipulen, Rohan. Tú. Brady Daniels o su patrocinador. Los Hawthorne. Eve.

Aquella era una Savannah Grayson que estaba harta, una Savannah Grayson peligrosa de verdad.

Entre el dedo anular y el índice sostenía algo.

«Las fotografías».

Rohan observó cómo Savannah se encaminaba con paso lento hacia el extremo de la plataforma más grande y se encaraba a la tormenta, al parecer inmune al agua que se levantaba desde el océano. Alzó la mano que sostenía las fotografías de Calla Thorp y esos mensajes invisibles del patrocinador de Brady y, acto seguido, separó los dedos.

—Si las quieres, aquí están —le dijo a Rohan cuando las instantáneas cayeron sobre el muelle—. Seguro que serán de ayuda en tu caso contra Brady.

El viento hizo aletear los bordes de las fotografías y Rohan salió disparado. Las atrapó justo a tiempo.

—¿A qué juegas, Savvy?

No pretendía utilizar el apodo, pero lo había hecho.

—A todas las partidas. —Un relámpago destelló a sus espaldas—. Creías que iba a aceptar la oferta de Brady —dijo, con voz comedida—. El movimiento más estratégico por tu parte hubiese sido ganar tiempo y esperar, acercarte a tu enemigo. Pero no lo has hecho.

Tenía razón. Esa era la manera en que debería haber actuado. Lo que habría hecho si hubiese podido soportarlo.

Savannah pasó ante él y después le dio la espalda, dejándolo al final del muelle.

—Hasta luego, Rohan. —Esbozó una sonrisa, una que centelleó como el filo de una navaja—. ¿Recuerdas lo mucho que te esforzaste al principio de este juego por hacerme sentir apreciada? —Ladeó la cabeza y clavó la mirada en él—. ¿Recuerdas que te dije que te ahorraras tu sonrisa de lobo, tus ocurrencias, tus encantos y todo lo demás?

Rohan lo recordaba.

—No soy una de esas personas que puedes manipular. —Savannah se interpuso firmemente en su camino, aunque ya debía saber que ese lugar nunca era seguro—. Y tú no decides si te traiciono o no —añadió. Todas las cartas estaban sobre la mesa—. Lo único que decides es si de verdad tienes tanto miedo —concluyó. Esa palabra llamaba a la lucha—. Si de verdad me tienes tanto miedo a mí.

Rohan jamás había podido resistirse a pelear con ella.

—Siento ser yo el que te lo diga, cariño, pero ahora mismo no soy capaz de sentir nada de nada.

Hablaba en serio. Sabía que era verdad, que, en el estado en que se encontraba, no existía ningún límite que no estuviera dispuesto a cruzar. Y, pese a ello, la había llamado «cariño».

—Ah, ¿sí? —lo desafió Savannah.

Fue hacia él, lo rebasó y se dirigió al extremo del muelle.

Y, a continuación, saltó al agua.

CAPÍTULO 77
ROHAN

No había salido. Había pasado más de un minuto y dos relámpagos, y Savannah no había salido del agua.

Desde el yate, Rohan había hecho todo lo que estaba en sus manos para empujarla en brazos de Brady, para acelerar el final de su alianza, para darle el beneficio de ser ella la primera que lo traicionara, y, como compensación, Savannah Grayson le había dado las fotos que ahora sostenía entre sus manos: la ventaja que ella tenía sobre Brady.

«Te veo, Rohan».

Era él, y no ella, el que actuaba de aquel modo, el que explotaba ese deseo tan humano de ser apreciado y visto. Era él, y no ella, el que movía los hilos, el que arrojaba el guante y arrinconaba a los rivales.

«Maldita sea». Rohan se quitó la chaqueta y la camiseta de tirantes. El océano estaba oscuro y, sin duda, frío, y el agua que rodeaba el muelle tenía una profundidad indeterminada. Lo último, lo último de verdad, que deseaba hacer Rohan era meterse en el agua para sacarla.

Pero Savannah no le había dejado elección.

Puso a resguardo las fotografías en la chaqueta y aceptó el reto, introduciendo los pies en el agua. «Oscura». La profundidad helada arrastró su cuerpo hacia abajo. Al menos, sabía nadar lo suficiente, aunque por debajo de la superficie del océano —«¿cómo puede ser tan profundo si estamos tan cerca de la orilla?»— los recuerdos giraban a su alrededor como si fueran tiburones. Como si el agua estuviese repleta de carnada.

Primero oyó un agradable tarareo. El olor de su madre... y, después, el peso de las piedras atadas a sus tobillos. Unos fuertes brazos lo agarraron y tiraron de él hacia arriba. Rohan tomó aliento, al igual que había hecho tantas veces en el pasado, y entonces lo comprendió: Savannah Grayson acababa de sacarlo justo de debajo del embarcadero.

Se mantenía a flote junto a él.

—¿No vas a firmar el libro mayor? —dijo.

Su voz resonó en aquel pequeño espacio.

La cavidad bajo el muelle estaba bien iluminada y Rohan recobró la compostura para ver a Savannah, mojada y sumergida casi en su totalidad.

Y con la victoria escrita en el rostro.

Rohan siguió la mirada de Savannah hacia un libro mayor abierto que estaba sujeto a la parte inferior de la plataforma. Moviendo las piernas para mantenerse a flote, Rohan levantó el brazo con el reloj y lo colocó ante la página. Su nombre apareció, el tercero, después del de Savannah, que estaba justo debajo del de Lyra Kane.

—Supongo que ahí tienes tu respuesta —dijo Rohan.

No eran los primeros.

—Lyra nos ha ganado esta vez —replicó Savannah. A Rohan no se le escapó ese «nos»—. Pero, al final, seré yo la que os gane a los dos.

Era una promesa, una que ya conocía, y Rohan recordó la manera en que Savannah le había asegurado que no tenía permiso para terminar nada. Lo había intentado una y otra vez, había intentado romper los lazos, con el deseo de que lo abandonara.

Y, a pesar de ello, no lo había hecho. No lo había traicionado. Ni siquiera había tratado de hacerlo.

«Tú no decides si te traiciono o no. Lo único que decides es si de verdad tienes tanto miedo». De ella. Lo había acusado de tenerle miedo a ella.

El miedo era una debilidad, igual de perjudicial que el afecto, igual de peligrosa que la confianza.

Encontrarse allí, en el muelle, con Savannah Grayson, rodeados de agua oscura y helada, sus cuerpos mojados y tan cerca, suponía una amenaza en demasiados frentes.

Rohan miró a espaldas de Savannah, observando a su alrededor hasta que encontró lo que buscaba: la siguiente pista. Esta vez, según pudo comprobar, no había amuleto, sino solo palabras. Estaban escritas con una tinta fluorescente en la parte inferior de los tablones.

Venera la más gris de las hogueras
En honor a la criatura que partió
Que allí se debatió, efímera

—Cuando gane —declaró Savannah con vehemencia, flotando junto a él y con la mirada clavada en esas mismas palabras—, te daré el dinero que necesitas.

Rohan hubiese preferido que lo hubiese amenazado con una navaja.

—¿Y por qué ibas a hacer tal cosa? —la desafió.

Estaban sumergidos en el agua helada… en medio de una tormenta. Ninguno de los dos había perdido nada allí como para permanecer más tiempo.

—Porque una parte fundamental de mi estrategia para ganar este juego, según mis términos, a mi manera y la de nadie más, es desearlo más que nadie.

En una ocasión, Savannah Grayson le había dicho que no tenía por costumbre desear cosas, que ella se marcaba objetivos y los conseguía, fin de la historia. «Pues, cariño, quien avisa no es traidor: yo lo deseo más que tú», le había contestado él.

Allí, bajo el muelle, una vez que hubo dicho todo lo que tenía que decir, Savannah posó las manos sobre los hombros de Rohan. Este tensó el cuerpo, preparándose para que ella lo hundiera, pero, en lugar de eso, Savannah Grayson le arañó suavemente la espalda y lo besó. Él le devolvió el beso. «Maldita sea. Estoy condenado». Que lo condenaran al mismísimo infierno. Le devolvió el beso.

—Y entonces, en cuanto te dé ese dinero —dijo, con sus labios acariciando los de Rohan con cada palabra—, lo nuestro habrá terminado. —Se apartó—. Yo soy la que decide. No tú.

Dio la vuelta y, nadando, se dispuso a salir del agua.

«Como quieras, cariño». Rohan contempló la pista. Y, a continuación, fue tras ella.

CAPÍTULO 78
GIGI

—¿Dónde está el mando que abre la puerta? —preguntó Slate. Por lo que Gigi veía, Slate seguía agarrando la garganta de su captora igual que cuando la había empujado bruscamente contra la pared—. Dámelo. Ahora.

—No creerás que eres el primer hombre que me estrangula cuando yo solo deseaba hablar.

La actitud de esta mujer —«Zella, ha dicho que su nombre es Zella»— era digna de una reina.

—Pues yo diría que ahora no eres la que lleva la voz cantante —replicó Slate, y, después, miró por encima del hombro a Gigi y Eve—. Acercadme lo que queda de cinta adhesiva.

—No hará falta —aseguró Zella—. Responded a mis preguntas y tenéis mi palabra de que los tres quedaréis libres y podréis iros.

Gigi alzó la mano.

—Escéptica. Yo. Mucho. ¿Y qué ocurre con el Gran Juego? ¿Con no interferir? ¿Con que Eve es un elefante emocional en una cacharrería?

—A menos que esté equivocada —dijo Zella en un tono que

dejaba claro que no lo estaba—, el Gran Juego terminará pronto. He puesto todos mis efectivos en marcha en ese sentido, pero, por lo visto, se están jugando partidas de mayor trascendencia. Decidme qué os dijo la Vigilante.

Slate la miró fijamente durante tres segundos completos y, acto seguido, la soltó y se alejó. Había algo irreconocible en esos ojos oscuros que tenía, y Gigi pensó en su navaja, en el número de cosas horribles que declaraba haber hecho. «Catorce».

—¿Quién es? —Eve se adelantó y se plantó ante Zella—. La Vigilante. ¿Cómo sabías que vendría? ¿De qué la conoces?

—Hace tiempo fuimos hermanas —declaró Zella.

Gigi abrió los ojos de par en par. Y un poco más.

—¿Calla es tu hermana?

Gigi pensó en la Mujer de Rojo y en lo que les había relatado sobre esa chica de diecisiete años que había sido en el pasado. Había dicho algo de que Orion Thorp había tenido un hijo biológico, aunque Calla era la que había adoptado el apellido Thorp.

—Calla hace tiempo que desapareció. —Zella posó su mirada desconcertantemente tranquila en Gigi—. Y bien, ¿qué quería de ti la Vigilante?

«De mí». Gigi recordó la flor que había encontrado: la cala que le habían enviado.

—Quería información sobre el juego. —A Gigi siempre se le había dado muy bien confiar en la gente que no había hecho nada para merecerlo, así que ¿por qué dejar de hacerlo ahora?—. Sobre Lyra.

—¿Y qué información le diste sobre Lyra Kane? —preguntó Zella.

Gigi miró intencionadamente hacia Eve.

—Alguien le dijo todo tipo de cosas.

—Por extraño que parezca —dijo Eve, cruzándose de brazos—, me temo que ya no estoy de humor para intercambiar información.

—Desafía tu humor y, a cambio, te proporcionaré armas.

Pese a que un segundo atrás sus manos habían estado vacías, ahora sostenía un cuchillo envainado.

—Mi navaja.

Slate lo dijo con voz monótona, incluso para él, pero el sexto sentido de Gigi para chicos melancólicos le dijo que estaba a medio segundo de abalanzarse para recuperarla.

—Omega —soltó Gigi.

El depósito de su optimismo se había quedado seco, vacío, y no pensaba correr ningún riesgo con esa navaja.

Con Mattias Slater.

—Eso es lo que Eve le dijo a Calla —continuó Gigi, tratando de no balbucear—. Algo sobre omega, sobre calas, sobre Alice Hawthorne.

Zella alzó casi de forma imperceptible la barbilla.

—Eso le dará la munición que tanto desea. Siempre fue la ambiciosa.

—¿Munición para qué? —dijo Gigi.

Sin embargo, en lo único que pensaba era en «Ha llegado la hora de dejar de vigilar».

Zella hizo girar la navaja en su mano y la cogió de la empuñadura antes de tendérsela a Slate, que se la arrebató.

—Si sigues llevando una cuenta —le dijo Zella, señalando con el mentón el cuchillo—, aún tienes sitio. —La elegante mujer se volvió hacia Gigi y Eve—. Y en cuanto a vosotras dos, os voy a equipar con un arma: si volvéis a ver a mi hermana, o a alguien que se le parezca, sabed que tenéis el poder de negaros.

Gigi parpadeó varias veces.

—Negarnos ¿a qué? —preguntó Eve.

—No importa cómo formule la pregunta o lo insistente que sea, se trata de una invitación, de una petición. Se puede desestimar una petición, se puede rechazar una invitación.

Zella se volvió hacia la fuente en la pared y, un momento después, esta se dividió.

«Libertad».

Zella aguardó a que aprovecharan la oportunidad.

—Id seis kilómetros hacia el norte —le dijo a Slate—. Encontraréis un bar. Es un establecimiento bastante cochambroso, pero, si la lleváis allí, algún adjunto de los Hawthorne vendrá a buscarla sin falta.

CAPÍTULO 79
LYRA

«Venera la más gris de las hogueras. —Las palabras resonaron en la mente de Lyra mientras atravesaba los restos de lo que había sido una gran mansión—. En honor a la criatura que partió..., que allí se debatió, efímera».

Para Lyra, la pista hacía referencia a una tumba, o a cenizas, y por eso había acabado en el único lugar de la isla donde le resultaba incluso más difícil no pensar en Grayson Hawthorne: las ruinas.

Lyra recordó que había inspeccionado la zona con los ojos cerrados el primer día. Recordó la mano de Grayson en su brazo... Pero se obligó a concentrarse en el mundo carbonizado que la rodeaba. «Venera la más gris de las hogueras...».

De noche, sin otra luz que su reloj, no había motivo para que Lyra cerrara los ojos, pero lo hizo igualmente.

«En honor a la criatura que partió... —encontró el camino hacia lo que quedaba de la chimenea—, que allí se debatió, efímera».

Nada duraba para siempre. Por mucho que tratara de verlas como un acertijo, eso era lo que le decían aquellas palabras.

Todo a lo que podía aspirar un humano era a debatirse efímeramente y después, en un abrir y cerrar de ojos cósmicos, la vida de esa persona terminaba, punto final, y el mundo seguía adelante.

Junto a la chimenea, Lyra se arrodilló, abrió los ojos y palpó el suelo con las manos. En realidad, no había suelo, solo lo que quedaba de los cimientos, completamente resquebrajados y con enredaderas que salían de las grietas.

«Venera la más gris de las hogueras...».

Lyra sacó la mano y fue palpando las piedras derruidas. Avanzando a gatas, hizo lo mismo una y otra vez hasta que, finalmente, se enganchó con alguna especie de cable o algo que activó unos delicados rayos de luz que empezaron a brillar a través del cimiento agrietado, iluminando las ruinas de un modo extraño, fragmentado, inquietante..., casi como si no fueran de este mundo.

Si aquel lugar ya le parecía encantado, ahora era completamente espeluznante.

Pese a la poca luz, Lyra continuó buscando, palpando el suelo, tratando de sentir algo, lo que fuera. «Nada».

«Nada».

«Nada».

—Venera la más gris de las hogueras —dijo en voz alta, casi en un suspiro—. En honor a la criatura que partió..., que allí se debatió, efímera.

Lyra se esforzó en encontrarle sentido al acertijo. Había llegado la primera, pero no sabía cuándo la alcanzaría el resto de los jugadores. Seguía lloviendo. Estaba empapada a causa de la lluvia, del agua. Y aunque su armadura le ofrecía una mínima protección, le empezaron a castañetear los dientes. A pesar de ello, Lyra no estaba dispuesta a rendirse.

Ese era el problema. Todo el maldito problema. Seguía adelante, seguía buscando. Tenía que haber algo.

—Venera la más gris de las hogueras…

—En honor a la criatura que partió… —dijo tras ella una voz, esa voz, su voz—, que allí se debatió, efímera. —Grayson, como Lyra, no sabía darse por vencido—. Emily Dickinson.

Muy a su pesar, Lyra se puso en pie y se giró, y allí estaba, calado hasta los huesos, con el pelo rubio claro adherido al rostro de un modo que debería haberle conferido el aspecto de un chiflado. Sin embargo, Grayson Hawthorne parecía salido de un sueño, de uno de esos que echabas de menos al despertar.

—La pista. —Lyra se esforzó por concentrarse en lo que había dicho y no en cómo lo había dicho—. ¿Es un poema?

—Donde hubo fuego quedan cenizas —matizó Grayson, con una voz que sonaba aún más intensa en la oscuridad—. Venera la más gris de las hogueras, en honor de la criatura que partió, que allí se debatió, efímera.

—Grayson —soltó Lyra, tratando de que sonara a advertencia.

—En un principio, el fuego es luz —continuó.

—Para.

Lyra no podía hacer esto con él. No podía hacer nada con él ahora mismo. No se dio cuenta de que Grayson se había detenido hasta que pasaron unos pocos segundos.

—Me has obedecido.

Estaba lloviendo a cántaros. El agua resbalaba por su rostro y por el de Grayson, les acribillaba la piel, pero Lyra apenas lo notaba.

—Sé reconocer una orden en cuanto la oigo —respondió

él—. Y nunca he tenido intención de imponerte algo que no desearas.

En esas palabras, Lyra intuyó una promesa: si le pedía que se fuera, lo haría.

«Déjame sola —pensó con rotundidad—. Vete y no mires atrás. Olvídalo todo. Olvídame. Olvida lo que tuvimos, fuera lo que fuese».

Sin embargo, los labios de Lyra no pronunciaron esas palabras, no fueron capaces.

—Me mentiste. —De eso sí fue capaz; era fácil—. Y aunque sé que tratabas de protegerme…

—No solo a ti. —Grayson estaba cabizbajo, pero clavó sus ojos en los de Lyra—. Me educaron para poner la familia ante todo, siempre.

Y ahí estaba, la verdad, por fin, que se deslizaba entre sus costillas sin esfuerzo, casi como si fuera el filo de una espada. Sin embargo, Lyra no pudo evitar recordar qué significaba «familia» para Grayson. «Las personas por las que morirías. Las personas que sabes muy bien que morirían por ti».

Sentir ese amor salvaje no era un delito.

—Jameson ya sabía algo sobre Alice. —Su cabeza se alzó un poco y sus hombros se cuadraron mientras la lluvia caía por su cara angulosa—. Lo ha sabido desde hace más de un año.

¿Por qué le estaba diciendo eso ahora?

—Lo amenazaron —continuó Grayson, con un tono sutilmente letal que subestimaba sus palabras—. Lo hirieron.

«Varias personas. En plural».

—Siempre hay tres.

Lyra no fue capaz de añadir más. Todo lo que pudo hacer fue quedarse allí, en pie, esperando la respuesta.

Los labios carnosos de Grayson se separaron y empezó a hablar, confesándoselo todo.

—El recuerdo de Jameson de lo que pasó está lleno de lagunas, casi seguro por la misma razón por la que te ocurre a ti con el recuerdo de la muerte de tu padre. Pero nunca lo había visto asustado, Lyra. A Jameson no le asusta nada.

«Jameson es… competitivo. —Lyra oyó que decía Grayson—. Intensa y frecuentemente imprudente. Intrépido en extremo».

—Lo que Jameson recuerda es que pensó que iba a morir, que iban a matarlo —añadió Grayson con voz monótona.

—¿De qué va todo esto? —soltó Lyra—. Todo esto, sea lo que sea.

Aún no podía decirle a Grayson que se fuera, así que se marchó ella: atravesó aquellos cimientos irregulares y rotos, y salió al patio en ruinas con vistas sobre el océano. Se encaminó directamente hacia el acantilado y, esta vez, Grayson no la alejó.

Se colocó a su lado, junto a ella.

—No lo sé. —No fue fácil para él pronunciar aquellas palabras: Grayson Hawthorne no era una persona que tolerase la ignorancia—. Pero ¿esto?

Por cómo lo había dicho, resultaba evidente que ya no hablaba de Alice Hawthorne… ni de Jameson. No hablaba de peligros y amenazas. Estaba hablando de ellos.

—Esto —repitió Grayson— es algo por lo que vale la pena luchar.

«Esto».

Lyra sintió que se le hacía un nudo en el estómago de la emoción.

—Una bomba de relojería. Un desastre inminente —susurró.

—Un Hawthorne y una chica con suficientes motivos para mantenerse alejada de los Hawthorne.

Grayson se giró hacia ella y Lyra correspondió inclinándose hacia él como si estuvieran bailando, como si fuese un *pas de deux.* El agua les resbalaba por el rostro y Lyra se recordó que Grayson era quien era, y que ella era quien era, y que no había nada que pudiera cambiar eso, para ninguno de los dos.

Sencillamente, había cosas que no podían ser.

—Necesito volver al juego —dijo Lyra.

En primera persona del singular.

De repente, un relámpago, con su fuerza eléctrica, cruzó el cielo sobre el océano. Lyra lo vio con el rabillo del ojo y se giró hacia las oscuras aguas que se fundían con la noche. Por primera vez desde el helipuerto, sintió algo.

«Nos vigilan».

Como si fuera bilis, la sensación subió desde las entrañas hasta la garganta de Lyra y se estremeció.

—¿Qué sucede? —dijo Grayson.

Lyra negó con la cabeza. Entonces, un relámpago cruzó de nuevo el cielo nocturno, tan intenso que lo iluminó todo.

Existía una diferencia entre sensación y percepción. Lyra tardó una fracción de segundo en comprender qué había visto gracias al destello cegador, y, cuando lo hizo, la oscuridad volvía a reinar sobre el océano.

«Calas. Cientos de ellas. Flotando hacia la orilla».

CAPÍTULO 80
GRAYSON

Grayson no pensó, ni siquiera vaciló. Se quitó la chaqueta. Después la camisa. Retrocediendo con rapidez, como si fuera el filo de una espada cortando la noche, calculó la trayectoria exacta y el exponencialmente pequeño margen de error.

Entonces corrió hacia los límites de la terraza, hacia el borde del acantilado. Anticipó el instante de la caída, la manera en la que se arquearía su cuerpo en el aire antes de sumergirse en el agua a unos treinta metros, evitando por poco las rocas.

Entonces fue Lyra la que corrió, interponiéndose en su camino.

«Abortar». Grayson no consiguió detenerse por completo, así que se abrazó a Lyra y giró, redirigiendo su impulso lo mejor que pudo, rezando para que fuera suficiente.

Aterrizaron con brusquedad, a un par de centímetros del borde.

—¡¿Has perdido la cabeza?!

Lyra no era de las que alzaban la voz, pero estaba gritando. También estaba encima de él.

—Deja que me levante —ordenó Grayson.

Incluso rodeada de oscuridad, Lyra resplandecía.

—¿Qué demonios haces, Hawthorne?

—Deja que me levante —repitió Grayson. Sin embargo, ella lo atenazó al suelo—. Deja que haga esto por ti, Lyra.

—¡Capullo! —Ahora estaba a horcajadas sobre él, inmovilizándole las muñecas con las manos—. ¿De verdad crees que voy a dejar que te tires por ese acantilado y pensar que evitarás las rocas? —Su respiración era irregular—. ¿De verdad crees que eres el único dispuesto a proteger a los que te importan?

Su voz se quebró en la palabra «importan», y Grayson comprendió en ese instante que no iba a ir a ningún lado.

«Te importo. Esto importa».

—Me he pasado años mintiendo a mi familia porque sabía que, si se enteraban de que sufría, ellos también lo harían —continuó Lyra con una voz poderosa y profunda—. Y tal vez sea una hipócrita por haberles mentido para protegerlos y esperar que tú te comportes de otro modo. Tal vez soy igual de mentirosa que tú, Grayson Hawthorne, pero, al menos, en eso...

Grayson se revolvió un poco y logró incorporarse, haciendo que Lyra se sentara sobre sus muslos. Después, buscó sus manos para entrelazar sus dedos.

—En eso —repitió Lyra—, somos iguales.

Lo agarró con fuerza, como si no se fiara de que fuera a permanecer inmóvil, como si estuviera dispuesta a tumbarlo de nuevo si fuera necesario.

«Somos iguales». Grayson se dejó embargar por esas palabras. Las guardó en la memoria, junto a ese instante, por si acaso era uno de los últimos que compartían. Un peligro inminente los acechaba.

—Hay alguien ahí fuera. He visto lo mismo que tú, Lyra.

La letra A acudió a la mente de Grayson.

Lyra lo soltó y se puso en pie, orientando su cuerpo hacia el agua.

—Ya no lo siento. Quienquiera que haya dejado esas flores ya no está.

Grayson no estaba seguro de qué desafiaba más la lógica: su certeza o su predisposición para creerla. Se puso en pie.

—Voy a avisar a mis hermanos.

La imagen de las calas en el agua, iluminadas durante una fracción de segundo por un relámpago, se había grabado en su mente.

Y sintió que era una advertencia.

Una declaración de guerra.

Tecleó el mensaje, lo envió y, de inmediato, miró a Lyra, que se le adelantó y tomó la palabra.

—Solo hay una manera de que esto funcione —dijo.

«Esto. —Grayson repitió en su mente—. Esto. Esto. Esto».

—Yo también tendré que alejarte de los acantilados.

Grayson sintió cómo su nuez de Adán subía y bajaba, y, después, cómo se le contraían los músculos de la garganta y se relajaban los de su espalda. «Esto».

—Acepto —manifestó, como haría un Hawthorne cerrando un trato—, aunque no me gusta.

—Bienvenido al club. Y no más mentiras. Si hay algo que no puedas decirme, eso es lo que tienes que decirme exactamente. Se te permiten secretos, Grayson. Se te permite poner a tu familia primero, para protegerla, pero, si me vuelves a mentir o tratas de manipularme otra vez, esto, nosotros, se acabó.

—No más mentiras. —Al menos, podía aceptarlo, por ella.

«Amarla de otro modo. Amarla mejor»—. Bien, en ese sentido, hay algo que debes saber. Dijiste que no te elegiría.

—No te estoy pidiendo que…

—Te equivocabas. Te elegiría, Lyra… No por encima de mi familia, sino como parte de ella.

Grayson recordó a Nash diciéndole que con Libby lo había sabido en el momento, pensó en el viejo y en su costumbre de hablar de cómo amaban los hombres Hawthorne.

—No lo dices en serio —respondió Lyra—. Solo han pasado tres días.

—Prueba a preguntarme otra vez si lo digo o no lo digo en serio —sugirió Grayson con voz sedosa.

Antes de que pudiera añadir más, su reloj vibró. Grayson bajó la mirada, esperando una respuesta a la advertencia que acababa de enviar, pero, en lugar de eso, una imagen se había adueñado de la pantalla.

Un diamante.

Después de tres o cuatro segundos, el diamante se esfumó y fue reemplazado por unas palabras: UNO DE LOS JUGADORES HA LLEGADO AL ENIGMA FINAL.

—Uno de los jugadores… —dijo Lyra, que acababa de recibir el mismo mensaje—. Un diamante… Rohan o Savannah.

Grayson miró hacia el océano. Podían cubrir la gran distancia que los separaba de la orilla y rastrear aquella amenaza que probablemente ya había desaparecido desde hacía rato, o podían seguir hasta el final, en un último intento para darle a Lyra la oportunidad de salvar Mile's End, para salvar a la hermana de Grayson de sí misma.

—Emily Dickinson —dijo Lyra con la intensidad y decisión de un Hawthorne—. Hay que volver a la casa…, a la biblioteca.

CAPÍTULO 81
ROHAN

Rohan ignoró la vibración que había sentido en la muñeca y, sin pestañear siquiera, abrió el ejemplar encuadernado en piel de los poemas de Emily Dickinson. En el interior, las páginas formaban un hueco.

Allí, ante sus ojos, había un amuleto de plata, una pluma y, junto a ella, mucho más grande, un reluciente engranaje metálico. «De platino». Rohan sacó primero el amuleto y después el engranaje. En cuanto alzó este último, oyó que a sus espaldas se abría un compartimento en el suelo.

Giró sobre sus talones. «El libro mayor». En menos de un segundo, estaba en manos de Rohan. Lo abrió y vio que tan solo había un nombre escrito: el único rival que se le había adelantado.

«Savannah». Al ver las gotas en el suelo, Rohan distinguió con facilidad por dónde había pasado y, como experto que era en guardar recuerdos bajo llave en el laberinto de su mente, las palabras que Savannah Grayson le había dicho en el muelle regresaron.

«Nunca te di permiso para terminar nada. Lo único que

decides es si de verdad tienes tanto miedo. Si de verdad me tienes tanto miedo a mí».

«Cuando gane, te daré...».

Rohan alejó aquella promesa de su mente. Solo un estúpido creería en la promesa de una mujer a la que había menospreciado. Al colocar el reloj ante el libro mayor, Rohan vio el mensaje que habían enviado los creadores del juego, pero lo ignoró.

UNO DE LOS JUGADORES HA LLEGADO AL ENIGMA FINAL.

Pues claro que lo había hecho. Rohan no sabía si estar agradecido o furioso de que el Gran Juego, y su futuro, el Piedad, fueran a acabar así. Ambas cosas, según los términos de Savannah y no los suyos.

Rohan devolvió el libro mayor al compartimento y este se cerró. Como seguramente había hecho Savannah unos momentos antes, Rohan bajó por la escalera de caracol desde el quinto piso hasta el cuarto, y del cuarto hasta el tercero, y después una planta más, hasta llegar a una puerta repleta de engranajes de bronce, plata y oro en la que se veían algunos huecos. Rohan hubiese apostado que había uno menos. Colocó su engranaje en uno de ellos y, en cuanto lo hizo, los otros mecanismos empezaron a girar.

Se oyó el clic de un cerrojo.

La puerta se abrió hacia fuera.

Rohan cruzó el umbral... y se encontró con un libro mayor.

Añadió su nombre debajo del de Savannah. «¿Dónde estás, cariño?». Inspeccionó la estancia en la que se encontraba. El suelo estaba hecho de cristales policromados, un arcoíris de baldosas con todos los colores imaginables que jamás se repetían. Del techo colgaban unas tiras de joyas centelleantes, docenas de gemas y cristales preciosos, suspendidas en mitad de la nada en una estancia que parecía hecha de luz.

Era perfecta para una final deslumbrante, pero no se veía a Savannah por ningún lado, lo que significaba que Rohan aún no había llegado al enigma final y seguía pisándole los talones.

«Por lo visto, ella tampoco lo ha resuelto». Rohan dedujo que, de haberlo hecho, habrían informado a los jugadores. Aún había esperanza. «Solo tengo que alcanzarla».

Paseándose por los límites de la estancia, Rohan inspeccionó cada tira de joyas. «Colores diferentes. Medidas diferentes». Incluso había una geoda o dos. Procesó dicha información, de hecho, lo procesó todo sobre aquella estancia, todo, incluyendo el patrón que formaban las gotas de agua que Savannah había ido dejando al pisar las baldosas de colores. Parecía como si hubiese recorrido toda la sala. «¿Para qué?».

Rohan se acercó al lugar donde el charco era más grande, el lugar en el que había permanecido más tiempo y, por tanto, más gotas habían caído. Se arrodilló, examinando la baldosa bajo sus pies. No consiguió levantarla, pero, cuando colocó la palma de la mano sobre ella y presionó, unas palabras aparecieron durante un par de segundos.

PAGA EL PEAJE.

Rohan lo sabía mejor que nadie: todo tenía un precio. «Pero ¿qué precio?». Alzó la mirada para contemplar de nuevo aquellas piedras preciosas que colgaban desde el techo, un verdadero laberinto de brillantes y centelleantes gemas. «¿Qué peaje?».

Tras plantearse llevar a cabo un proceso de prueba-error y rechazar la idea al instante, Rohan volvió a contemplar la baldosa que acababa de encontrar, de color índigo, quizá de cuarenta y cinco por cuarenta y cinco centímetros, lo suficientemente translúcida como para que la luz la atravesara.

Se tumbó en el suelo, con los ojos al mismo nivel que la baldosa, y volvió a presionarla.

Aunque esta vez las palabras no aparecieron, la luz que la atravesó fue suficiente como para que, durante un segundo, lo viera.

El objeto en cuestión yacía enrollado como una serpiente bajo la superficie, y, aunque Rohan no logró distinguirlo claramente, lo reconoció de inmediato.

«La cadena de Savannah».

Rohan supo entonces cómo había abonado Savannah el peaje: con una forma de pago no disponible para ningún otro jugador. Durante días, Savannah había llevado esa cadena enrollada alrededor de la cintura; luego, había logrado abrir la sala gracias a un reluciente engranaje de un metal precioso y cuando se le había pedido un peaje…

Lo había pagado.

Rohan no tuvo tiempo de vacilar, de preguntarse, ni siquiera se maldijo por no haberle arrebatado aquel objeto ventajoso. A diferencia de Savannah, no se guardaba un as en la manga, no tenía nada para sortear aquel enigma. Necesitaba una respuesta. «¿Qué peaje?». Rohan alzó la mirada de nuevo para examinar los objetos que colgaban del techo y, acto seguido, se puso en pie y empezó a caminar debajo de ellos, zigzagueando, zigzagueando. «¿Qué peaje?».

«¿Qué objeto?».

Entonces, de repente, lo comprendió. «Queda un objeto en este juego que no se ha usado nunca de ninguna manera, forma o modo». Rohan hurgó en su bolsillo en busca de sus dados. Regresó a la baldosa de color índigo y los colocó encima. Al advertir que aquello no funcionaba, probó a lanzarlos.

«Nada».

Rohan no tenía tiempo que perder. Se jugaba el Piedad.

El cristal se rompía con la misma facilidad que una promesa. Golpeó con el puño la baldosa, no lo suficientemente fuerte como para hacerla añicos, pero sí lo bastante como para agrietarla.

Con el dolor llegó la claridad, algo que Rohan necesitaba. Para su sorpresa, con el segundo golpe, otra palabra brilló en su superficie.

ALHAJA.

La mente de Rohan se puso en marcha. «Paga el peaje. Alhaja». Golpeó la baldosa de color índigo una y otra y otra vez hasta que apareció otra palabra.

ADORNO.

Sobre su cabeza colgaban unas joyas increíbles, y esas descripciones... podrían referirse a cualquiera de ellas: «Alhaja, adorno...». Se rompería los nudillos si era necesario, pero no hizo falta porque la siguiente palabra que apareció en la baldosa fue TALISMÁN.

Rohan soltó una risotada estrepitosa. «Alhaja, adorno, talismán».

—Claro... —murmuró Rohan. Las joyas que colgaban del techo no eran más que una distracción. En el juego, no solo quedaban los dados—. Los amuletos.

En ese instante, oyó un estruendo a sus espaldas y, después, unos engranajes que empezaban a girar.

«Tengo compañía».

Rohan se movió a toda velocidad y dejó caer su pulsera con

los talismanes en la baldosa de color índigo. Cuando eso no consiguió el efecto esperado, empezó a sacar los amuletos uno por uno.

La espada.

La llave.

El reloj.

La nota musical.

El árbol.

La pluma.

Los dejó caer, solo los amuletos, sobre la baldosa. El resultado fue inmediato. Los seis objetos de plata se reorganizaron y cada uno de ellos se colocó, seguramente gracias a algún tipo de fuerza magnética, en un lugar específico de ella.

«No eran de plata, sino de acero», advirtió.

La puerta a sus espaldas se abrió, pero Rohan ni siquiera se giró.

Ahora los seis amuletos componían una flecha. La baldosa índigo se hundió y, con ella, los amuletos cayeron en el compartimento. Habían aceptado el pago del peaje, y la pared a la que apuntaba la flecha se abrió.

Rohan se escabulló a toda prisa por la abertura justo cuando el reloj de su muñeca comenzó a vibrar con el mismo mensaje de antes:

Uno de los jugadores ha llegado al enigma final.

La pared empezó a cerrarse tras él, pero tuvo el tiempo suficiente para ver a Lyra Kane y Grayson Hawthorne.

«¿Qué habrán visto?». Rohan desestimó la pregunta. No había tiempo de preguntas. Ante él tenía una oscura escalera. Rohan resistió la tentación de bajar corriendo y enseguida recibió su recompensa: en el segundo escalón, además de agua, había algo. «Unos auriculares». Varios pares. Rohan cogió uno y se lo puso en los oídos.

Mientras bajaba los peldaños, oyó la voz de Avery Grambs.

—Grandes, pequeños, blancos y rojos. ¿Sabes ya cuál es la llave para este cerrojo?

Rohan enseguida atrapó los dados en su bolsillo: unos dados rojos que, cuando se lanzaban, se obtenía un seis y un dos, siempre, lo que sumaba un total de ocho. Con los dados blancos de Savannah se obtenía el mismo resultado, pero con una ligera diferencia: al lanzarlos, salía un cinco y un tres.

«Grandes, pequeños, blancos y rojos. ¿Sabes ya cuál es la llave para este cerrojo?».

Rohan sabía incluso mucho más. Sabía la respuesta. «El código». Al llegar al final de la escalera, buscó un lugar donde introducirlo. La habitación ante él era sencilla. El suelo estaba hecho de lo que parecía cemento. Las paredes eran blancas y estaban desnudas.

No había teclado, ni combinación de teclas ni pantalla plana en la que introducir aquel código que Rohan había descubierto.

El único objeto que había en la estancia era un pequeño cilindro de vidrio en vertical sobre el suelo, cuya circunferencia era apenas más grande que los dados de Rohan.

Entonces fue cuando lo comprendió: los dados no solo eran la pista para obtener una combinación. No eran un código. Los dados eran la llave de un último cerrojo, y necesitaba ambos pares.

«Grandes, pequeños, blancos y rojos. ¿Sabes ya cuál es la llave para este cerrojo?».

Rohan recordó las palabras que Avery Grambs había dicho

al comienzo de la fase dos. «Solo uno de vosotros puede ganar el Gran Juego de este año, pero, en un sentido muy real, no estáis solos».

—Sabía que serías tú.

Savannah salió de las sombras y Rohan escuchó el eco de una voz en su mente: «No serás tú, chaval». Nash Hawthorne había predicho que Rohan iba a perder el Gran Juego porque los juegos Hawthorne tenían corazón. Y para ganar este juego…

Rohan paseó la mirada desde los dados en la palma de su mano hacia la otra mano que sostenía otro juego de dados. «La de Savannah». Un estruendo llegó desde el piso superior: la pared que daba a las escaleras se acababa de separar.

El reloj de Rohan vibró. Dos veces. Lyra y Grayson habían pagado el peaje, y Rohan sabía que, hubieran arreglado o no las cosas, Grayson Hawthorne le ofrecería los dados a Lyra Kane sin pensarlo siquiera.

«Grandes, pequeños, blancos y rojos. ¿Sabes ya cuál es la llave para este cerrojo?».

Rohan sabía cuál era. Lo había resuelto. Pero no tenía importancia alguna. «Malditos Hawthorne y sus malditos juegos». No había tiempo que perder. «No hay tiempo para tratar de arrebatarte los dados, cariño. No hay tiempo para convencerte. No hay tiempo para negociar».

El Piedad del Diablo estaba en juego y Rohan no tenía tiempo para hacer nada, excepto la única cosa que Nash Hawthorne claramente dudaba que hiciera.

—Maldita sea, al infierno con todo.

Rohan cruzó la estancia, se plantó ante Savannah y le entregó los dados.

La confianza era una debilidad.

El afecto era una debilidad.

Rohan no estaba hecho para depender de nadie, nunca, y menos así.

Pero ¿qué opción le quedaba? Se había aliado con Savannah Grayson y la había alejado de él. La había presionado sin cesar, pero ella no lo había traicionado.

«Te toca, cariño. Tú mueves».

Savannah no vaciló. Nunca lo hacía; era incapaz. Uno tras otro, dejó caer los dados de cristal en el cilindro: primero los dados blancos, los cincos antes que los treses; después, los rojos con el seis y los rojos con el dos.

«Grandes, pequeños, blancos y rojos. ¿Sabes ya cuál es la llave para este cerrojo?».

Cuando introdujo el último dado en el cilindro, una música sonó en la estancia. «Un repiqueteo de campanas». El techo se abrió y descendió un televisor de pantalla plana con una cámara incorporada en uno de los lados. Con un parpadeo, la pantalla se iluminó, pero la luz de la cámara no se encendió.

En la pantalla se veían cuatro sillas. Una para cada uno de los creadores del juego, pero las sillas estaban…

«Vacías».

El reloj de Rohan vibró, pero no lo comprobó. Su mirada se posó en Savannah. A su espalda, Lyra Kane leyó en voz alta el mensaje que todos acababan de recibir:

—Tenemos un ganador.

«Savannah». Había ganado el Gran Juego. Sin embargo, en la pantalla no había nadie, ni hermanos Hawthorne, ni heredera, ni siquiera su abogado.

No había transmisión en vivo, nadie a quien acusar.

—¿Dónde están? —Savannah Grayson estaba furiosa y serena, y un plan trazado minuciosamente acababa de irse al traste—. He ganado —dijo sin alzar la voz, aunque bien podría haberlo hecho. Sus palabras estaban llenas de ardor y angustia—. ¿Dónde están?

Rohan ya se lo había advertido. Sin el elemento sorpresa, no tenía ninguna posibilidad. «Deberías haber aceptado la oferta de Brady, cariño». Sin embargo, antes de que Rohan pudiera decir nada, Grayson Hawthorne dio una zancada hacia la pantalla y clavó los ojos en las sillas vacías.

—Algo va mal.

CAPÍTULO 82
GIGI

«Id seis kilómetros hacia el norte». Gigi no estaba segura de que fuera a conseguirlo. «Aquí yace Gigi Grayson —diría la lápida en su sepultura—, que sucumbió a una sesión de cardio».

Cuando por fin vieron el bar a lo lejos, Gigi intentó en vano soltar un suspiro de alivio. Aquella noche estaba a punto de terminar. Aquel breve y absolutamente estrambótico capítulo de su vida estaba a punto de cerrarse.

—Aquí nos separamos —le dijo Eve a Slate—. Mejor no estar cerca cuando uno de los adjuntos de los Hawthorne venga a buscarla.

Eso le dolió más de lo que hubiese pensado.

—No te metas en líos, preciosa.

Gigi sintió que la emoción le atenazaba la garganta y esbozó una sonrisa. Porque podía. Porque, a pesar de todo, aún seguía creyendo que se podía elegir la felicidad.

—«Líos» es mi otro nombre —le dijo a Slate—. Juliet Aurelia Líos Grayson.

Pese a que su sonrisa amenazó con esfumarse, Gigi perseveró y señaló con la cabeza el bar, que parecía, incluso desde la distancia, tan cochambroso como su letrero.

—¿Crees que hacen cócteles mimosa?

—No —dijo Slate—. No lo creo.

—Verdadero o falso. —Gigi lo miró a través de la oscuridad—. Me echarás de menos.

—Slate.

Claramente, Eve estaba perdiendo la paciencia.

Gigi decidió no esperar una respuesta que, con toda probabilidad, no iba a llegar. Clavó la mirada en el edificio a lo lejos y dio tres largas zancadas antes de que Mattias Slater hablara a sus espaldas.

—Juguemos a un juego —dijo—. Se llama «No necesitas demostrar nada de nada. A nadie». Se llama «Ya eres fuerte».

Gigi se detuvo en seco, pero no se giró. No se permitió mirar atrás. Aun así, tenía que preguntarlo.

—¿Estuviste ahí en algún momento?

¿Cuántas veces en el pasado año y medio habría apostado que así era, lanzando esa pregunta a la oscuridad? «Sé que estás ahí». Quizá solo había sido producto de su imaginación. Quizá eso fuera todo.

Quizá, si se diera la vuelta, descubriría que él ya se había ido.

Entonces oyó la respuesta.

—Más de una vez.

Gigi asintió y tragó saliva. «No todo eran imaginaciones mías».

Tomó aliento, puede que como nunca antes lo hubiera hecho.

—Adiós, Mattias.

Y reemprendió la marcha. Los dos primeros pasos fueron los más difíciles. Después del quinto, Gigi se obligó a acelerar el ritmo, tanto como pudo, por Savannah. Incluso si Zella tenía razón y el Gran Juego estaba a punto de terminar, incluso si ya había terminado y Gigi llegaba demasiado tarde, tenía que encontrar a su hermana. Y ahora, gracias a la bocazas de Eve, también debía encontrar a Grayson y Lyra. Al menos, necesitaba informar a alguien sobre Calla: la Vigilante, la Cala, la Mujer de Rojo.

Porque ¿qué ocurría cuando llegaba la hora de dejar de vigilar? Ni siquiera Gigi, con su optimismo, pensaba que era algo bueno.

CAPÍTULO 83
LYRA

«Algo va mal».

Las palabras de Grayson flotaron en el aire. Lyra debería haber estado pensando en su derrota, en Mile's End, pero lo único que le venía a la mente mientras observaba aquella pantalla, con las sillas de los creadores del juego vacías, era en las calas flotando en el agua.

«Muchas calas».

—¿Y por qué iría algo mal? —dijo Savannah con una voz alta, clara, afilada y abrupta, todo a la vez—. Pierdo hasta cuando llego primera.

La hermana de Grayson miró a la persona que había sido su compañero en el juego, el que le había ofrecido los dados para que ella pudiera ganar.

—La casa siempre gana, ¿verdad, Rohan? —añadió.

«La casa». Lyra no podía desprenderse de la pregunta que borboteaba en su interior, de aquella sensación siniestra y premonitoria.

«¿Y si los creadores del juego no son la casa?».

Junto a Lyra, Grayson tecleaba algo en el reloj, pero, antes de terminar, los cuatro dispositivos vibraron con lo que Lyra supuso que eran mensajes idénticos.

Id al helipuerto para evacuación.

—Algo va realmente mal —reiteró Grayson en el oído derecho de Lyra al ver que un helicóptero de estilo militar aterrizaba en la plataforma.

Su afirmación se confirmó de inmediato cuando una de las puertas del aparato se abrió y dos pasajeros se apearon.

«Hombres. Y ninguno Hawthorne». Por su aspecto ya resultaba evidente lo que eran. «Seguridad».

—Se suponía que seríais cinco —gritó uno de ellos por encima del estruendo de las aspas del helicóptero.

—Brady Daniels —respondió Grayson, acercándose a los hombres—. Debe de haberse quedado en la isla. Bien, y ahora, caballeros, ¿quién de ustedes dos va a decirme qué sucede exactamente?

«Algo ha pasado», pensó Lyra. El Gran Juego no se había diseñado para acabar entre lamentos. Aquello no estaba relacionado solo con Savannah y Eve, y los planes que pudieran tener.

«Calas en el agua. La casa siempre gana».

—Vosotros cuatro —ladró uno de los hombres, ignorando la pregunta de Grayson y tomando el control de la situación—. ¡Al helicóptero!

—Permítanme que lo reformule —insistió Grayson—. ¿Cuál de ustedes prefiere que no le dedique en el futuro un tiempo y unos recursos considerables para obligarlo a arrepentirse de no responder a mi pregunta?

El hombre de la derecha tomó la palabra.

—Nos han ordenado que garanticemos la seguridad de todos los jugadores y que los llevemos de regreso al yate. Órdenes de Oren. La heredera ha desaparecido.

El cuerpo de Grayson sufrió un cambio y Lyra sintió que un escalofrío le recorría la columna vertebral.

—¿Qué significa eso? —dijo Grayson, agarrando al hombre por el cuello de la camisa—. ¿Qué quiere decir que la heredera ha desaparecido?

CAPÍTULO 84
GRAYSON

«Avery. Ilocalizable. Sin indicios de juego sucio, pero desaparecida».

Eso era todo lo que Grayson había podido obtener de los hombres de Oren. Ahora esos hombres seguían en la isla, buscando a Brady Daniels, mientras que Grayson y el resto de los jugadores se dirigían al yate.

Grayson se concentró en el piloto del helicóptero, también miembro del equipo de Oren, e intentó sonsacarle información, pero fue en vano.

«Es lógico. Los hombres de Oren no saben nada de Alice», pensó.

Tenía la esperanza de adelantarse a los acontecimientos, de que la repentina desaparición de Avery no tuviera nada que ver con Alice, pero después recordó Praga: la piel de Jameson cubierta de ceniza, cortes en el cuello.

«Y las amenazas».

Grayson ni siquiera esperó a que el helicóptero aterrizara en el yate para saltar a cubierta. Dos segundos después, Lyra estaba junto a él, tras saltar también desde el aparato aún en marcha. Grayson tuvo que hacer un esfuerzo para no bloquearse y para no dejarla al margen, pero sabía por experiencia que eso no beneficiaría a nadie; y menos a Avery.

«Esta vez no pienso quedarme de brazos cruzados». Grayson se puso en el peor de los casos y lo aceptó.

—Necesitamos encontrar a Jameson —le dijo a Lyra—. O a John Oren, el jefe de seguridad de Avery.

Detrás de ellos, el helicóptero había tomado tierra por completo.

Rohan y Savannah bajaron.

«Nadie ha venido a recibirnos». Sostuvo la mirada de Lyra durante una fracción de segundo y, acto seguido, salió disparado hacia el interior del yate, sabiendo muy bien que Lyra podría igualar su ritmo y lo haría. La suite de Jameson y Avery estaba vacía. Grayson no estaba seguro de en qué parte del yate se alojaba el equipo de seguridad, así que optó por lo más sencillo.

El despacho de Alisa.

Ni siquiera se molestó en llamar.

En el interior, Alisa y Jameson estaban inclinados sobre el teléfono.

—¿Y eso es todo? —decía Jameson con una voz irreconocible y los ojos fijos en el móvil como si fuera lo único que importara en el mundo—. ¿Eso es todo lo que dijo la Mujer de Rojo, palabra por palabra?

«La Mujer de Rojo». Grayson lo grabó en su mente antes de oír la voz al otro lado de la línea.

—Sí.

Reconocía esa voz: «Gigi».

Alisa lo miró.

—Está a salvo con Knox. Vienen hacia aquí.

Puede que Gigi estuviera a salvo, pero Grayson lo adivinó con solo mirar a Jameson: «Avery no lo está».

Acercándose a su hermano, habló hacia el móvil de Alisa:

—Gigi. Soy yo. ¿Qué sabes?

La hermana de Grayson era completamente capaz de hablar a diez mil kilómetros por hora. Una verdadera avalancha de información salió de ella. Una mujer vestida de rojo, Calla Thorp. Otra mujer, Zella.

Eve diciéndole a la primera que Lyra sabía algo sobre calas, Alice Hawthorne y omega.

El consejo de la última de que si les formulaban una pregunta determinada, sin importar la rotundidad con la que se expresara, podían negarse.

Además, estaba esa frase que Gigi no dejaba de pronunciar, una vez y otra y otra. «Ha llegado la hora de dejar de vigilar».

Antes de que Grayson pudiera reaccionar a la avalancha de información, Jameson se acercó y colgó.

Ignorando a su hermano, Jameson clavó los ojos en Alisa.

—Haz algo —le dijo con una intensidad palpable, como si su cuerpo no fuera capaz de contener físicamente la tormenta que se fraguaba en su interior—. Ahora. Ya has oído a Gigi.

«Calla Thorp. Se hace llamar la Vigilante. Lleva una capa roja».

—¿La Calla de Brady? —Lyra, que había guardado silencio hasta ahora, miró a Grayson—. Una capa, Grayson.

Este comprendió a qué se refería.

—Tu sueño. Alice. Dijiste que llevaba una capa negra.

—Alice —repitió Jameson, en un tono peligrosamente bajo—. Te dije que no pronunciaras ese nombre, pero no me has hecho caso. —Jameson volvió la cabeza lentamente con un movimiento más animal que humano y, fulminando a Lyra con la mirada, añadió—: Todo esto es culpa tuya.

Grayson se interpuso entre su hermano y Lyra.

—¿Qué ha ocurrido? —preguntó.

«¿Qué le ha ocurrido a Avery?». Grayson no necesitaba expresarlo en voz alta.

Avery era el centro del universo de Jameson, su todo en todos los sentidos que importaban.

Jameson miró a espaldas de Grayson y respondió directamente a Lyra.

—Lo que ha ocurrido eres tú. —Sus ojos eran intensamente brutales. La electricidad recorría todo su cuerpo—. Tú, Lyra. Y después, Eve… y ahora Avery ha desaparecido.

—Quiero los detalles —dijo Grayson con un tono de voz igual de profundo que el de su hermano y con una intensidad que ponía los pelos de punta—. Ahora. *Est unus ex nobis,* Jamie.

«Es una de los nuestros».

Casi desde el principio, Avery había sido una de los suyos.

Jameson bajó la cabeza hasta que el mentón casi le tocaba la barbilla, con tanta tensión en su cuello que los tendones que unían sus músculos parecían a punto de romperse.

«Estoy aquí, Jamie. Dímelo».

—Nos vigilaban —declaró Jameson con un tono desanimado mientras repetía lo que les había dicho Gigi—. Y, ahora, ha llegado el momento de dejar de vigilar. Solo tenías que esforzarte, Gray. Solo tenías que haberme hecho caso y no pronunciar ese nombre.

Ya ninguno de ellos se atrevía a pronunciarlo. «Alice».

—Y tú… —Jameson alzó la mirada y encaró con ojos fieros

a Lyra—. Tú fuiste una bocazas con Eve y ahora… —Jameson se interrumpió.

Sin previo aviso, cargó con todas sus fuerzas contra Grayson y le dio un puñetazo en la mandíbula.

Grayson se desplomó y, al mirar otra vez, vio que Lyra se interponía entre ellos, haciéndole de escudo con su propio cuerpo.

—Jameson. —La voz de Alisa cortó el tenso ambiente—. Tienes que controlarte.

—Es precisamente lo que estoy haciendo —respondió Jameson, cerniéndose sobre Grayson, que seguía en el suelo.

—Lo entiendo —aseguró Alisa—. Créeme, Jameson, lo entiendo. Pero continúa dando problemas y me veré obligada a hablar con Oren. Acabarás despertándote encerrado en algún almacén mientras los mayores se encargan de liberar a Avery.

—Liberarla… —Grayson se obligó a pronunciar las siguientes palabras en voz alta—. De ellas.

—Odette afirmó que siempre había tres. —La voz de Lyra temblaba muy ligeramente al dirigirse a Jameson y Alisa—. Alice Hawthorne estuvo presente la noche en que murió mi padre. Llevaba una capa. Negra. Completamente negra. —Grayson casi oía su desasosiego—. Y la de Calla era roja…

Grayson comprendió que Lyra estaba pensando en aquel acertijo retorcido que su padre le había presentado la noche en que se suicidó. «Tres piezas de caramelo en un collar de caramelos. Una cala. *A Hawthorne.* Y omega».

—Es la última vez que pediré detalles —dijo Grayson, poniéndose en pie lentamente, con la mandíbula aún resentida por el puñetazo de Jameson.

Alisa se anticipó a cualquier respuesta por parte de este último.

—Hace menos de una hora —le dijo a Grayson—, Avery apagó el circuito de videovigilancia del yate, por completo, durante poco más de tres minutos. Se aseguró de que Oren y su equipo estuvieran ocupados en otra cosa. Basándonos en las grabaciones que tenemos, estaba sola cuando lo hizo y, cuando las cámaras volvieron a funcionar, había desaparecido. No hay señales de pelea ni de que tuviera compañía. Y dejó una nota.

Alisa la sacó del escritorio y se la tendió a Grayson: tinta morada, garabateada en el reverso de una de las viejas postales de su madre.

No he desaparecido. No me busquéis.
La prensa no debe enterarse de que me he ido.
∞

—¿Cuánto hace que la has encontrado? —le preguntó Grayson a Jameson.

Su instinto le decía que había sido él quien lo había hecho.

Jameson no respondió.

—Treinta y tres minutos —confirmó Alisa—. Aproximadamente quince minutos después del fallo de seguridad. Desde entonces, Oren y yo estamos recibiendo información puntualmente. Se han enviado varios equipos en su búsqueda. Xander está tratando de contactar con Nash y Libby. Todas las grabaciones de las cámaras de seguridad de las que disponemos se están inspeccionando con lupa. Justo antes de que habláramos con Gigi, he llamado a un contacto muy discreto de la policía costera.

«Discreto». Grayson tensó la mandíbula mientras leía de nuevo la nota de Avery. «La prensa no debe enterarse de que me he ido».

Grayson reconocería la escritura de Avery en cualquier circunstancia.

—¿Y qué interpretación le damos a la lemniscata? —preguntó.

—Ninguna. —La voz de Jameson era como la de un animal enjaulado—. Avery no es asunto tuyo.

Pronunció el nombre de Avery como si se lo hubieran arrancado del alma, y Grayson sintió que aquella frase que acababa de decir le apuñalaba el corazón.

Avery era familia, y la familia siempre había sido asunto de Grayson.

—Quiero la ubicación de Odette —le dijo Grayson a Alisa. Aunque el dolor lo embargara, su cerebro empezó a calibrar los siguientes movimientos a la velocidad de la luz—. Sabe algo. Y ¿dónde está Toby?

—Lleva un par de horas buscando a Eve —respondió Alisa.

—¿Qué sabe? —le preguntó Grayson a su hermano—. Sobre Alice.

—Nada que le apetezca compartir —respondió Jameson con voz tensa, la mandíbula rígida y una mirada vacía—. Y no responde al teléfono. Pero, como ya te he dicho, hermano, no es asunto tuyo. —Jameson paseó la mirada de Grayson a Lyra—. Ahora tienes otras cuestiones en que ocuparte.

Era evidente. «Culpa a Lyra de todo esto. Me culpa a mí».

—Échame la culpa si quieres —declaró Grayson—. Pero *est unus ex nobis. Nos defendat eius.* —Esta vez, dijo toda la frase—. Avery es una de nosotros. La protegemos. La encontraremos.

Grayson sintió la fuerza de aquella promesa en cada poro de su piel.

—Yo la encontraré —respondió Jameson—. Oren y Alisa y sus equipos la encontrarán. Nash la encontrará. Toby la encontrará. Pero ¿tú? —Jameson se volvió y fulminó a Grayson con la mirada—. En lo que a mí respecta, tú y Lyra podéis iros al infierno.

CAPÍTULO 85
ROHAN

Rohan sintió cómo aquel dato cambiaba y reconfiguraba el laberinto en su mente. «Avery Grambs, desaparecida». Sin la heredera, puede que el premio económico ya no estuviera asegurado, al menos, no inmediatamente. Así que, de momento, Rohan no podría confirmar si Savannah Grayson mantendría su promesa.

«¿Y por qué iba a hacerlo?». A Rohan no le gustaba estar a merced de nadie. Tenía que encontrar otra manera.

Siempre había otra manera.

Los caminos que se desplegaban ante él eran muchos y variados, y conocía a su rival a la perfección. «Esto no ha acabado, duquesa».

—¿Qué está ocurriendo? —dijo Savannah. Eran las primeras palabras que le dirigía a Rohan desde la sala final, cuando había pronunciado la frase de que la casa siempre gana—. ¿Por qué nos han traído de vuelta aquí?

«Yo soy la casa —se dijo Rohan—. No hay alternativa. Tengo que ser la casa».

—Parece que hay problemas —le dijo a Savannah.

Rohan se dirigió hacia la proa del barco solo para ver si ella lo seguía.

No lo hizo.

«Según mis términos —le había dicho Savannah Grayson—. A mi manera».

—Y cuando hay problemas de algún tipo… —continuó Rohan, girándose para mirarla y acercándose unos pasos—, lo primero es restringir la circulación de los jugadores por el tablero.

El helicóptero que los había traído hasta allí ya había despegado, de vuelta a la isla, sin duda para buscar a Brady Daniels. «Mientras nosotros estamos aquí, hablando, hay un equipo que trata de hacerlo salir». Eso le convenía. Daniels resultaba fundamental para la consecución de sus objetivos.

«¿Te prohibieron interferir en el juego, duquesa?».

Rohan tenía las fotografías, pero no bastarían para demostrar la mano de Zella. «¿Acaso el Propietario te dijo que, si cancelaban el Gran Juego, te descalificarían como potencial heredera? ¿Por eso le dijiste a Brady que el juego debía continuar?». La única prueba que Rohan tenía de la implicación de Zella era el tatuaje en el brazo de Daniels.

Rohan continuó caminando, confiando en que Savannah lo siguiera… Algo que hizo finalmente. «Aún tenemos cosas pendientes, ¿verdad, cariño?».

—Me diste tus dados —dijo Savannah, con un extraño tono acusatorio.

Rohan giró sobre sus talones y se colocó en la barandilla de proa, clavando la mirada al frente.

—Era… el movimiento más estratégico —manifestó.

—Te tomaste en serio lo que te dije —respondió Savannah.

Iba a obligarlo a pronunciarlo. «Despiadada chica de invierno».

—¿Y qué elección me quedaba? —Rohan trató de sonar amable, y entonces, muy a su pesar, volvió la cabeza y la miró—. Desde el principio, ¿qué elección tenía contigo, Savvy?

Se permitió añadir el mote solo para fastidiarla.

—No soporto ese nombre, inglés, así que aquí tienes mi oferta final. —Savannah Grayson estaba hecha de luz de luna: ese cabello platino, esos ojos grises pálidos que lo miraban entornados de la manera más encantadora—. Tú puedes llamarme Savannah y yo te llamaré Rohan.

El sonido de su nombre en sus labios era delicioso.

—De acuerdo… —Rohan le acarició la mandíbula, una mandíbula fuerte para una mujer despiadada—, Savannah.

—Bien, y ahora, pregúntame qué planes tengo —ordenó.

—¿Qué —Rohan sabía que le agarraría el pelo y ella no lo decepcionó— planes tienes?

Savannah acercó sus labios a los de Rohan.

—Mi plan —susurró asegurándose de rozárselos al hablar— no te concierne en absoluto.

Se acercó un poco más, separándolos…, pero no lo besó. En lugar de eso, Savannah Grayson dejó que Rohan sintiera todas las formas en que podría haberlo besado y después se separó de él, empujándolo contra la barandilla.

«Despiadada».

Sus labios, esos labios, se separaron una vez más.

—Adiós, Rohan.

Y así, sin más, se quedó solo.

CAPÍTULO 86
ROHAN

El poder siempre tenía un precio. La única pregunta era cuál era ese precio, y quién iba a pagarlo. Por suerte para Rohan, en el dolor siempre había claridad.

Y, para mayor suerte, Jameson Hawthorne estaba desesperado. Buscó a Rohan, justo como Rohan esperaba que hiciera.

—Tengo una oferta para ti —anunció Jameson, apretando la mandíbula.

Si sabías dónde buscar, el cuerpo humano te delataba. Rohan observó a Jameson durante un instante. Los músculos de su mandíbula solo eran el principio. «Aquí está mi garantía». Rohan no había atado cabos de lo que estaba sucediendo... Aún no. Pero lo haría.

—Necesito diez millones de libras, y los necesito en un plazo de siete semanas —le dijo a Jameson—. Por lo que veo, te has quedado sin heredera. Deberías haber aceptado mi oferta.

Como el poder, la ayuda de Rohan también tenía un precio.

—Puedo pagarte.

La historia que el cuerpo de James Hawthorne relataba ahora mismo era una de algo peligroso, brutal, casi inhumano, que apenas podía contener. Aquel hombre estaba roto. Y Rohan siempre había sentido cierta fascinación por las cosas rotas. Por repararlas… o por recoger los trozos.

—Ayúdame a encontrar a Avery —rugió Jameson—, y el dinero es tuyo… Lo que necesites y mucho más. Cada centavo que tengo, sin compromiso.

«Sí —pensó Rohan, repitiendo aquellas palabras en su mente como si fueran un zumbido—. Sí. Eso servirá».

—¿Y en qué puedo ayudarte en concreto? —preguntó Rohan.

La información, en situaciones como aquella, era de lo más valiosa.

—La duquesa. —Jameson entornó los ojos casi hasta cerrarlos—. Zella. Sabe algo.

«Claro que sabe algo», pensó Rohan. Su rival era una maestra de las partidas largas y, por lo visto, jugaba en más de una.

Derrotarla sería un placer. Suyo y solo suyo.

—Necesito el dinero antes de llegar a Londres —informó Rohan a Jameson—. Ya sabes, tecnicismos.

—Tendrás el dinero cuando yo recupere a Avery.

Vaya, eso podría suponer un problema, pero Rohan siempre había sido el mejor encargándose de los problemas.

Sin esperar a que Rohan expresara su conformidad, Jameson se giró y empezó a alejarse, arrastrando los pies como un hombre desesperado, roto y peligroso que solo deseaba estar en otro lugar.

—¿Adónde vas? —preguntó Rohan—. ¿Dónde puedo encontrarte cuando consiga la información que necesitas?

Sin detenerse, Jameson respondió:

—En Praga.

CAPÍTULO 87
GIGI

En el tiempo en que el querido excompañero de equipo de Gigi tardó en llevarla hasta Alisa Ortega, a lo que parecía ser un yate del tamaño de un pabellón deportivo en expansión, Gigi confirmó tres detalles sobre Él, el Hombre más Gruñón e Inescrutable.

Uno: Knox la había buscado. La había estado buscando durante más de un día.

Dos: le habían pagado por hacerlo.

Y tres: pese a que Knox había oído toda la conversación de Gigi con Jameson y Alisa sobre la Mujer de Rojo, pese a que había sido él quien había llamado a Alisa en primer lugar, estaba claro que no iba a preguntar.

«Sobre Calla».

Gigi seguía pensando en la cicatriz en su clavícula, la que él había bautizado como «el adiós de Calla Thorp». Seguía pensando en la forma en que la Mujer de Rojo había insistido en que Calla Thorp ya no existía.

—Parece que nuestro acuerdo comercial ha llegado a su fin —le dijo Knox a Alisa al entregar a Gigi.

—Sí, sí —respondió Alisa con brusquedad—. Carece de corazón, solo le impulsa la codicia y Gigi no le preocupa en lo más mínimo. Acepto dicho supuesto disparatado. Tengo otro trabajo para usted, señor Landry.

—No me interesa, Ortega.

—Seguro que sí.

A Gigi le pareció estar ante una partida de ping-pong de dos leones de montaña reprimidos sexualmente.

—El equipo de seguridad me acaba de notificar que Brady Daniels ha desaparecido de la Isla Hawthorne sin dejar rastro. No puedo evitar preguntarme si ha contado con alguna ayuda.

Knox frunció el ceño.

—Crees que está con Calla… o con la otra.

«Zella», pensó Gigi.

—Creo —le dijo Alisa a Knox— que nuestro acuerdo comercial no ha llegado a su fin.

CAPÍTULO 88
GIGI

Encontró a Savannah en pie en una de las cubiertas exteriores del yate, entre una bañera de hidromasaje y una piscina. Le daba la espalda, y Gigi, que aún no se había acostumbrado al corte de pelo de su hermana melliza, al ver su nuca, apreció la tensión que había en ella.

—Has ganado, ¿no? —preguntó Gigi. Vaya manera más absurda de entablar conversación; pero ahora no podía retroceder—. Has ganado el Gran Juego.

—Siempre le doy demasiada importancia al hecho de ganar.

Savannah ni siquiera se giró. Gigi advirtió, solo por el tono de voz de su hermana, que tenía el modo defensa activado y llevaba puesto un escudo.

De sólido hielo.

Gigi era una persona discreta que sabía captar una señal, pero Savannah siempre llevaba el escudo más duro cuando más dolida estaba.

—Voy a darte un abrazo —anunció Gigi, caminando hacia ella—. Probablemente sea muy mala idea, pero me lo vas a permitir, porque, de lo contrario, me veré obligada a hacer otra cosa con mis brazos, y ambas sabemos que es mejor no dejar a mis brazos ni a mí sueltos.

—Vete, Gigi —ordenó Savannah, con la voz entrecortada, lo que le rompió el corazón.

—No pasa nada si me odias.

Gigi también lo dijo con voz entrecortada. Como respuesta, Savannah no contestó y guardó un absoluto silencio.

—Créeme, Juliet, lo he intentado —soltó al cabo de un rato.

«Ha intentado odiarme».

—Ahora. Voy a abrazarte ahora.

Gigi rodeó a Savannah con los brazos.

—Asesinaron a nuestro padre —espetó Savannah—. Y tú…

—Asesinaron a nuestro padre. —Gigi percibió la respiración irregular de su hermana—. Y yo lo único que quería era protegerte.

Lo único que había querido Gigi era ser fuerte.

Pensó en Mattias Slater diciéndole que ya lo era.

—Me rompía el corazón, Savannah. Cada vez que te veía, me dolía muchísimo. —Aunque estaba a punto de ponerse a llorar, no le importó—. Pero quería hacer lo mismo que tú hiciste por mí cuando descubriste que nuestro padre tenía una amante. Cuando descubriste lo de Grayson. Cuando lo descubriste todo.

—Me diste de lado —dijo Savannah, con un tono incluso demasiado tranquilo.

—No fue mi intención —susurró Gigi.

Esperó a que Savannah se zafara de su abrazo, que la apartara. Sin embargo, no lo hizo. Después de una completa eternidad, la melliza de Gigi retomó la palabra.

—Estás dolida.

Gigi no sonrió. No hizo ninguna mueca. Por primera vez en su vida, ni siquiera trató de que doliera menos.

—Era nuestro padre. —No había llorado. No se había permitido llorar ni una sola lágrima—. Sé que debería odiarlo por lo que hizo, pero no puedo. Unos hombres perdieron la vida, y yo, por mucho que lo intente, no puedo hacer nada por compensarlo, ni siquiera odiar a la persona que los mató.

Savannah la abrazó. No es que fuera una gran experta, pero era suficiente.

—Iba a sacarlo todo a la luz —susurró Savannah en tono poco amable—. Iba a acabar con ellos.

«Iba. En pasado». Gigi conocía lo suficiente a su hermana como para no dar mucho crédito a sus palabras. Savannah no era una persona que acostumbrara a cambiar de planes.

—Pero ahora... —continuó Savannah—, Avery ha desaparecido y yo ni siquiera... —Savannah se interrumpió—. No tenías ni idea.

Gigi la miró.

—Da la casualidad de que una conversación telefónica bastante unidireccional que he mantenido está cobrando ahora mucho sentido.

«Esto tiene mala pinta —pensó Gigi—. Muy mala pinta».

—Sé que te importan —dijo Savannah—. Ellos. Avery.

—Me importan mucho —confirmó Gigi—. Siempre y a veces sin merecerlo. Es mi manera de ser. Sin embargo, ¿sabes lo que no pertenece en absoluto a mi manera de ser? Los secretos. Guardarlos. No contártelos.

«No más secretos», pensó Gigi.

—Puede que sepa algo sobre lo que está ocurriendo —le dijo a su hermana.

Todo salió de golpe, de nuevo: Slate y Eve, Calla y Zella, la hora de vigilar.

—Repite la parte en la que te secuestran —pidió Savannah—. Por segunda vez.

—No me dieron ni una triste camiseta —bromeó Gigi.

Por un lado, quería preguntarle si todo estaba arreglado entre ellas, si Savannah estaba bien, pero Gigi no tuvo oportunidad.

De repente, Savannah volvió la cabeza hacia la izquierda con brusquedad. Gigi tardó unos buenos tres segundos en comprender el motivo. «Pasos». Que se acercaban.

«Rohan».

Había escudos, y luego estaba aquello. Gigi percibió de inmediato el cambio que experimentó su hermana.

—¿Otra vez tú? —dijo Savannah a modo de saludo, levantando el mentón mientras Rohan rodeaba la piscina hacia ellas.

—No te enfades, cariño. Estoy aquí con una oferta. —Rohan esbozó una sonrisa, una malvada, demasiado encantadora—. Para tu hermana.

Se volvió hacia Gigi.

—Por encima de mi cadáver —soltó Savannah—. O, mejor aún, por encima del tuyo.

—Promesas, solo promesas —respondió Rohan.

—¿Para mí?

Gigi parpadeó. Y parpadeó de nuevo.

—Resulta que necesito un cómplice que pueda ir adonde yo no llegue —dijo Rohan, clavando la mirada en Savannah durante uno o dos segundos antes de desviarla hacia Gigi una vez más—. Y, por lo que acabo de oír, creo que servirás.

CAPÍTULO 89
LYRA

Lyra era consciente de que Grayson estaba dolido, pero, en las horas que habían transcurrido desde que Jameson los había mandado al infierno, no había sido capaz de decirle nada.

Grayson era un hombre con una misión, y Lyra estaba allí, a su lado.

—Es un movimiento arriesgado. —Odette llevaba su larga melena canosa de puntas negras recogida en un elegante moño que sujetaba con lo que parecía ser un alfiler antiguo. Los miraba con firmeza, y Lyra lo supo nada más verla: los ojos de la astuta anciana no se perdían nada—. Retener a una abogada de mi calibre contra su voluntad.

—La puerta está justo ahí —le dijo Grayson a Odette.

Los tres se habían instalado en una sala de conferencias alquilada en un hotel de lujo. Lyra casi esperaba que Grayson la dejara al margen, pero no lo había hecho.

Para bien o para mal, ahora formaba parte de esto.

—Avery ha desaparecido —anunció.

No escatimó palabras ni aclaró más. Al contrario, todo lo

que hizo Grayson fue colocar una única cala en la mesa entre ellos y Odette Morales.

La anciana posó los ojos en la flor, pero no pronunció palabra. Lyra pensó en todo lo que Gigi había dicho y dio el siguiente paso.

—¿Qué sabe de invitaciones? —preguntó Lyra—. ¿Qué sabe sobre cierto tipo de pregunta?

Odette miró fijamente a Lyra durante lo que pareció una pequeña eternidad y, acto seguido, comportándose como la vieja gloria de Hollywood que había sido, la anciana se dignó a responder.

—Menos de lo que alguna vez quise y más de lo que debería.

Grayson sacó dos objetos del bolsillo de la chaqueta de su traje: unas fichas de póquer que había tomado prestadas del yate, una roja, una negra, ambas de valor incalculable.

Primero depositó la ficha roja sobre la mesa.

—Una mujer vestida de rojo... —A continuación, llegó el turno de la negra—. Una mujer de negro.

Lyra extendió la mano y acarició la primera ficha con la yema de los dedos.

—Calla Thorp —añadió. Entonces, deslizó la mano hacia la ficha negra—. Alice Hawthorne. —Lyra hizo una pausa—. Sin embargo, siempre hay tres.

Los ojos y el comportamiento de Odette no revelaban nada. Nada que pudieran interpretar, ni una señal. Luego, lenta y deliberadamente, la anciana se llevó las manos a la cabeza y se quitó el viejo alfiler con el que se sujetaba el pelo, con lo que sus largos mechones grises se desprendieron.

Odette colocó el alfiler, de plata y rematado en perlas, sobre la mesa, junto a las fichas de póquer. Uno a uno, acarició los tres objetos.

—Rojo. Negro. Blanco. —Odette volvió a empezar por el principio y repasó la secuencia—. La cala.

«La ficha roja».

—La omega.

«La negra».

—Y el monoceros.

«Las perlas blancas». El término no le resultó familiar a Lyra y su sonido no encajaba con los otros dos.

Frente a ella, Odette volvió a colocar la mano sobre la primera ficha.

—La Vigilante —dijo la anciana, luego se desplazó suavemente, como si fuera una pluma, de la ficha roja a la negra—. La Mano. —Finalmente, acarició las perlas de su horquilla—. La Juez.

«Vigilante. Mano. Juez».

«Cala. Omega. Monoceros».

—Siempre hay tres —susurró Lyra.

—¿Quiénes son? —la instó Grayson.

—Mujeres, exclusivamente. —Por un momento, pareció como si Odette no fuera a dar más explicaciones—. No responden a nadie más que a ellas mismas y muchos les rinden cuentas. Si sabes dónde buscar, la historia lo dice todo.

—¿Y qué historia es esa? —preguntó Grayson.

Pasaron unos segundos en los que Lyra ni siquiera se atrevió a parpadear.

—Los hombres lo arruinan todo —dijo Odette finalmente—. No todos lo hacen y no todo el tiempo. Pero sí ocurre con bastante frecuencia, en mayor medida con hombres poderosos. El grupo al que buscáis… Lo único que os diré es que creen que algunas situaciones requieren una mano amable que las guíe, y otras, una espada dorada.

Una espada.

—¿Qué peligro suponen? —preguntó Lyra con el fin de evitar que Grayson tuviera que hacerlo.

—El suficiente como para que, hace catorce años, al despertarme y encontrar sobre la almohada una cala, una advertencia, dejara de buscar respuestas —respondió Odette.

Lyra pensó en la cala que había encontrado cerca del helipuerto, la que Eve afirmó que no había enviado. Pensó en los cientos de calas flotando hacia la orilla. Y entonces pensó en la que le había dado su padre.

Pensó en la sangre de su padre…, en esa sangre en sus pies descalzos, en su olor.

Lyra se inclinó hacia delante y apoyó los antebrazos sobre la mesa.

—Según usted, la cala es la Vigilante. Y omega es la Mano. ¿Qué significa esta última exactamente?

Odette no dijo nada, pero Grayson respondió por ella.

—Omega es el final.

«El final». Por primera vez, Lyra se preguntó si su padre se había suicidado para evitar que alguien hiciera ese trabajo.

«Una mujer de negro. Omega. El final. La Mano».

«*A Hawthorne did this*».

Lyra pensó en la mujer. «No deberías estar aquí. Pero ¿quién va a decir que has estado?».

—¿Y la tercera? ¿El monoceros? —insistió Lyra.

La omega, la Mano, había ocultado su presencia, y Odette lo había dicho bien claro: esas mujeres no rendían cuentas ante nadie. De nuevo, la pregunta de Lyra no recibió respuesta y, de nuevo, Grayson se ocupó de contestarla.

—Un monoceros es una criatura mítica y también una constelación. Y, por lo visto, la Juez. —Bajó la mirada hacia las fichas—. Calla Thorp. Alice Hawthorne. ¿Quién es la tercera?

—De saberlo, sospecho que no hubiese recibido una advertencia —respondió Odette.

—Una advertencia —respondió Lyra—. Una cala.

Clavó la mirada en Grayson.

—¿Y qué significa que haya cientos de ellas?

Esta vez, el silencio de Odette no se midió en segundos. Ni Lyra ni Grayson se atrevieron tan siquiera a moverse. A pronunciar palabra.

—Significa —Odette recuperó el alfiler y se recogió el pelo de nuevo— que algo muy grande está a punto de suceder.

EPÍLOGO
AVERY

Me desperté en una habitación completamente blanca. De techos blancos. De suelo blanco. De paredes blancas. La habitación no tenía ventanas. Ni puertas. En quien primero pensé fue en Jameson.

Después, en Alice.

Y, luego, en que la habitación blanca no era solo blanca. Grabadas en cada superficie había unas muescas... Unas líneas sinuosas que se arremolinaban y entrelazaban.

Tardé más de lo normal en comprender qué era aquello, dónde estaba. La habitación no tenía ventanas. Ni puertas. Y, en las paredes, el techo y el suelo, había incrustado un complicado laberinto.

AGRADECIMIENTOS

Estoy muy agradecida al increíble equipo que me ha ayudado a que esta historia cobre vida y a los lectores que me han dado la oportunidad de soñar (y tramar) a lo grande los episodios finales de la saga *Una herencia en juego.*

Gracias a mi editora, Lisa Yoskowitz, a quien dedico este libro. Lisa, trabajar contigo es una alegría constante que recorre todas las fases del proceso. Gracias por tus comentarios, tu apoyo y tu pasión por estos libros. Significa mucho para mí.

Gracias a Elizabeth Harding, por ser mi agente durante más de veinte (¡veinte!) años ya. Con cada nuevo libro, pienso en los anteriores y en lo agradecida que estoy por haberte tenido a mi lado en cada uno de ellos.

Sé que digo esto de un modo u otro en cada uno de mis libros, pero me siento la autora más afortunada del mundo por trabajar con el fantástico equipo de Little, Brown Books for Young Readers, liderado por Megan Tingley y Jackie Engel. No imagino un equipo más apasionado, creativo y eficiente ni soy capaz de expresar con palabras lo mucho que disfruto trabajando con todos vosotros. Gracias a la directora de arte Karina Granda y a la artista Katt Phatt por otra cubierta increíble. Gracias, Danielle Cantarella, Leah CollinsLipsett, Rache Nuzman, Allie Stewart, Katie Tucker y el resto del equipo comercial, por vuestros años de esfuerzos para hacer que nuevos lectores se acerquen y descubran la saga *Una herencia en juego.*

Gracias a Marisa Finkelstein, Andy Ball, Jen Graham, JoAnna Kremer, Mary McCue, Marissa Baker, Kimberly Stella, Becky Munich, Jess Mercado, Victoria Stapleton, Christie Michel, Orlane Dubreus, Margaret Hansen, Erin Slonaker, Jody Corbett, Su Wu, Janelle DeLuise, Hannah Koerner y a todos los que han intervenido para que este libro viera la luz y alcanzara las manos de los lectores.

Un agradecimiento especial para Alex Houdeshell, cuyos comentarios sobre el primer borrador de este libro fueron de gran ayuda para lograr lo que me había propuesto con *Rivales gloriosos*; a Savannah Kennelly por todo lo hecho para redes sociales (incluyendo cartas, revelaciones ¡y enigmas!); a Kelly Moran por, entre otras muchas cosas, ayudar a que eligieran *El Gran Juego* para el club de lectura de Good Morning America; y a Bill Grace y Emilie Polster ¡por hacer vuestra magia marketiniana! No puedo expresaros lo mucho que disfruto trabajando con vosotros. Es, de verdad, un sueño.

Mientras estaba escribiendo este libro, tuve la suerte de poder viajar al Reino Unido y pasar algún tiempo con el equipo editorial de Penguin Random House UK. Fue un placer conoceros a todos y estoy muy agradecida por vuestra dedicación y trabajo con estos libros. Un agradecimiento especial para Anthea Townsend y Sarah Doyle por cuidar tanto de mí mientras estuve allí, así como para Michelle Nathan, Charis

Lowe-White, Harriet Venn ¡y a todas las personas que habéis trabajado en este libro!

La última vez que lo comprobé, los libros de *Una herencia en juego* se habían traducido a más de treinta idiomas. Quiero agradecer el apoyo de mis editores en todo el mundo: por vuestras hermosas ediciones, por las innovadoras ideas para que la saga gane lectores y por el entusiasmo que demostráis con el mundo y los personajes de estos libros. Ojalá mi vida actual me permitiera viajar más, porque me encantaría visitaros a todos y conocer a lectores de todo el mundo. Un agradecimiento enorme también a los traductores y traductoras que trabajan incansablemente (y con mucha creatividad) para adaptar acertijos, enigmas y códigos a sus idiomas respectivos. Cada vez que creo que he creado un enigma que no será «demasiado» diabólico de traducir, me doy cuenta de que, en realidad, ese acertijo, y tal vez ese otro, son un poco bastante difíciles. ¡Gracias por jugar este gran juego junto a mí!

¡También tengo una enorme deuda de gratitud con todo mi equipo de Curtis Brown! Gracias, Holly Frederick, por seguir defendiendo a capa y espada el cine y la televisión; Karin Schulze, por empeñarte en que estos libros lleguen a lectores de todo el mundo; y a todas aquellas personas que me han ayudado en todo el aspecto empresarial, especialmente a Jahlila Stamp, Eliza Leun y Alexandra Franklin.

Muchas partes de este libro se escribieron sentada delante de mi amiga del alma, Rachel Vincent. No podría pedir una mejor amiga y confidente. ¡Gracias, Rachel!

Para concluir, estoy eternamente agradecida a mi familia: a mi marido, que guarda el fuerte sin pestañear cuando estoy de viaje o con una entrega; a mis padres, que convierten su casa (la inspiración inicial para la Casa Hawthorne) en un retiro de escritura cada vez que necesito esforzarme para alcanzar la última página, y a mis tres chicos, por ser una fuente de inspiración inagotable.

Este libro se terminó de imprimir
en el mes de octubre de 2025.